ALEXIS MARTIN

TOUT AUTOUR DE PARIS

PROMENADES ET EXCURSIONS

DANS LE DÉPARTEMENT DE LA SEINE

6 septembre 1890.

TOUT AUTOUR DE PARIS

PROMENADES ET EXCURSIONS

DANS LE DÉPARTEMENT DE LA SEINE

DU MÊME AUTEUR

PARIS, PROMENADES DANS LES VINGT ARRONDISSEMENTS. 1 vol. in-16 de 518 pages, avec 44 gravures hors texte et 21 plans coloriés. 1890.

ÉTUDE SUR LES EX-DONO ET LES DÉDICACES AUTOGRAPHES, avec reproductions autographes d'*ex-dono* de Victor Hugo, Balzac, Théophile Gautier, George Sand, Jules Janin, Joseph Autran, Victorien Sardou, Charles Monselet. 1 vol. 1877.

LES MOIS. Douzain de sonnets monorimes, dans l'*Almanach fantaisiste'* pour 1882, publié par la Société des Éclectiques.

JEAN ANGO, ARMATEUR DIEPPOIS. 1884.

LE CHATEAU D'ARQUES. 1884.

FAÏENCES ET PORCELAINES. 1 vol. illustré de 37 dessins de Schmidt et de 195 monogrammes. 2ᵉ édition, 1890.

GUIDE DU VISITEUR AUX SALONS DE 1887 et 1888.

LES

ÉTAPES D'UN TOURISTE

EN FRANCE

TOUT AUTOUR DE PARIS

PROMENADES ET EXCURSIONS

DANS LE DÉPARTEMENT DE LA SEINE

PAR

ALEXIS MARTIN

ILLUSTRÉ DE 20 GRAVURES HORS TEXTE
DE 2 VUES PANORAMIQUES
ET DE 5 CARTES ET PLANS COLORIÉS

PARIS

A. HENNUYER, IMPRIMEUR-ÉDITEUR

47, RUE LAFFITTE, 47

1890

Droits de reproduction et de traduction réservés.

TABLE DES MATIÈRES

TABLE DES GRAVURES

PRÉFACE

L'accueil bienveillant que notre livre : *Paris, Promenades dans les vingt arrondissements*, a reçu du public nous a encouragé à poursuivre nos études, à élargir le champ de nos explorations, et enfin à publier ce nouveau travail.

Tout autour de Paris tiendra scrupuleusement ce que promet son titre, mais nous ne croyons pas inutile d'expliquer en quelques mots le plan sur lequel l'ouvrage est établi, et la marche que nous avons cru devoir suivre.

Cet ouvrage est le complément indispensable de notre livre sur Paris. Il se compose de huit promenades ou excursions et, de canton en canton, conduit successivement le lecteur dans toutes les localités du département de la Seine.

Quittant la capitale par la porte de Billancourt, suivant pendant quelque temps le cours animé de la Seine, passant par Boulogne, Neuilly, Levallois-Perret, on arrivera à Clichy-la-Garenne et on se trouvera tout voisin du canton de Courbevoie, qui fera l'objet de la

deuxième excursion. Allant toujours en avant, celui-
ci sera parcouru à son tour jusqu'à son point de
jonction avec le canton de Saint-Denis ; il en sera de
même pour les excursions suivantes, et, la dernière
achevée, le quai d'Issy atteint, on aura fait, sans
revenir sur ses pas, le tour de la capitale et visité
en son entier le département de la Seine.

Ce qu'on est convenu d'appeler, un peu dédaigneu-
sement parfois, *la banlieue de Paris* forme un département peuplé de plus de six cent mille habitants
et comprenant, en ses huit cantons, soixante-quatorze
communes. Ces communes, le Parisien ne songe
point à les visiter, uniquement parce qu'elles sont
trop voisines de la capitale. Quant aux touristes, ils
les dédaignent en raison du peu de cas que les citadins paraissent en faire.

Et pourtant, petite ou grande, bien connue par
son nom ou à peu près ignorée, il n'est pas une de
ces cités qui ne mérite d'être vue, pas une dont le
parcours n'offre un intérêt, pas une dont on ne
puisse conserver un souvenir.

Celles-ci, elles sont en grand nombre, ont leur
histoire glorieuse souvent, douloureuse parfois, mais
toujours intimement mêlée à l'histoire de la Patrie.
D'autres se distinguent par un caractère qui leur est
propre, une culture dont elles ont fait leur spécialité,
une industrie en quelque sorte monopolisée. Il en est
qui, essentiellement manufacturières, font penser, à

la porte de Paris, aux villes enfumées de nos départements du Nord; il en est qui, parfumées de fleurs, inondées par les douces colorations des fruits, rappellent les villages méridionaux. Ici, de gais cours d'eau murmurent au pied des vieux saules; là, des ruines moussues dressent leur masse imposante; ailleurs, dans une vieille église, on est tout surpris de rencontrer un précieux objet d'art; plus loin, on s'arrête intrigué devant une construction luxueuse. Quel millionnaire a fait élever cette résidence? Approchez-vous, et vous visiterez une de ces institutions dont les temps passés ne nous ont pas légué de modèles, un de ces asiles que l'ingénieuse charité moderne a créés dans des conditions de confort jusqu'alors inconnues.

Enfin, nous le croyons, vous reconnaîtrez que, vaste ou exigu, chacun de ces pays a son attrait, et que leur ensemble forme un département plus curieux à parcourir que bien des contrées lointaines.

Pour justifier complètement notre titre, nous aurions désiré explorer la grande banlieue; mais ces excursions nous auraient entraîné au delà des limites que nous nous sommes tracées. Aussi nous réservons-nous de les faire dans un prochain volume.

De nombreuses illustrations, exécutées par nos premiers dessinateurs, donneront à ce nouveau livre ce même attrait artistique qui a si puissamment contribué au succès de son aîné. Le côté pratique, qu'il ne faut jamais oublier, a été l'objet de tous les soins de l'éditeur; rien n'a été omis de ce qui pourrait ajouter quelque intérêt à notre travail; les cartes, les plans de villes et de bois qui l'accompagnent et le complètent, permettront à nos lecteurs de se rendre compte de nos itinéraires et au besoin de les suivre, s'ils ont la pensée de faire avec nous ce voyage autour de Paris.

Dans ces conditions, nous avons le ferme espoir que ce livre rendra les mêmes services que notre premier volume, et nous n'aurons rien à souhaiter si nos lecteurs retrouvent en ces pages un reflet exact des sensations qu'on éprouve en parcourant ces campagnes et ces villes qui forment une si magnifique ceinture à notre capitale.

INTRODUCTION

Au début de ce travail de minutieuse exploration, avant de parcourir 40 000 hectares de terrain, avant de visiter soixante-douze communes et de nous mêler à la vie actuellement fort active de leurs 600 000 habitants, il ne nous paraît pas inutile de jeter un coup d'œil général sur le département de la Seine et de raconter brièvement son histoire. En regard du tableau moderne qui va se dérouler sous les yeux de nos lecteurs, cette évocation du passé permettra de suivre, à travers les âges, les transformations successives et les progrès incessants qui, de ce département, le plus petit de la France, ont fait l'un des plus intéressants à visiter et le plus peuplé, eu égard à sa superficie.

Si nous nous reportons, par la pensée, vers des temps fort lointains, nous trouverons cette contrée si vivante, si productive aujourd'hui, entièrement couverte par les eaux de l'Océan. Vers la fin de la période tertiaire, une révolution géologique s'étant produite, la mer se retirera, le continent prendra, sinon l'aspect, du moins à peu près la forme que nous lui connaissons. Bientôt, l'homme apparaîtra, primitif, sauvage encore ; armé de silex grossièrement taillés, il disputera aux lions et aux tigres les antres et les cavernes des sombres forêts, pour en faire ses premiers abris. Plus industrieux par la suite, nous le verrons transformer des troncs d'arbres en barques semblables à celle qu'on retrouva jadis dans les alluvions de l'île des Cygnes. C'est en ce temps aussi que nous verrons la Seine creuser son lit aux capricieux méandres, tout en laissant émerger de nombreuses îles au-dessus de ses rives. L'une de ces îles sera plus tard cette Lutèce bien connue de César.

Mais longtemps avant que les *Parisii* habitassent Lutèce, des Celtes, des Galls, des Kymris, s'étaient établis sur les bords de la Seine. Leur civilisation devait être bien embryonnaire, leur organisation sociale à peu près nulle, mais le désert se peuplait. Çà et là un pont traversait le fleuve; le froment, l'orge, l'avoine, croissaient dans les prairies; de nombreux troupeaux d'animaux domestiques paissaient les gras pâturages de la rive gauche, et les Druides coupaient le gui sacré dans les forêts de l'ouest et de l'est.

Bien que les terrains incultes, les bois et les garennes fussent, sur toute cette étendue, en quantité plus grande que les villages, la beauté naturelle du site et les ressources de toutes sortes qu'il présentait n'échappèrent point aux Romains. Lorsque, après la victoire que Labienus remporta dans les plaines de Vitry sur Camulogène, ils s'emparèrent des débris fumants de Lutèce, ils ne manquèrent pas d'occuper les pays environnants. Si, dans l'enceinte actuelle de notre capitale, les arènes de la rue Monge et le palais des Thermes témoignent encore de leur présence, les souvenirs et les monuments même la rappellent fréquemment en notre banlieue. Les Romains, on le sait,

fortifièrent les premiers les hauteurs de Romainville ;
les premiers aussi, tout le fait présumer, ils jetèrent
un pont sur la Seine à l'endroit même où se trouve
aujourd'hui le pont de Charenton. Ils construisirent,
dans le but d'amener les eaux de Rungis à Paris, un
aqueduc à Arcueil ; sur les deux rives de la Seine, ils
tracèrent des voies conduisant aux villas qu'ils avaient
bâties, aux champs de Mars où s'exerçaient leurs
troupes, aux cimetières où reposaient leurs morts. On
a retrouvé à Saint-Maur les restes d'un temple qu'ils
avaient édifié ; on a découvert à Champerret les traces
d'un chemin qu'ils avaient créé. Le mont Valérien
doit son nom à l'un de leurs empereurs.

Mais le temps marche ; les Druides et les mystères
de leur religion ne sont plus qu'un souvenir enfoui
sous l'ombre des cavernes, le paganisme lui-même
va disparaître ; une religion nouvelle s'impose à la
foule, et les peuples de la Gaule se pressent autour
de ses apôtres. Dès l'an 250, s'il faut en croire Grégoire
de Tours, Paris a son évêque, qui n'est autre que le
fameux saint Denis. Moins de deux siècles plus tard,
alors que les Huns, conduits par Attila, se ruaient sur
les Gaules, une jeune fille, qui avait édifié par sa piété
le petit village de Nanterre où elle était née, rassurait
les Parisiens épeurés devant le *Fléau de Dieu*, et devenait la patronne de la future capitale de la France.

Nous entrons dans l'ère monarchique ; Dagobert,
roi d'Austrasie, a saint Éloi pour ministre. Si nous
jetons les yeux sur la campagne, nous la trouverons
bien dissemblable de ce qu'elle est aujourd'hui, certes,
mais déjà nous apercevrons en germe quelques-unes

des localités que nous verrons au cours de nos excursions.

Nous avons déjà signalé Nanterre. Dirigeons-nous
vers le nord, traversons la Seine, hasardons-nous, si
dangereux que cela soit, dans les fourrés de la forêt
de Rouvray et, à son extrémité, sur le bord du fleuve,
au bout d'une garenne immense, nous apercevrons
quelques masures dominées par une habitation royale :
c'est Clichy. Un peu plus loin, nous trouverons Saint-
Ouen (le vieux Saint-Ouen, comme on dit encore).
Poursuivons notre route. Que fait, au milieu de ces
matériaux, cette nuée d'ouvriers actifs? Quel édifice
s'élève et va dominer la plaine de toute sa hauteur ?
C'est la première basilique de Saint-Denis. Ne nous
hasardons pas plus loin dans la même direction, nous
risquerions fort de nous embourber dans les eaux
stagnantes qui donneront un jour leur nom au village
de Stains ; si nous nous rejetons vers l'ouest, nous rencontrerons déjà Épinay ; si nous nous reportons vers
l'est, les forêts nous ressaisiront : Bondy, Vincennes.
Franchissons-les rapidement, nous atteindrons Saint-
Maur-les-Fossés.

Dagobert est mort, maintenant, et Clovis II fait jeter
ici les fondements d'un monastère qui sera riche et
puissant plus tard. Traverserons-nous la Marne, ou
nous arrêterons-nous sur ses bords? Si nous prenons
ce dernier parti, nous apercevrons sur sa rive, dans
une situation charmante, un pauvre hameau de pêcheurs : c'est aujourd'hui Port-Créteil ; si nous passons l'eau, nous serons bientôt à Bonneuil, vieux
domaine des rois francs, puis à Créteil, et nous ren-

contrerons, enfin, dans la région quelques bourgs qui sont villages aujourd'hui : Rungis, Clamart, Gentilly, Issy. Ce dernier point atteint, nous verrons une fois encore les rives de la Seine reflétant dans ses eaux calmes la masse imposante et noire de la forêt voisine. Sans nous en douter, nous avons fait un voyage *tout autour de Paris...* au septième siècle.

Nous avons, en quelque sorte, vu naître les abbayes de Saint-Denis et de Saint-Maur; dans les temps suivants nous les verrons s'enrichir de fiefs nombreux. Concurremment, à côté des localités dont nous avons déjà constaté l'existence, nous verrons éclore des centres nouveaux, les uns sur le bord du fleuve, comme Suresnes ou Puteaux, les autres dans les terres, comme Villejuif, au sud de Paris, Pantin à l'est, Aubervilliers au nord, Colombes au centre de la plaine de Gennevilliers.

Ici ce sont les pêcheurs, là les cultivateurs qui se groupent; les coteaux se couvrent de vignes et le vin de l'Ile-de-France acquiert une grande réputation. Ce qu'on est convenu d'appeler l'industrie a fort peu de représentants dans la contrée; pourtant ses carrières sont exploitées déjà, et de loin en loin, dans l'espace, on voit tournoyer la fumée d'un four de potier.

Mais, sous la double influence des moines et des nobles, s'élèvent de tous côtés des monuments religieux et des manoirs. Bourgs et villages, terrains, fermes, maisons, familles, appartiennent tous à des seigneurs. Les luttes, fréquentes entre ducs et comtes, sont incessantes entre la royauté et ses feudataires; les Normands remontent souvent le fleuve, allumant l'incendie et semant la ruine sur leur passage ; quelques villes se fortifient pour résister à leurs invasions. Le pays prend un aspect demi-monacal, demi-guerrier.

Au quinzième siècle, la ville de Saint-Denis est devenue un couvent immense. Son abbaye, depuis longtemps agrandie et reconstruite, domine de sa flèche le nord de Paris, que le château de Vincennes protège à l'est ; l'abbaye de Saint-Maur et celle de Longchamp sont en pleine prospérité. Les pèlerins, selon leurs goûts ou leurs tendances, s'acheminent vers l'église d'Aubervilliers, vers Notre-Dame des Mèches à Créteil, ou vers Notre-Dame de Boulogne, saluant au passage les vénérés ermites qui se sont bâti des oratoires sur le mont Valérien. La puissance religieuse est à son apogée ; la foi, dans toute son ardeur. Les Anglais viennent d'être chassés de Paris ; les querelles des Armagnacs et des Bourguignons sont apaisées ; Louis XI lutte encore, mais pour la vaincre définitivement, contre la vieille féodalité.

Pendant les siècles suivants, l'importance de la région continue à s'accroître ; on est laborieux sur ce sol fécond, la production augmente au fur et à mesure que se multiplient les travailleurs. D'une ferme isolée naît un hameau ; le hameau s'étend et devient bourg ; le bourg s'agrandit et se transforme : c'est un village. A la suite d'un accident grotesque, un vieux bac est remplacé par un pont. Le passeur vivait seul dans sa cabane au bord du fleuve, autour du pont se groupent des maisonnettes ; le lieu n'avait pas de nom, il s'appelle Neuilly. De larges routes sont tracées ; l'une d'elles relie Versailles à ce coin charmant, jusqu'alors

ignoré, où Mansart vient de bâtir une superbe résidence pour Mlle de Montpensier ; le village prend le
nom de Choisy-Mademoiselle. Sceaux et ses environs
sont perdus dans une forêt de châtaigniers ; les vignerons qui l'habitent sont tributaires de Châtenay ; un
vieux château, qui remonte au quatorzième siècle,
tombe en ruines. Colbert passe par là, réunit en une
seule plusieurs seigneuries ; Perrault dresse les plans
d'une résidence nouvelle ; Le Nôtre dessine le parc ; les
plus grands peintres du temps décorent l'intérieur ;
les plus grands sculpteurs émaillent les verdeurs des
pelouses des blancheurs de leurs marbres mythologiques. Sceaux devient Sceaux-Colbert ; sa prospérité
commence et grandit encore quand la duchesse du
Maine en fait, plus tard, le rendez-vous d'une aristocratique société et le siège de sa brillante cour.

Si vous parcourez alors cette partie de l'Ile-de-
France, vous retrouverez à tout moment de grands ou
de gracieux souvenirs, et aussi des preuves de la
marche progressive de la culture. Gentilly, Bagneux,
Suresnes, vous rappelleront qu'ils ont été des lieux
aimés de Henri IV ; Colombes vous parlera de la reine
Henriette de France, morte en son château ; Vincennes, remontant plus loin, vous dira qu'à certain
domaine, voisin de son bois, Agnès Sorel dut son
surnom de *Dame de beauté*. Maints endroits évo-
queront les souvenirs de Diane de Poitiers, ou de
Gabrielle d'Estrées. Orly, un tout petit pays perdu au
loin, au sud, vous montrera orgueilleusement la tour
mutilée de son église Saint-Georges, qui soutint au
quatorzième siècle un véritable siège. Si Clamart

2*

vante un peu haut ses petits pois, Bagnolet ne manquera pas de vous rappeler que les pêchers de Girardot
ont eu, les premiers, l'honneur de fournir le dessert du
roi. D'où vient cette brise imprégnée du doux et pénétrant parfum des roses ? N'est-ce pas du vieux Fontenay ?

Le dix-huitième siècle apporta de sensibles modifications à l'aspect de la banlieue parisienne. La Révolution approchait à grands pas : le mot Égalité n'avait
point encore de sens précis pour la foule, mais les fa-
vorisés de la fortune commençaient à s'attribuer des
privilèges jusqu'alors exclusivement réservés à la noblesse. Si quelques grands seigneurs faisaient bâtir
encore, de riches financiers ne craignaient pas de
rivaliser avec eux en ce qui concernait le luxe et
la somptuosité. Tandis que le duc de Richelieu con-
struisait le château de Gennevilliers, tandis que le
comte de Clermont embellissait sa résidence de Berny,
que Voyer d'Argenson. s'établissait à Asnières, et
qu'enfin le comte d'Artois élevait sa *folie* à Bagatelle,
les financiers Beaudard de Saint-James et Beaujon
édifiaient les leurs, l'un à Neuilly, l'autre à Issy. Dans
toutes ces constructions, on ne retrouvait plus l'imposante architecture du dix-septième siècle ; l'ensemble était fait de grâce, de légèreté et de fantaisie ;
dans les intérieurs, aux décorations magistrales des
Lebrun et des Mignard, se substituaient les compositions mythologiques de Boucher et les pastorales de
Watteau.

Le peuple avait souffert, non sans murmurer parfois, la domination de ceux qu'il considérait comme

ses maîtres ; l'arrogance des financiers le trouva plus
rebelle, et, malgré leur faste, malgré leurs dépenses,
profitables pourtant aux villageois, ils ne surent jamais
inspirer à ceux-ci l'affection qu'ils avaient ressentie
pour leurs anciens seigneurs, affection qui, dans certains lieux, à Sceaux, par exemple, survécut à la tourmente.

La Révolution trouva donc le peuple des campagnes
bien disposé à embrasser sa cause. On brûla un jour ce
qu'on adorait encore la veille ; tous les établissements
religieux furent désaffectés et souvent, trop souvent
saccagés ; tous les domaines princiers devinrent propriétés nationales, et bien petit est le nombre de ceux
qui échappèrent à la destruction. Issy et Saint-Denis,
à peu près entièrement habités par des congrégations,
devinrent subitement déserts. En 1790, la division départementale remplaça l'ancienne division provinciale.
Une partie de l'Ile-de-France devint le département de
la Seine, et plusieurs communes s'empressèrent de se
débaptiser : Saint-Denis, abjurant son patron, devint
Franciade ; Choisy, qui s'était appelé Choisy-Mademoiselle, puis Choisy-le-Roi, prit le nom de Choisy-
sur-Seine ; Bourg-la-Reine se nomma Bourg-Égalité ;
Sceaux, Sceaux-l'Unité, etc.

Sous le premier Empire, ces appellations disparurent
pour la plupart, et c'est alors qu'on vit se produire
dans le département cette grande poussée industrielle
qui, en moins de cent ans, devait en changer complètement la physionomie.

Déjà, peu de temps avant la Révolution, le duc d'Orléans avait fait bâtir à Saint-Denis l'usine où Nicolas

Leblanc devait tenter ses premiers essais de fabrication
de soude artificielle. A la fin du siècle, plusieurs manufactures s'établirent autour de celle-ci ; à la même époque, diverses localités, jusque-là presque exclusivement
agricoles, tendaient à devenir des centres industriels :
une faïencerie se créait à Choisy-le-Roi ; des teinturiers
s'emparaient de Puteaux ; Vitry voyait fleurir ses magnifiques pépinières. Le temps marchait, le réseau de
nos chemins de fer commençait à se créer, sillonnant
le département en tous sens, rendant les communications fréquentes et promptes. Autour d'une usine
isolée dans la plaine se groupait un village, commune
aujourd'hui : Levallois-Perret. La construction des
forts amenait de tous côtés une population flottante
attirant, dans les villages où elle était retenue, une
certaine quantité de débitants qui finissaient par s'y
fixer. Sous le règne de Louis-Philippe, deux villages se
créaient dans la presqu'île de la Marne, Adamville et
la Varenne-Saint-Hilaire ; Robinson et Malakoff nais-
saient sur la rive gauche de la Seine, peu après la Révolution de 1848.

En 1860, quand Paris s'agrandit, des modifications
administratives s'imposèrent ; telle commune fut en-
globée tout entière dans l'enceinte de la grande ville ;
telle autre, pour tout ou partie, dut se rattacher à un
bourg voisin. Le département subit alors une dernière
transformation, ou, pour être plus exact, fit encore un
pas dans la voie du progrès et vers l'ère de prospérité.

Saint-Denis, première station du chemin de fer du
Nord, avant que la ligne de ceinture fût créée, devint

le curieux centre usinier que nous visiterons tout à l'heure ; la Plaine-Saint-Denis, Pantin, Ivry, Maisons-Alfort, Montreuil, Issy, etc., virent s'établir sur leur territoire des manufactures, des chantiers, des usines ; un engrais nouveau vint féconder les terres ingrates de la plaine de Gennevilliers. Dans toutes les jolies localités qui entourent la capitale s'élevèrent des villas bourgeoises ; des quartiers entiers se construisirent, quelques-uns modestes, d'autres luxueux, tous très en faveur auprès de la population parisienne qui adore la campagne, à la condition de pouvoir s'y transporter vite.

Pendant la guerre franco-allemande, le département de la Seine, qui a été si cruellement éprouvé, n'interrompit le mouvement progressiste que durant le temps qu'il fallut consacrer à la défense du sol envahi.

Dès que la paix fut signée, dès que les canons furent réduits au silence, dès que chaque ouvrier put raccrocher son fusil au râtelier et reprendre son outil, les vaillantes populations de toutes nos communes ne songèrent plus qu'à réparer les dégâts, relever les ruines, et ajouter des splendeurs nouvelles à celles qu'elles possédaient déjà. Presque partout depuis vingt ans, des hôtels de ville, des mairies, des groupes scolaires, des églises, des asiles, des hospices, des lycées, se sont construits ; presque partout des jardins ou des squares ont été créés et ornés de statues ; de vieux monuments, chers aux archéologues, ont été savamment restaurés ; des lignes de tramways, des petits chemins de fer locaux, sont venus augmenter les moyens de communication, non seulement avec la capitale, mais encore pour chaque pays avec ceux qui l'avoisinent.

Enclavés dans le département de Seine-et-Oise et les fortifications de Paris, les cantons que nous allons parcourir forment, en leur ensemble, un pays de plaines sillonné de vallées et parcouru par des chaînes de collines. Le sol, généralement de bonne qualité, produit toutes les céréales, et aussi des légumes et des fruits. Des carrières du département on extrait de la pierre de taille, des moellons, du plâtre, du sable à fonderie et des argiles de diverses natures. La Seine traverse le département du sud-est au nord-ouest, mais elle fait des circuits considérables, et ses eaux, depuis Choisy-le-Roi jusqu'à Carrières-Saint-Denis, roulent sur un parcours de 58 kilomètres. Le fleuve se grossit, à Paris, des eaux de la Bièvre ; à Charenton, de celles de la Marne, et, près de Saint-Denis, de celles du Croult. Le département, au point de vue hydrographique, possède encore quatre canaux de navigation : le canal de l'Ourcq qui, de Mareuil (Oise), où il commence, jusqu'à la Villette, où il aboutit, parcourt 108 kilomètres ; le canal Saint-Denis, d'une longueur de 6 kilomètres, qui part de la Seine au-dessous de Saint-Denis et vient aboutir au bassin de la Villette ; le canal Saint-Martin qui part de ce même bassin et rejoint la Seine, auprès du pont d'Austerlitz ; enfin le canal Saint-Maur qui remplace par une ligne droite de 1 115 mètres la courbe de 13 000 mètres que décrit la Marne.

Dans les pages qui vont suivre, on trouvera tous les détails du tableau dont nous venons de tracer les grandes lignes ; mais avant de commencer nos excursions, nous ne saurions nous dispenser de faire remarquer que toutes les localités que nous allons parcourir ont toujours, dans les plus douloureuses époques de notre histoire, fait preuve du plus ardent patriotisme et de la plus complète abnégation. Nous verrons, au cours de ces études, Vanves, modeste petit village alors, témoigner hautement de sa fidélité à Charles VII. Si nous reportons notre pensée vers les invasions que nous avons souffertes au commencement de ce siècle, nous remarquerons avec quelle vaillance la banlieue défendit la capitale, avec quelle douleur elle apprit que sa reddition était signée. Si nous regardons plus près de nous, si nous jetons un coup d'œil circulaire autour de Paris assiégé, affamé, grelottant, en ce terrible hiver de 1870, notre regard rencontrera toute une suite de pays où se sont déroulés quelques actes de la sombre et héroïque tragédie du siège : Saint-Denis, Épinay, le Bourget, Avron, Champigny, Chevilly, l'Hay, Châtillon, Bagneux, villes bien connues ou bourgades jusque-là obscures qui, toutes aujourd'hui, sont égales en célébrité, ayant été égales en dévouement.

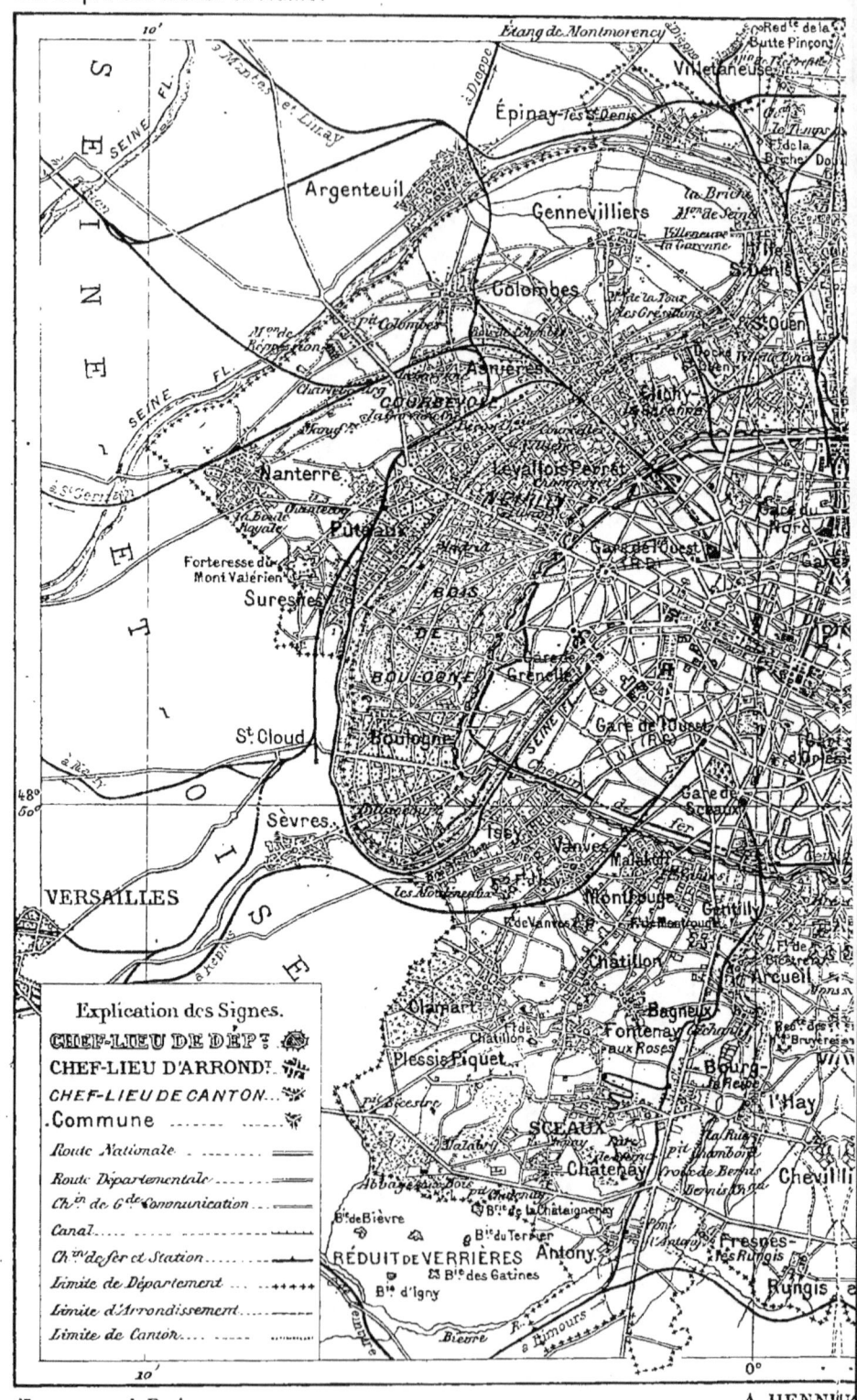

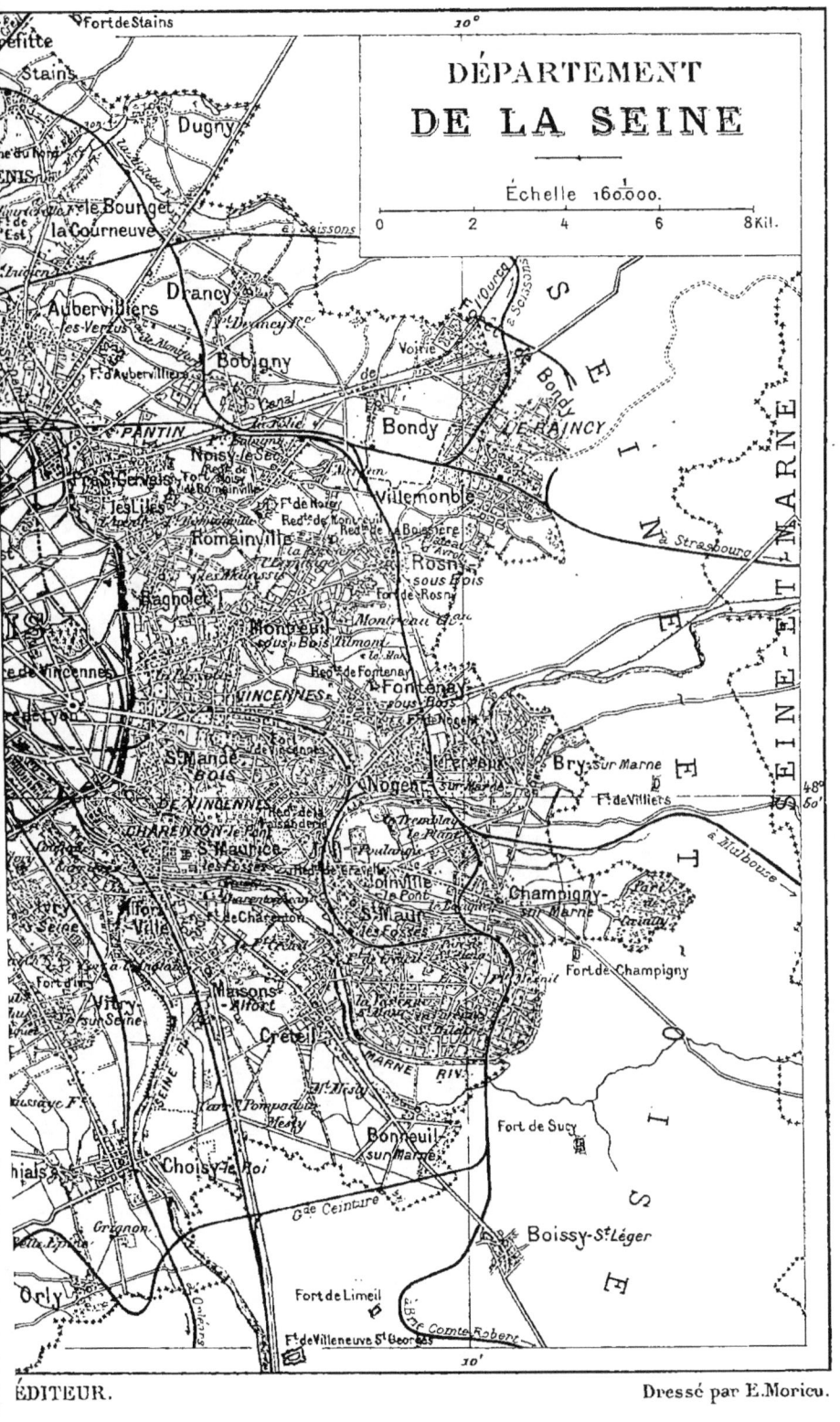

DÉPARTEMENT
DE LA SEINE

Échelle $\frac{1}{160.000}$.

PROMENADES ET EXCURSIONS

DANS LE

DÉPARTEMENT DE LA SEINE

DÉPARTEMENT DE LA SEINE.

COMMUNES.	Population.	Superficie du territoire en hectares.	COMMUNES.	Population.	Superficie du territoire en hectares.
ARRONDISSEMENT DE SAINT-DENIS.			Rosny-sous-Bois	2.400	629
			Saint-Mandé (octroi)	10.492	245
			Villemomble	3.141	375
Canton de Neuilly.			Vincennes (octroi)	22.237	348
Boulogne (octroi)	30.084	1.321			
Clichy (octroi)	26.741	285	**Canton de Charenton.**		
Levallois-Perret (octroi)	35.649	242			
Neuilly (octroi)	26.596	572	Alfortville (octroi)	6.603	330
			Bonneuil	511	546
Canton de Courbevoie.			Bry-sur-Marne	1.330	332
			Champigny	3.896	1.133
Asnières (octroi)	15.203	477	Charenton-le-Pont (oct.)	13.535	400
Colombes (octroi)	14.254	1.132	Créteil (octroi)	4.045	1.136
Courbevoie (octroi)	15.937	374	Joinville-le-Pont (oct.)	3.778	335
Gennevilliers	4.448	1.502	Maisons-Alfort (octroi)	7.034	566
Nanterre	5.592	1.243	Nogent-sur-Marne (oct.)	7.322	351
Puteaux (octroi)	15.736	331	Perreux (Le) (octroi)	5.650	348
Suresnes (octroi)	7.683	336	Saint-Maur (octroi)	15.802	1.126
			Saint-Maurice (octroi)	6.506	332
Canton de Saint-Denis.					
Aubervilliers (octroi)	22.223	549	**Canton de Villejuif.**		
Courneuve (La)	1.251	760			
Dugny	643	389	Arcueil (octroi)	6.645	464
Epinay	2.362	422	Chevilly	719	454
Ile-Saint-Denis (L')	1.656	187	Choisy-le-Roi (octroi)	7.853	532
Pierrefitte	1.609	343	Fresnes	594	351
Saint-Denis (octroi)	48.009	2.273	Gentilly (octroi)	14.278	306
Saint-Ouen (octroi)	21.404	418	Hay (L')	661	390
Stains	2.286	534	Ivry (octroi)	21.076	615
Villetaneuse	562	228	Orly	818	664
			Rungis	322	374
Canton de Pantin.			Thiais	2.591	632
			Villejuif	3.163	532
Bagnolet (octroi)	5.280	305	Vitry (octroi)	6.122	1.179
Bobigny	1.335	671			
Bondy (octroi)	3.004	831	**Canton de Sceaux.**		
Bourget (Le)	2.039	251			
Drancy	934	763	Antony	1.872	959
Lilas (Les) (octroi)	5.887	144	Bagneux	1.500	506
Noisy-le-Sec (octroi)	4.823	502	Bourg-la-Reine	2.954	178
Pantin (octroi)	19.170	535	Châtenay	1.194	660
Prés-Saint-Gervais (oct.)	7.433	125	Châtillon (octroi)	2.389	284
Romainville (octroi)	2.106	268	Clamart (octroi)	5.112	857
			Fontenay-aux-Roses	2.935	262
ARRONDISSEMENT DE SCEAUX.			Issy (octroi)	12.080	490
			Malakoff (octroi)	8.118	240
			Montrouge (octroi)	10.334	225
Canton de Vincennes.			Plessis-Piquet	407	341
Fontenay-sous-Bois	5.839	765	Sceaux (octroi)	3.443	326
Montreuil-s.-Bois (oct.)	21.541	900	Vanves (octroi)	5.936	243

CANTON DE NEUILLY

ITINÉRAIRE.

Boulogne : Billancourt, dispensaire Victor-Hugo, groupe scolaire, église Sainte-Marie, cités ouvrières, mairie de Boulogne, statue du *Réveil patriotique*, groupe scolaire, statue de Bernard Palissy, église Notre-Dame de Boulogne, les buanderies boulonnaises, institution des religieuses de Saint-Joseph ; **bois de Boulogne** : hippodrome de Longchamp, moulin de Longchamp, abbaye de Longchamp, Pré-Catelan, Bagatelle, Jardin d'acclimatation ; **Neuilly** : Sablonville, plaine des Sablons, camp des Sablons, chapelle Saint-Ferdinand, château de Neuilly, église Saint-Jean-Baptiste, pont de Neuilly, quartier Saint-James, quartier du Château, maison municipale de retraite pour les vieillards, hôtel de ville de Neuilly, église Saint-Pierre, maison de retraite Galignani, chapelle protestante, retrait Sainte-Anne, institution de Sainte-Croix, justice de paix, statue de Parmentier, Champerret, une voie romaine, la fête de Neuilly ; **Levallois-Perret** : église Saint-Justin, maison de retraite Raynaud, dispensaire Isaac Péreire, hospice Richard Wallace, maison Notre-Dame du Perpétuel Secours, hôpital Greffulhe, hospice municipal pour les vieillards, hippodrome de Neuilly-Levallois, courses de lévriers ; **Clichy-la-Garenne** : mairie de Clichy, un schisme à Clichy, église Saint-Vincent-de-Paul, arbre de Judée de saint Vincent de Paul, église Marie-Auxiliatrice.

PREMIÈRE EXCURSION

Le territoire du canton de Neuilly, point de départ du voyage circulaire que nous entreprenons, était autrefois presque entièrement occupé par la sombre, agreste et quelque peu dangereuse forêt de Rouvray. Seul, à son extrémité, à l'ombre de ses derniers fourrés, baignant ses pieds dans la Seine, le village de Clichy groupait ses maisons autour d'un château fréquemment habité par nos premiers rois.

De la forêt de Rouvray, il ne subsiste maintenant que le bois de Boulogne. Avant le coup de baguette féerique qui le transforma complètement en 1852, il donnait encore, quelques vieux Parisiens s'en souviennent, une idée assez exacte de l'ancien caractère de la contrée.

Peu à peu, bourgs, villages, villes, sont nés et se sont étendus sur ce vaste espace; les grands chênes rouvres, dont le feuillage formait, à perte de vue, un océan de verdure, sont tour à tour tombés sous la cognée. Aux sentiers impraticables se sont substituées de larges avenues; les hautes futaies, dont les rugissements des fauves troublaient seuls le silence, ont fait place à de jolis parcs, à de gais jardins animés de jeux d'enfants; la villa familiale dresse sa façade blanche au lieu où, sombre et sinistre, se creusait autrefois la caverne des hardis détrousseurs. La vie et l'animation ont remplacé partout la solitude, et la Seine, égayée de vertes îles, entoure le canton d'une ceinture de fraîcheur et de gaieté.

Nous quitterons Paris par la porte de Billancourt et, nous jetant tout de suite dans un chemin qui s'ouvre à notre gauche et suit le talus gazonné des fortifications, nous atteindrons le bord de la Seine et nous nous trouverons sur un large quai. Le fleuve coule silencieusement à notre côté et nous indique le chemin à suivre. Derrière nous, Paris est disparu, et l'horizon se trouve en quelque sorte fermé par la ligne blanche, ajourée d'arcades, du viaduc d'Auteuil. A notre droite, s'alignent, pittoresques dans leur simplicité, les cabarets à maigres tonnelles où l'on consomme, le dimanche, un nombre incalculable de matelotes d'anguilles et de fritures d'ablettes. Çà et là, dans d'étroits jardins, émergent au-dessus du feuillage la barre rigide d'un portique de gymnase, l'évolution d'une escarpolette, le balancement d'un trapèze; un bruit frappe notre oreille : c'est un orgue de Barbarie dont un virtuose du pavé tourne consciencieusement la manivelle, moulant l'air en vogue. Chassé des carrefours parisiens, l'orgue de Barbarie s'est réfugié à la campagne. Les instrumentistes qui le manient font encore de bonnes recettes le dimanche.

Sur le fleuve, à notre gauche, les bateaux frétés, pour l'Exposition de 1889, par les Magasins du Louvre ont longtemps reposé leurs lourdes coques et ces extrémités dorées qui leur donnaient un air de galères Louis XIV; les Mouches et les Hirondelles se croisent et mêlent leurs légers panaches de vapeur blanche. Tout un train de lourds chalands, chaloupes en arrière, remonte vers Paris à la suite d'un remorqueur dont la machine jette, de temps à autre, un coup de sifflet strident et prolongé. Sur l'autre rive du fleuve se développe, accidentée de verdure, coupée de bâtiments noirs et de cheminées d'usines, une suite de petites maisons, habitations modestes des pêcheurs du Bas-Meudon. L'île Saint-Germain mire dans l'eau le feuillage de ses rives; au fond, la ligne sinueuse des coteaux de Saint-Cloud détache sa masse sombre sur le fond clair du ciel, et le quai s'allonge toujours devant nous. Nous le quittons par la rue des Peupliers pour entrer à Billancourt, ou, pour être plus exact — géographiquement parlant — à Boulogne.

« Car il ne faut pas confondre, vous dirait orgueilleusement un Boulonnais : Billancourt, ce dont ses habitants enragent, n'est point une commune, il n'a pas son autonomie;

il n'est en réalité qu'un faubourg de Boulogne, un quartier, (la voix de votre interlocuteur se nuancera de dédain). On dit Billancourt ici comme on dit, à Paris, Montmartre ou Plaisance. »

De leur côté, sans en convenir ouvertement, les habitants de Billancourt sont humiliés de cet état de vassalité municipale. Si vous demandez à l'un d'eux où se trouve la mairie de sa commune, il ne vous avouera pas qu'elle en est dépourvue, et se contentera de vous insinuer que le monument est loin du lieu où vous vous trouvez, et ne mérite pas la visite d'un touriste.

Mettez la conversation sur le même sujet avec un second Boulonnais, et, après avoir répété les propos que nous avons transcrits ci-dessus, il y a gros à parier qu'il ajoutera : « Oui, à Billancourt, ils voudraient bien être chez eux, mais !... » Et ce mais, plein de réticences, sous-entend : « Nous les tenons, nous ne les lâcherons pas ! »

Rivalités de clochers ! nous avons à peine quitté Paris et nous vous rencontrons déjà !...

La rue des Peupliers, bordée de plus de terrains vagues que de constructions, nous mène à la Grande-Rue, où les maraîchers, les maisons basses et les murs d'usines alternent jusqu'à l'avenue des Moulineaux, plantée d'arbres et peu habitée encore. Au fond d'une place s'ouvre, dans un grand mur blanc, la porte d'un cimetière. La rue Thiers qui fait face à cette porte est flanquée à gauche d'excavations profondes, carrières abandonnées. Ici nous trouverons, pour la première fois, l'occasion de nous arrêter un moment.

Au numéro 96, au-dessus de la devanture noire d'une assez vaste boutique, vous lirez cette inscription peinte en grosses lettres : Dispensaire Victor-Hugo.

C'est une institution charitable récemment fondée par l'initiative privée et sous l'inspiration de M. Charles Heurlaut, président de la Société des dispensaires suburbains de France.

Le titre de l'œuvre indique suffisamment son but et nous dispense de l'expliquer longuement. Qu'il nous suffise de constater que son organisation nous paraît irréprochable et son avenir assuré. Des consultations médicales sont données chaque jour de la semaine, dans la matinée; l'après-midi, fonctionne un service annexe où l'on trouve un dentiste, des bandagistes, homme et femme, une sage-femme et même un pédicure. Les médicaments ordonnés au dispensaire sont fournis par les pharmaciens de la commune adhérents à l'institution, aux prix fixés pour les bureaux de bienfaisance.

Pendant le premier mois de son exercice (du 4 au 30 novembre 1889), le dispensaire a donné cinq cent une consultations. Administrateur, secrétaire, docteurs, tout le personnel enfin se dévoue gratuitement à cette œuvre simple, bonne et belle. M. le préfet de la Seine l'a encouragée de son patronage.

Dans la rue du Vieux-Pont-de-Sèvres, que nous suivons ensuite et que traverse le beau boulevard de Strasbourg, nous ne trouvons à signaler qu'un groupe scolaire composé de deux bâtiments semblables, élégants au dehors et bien distribués au dedans. Le premier, consacré à l'école des filles, a son entrée au numéro 111 de la rue où nous sommes; l'autre, contenant l'école des garçons, a sa façade rue de Clamart.

La petite église Sainte-Marie s'élève à quelques pas de là, au fond d'une place à demi circulaire; elle ne peut être signalée que pour mémoire. La construction est banale et l'intérieur ne contient rien qui mérite de retenir l'attention.

Les rues de la Ferme et de Billancourt, que nous prendrons ensuite, n'offrent qu'un mince intérêt; nous remarquerons pourtant, dans la dernière, entre les rues Reinhardt et Diaz, à peine tracées sur notre gauche, un groupe de ces maisons commodes, dont les cités ouvrières de Mulhouse ont jadis fourni le modèle, et dont les locataires deviennent propriétaires au bout d'un certain nombre d'années d'habitation constante.

A l'angle de la rue de Billancourt et de l'avenue de la

Reine gaiement édifiée au milieu d'un parc agréable, nous rencontrons la mairie de la petite ville.

Assise sur un perron de quelques marches, sans colonnes, sans sculptures, avec ses fenêtres à rideaux blancs, la mairie, propriété privée achetée il y a une dizaine d'années par la commune, a l'aspect d'une maison de campagne ; un cadran d'horloge, encastré dans une mansarde au centre de la façade, en révèle seul le caractère officiel.

Sur le flanc du monument, en regard de l'avenue, se dresse, sur un piédestal de pierre, une statue signée Charpentier. Un grand jeune homme nu presse d'une main sur son cœur le drapeau français, et de l'autre agite fièrement une fine épée. Cette œuvre, intitulée : *Réveil patriotique*, est d'une haute inspiration et d'un bon mouvement ; elle mériterait mieux que le plâtre bronzé dont elle est faite et qui déjà se casse en plusieurs endroits.

Derrière le parc, rue de la Mairie, un bâtiment de grande allure attire nos regards. C'est un groupe scolaire monumental, pourvu de belles cours, de vastes préaux couverts et de classes parfaitement aménagées. M. Billoray, l'architecte qui a construit ces écoles, en 1885, a dû se soumettre à toutes les exigences d'un programme que la sollicitude du ministère de l'Instruction publique rend de jour en jour plus difficile à remplir.

Nous quittons l'avenue de la Reine par la rue de Silly, et nous gagnons la Grande-Rue de Boulogne.

Il nous suffit de la redescendre un peu pour trouver, sur une petite place, au milieu d'un parterre gazonné entouré d'une grille, la statue de Bernard Palissy, par Barrias, dont une reproduction décore, à Paris, le square de Saint-Germain des Prés.

Il est d'origine modeste, ce riant village de Boulogne, qui compte aujourd'hui plus de 30 000 habitants. Sous les premiers rois de la troisième race, il portait le nom de Menus-lès-Saint-Cloud, à cause des *menues* constructions qui le composaient.

En 1319, un pèlerinage avait attiré grande affluence à

Notre-Dame de Boulogne-sur-Mer. Philippe le Long autorisa les *citoyens de Paris et aultres*, tous pèlerins enfin, à édifier aux Menus-lès-Saint-Cloud une église en tout semblable à celle de la capitale du Boulonnais, et à installer et *établir une confrairie en icelle*. Bien qu'inachevée, en 1343 la nouvelle église fut érigée en paroisse et devint le but de processions fréquentes. On raconte qu'en 1429, le frère Richard y prêcha contre les entraînements du jeu et les excès de luxe ; ses sermons provoquèrent, dit-on, un grand nombre d'éclatantes conversions.

L'église, nous l'avons dit, n'était pas terminée. Les transepts rectangulaires qui devaient, en exécution du plan primitif, flanquer la nef, n'avaient pu être construits, faute d'argent, paraît-il ; à peine le douzième siècle avait-il ajouté, au midi de l'édifice, un porche assez peu en rapport avec le style général. En 1860, le monument incomplet, vieux de cinq siècles, se dégradait et s'effritait, emprisonné au nord dans de vieilles masures qui servaient de sacristie. L'État résolut de restaurer l'église et de l'achever. M. E. Millet, architecte, fut chargé de l'exécution de ces travaux délicats. Il s'acquitta de sa tâche en érudit et en artiste. Les transepts rêvés par les fondateurs ont été établis ; le porche dont nous avons parlé a été remplacé ; les parties basses du chœur, les meneaux des croisées, les chéneaux, les gargouilles, ont été habilement restaurés. Enfin, M. Pascal a décoré le tympan de la grande porte d'un bas-relief d'une fort jolie exécution ; il rappelle la vieille légende de Notre-Dame de Boulogne-sur-Mer : *la Vierge débarquant avec deux anges*. L'église, débarrassée maintenant des bicoques qui la déshonoraient, s'entoure d'un gai jardinet qu'une grille sépare de la voie publique, et dresse fièrement en l'air sa jolie flèche aux nervures dorées.

Tout en racontant l'histoire de Notre-Dame de Boulogne, nous sommes arrivé à son seuil ; il faut visiter l'intérieur, car le vaisseau est joli et d'aspect imposant. C'est dans le demi-jour que laissent pénétrer les belles verrières de M. Hirsch, que vous en ferez le tour, marchant sur le curieux dallage qui reproduit alternativement les armes de Jeanne d'Arc, celles de l'église de Boulogne-sur-Mer et *la Maison de Dieu*, petit tableau très artistique, composé de carreaux assemblés. Sur le côté gauche de la nef, vous remarquerez la chapelle du Sacré-Cœur, d'édification récente; elle gagnera beaucoup quand le temps aura affaibli l'éclat des ors qu'on y a, selon nous, trop prodigués.

Boulogne, admirablement situé entre le bois et la Seine, respire la gaieté et l'aisance. Abstraction faite des mendiants qu'on rencontre, là comme ailleurs, au pied des poteaux supportant l'écriteau qui interdit la mendicité, la population de la petite ville est généralement aisée. A côté de nombreuses maisons de campagne, pour la plupart abandonnées l'hiver, l'industrie du blanchissage a là un grand nombre de ses représentants les mieux accrédités. C'est par centaines qu'on y compte les buanderies ; point de vitres, dans certaines rues, derrière lesquelles on n'aperçoive un atelier de repassage, long hangar, haut, clair, meublé de tables garnies de couvertures. Là, femmes et fillettes travaillent du matin au soir, le fer en main, la chanson aux lèvres, dans une atmosphère surchauffée par les poêles et humidifiée par les vapeurs.

Les clos et les jardins qui avoisinent les buanderies de l'endroit offrent, aux jours de séchage, un spectacle assez piquant pour qui sort de la grande ville. Les troncs des arbres sont reliés en tous sens, et à toutes hauteurs par de longues cordes blanches, auxquelles sont retenues, frémissant au vent, toutes les délicates ou grossières lingeries parisiennes, depuis l'élégant peignoir de fine batiste jusqu'à la veste de toile blanche du chef de cuisine, depuis la guimpe artistement brodée, marquée d'armoiries parfois, qui s'enfle au vent et semble prendre des formes d'épaules, jusqu'au madras multicolore dont le vieillard entoure, la nuit, sa tête chauve. Sur le gazon, qu'une chèvre, attachée à un pieu, broute autour d'elle, s'étendent, avec des airs paresseux, de grands draps, des nappes, des serviettes ; et de tout cela s'échappe, mêlée aux senteurs des verdures, lumineuse quand un

UN COIN D'ATELIER DE REPASSAGE A BOULOGNE-SUR-SEINE.

DESSIN DE J. GEOFFROY.

rayon de soleil la traverse, une buée chaude qui apporte aux narines l'odeur pénétrante de la bonne lessive.

L'avenue de Longchamp, toute voisine de l'église, nous conduit au bois de Boulogne ; tout son côté gauche est bordé de riches maisons de plaisance enfouies dans de grands jardins. A droite, entre la rue de Parchamp et la rue de l'Avenue, s'étend l'immense propriété où s'est établie l'Institution des religieuses de Saint-Joseph ; les bâtiments sont d'aspect un peu monacal, mais le jardin est immense et fort beau. Si vous passez par là aux heures de récréation, vous entendrez retentir, à travers le feuillage épais, les cris joyeux de la troupe enfantine ; peut-être aussi apercevrez-vous, grave sous sa cornette, assistant à ces joies naïves sans les partager, jeune ou vieille, mais sereine toujours, la vénérable directrice ou l'une des sous-maîtresses de l'institution.

Nous n'entreprendrons pas une description détaillée du magnifique bois de Boulogne. Conception réellement grandiose, cette promenade, unique au monde, réunit tous les attraits qui peuvent captiver les classes diverses d'une grande population et répondre à tous ses goûts. Si le luxe y trouve des allées superbes pour étaler ses splendeurs, si le cavalier matinal y rencontre des sentiers ombreux à sa tête et doux aux pieds de sa monture, le bois a des coins charmants pour le rêveur et des nappes doucement déclives et gazonnées pour les amateurs — nombreux encore à Paris — de champêtres repas sur l'herbe. Sur ses pelouses, à Madrid, au Pré-Catelan, ailleurs encore, vous verrez souvent les élèves de nos grandes écoles parisiennes se livrer, en compagnie de leurs surveillants, à ces sains exercices corporels qui font maintenant partie du programme d'instruction. Aimez-vous les promenades nautiques ? Faites en bateau le tour de son lac, reposez-vous dans une de ses ravissantes îles. Êtes-vous passionné pour l'amélioration de la race chevaline ou pour les paris dont les courses sont le prétexte ? Les hippodromes de Longchamp et d'Auteuil vous offriront leurs spectacles magiques de chevaux franchissant l'espace avec la rapidité d'un train express, tandis que les bookmakers vous entraîneront dans les vertigineuses combinaisons du dix contre un. Écrivez-vous votre nom sur la glace, en patinant ? Le bois, aux jours de gelée, recueillera votre autographe sur la surface unie de ses lacs spéciaux. Êtes-vous venu là dans une grande remise de Brion, à la suite d'une noce bourgeoise ? Vous irez à la cascade voir la mariée frissonner dans la grotte, sous la pluie qui suinte à travers un plafond de rochers. Aimez-vous l'histoire enfin ? Les souvenirs sont ici nombreux : voici la pyramide élevée en mémoire de l'assassinat d'Arnaud Catelan; un restaurant dresse ses tables où fut jadis le château de Madrid, bâti par François Ier, démoli par Louis XIV; Bagatelle et son parc vous rappelleront la *Folie d'Artois*.

Le traditionnel tour du bois, si ancré maintenant dans nos habitudes parisiennes, ne se fait en réalité que dans l'allée de Longchamp ou des Acacias; le reste du bois appartient à tous, et chacun peut, à son gré, choisir la promenade qui convient à son goût de tous les temps ou à son humeur du moment.

Le vaste hippodrome de Longchamp, si prodigieusement animé les jours de courses, est calme en temps ordinaire ; nous sommes entré dans le bois par une porte qui en est toute voisine, et nous ne poursuivrons pas notre route sans nous y arrêter quelques instants. Mieux que nous, les hommes de cheval vous diront combien ce champ de courses est intelligemment disposé pour le genre de sport dont il est le théâtre. Ce que nous voulons retenir et signaler, nous promeneur indifférent aux succès des grandes écuries, ignare en performances chevalines, et désintéressé en tous paris, c'est la beauté naturelle de l'endroit et l'inépuisable source d'admiration qu'il offre au regard.

De quelque côté que se portent les yeux, ils rencontrent d'agréables points de vue, dont la variété augmente le charme : collines aux courbes gracieuses, aux versants ensoleillés, bois au feuillage frémissant, fleuve aux eaux transparentes, longues perspectives de verdure, tachées

Les Étapes d'un Touriste en France.

PLAN
DU BOIS DE BOULOGNE

Échelle : $\frac{1}{25000}$

0   500   1000 Mét.

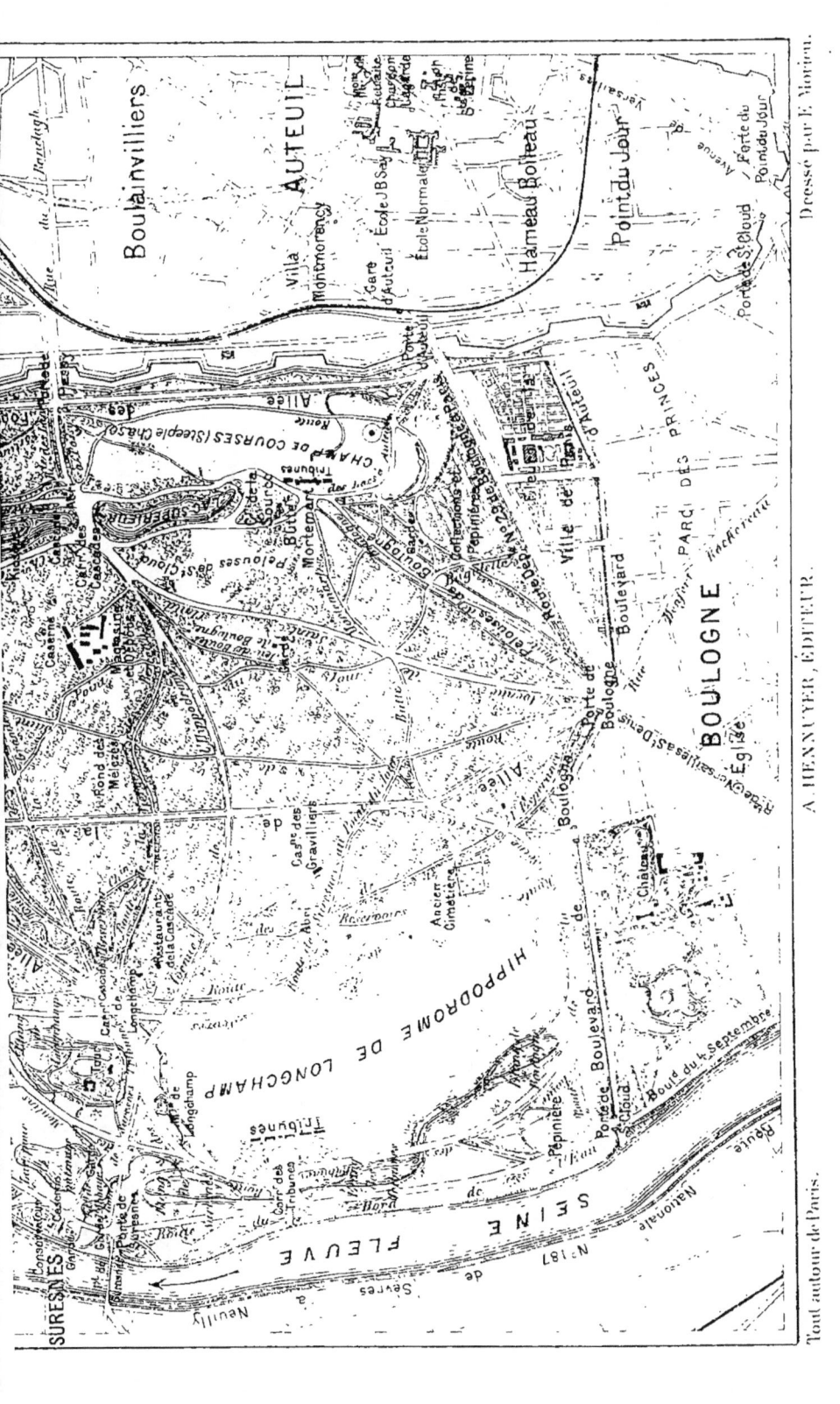

Tout autour de Paris.

A. HENNUYER, ÉDITEUR.

Dressé par E. Morieu.

dans leurs trouées par les pignons ou les toits des villas
voisines, fin gazon sur la pelouse devant les vastes tribunes, et tout au bout, enveloppé de lierre, ruines d'un
vieux moulin échappé seul à la démolition de l'abbaye.
Voilà tout ce qu'on découvre tour à tour de l'hippodrome de
Longchamp; voilà ce qu'on ne se lasse jamais de voir!

L'abbaye de Longchamp! Ne pouvons-nous, tout en continuant notre marche, en esquisser l'histoire en quelques
lignes? Causer quand on chemine, accélère le pas et fait
oublier la fatigue.

L'abbaye de Longchamp, longtemps célèbre, fut fondée
en 1260, par Isabelle de France, sœur de Louis IX. C'était
alors le monastère de Notre-Dame de l'Humilité. La fondatrice mourut au milieu des sœurs de Saint-François,
en 1269, et fut enterrée dans l'église. Habitée plus tard par
les sœurs urbanistes de Sainte-Claire, l'abbaye se relâcha
avec le temps de la sévérité des règles monastiques; le
luxe fit irruption dans la sainte demeure. Vincent de Paul,
dans une longue lettre adressée à Mazarin en 1652, repro-
chait aux nonnes leurs tendances vers la somptuosité; de
son temps déjà — grave infraction à la discipline, oubli des
vœux prononcés — les nonnes portaient des montres et se
revêtaient de costumes dont le saint homme blâmait hautement l'immodestie. Au commencement du règne de
Louis XV, les licences s'étaient accrues encore, et l'abbaye
était devenue une maison d'éducation absolument mondaine.
C'est de cette époque que date la coutume d'aller à Longchamp pendant la semaine sainte. Primitivement, le pèlerinage avait un prétexte à la fois religieux et artistique; il
s'agissait d'entendre une musique et des chants exécutés
avec une maëstria extraordinaire — faisons observer que
les cantatrices de l'Opéra prêtaient fréquemment leur concours à ces concerts spirituels. — L'autorité fit, un jour,
fermer les portes de l'église; mais la coutume était établie;
force d'habitude a toujours été puissante à Paris; les processions continuèrent quand même et devinrent une occasion annuelle d'exposer les modes nouvelles et de lutter

entre grandes dames de coquetterie et d'élégance. La Révolution fit raser l'abbaye ; les tombeaux furent violés, les cendres de la fondatrice et celles de plusieurs personnages illustres furent jetées au vent. Par quel hasard le vieux moulin, dont nous parlions tout à l'heure, a-t-il échappé à la destruction générale? Nous ne savons. Sa minime importance l'a peut-être sauvé.

Le Pré-Catelan, tout voisin de la pyramide — bien abîmée maintenant — qui rappelle la victime d'un attentat, n'est rien autre qu'un lieu de plaisirs variés et n'a de pré que le nom. C'est un vaste jardin dont les allées servent aux évolutions de jeunes vélocipédistes; il s'y donne des fêtes — vénitiennes parfois — bien ordonnées toujours. Là, dans la journée, on boit du lait, on mange des gâteaux, on voit la comédie, on pose à pied ou à cheval devant un appareil photographique, et toutes sortes de jeux attirent et retiennent, le dimanche surtout, une grande affluence de visiteurs.

Enfermée dans un parc splendide, la petite maison connue sous le nom de Bagatelle, actuellement propriété de sir Richard Wallace, n'est autre que celle qu'on appelait, au siècle dernier, la *Folie d'Artois*. C'est le comte d'Artois (depuis Charles X) qui la fit bâtir par un architecte nommé Bellanger, homme expéditif entre tous, qui parvint à achever la construction en l'espace de soixante-quatre jours. Dans les dernières années du dix-huitième siècle, toutes les célébrités féminines ont passé à Bagatelle. Mlle de Charolais, Mme de Beauharnais, Mme Tallien, bien d'autres encore, en ont été les hôtes. Sous Louis XVIII, le duc de Berry en fut propriétaire ; il y a ajouté, comme souvenir de son passage, une jolie tour gothique. Pelouses, pièces d'eau, clairières, ombrages discrets, tout ce qui peut rendre un séjour agréable est artistement groupé dans le parc de Bagatelle, sur une superficie de 21 hectares. Le duc d'Herford, qui habita ce petit château avant le propriétaire actuel, y avait réuni une riche collection de tableaux.

Mais la principale attraction du bois de Boulogne est incontestablement le Jardin d'acclimatation. Son entrée principale se trouve près de la porte des Sablons; l'ellipse dont il affecte la forme s'étend sur une superficie de vingt hectares.

Cette création est l'œuvre d'une société qui s'est fondée en 1854. Sous l'impulsion de son président, Isidore Geoffroy Saint-Hilaire, les immenses travaux d'aménagement furent conduits avec rapidité, et le jardin ouvrit ses portes le 9 octobre 1860.

Malgré les distractions nombreuses et variées que le Jardin d'acclimatation offre à ses visiteurs, il faut bien se garder de le considérer comme une entreprise frivole; il est en réalité la manifestation d'une haute pensée scientifique.

« Acclimater, multiplier et répandre toutes les espèces animales ou végétales qui sont ou seront introduites en France et paraîtront dignes d'intérêt par leur utilité ou par leur agrément », tel est le programme que les fondateurs se sont tracé, tel est le but qu'ils ont su atteindre.

Néanmoins la nécessité de ne point faire du jardin une institution exclusivement scientifique s'est imposée à ses organisateurs, et, dans des proportions excellentes, ils ont su mêler l'agréable à l'utile. De là les attraits multiples qu'on rencontre ici chaque jour; de là aussi les exhibitions exotiques dont le jardin est fréquemment le théâtre.

Mais, si la part de la foule curieuse a été faite, le but primitif n'a pas été perdu de vue. Le Jardin d'acclimatation sert maintenant d'intermédiaire entre les éleveurs français et étrangers, et possède la collection la plus intéressante qu'on puisse rencontrer de tous les animaux et de toutes les plantes utilisés par l'homme.

Visitez le jardin d'hiver, les serres des azalées, celles des orchidées, la faisanderie, la grande volière. Arrêtez-vous un instant devant la statue de Daubenton, œuvre de Godin; puis, marchant de surprise en surprise, longeant les lacs ou suivant de sinueuses allées, vous rencontrerez tour à tour l'écurie zoologique, celle des poneys, le rocher des porcs-épics, le bassin des otaries, la vacherie, l'aquarium, l'établissement de la pisciculture, le chenil. Voyez les pingouins, les canards, les grues, les cerfs, les agoutis, le pigeonnier militaire, la librairie, cent autres curiosités encore, et vous reconnaîtrez la science, l'ordre et le goût qui ont présidé au choix et à l'organisation de ces magnifiques collections.

Observez encore que, grâce à son excellente orientation (les faces principales regardent l'une le nord et l'autre le sud), le jardin peut maintenir ses élèves dans des conditions de température et d'hygiène parfaitement appropriées à leur origine.

Dans un avenir très prochain, l'établissement subira quelques modifications qui, tout à la fois, multiplieront les attraits qu'il offre au public et augmenteront son intérêt scientifique.

Au premier rang de ces innovations, il faut placer les conférences-promenades. Elles se feront chaque semaine sous la conduite d'un professeur de zoologie. La science, ici, ne sera point pédantesquement enseignée, mais vulgarisée et mise à la portée de tous, en un langage simple, clair, appuyé par des exemples, puisque les animaux dont on expliquera les mœurs évolueront sous les yeux des auditeurs.

Dans un grand hall de 40 à 50 mètres de diamètre, qui pourra contenir plusieurs milliers de visiteurs, l'administration, réorganisant son orchestre actuel, donnera des concerts de musique classique. Une serre-promenade réunira cette vaste salle au jardin d'hiver actuel, et, sur les parois de celui-ci, viendront s'appliquer deux nouvelles serres, l'une chaude et l'autre froide. Au bâtiment des Grandes-Écuries, viendra s'adosser une galerie des éléphants et autres gros animaux dans laquelle le public rencontrera un spacieux abri et une piste de cirque de 15 mètres de diamètre qui permettra d'exhiber des bêtes dressées et de montrer à quel degré d'éducation elles peuvent être amenées.

Signalons, pour terminer, une vacherie-singerie qui ne sera pas la moins pittoresque de ces créations nouvelles. Sur les côtés d'un vaste parallélogramme dont le public, consommant du lait, occupera le centre, les vaches seront installées de face dans d'élégantes stalles; dans une galerie, au-dessus des étables, toutes les races connues de singes exécuteront leur gymnastique agile et animeront le tableau de ces poses grotesques et de ces grimaces inimitables qui ont le privilège d'exciter le rire.

D'autres projets sont encore à l'étude : la création d'une maison de chiens d'appartement, celle d'une magnanerie, d'une galerie des oiseaux, etc. Enfin, pour remplacer l'aquarium actuel, on établira un grand aquarium d'eau douce et d'eau salée.

A la mort d'Isidore Geoffroy Saint-Hilaire, la direction du jardin a passé dans les mains de Rufz de Lavison ; elle est confiée, maintenant et depuis de longues années déjà, à la haute compétence de M. Alfred Geoffroy Saint-Hilaire, fils du fondateur.

Sans nous en apercevoir et tout en causant, nous sommes arrivé à la porte Maillot, et nous voici entrant dans ce riche village de Neuilly, ville aujourd'hui, que sa voie centrale relie à Paris par l'avenue de la Grande-Armée.

Nous entrerons dans Neuilly par le quartier de Sablonville ; il se construit lentement, à cause du voisinage de la zone militaire, sur ce qui fut jadis la plaine des Sablons. Là, Louis XV passait, au mois de mai de chaque année, une grande revue des gardes françaises et des gardes suisses. Là encore Louis XVI, ainsi que nous le verrons plus loin, autorisa Parmentier à essayer la culture de la pomme de terre. Là enfin, le 1er juin 1794, la Convention établit un camp d'instruction militaire ; les jeunes gens y vinrent apprendre le maniement des armes ; ils se formèrent à la discipline et s'accoutumèrent à vivre sous la tente. Ce que la Convention avait fait le 1er juin, elle le défit quelques mois après. A la fin de l'année qui l'avait vu naître, le *camp des Sablons* avait vécu.

Poussons une pointe sur la route de la Révolte, et nous trouverons bientôt, à notre droite, un petit monument d'aspect funèbre, byzantin de style et affectant la forme d'une croix grecque. C'est la chapelle Saint-Ferdinand, érigée au lieu même où se trouvait, en 1842, la maison de l'épicier

2

Cordier. C'est dans cette masure, sous le plafond crevassé d'une noire arrière-boutique, sur un matelas emprunté au lit du débitant, que le duc d'Orléans, héritier présomptif du trône de Louis-Philippe, rendit le dernier soupir. Les détails de la catastrophe du 13 juillet 1842 sont trop connus pour passer à les rappeler le temps que nous pouvons employer à visiter l'intérieur de la chapelle.

Cet intérieur est simple, sévère et, malgré son exiguïté, ne manque pas d'une certaine grandeur. La lumière pénètre sous la voûte, adoucie par de jolis vitraux représentant des saints. Ces vitraux ont été exécutés à Sèvres, d'après les cartons d'Ingres. Le maître-autel est décoré d'une *Descente de croix* sculptée par de Triqueti, sur le dessin d'Ary Scheffer. De Triqueti est aussi, pour la plus grande partie, l'auteur du cénotaphe qu'on voit à droite ; la figure principale est celle du prince mourant, la poitrine découverte et revêtu encore de son uniforme d'officier général; à son chevet est agenouillé un ange. Cette dernière figure, d'une grande suavité d'expression, est une œuvre de la princesse Marie, qui, on le sait, était une véritable artiste. Un bas-relief de de Triqueti s'encadre dans le marbre noir du piédestal ; il figure la Patrie attristée, tenant d'une main un drapeau renversé et de l'autre une urne funéraire. Au fond de la sacristie, on conserve un tableau de Claudius Jacquand, peint en 1844 et représentant, avec une scrupuleuse exactitude, les derniers moments du prince et l'aspect des lieux qui en ont été témoins. Ce tableau, bien dessiné et d'une bonne composition, mais de couleur un peu bitumineuse — comme la plupart des œuvres du peintre — est, au point de vue historique, un document précieux. Il contient les portraits fort ressemblants des membres de la famille royale, ainsi que ceux des hauts dignitaires et des ministres de ce temps-là, tous accourus auprès de l'agonisant. Devant le maître-autel, on vous montrera des prie-Dieu brodés par la reine Marie-Amélie et les princesses de la famille.

L'épicier Cordier fut non seulement largement indemnisé de l'expropriation de sa maison, mais il obtint une place de garde à Versailles, et reçut de la famille royale des bienfaits dont il se montra plus avide que reconnaissant.

L'avenue de Neuilly, que nous allons remonter maintenant, est longue ; elle est bordée de belles constructions, égayée par-ci par-là des verdeurs de quelques jardins ; elle a trois voies carrossables, de larges trottoirs, mais ne saurait offrir beaucoup d'attraits particuliers à notre curiosité. Nous allons profiter de cette circonstance pour rappeler, en peu de mots, l'histoire du pays.

Le sol où nous marchons faisait partie de la forêt de Rouvray. Les tramways à vapeur filent sur leurs rails aux endroits où, jadis, nul pied humain n'aurait trouvé à se poser. Vers les bords de la rivière, aux confins de la forêt, un pauvre hameau se forma lentement. Il ne se composait que de huttes, dont la plus importante était celle du passeur — gros bonnet de l'endroit. — C'est vous dire qu'un bac traversait la rivière ; il fonctionnait au lieu même où s'élève actuellement le pont. Le hameau, comme la forêt, dépendait de la seigneurie de Clichy ; mais les moines de Saint-Denis élevaient quelques prétentions à la propriété du port de Neuilly.

Ne nous appesantissons pas sur les querelles nées de cette antique rivalité, et arrivons tout de suite à une joyeuse aventure, qui, à tout prendre, eût bien pu tourner au tragique.

Le 6 juin 1606, Henri IV et la reine, revenant de Saint-Germain, voulurent traverser la Seine ; le bac fut hélé et le carrosse royal hissé dessus avec son attelage ; mais les chevaux, que, dit la chronique, on avait oublié de faire boire, sentant la fraîcheur de l'eau, s'élancèrent dans le fleuve, entraînant avec eux le carrosse et les royales personnes qui l'occupaient. La reine courut un réel péril ; un de ses valets de pied la tira de l'eau par les cheveux. Le roi, lui, sortit de ce bain inattendu subitement guéri d'un mal de dents qui le faisait beaucoup souffrir ; sa jovialité naturelle reprenant le dessus, il se secoua et rit de l'événement. Néanmoins, comme un homme averti en vaut deux, il donna immédiatement l'ordre de construire un pont à l'endroit où il avait failli périr.

A partir de ce moment, la population du pays s'accrut, et sa prospérité commença.

Au dix-huitième siècle, un grand seigneur, le comte d'Argenson (un boulevard de la localité porte son nom), fit construire à Neuilly une petite maison de plaisance; il y donna de fins soupers, souvent égayés par la présence de Voltaire, du marquis de la Fare et de son inséparable ami, l'aimable abbé de Chaulieu. En 1743, devenu ministre de la guerre, le comte d'Argenson appela à lui l'architecte Cartaud et fit édifier, dans un grand parc, une construction magnifique, en rapport avec sa haute fortune : le château de Neuilly.

Après d'Argenson, le château de Neuilly devint la propriété de Badix de Sainte-Foix. Sous l'empire, il abrita successivement le prince Murat et la princesse Borghèse ; puis fit retour au domaine impérial. Louis XVIII le donna à la famille d'Orléans.

Louis-Philippe affectionnait tout particulièrement Neuilly. C'est là que la députation de Paris vint le chercher, en 1830, pour lui confier la lieutenance générale du royaume ; c'est là que, devenu roi, il faisait encore de fréquents séjours avec sa famille ; c'est là enfin que se rendait le duc d'Orléans, le 13 juillet 1842. Sous Louis-Philippe, le domaine s'agrandit et s'embellit ; le parc devint immense ; la propriété était une des plus belles des environs de Paris. Autour d'elle s'élevaient des constructions nouvelles, confortables ou luxueuses ; le commerce et l'industrie prenaient une extension jusqu'alors inconnue.

En 1848, le peuple se transporta à Neuilly, dévasta le parc et brûla le château, après en avoir vidé les caves. Le beau domaine, morcelé et vendu par lots, en exécution d'un décret du président de la République, du 22 janvier 1852, n'est plus maintenant qu'un souvenir que rappelle seul le nom de quartier du Château donné aux rues bâties sur l'emplacement qu'il occupait, et un petit pavillon construit sous Louis-Philippe, perdu dans un jardin et sans intérêt architectural.

L'église Saint-Jean-Baptiste, que nous rencontrons en haut de l'avenue, a été construite en 1824. Nous ignorons le nom de l'architecte qui l'a édifiée ; mais, grâce à son caractère banal, nous pensons que ce dut être Godde ou quelqu'un de ses élèves. L'intérieur, composé d'une nef séparée des bas côtés par des colonnes toscanes, n'offre rien d'intéressant aux visiteurs.

Quelques pas encore et nous arrivons au pont. Ce n'est plus celui que Henri IV fit construire à la fin de son règne. En bois et d'une solidité douteuse celui-là, il dut être réparé une première fois en 1638 et une seconde sous le règne de Louis XIV. Le pont actuel date de 1772. Il repose sur cinq arches d'une courbe gracieuse et mesure 250 mètres de longueur. Les feuillages des îles du Pont et des Anglais frémissent auprès de ses parapets, et de son centre la vue s'étend charmée sur toute la belle campagne environnante. Sa construction fut achevée en quatre années sous la direction de l'ingénieur Perronnet. C'est le premier pont sans courbure qu'on ait construit en France.

Si nous allons à droite, nous nous trouvons dans le quartier Saint-James, agglomération de villas charmantes et de jardins superbes. Ce quartier s'est créé sur les terrains de la propriété d'un certain Beaudard de Saint-James, trésorier général de la marine en 1775. La *Folie Saint-James*, ainsi qu'on l'appelait alors, dépassait en richesse et en magnificence les résidences princières les plus réputées. Beaudard fit faillite en 1784, et la propriété fut divisée par lots et vendue.

Si nous allons à gauche, toujours en partant du pont, nous entrerons dans le quartier du Château, et au numéro 3 de la première de ses rues, la rue Basse-de-Longchamp, dans une maison de bourgeoise apparence, que nulle enseigne ne signale à nos regards, nous trouverons une institution dont nous nous reprocherions de ne pas dire quelques mots.

C'est une succursale de la *Maison de charité pour les mineures sans ressources*, fondée à Amiens au mois de juin 1877, par Mlle Ryder. Le but de l'œuvre est de recueillir gratuitement les petites filles pauvres, sans famille, et même ne remplissant pas les conditions d'admission exigées dans tout autre orphelinat.

Les enfants admises sont nourries, vêtues et instruites par des dames qui se dévouent à ces pénibles missions; lorsqu'elles ont atteint leur majorité, les jeunes filles sont placées, si elles le désirent; mais, si elles le préfèrent, elles peuvent continuer à habiter l'asile et rendre à d'autres infortunées. les soins que leur enfance a reçus.

Cette succursale de la maison mère d'Amiens contient une trentaine d'enfants; elle fonctionne, à Paris, depuis deux années déjà. Établie d'abord à Passy, elle s'est installée, au mois de juillet 1889, dans l'immeuble de la rue Basse-de-Longchamp; mais, disons-le, au risque d'être indiscret, elle ne pourra peut-être pas y séjourner longtemps, le loyer étant trop élevé pour des ressources qui se composent *exclusivement* des dons de la charité privée.

A quelques pas de là, rue Soyer, vous verrez la maison municipale de retraite pour les vieillards; sa fondation remonte à l'année 1872, sa transformation en hospice date du mois de novembre 1889. C'est un établissement fort bien aménagé, qui contient trente-six pensionnaires des deux sexes.

Gagnant maintenant l'avenue du Roule, nous nous trouverons bientôt devant l'élégant hôtel de ville construit de 1882 à 1885 par MM. Dutocq et Simonet, sur les plans d'André, de Lyon, lauréat du concours.

Son large perron, sa façade de 40 mètres, sa frise ornée de sculptures de Barrias, son campanile décoré de figures de Tony Noël, la blancheur de sa pierre, le ton bleuté de ses toits, donnent véritablement grand air à cet hôtel de ville d'un chef-lieu de canton; plus d'un arrondissement parisien, le dixième et le deuxième, pour ne citer que ceux-là, seraient fiers de le posséder pour mairie.

A l'intérieur, un vestibule de belles proportions, décoré d'un groupe de Guillon, le *Duel du lion*, conduit à l'escalier d'honneur, fort beau et d'une forme très originale, par où l'on accède aux magnifiques salles du premier étage: grande salle des fêtes, au plafond cloisonné, salle des mariages, salle du conseil municipal, le tout attendant encore les décorations picturales qui compléteront un irréprochable ensemble.

A quelques pas de la mairie, s'élèvent, inachevées encore, les constructions d'une nouvelle église, qui sera dédiée à saint Pierre. M. Dauvergne, qui dirige les travaux, n'a terminé que l'abside ; la nef s'étendra le long de l'avenue, et le portail s'ouvrira au fond du rond-point d'Inkermann. D'après ce qu'on voit, il est permis de prédire que cette église sera digne du quartier qu'elle est appelée à desservir.

En redescendant l'avenue du Roule, nous rencontrons, à notre gauche, la belle maison de retraite fondée en 1885 par l'Assistance publique, grâce aux fonds laissés par les frères Galignani et en exécution de leurs volontés dernières. La maison, qui porte le nom de ses généreux fondateurs, est placée dans une situation magnifique ; elle a été construite par MM. Delaage et Véra avec une entente parfaite des nécessités du service et un bon goût exquis. Rien ici ne sent l'hospice, tout respire le confort. Après avoir traversé la véranda qui sert d'entrée principale, après avoir lu, gravées en lettres d'or, sur des plaques de marbre noir, les dispositions testamentaires de William Galignani, si vous pénétrez successivement dans le coquet salon d'attente et dans la salle de lecture, vous verrez, peints par M. Aublet, deux beaux portraits des frères fondateurs. La salle de lecture, meublée de bibliothèques bien garnies et dont les tables reçoivent les publications périodiques, est ouverte toute la journée aux pensionnaires de la maison. Ceux-ci sont au nombre de cent, tous sexagénaires et de nationalité française. Cinquante sont admis gratuitement ; mais, pour profiter de cette faveur, ils doivent avoir été savants, hommes de lettres, artistes, imprimeurs ou libraires. Leurs veuves ou filles peuvent être reçues aux mêmes conditions. Le président de la Société de secours des Amis des sciences, les secrétaires perpétuels des Académies française et des beaux-arts et le président du Cercle de l'imprimerie et de la librairie sont chargés de recevoir les demandes des postulants. Pour les personnes payantes, le prix de la pension est fixé à

500 francs. C'est à bon marché, on le voit, le calme assuré des derniers jours.

Tout auprès de la maison Galignani, à l'angle du boulevard Victor-Hugo, vous verrez une chapelle protestante anglaise, dont le joli clocher, dominant les verdures environnantes, est d'un effet charmant.

Redescendant toujours l'avenue, et sur notre droite, cette fois, nous rencontrons encore une institution philanthropique. Celle-ci s'appelle le *Retrait de Sainte-Anne ;* elle a été fondée en 1852, par l'abbé Deguerry, curé de la Madeleine ; elle est exclusivement réservée aux dames et abrite cent cinquante pensionnaires, toutes anciennes paroissiennes de la Madeleine. Le prix de la pension varie, suivant les fortunes, de 900 à 3 000 francs ; quelques dames sont retraitées gratuitement.

Signalons encore, établie dans un bâtiment vaste, mais de simple aspect, l'Institution de Sainte-Croix, dirigée par des Frères.

Sur une petite place dont le très modeste bâtiment de l'ancienne mairie affecté à la justice de paix occupe le fond, nous rencontrons une statue de *Parmentier étudiant la pomme de terre*. On sait que l'agronome obtint de Louis XVI la cession de 50 arpents de la plaine des Sablons pour cultiver le précieux tubercule. La statue est donc bien à sa place ici. Inaugurée en 1888, sous la présidence de M. Poubelle, préfet de la Seine, elle est l'œuvre de M. A. Gaudez. C'est un bronze un peu maigre, mais d'un gracieux aspect.

Rappelons encore que le quartier de Champerret commença à s'édifier en 1832 et que, sur son territoire, on trouva les restes d'une voie romaine, qui devait aller de Montmartre au mont Valérien.

Pendant la guerre de 1870, Neuilly, abandonné de ses habitants, mais protégé par les remparts de Paris, n'eut à souffrir que des dégâts insignifiants ; il n'en fut pas de même aux mois d'avril et de mai 1871, quand l'armée de Versailles reprit la capitale aux troupes de la Commune. Une grande partie des maisons de la localité furent lacérées alors par les boulets. Le calme revenu, les maçons se mirent à l'œuvre, et les traces de ces dévastations disparurent promptement.

Nous sommes au début de notre voyage et déjà les souvenirs de cette terrible guerre de 1870 viennent nous assaillir ; nous savons qu'il nous faudra les rappeler souvent. Il n'importe. Notre douleur, profonde en retraçant de certains tableaux, sera tempérée par un sentiment de légitime fierté en présence de ces vaincus héroïques dont la faim et le froid n'ont point abattu le courage et qui ne sont tombés que devant l'inexorable supériorité du nombre.

Pour quitter Neuilly sur une impression plus gaie, nous allons, ceci fera pendant à l'histoire ancienne que nous avons racontée plus haut, nous entretenir pendant quelques instants d'une gloire moderne de la ville. Nous voulons parler de la fête, dont chaque année, au mois de juin, la grande avenue est le théâtre.

Certes, c'est toujours, ici comme ailleurs, la même agglomération de baraques foraines, la même prodigalité d'oripeaux aux tons criards, la même cacophonie assourdissante de cent orchestres jouant ensemble des airs divers ; mais, il faut le reconnaître, la fête de Neuilly présente un aspect et revêt un caractère que n'ont jamais les fêtes de Montmartre, de Belleville, de Vaugirard, ni même celle de la place de la Nation. A quoi cela tient-il ? Est-ce au milieu exceptionnellement vaste et beau où s'étend le champ de foire ? Est-ce à la vogue acquise, au public élégant qui se presse devant les parades ? Est-ce, enfin, à la générosité de la ville, qui orne l'avenue de lustres, de guirlandes en verres de couleur et d'oriflammes, ou bien au temps d'été, qui favorise généralement la fête ? A tout cela réuni, sans doute. Toujours est-il qu'à Neuilly, au mois de juin, le vieux Parisien que nous sommes a souvent été tenté de croire à la résurrection soudaine d'une de ces fameuses foires Saint-Laurent ou Saint-Germain, qui furent de charmantes curiosités au dix-huitième siècle.

Ainsi que nous l'avons dit plus haut, pourtant, nous retrouvons là les ménageries, les cirques, les théâtres, les montagnes russes, les manèges de vélocipèdes, les chevaux de bois, les tirs, les tourniquets, les loteries, les nains, les géants, les femmes-torpilles, les filles d'une beauté extraordinaire, que nous avons vus ailleur s ;mais tout cela en plus grand nombre, en meilleur ordre, et dans un cadre inaccoutumé.

Thespis a reverni son char ; *le Roman comique* a réparé sa carriole ; nos forains se sont faits beaux et pimpants pour venir à Neuilly.

Les grandes toiles qui représentent une famille royale admirant un phénomène ont été repeintes ; les décors, remis à neuf, semblent n'avoir jamais servi ; les banquettes sont nouvellement rembourrées ; un coup de rabot a passé sur les planches du dernier amphithéâtre. Le maillot de la danseuse de corde se tend sur sa jambe, sans plis, sans pièces, sans reprises ; la perruque du pitre est de filasse fraîche ; l'habit vert du marquis, marchand d'élixir, rutile de galons ; les cuivres des instruments brillent comme une batterie de cuisine ; la grosse caisse elle-même a fait peau neuve.

Quant aux spectacles, ils sont l'objet de tous les soins des impresarios : ici, les fauves, plus soumis que jamais, lèchent les pieds du dompteur en habit noir ; là on joue, en cinquante minutes, les cinq actes des *Deux Orphelines ;* ailleurs, une féerie vous éblouit du luxe de ses apothéoses inondées de lumière électrique. Dans une arène sablée, les lutteurs *tombent* avec grâce les amateurs et leur serrent affectueusement la main en les quittant ; plus loin, les animaux savants accomplissent leurs tours avec une irréprochable précision. Dans sa voiture, transformée en cabinet de consultation, la somnambule extra-lucide console les gens crédules d'un passé douloureux, en leur prédisant un splendide avenir. Et, partout, la foule, une foule curieuse, gaie, venue des plus riches quartiers de Paris, émaillée de ces jolies toilettes féminines dont les Parisiennes ont le secret, s'attroupe devant les estrades, s'entasse sur les gradins, joue aux loteries, tire à la carabine, et crie dans les wagonnets des montagnes russes. Le soir venu, l'avenue s'illumine d'un bout à l'autre ; le gaz flamboie, la lumière électrique rayonne,

LA FÊTE DE NEUILLY.

DESSIN DE F. LIX.

les lustres et les guirlandes piquent la nue de plusieurs milliers de points lumineux et multicolores. Minuit vient; le silence se fait. Les Parisiens regagnent la ville, soufflant dans d'immenses mirlitons, portant triomphalement la soupière ou le lapin gagnés à une loterie.

Et cela dure trois semaines, un mois parfois, et finit enfin, à la grande joie des riverains, qui, pendant tout ce temps, paralysés pour leurs travaux, troublés dans leur sommeil, ont mille fois maudit les forains et la fête.

Toute médaille a son revers.

De Neuilly, nous gagnons Levallois-Perret par la longue rue Voltaire, dont la façade de l'église Saint-Justin clôt assez agréablement la perspective pour qu'on soit surpris, en arrivant auprès de l'édifice, de le trouver aussi parfaitement dénué d'intérêt.

La première pensée de la création de ce village appartient à un certain Levallois (Nicolas-Eugène), marchand de vin, et remonte à l'an 1846. Pourtant Cavé, le mécanicien célèbre, dont une rue de Levallois porte le nom, avait, dès 1822, établi une usine dans cette plaine, alors inculte, où s'éparpillaient les propriétés de Cambronne, de Chaptal, de Gouvion-Saint-Cyr et de Louis-Philippe. Mais, bien que Levallois et ses émules, spéculateurs avisés et heureux, aient percé dix-huit rues et bâti cent quatre-vingts maisons, la localité qu'ils ont créée ne prit une réelle importance qu'après 1860 et ne devint commune qu'en 1867. Ses dépôts de bois, de charbons, de liquides, ses fabriques de matériel de chemins de fer, de miroirs métalliques, de couleurs, de clous, de parfumerie, etc., occupent un grand nombre d'ouvriers et d'employés. Ces ouvriers et ces employés forment la majeure partie de la population ; quant au reste, il se compose de travailleurs parisiens et de petits rentiers qui finissent leurs jours dans des maisons exiguës, agrémentées de jardins minuscules.

Le pays n'est, on le voit, ni brillant ni riche ; aussi la charité privée semble-t-elle avoir pris à tâche d'y multiplier ses manifestations.

Au numéro 51 de la rue Gide, nous trouvons d'abord la *Maison hospitalière de vieillards* que M. et Mme Raynaud ont fait construire en 1888.

C'est, devant un vaste jardin, trois bâtiments en pierre et brique limitant une vaste cour rectangulaire, fermée sur la rue par une grille.

L'aspect général est un peu solennel, mais agréable à l'œil quand même. Une jolie chapelle, précédée d'un porche que surmonte une tour élégante, forme avant-corps au milieu du pavillon central ; elle est, à l'intérieur, d'une grande simplicité, absolument dépourvue de décoration ; mais cette nudité ne nuit pas à son aspect et permet d'apprécier la forme heureuse que l'architecte, M. Laruelle, a su lui donner. La maison, dirigée par des sœurs, peut abriter cent vingt vieillards, hommes et femmes. Les pensionnaires sortent tous les quinze jours et reçoivent des visites les jeudis et les dimanches.

A l'autre extrémité de la même rue, près de la gare du chemin de fer, est la *Fondation Isaac Péreire*, qui date de 1886. Ceci n'est qu'un dispensaire, mais un dispensaire exceptionnellement luxueux. Dirigé par des sœurs, il est desservi par des médecins et des chirurgiens dont les noms sont tous célèbres parmi nos praticiens modernes ; il rend d'inappréciables services à la population ouvrière du pays.

Les établissements charitables sont nombreux dans la rue de Villiers. Voici d'abord, au numéro 70, un hospice fondé en 1877 par sir Richard Wallace ; là ne sont admis que des vieillards de nationalité anglaise. C'est une grande construction entre cour et jardin où l'architecte a employé tous les matériaux et mêlé tous les styles. Pierre, brique, ardoise, fer, confondent leurs couleurs diverses ; l'ogive dessine sa courbe auprès de fenêtres renaissance que séparent des trumeaux Louis XIII. Ces fantaisies admises, l'édifice demeure intéressant à l'œil sans qu'il soit possible toutefois de discerner si l'on est devant une luxueuse maison de campagne ou devant un asile hospitalier.

Plus loin, nous rencontrons la *Maison Notre-Dame du*

Perpétuel Secours, l'*Hôpital Greffulhe*, et enfin l'*Hospice municipal pour les vieillards ;* l'entrée de ce dernier est rue Gide, derrière le champ de courses.

Un champ de courses à Levallois! Certes, la chose est faite pour surprendre. Mais elle est vraie pourtant. Lisez, pour vous en convaincre, cette affiche oubliée sur un mur, et annonçant une réunion du *Trotting-Club*, une société fondée en 1889, qui paraît destinée à un bel avenir.

Le champ de courses, ou pour lui garder son titre officiel, l'*Hippodrome de Neuilly-Levallois*, occupe un vaste quadrilatère entouré de palissades grises; il est bordé par les rues Bin, Gide et de Cormeilles et s'ouvre sur le quai Michelet, en face la pointe de l'île de la Grande-Jatte.

Installé sur un terrain appartenant à la famille Péreire, gazonné, sillonné de pistes, semé d'obstacles, orné de tribunes, dominé à l'horizon par la pointe de la tour Eiffel et les deux lanternons du Trocadéro, l'hippodrome de Levallois sert, l'été, à des courses au trot, et, l'hiver — une surprise encore — à des courses de lévriers.

Ce spectacle nouveau est assez amusant. On lâche sur la piste des lièvres et des lapins, et après eux des chiens qui les pourchassent ; un prix est décerné au vainqueur. Inutile d'ajouter que ce genre de sport sert, comme tout autre, de prétexte à d'innombrables paris. Les habitants de Levallois comptent beaucoup sur le champ de courses pour augmenter la prospérité du pays.

Une longue voie, la rue Gravel, peu construite, traversée par un pont de chemin de fer, bordée, à un certain endroit, de talus que couronne une longue suite de wagons en remisage, nous mène à Clichy-la-Garenne, et nous nous trouvons sur sa voie principale, le boulevard National, qui, si nous le suivions dans toute sa longueur, nous mènerait au pont de Clichy.

Mais l'exploration sera courte ici. A l'exception du boulevard où nous sommes et du boulevard Victor-Hugo — tracé mais incomplètement construit — Clichy, malgré l'importance qu'il eut depuis les premiers temps de la monarchie jusqu'à la Révolution de 1789, n'est plus, aujourd'hui, qu'une agglomération de maisons noires ; il a l'aspect triste, boueux, enfumé des cités manufacturières. La population qui l'habite est des plus mêlées. Autour des ouvriers de ses usines, gravite une tourbe de gens aux professions douteuses, inavouables souvent. Écume de la grande ville, elle remonte vers ses faubourgs pendant la journée et, le soir venu, remplit les cabarets du bruit de ses querelles. Cette population flottante n'est point particulière à Clichy ; nous la retrouverons dans plus d'une des communes qui touchent à la capitale.

Seul, l'historien peut, sinon retrouver, du moins évoquer, à Clichy, un bon nombre de curieux souvenirs. Nous allons en rappeler quelques-uns, tout en nous dirigeant vers la mairie, après avoir passé devant une vaste place, plantée de jeunes arbres.

Nos premiers rois possédaient, sur le territoire de Clichy — garenne alors — un château qui fut le théâtre de quelques événements remarquables à divers titres. Dagobert Ier l'habita, et, étant connus les goûts fastueux de ce prince, il est permis de supposer que les bâtiments étaient vastes et l'ameublement splendide. C'est en ce château, où il faisait frapper sa monnaie, où saint Éloi avait peut-être son atelier d'orfèvre et son cabinet de ministre, que le légendaire *bon roi* épousa, un jour, et répudia, quatre ans après, l'une de ses cinq femmes, la pieuse Germantrude. C'est là aussi qu'il fit baptiser, en 634, son fils Sigebert ; là encore se tinrent, en 636, les réunions d'un concile assemblé pour déterminer les conditions d'existence du monastère de Rebais, fondé par saint Éloi ; enfin, Dagobert y reçut, l'année suivante, la soumission de Judicaël, duc de Bretagne.

Les successeurs de Dagobert n'abandonnèrent pas Clichy. Clovis II s'y maria, en 649, avec l'esclave Bathilde. Des assemblées de grands et d'évêques s'y tinrent en 656 et 663. De la première de ces réunions sortit, pour les moines de Saint-Denis, l'affranchissement de la juridiction épiscopale.

Mais le temps marche. La prépondérance de l'Austrasie

sur la Neustrie s'accentue ; les rois francs quittent les bords de la Seine pour les bords du Rhin. Clichy perd de son intérêt à leurs yeux, et Charles-Martel abandonne à l'abbaye de Saint-Denis le château et le territoire ; néanmoins ils ne tardent pas à faire retour à la royauté qui, en 1134, lors de la fondation de l'abbaye de Montmartre, donna à celle-ci un moulin à Clichy, ses écluses et le droit de mouture pour toute la paroisse. Enfin, en 1193, Philippe-Auguste échangea avec Gaucher de Châtillon la seigneurie de Clichy contre celle de Pierrefonds. Dans cet échange, le rapport du domaine de Clichy était évalué à 80 livres.

Il serait fastidieux d'énumérer toutes les familles dont le chef porta le titre de seigneur de Clichy, depuis Gaucher de Châtillon jusqu'au marquis de Vaubrun, dont la veuve fit, au siècle dernier, planter d'arbres une longue allée, qui s'étendait du sommet des Batignolles à l'entrée de son château. L'avenue de Clichy actuelle suit le tracé de cette allée. En 1740, la marquise de Vaubrun vendit son domaine à Gaspard Grimod de la Reynière, pour une somme de 300 000 livres.

Il est inutile aussi de raconter par le menu les querelles entre seigneurs, risques entre *gens d'armes et escholiers*, drames de famille où l'épée et le poison ont joué leurs rôles, dont Clichy fut le théâtre.

Au souvenir de ces temps lointains et quelque peu barbares, il vient s'en substituer un plus souriant et plus rapproché de nous : celui de Vincent de Paul. On sait que le saint fut curé de Clichy depuis le 2 mai 1612 jusqu'au 17 avril 1625 ; il succédait à François Bourdon, célèbre docteur en Sorbonne et troisième général des oratoriens. C'est aux frais de Vincent de Paul que fut bâtie, en remplacement d'un édifice qui tombait en ruine, la modeste église de la commune, encore debout aujourd'hui. Elle était alors dédiée à saint Médard, dont la fête patronale attira, pendant plusieurs siècles, une grande affluence d'étrangers à Clichy. Depuis 1842, l'église est placée sous le vocable de saint Vincent de Paul.

Nous avons vu Grimod de la Reynière devenir propriétaire du château de Clichy; il ne laissa là que le souvenir de son faste et de ses repas pantagruéliques.

De 1795 à 1797, Clichy fut le centre d'action d'une société royaliste, qui fit quelque bruit en son temps : *le club de Clichy*. Plusieurs membres de ce club furent déportés à la Guyane après le 18 fructidor; les autres se dispersèrent.

Sous l'empire, le château de Clichy, devenu propriété de Madeleine de Lévis, était loué à l'ambassadeur de Russie, le prince Kourakin. Quelques fêtes magnifiques qu'il y donna, furent le dernier éclat de l'antique demeure. En 1808, Boignes acheta le château 200 000 francs, le fit démolir et vendit les terrains par lots.

Mais nous voici devant la mairie, un monument inauguré au mois de mai 1878, et dont la construction est due à M. Depoix, architecte.

Avec son étage unique, décoré de colonnes corinthiennes, son cadran, son campanile, l'édifice a tout à fait grande allure ; ses larges entrées sont engageantes, et l'on ne saurait résister au désir de le visiter. Il ne s'agit que de dépenser quelques moments. On ne sera point tenté de les regretter.

Après avoir franchi le vestibule, on se trouvera au pied d'un large escalier de pierre, évoluant élégamment dans une cage carrée de belles proportions. Au premier étage, on pourra visiter successivement une jolie salle d'attente, puis la salle des mariages, rectangulaire, bien éclairée, décorée d'or sur fond blanc, ornée d'un beau plafond de Mathieu et de mignons dessus de portes s'harmonisant parfaitement avec son aspect Louis XVI. La salle du conseil, ornée dans le goût renaissance, est d'une fort bonne conception et ne manque pas d'un certain caractère de gravité; malheureusement, dans la partie réservée au public, où l'on s'attend à trouver des bancs en chêne, on ne rencontre que de banales chaises de paille. Des bancs ne coûteraient pas cher, messieurs les conseillers de Clichy; faites le sacrifice de cette petite dépense, et votre salle sera, dans ses accessoires et dans son ensemble, absolument parfaite.

Cette station à la mairie a interrompu l'histoire de la commune; nous allons, tout en nous dirigeant vers l'église, la reprendre où nous l'avons laissée. Peu de chose nous reste à dire, et les souvenirs que nous allons rappeler ne datent pas tout à fait de soixante années.

En 1831, le curé de la paroisse, un nommé Heuqueville, ayant déplu à la population, celle-ci pria l'abbé Châtel, fondateur de l'Église française, de lui envoyer un pasteur. Le *Primat des Gaules* dépêcha à Clichy l'abbé Auzoux, qui, trouvant l'église fermée par ordre de l'autorité, officia philosophiquement en plein air. Plus tard, l'abbé obtint les clefs de l'édifice; puis on les lui retira, et, finalement, il dut louer un local. Quand il fut destitué, en 1833, Clichy se souleva; le village, tout comme Paris, voulut avoir sa petite émeute. Mais qui se souvient maintenant des troubles de 1833? Qui se souvient de l'abbé Châtel?

Nous voici devant la petite église témoin des faits que nous venons de rapporter; elle présente son flanc sur le côté du boulevard National, et sa porte principale s'ouvre au bas d'une tour carrée que surmonte un toit pointu, un peu écrasé, au sommet duquel grince une girouette.

Avec ses toits de tuiles aux tons roux, ses contreforts, ses petites fenêtres cintrées, sa teinte de vieille pierre noircie par le temps, nous aimerions trouver ce petit monument enfoui dans la verdure de vieux ormes; il ne nous déplairait pas d'apercevoir à son chevet un de ces tranquilles cimetières de province, où les pommiers pleurent leurs fleurs dans l'herbe aussi haute que les croix, où la sereine insouciance d'une troupe d'enfants se mêle en jouant, et sans la troubler, à la sérénité sévère de la mort.

Les nécessités d'alignement ne permettent pas ce décor, et l'église est simplement séparée de la voie publique par une grille, derrière laquelle croissent quelques fusains toujours verts.

L'intérieur se compose d'une nef, d'un chœur et de deux chapelles latérales. Sur le mur qui sépare le chœur de la chapelle de Saint-Joseph, on vous montrera, encadré et sous

3

verre, un crucifix devant lequel Vincent de Paul avait coutume de se recueillir. Dans un reliquaire, l'église conserve aussi un morceau du bras de son patron, qui lui fut donné, en 1860, par l'archevêque de Paris. La chaire, dit-on, remonte au temps de la fondation de l'église. Des vitraux modernes décorent les fenêtres ; ceux de la nef sont de M. Chabin ; ceux du chœur, représentant divers épisodes de la vie de saint Vincent, ont été offerts à la paroisse, en 1860, par M. Maës, alors maire de la commune.

Par une porte pratiquée dans le flanc gauche du chœur, vous pourrez pénétrer dans la sacristie ; celle-ci traversée, vous vous trouverez dans un enclos assez vaste : c'est le jardin du presbytère. Outre une statue en bronze de saint Vincent de Paul abritant un enfant sous son manteau, on vous montrera un arbre de Judée, qui fut, dit-on, planté par le saint, lorsqu'il était curé de la paroisse. Sans nous prononcer sur l'authenticité de son origine, nous pouvons affirmer que l'arbre a un aspect incontestablement vénérable.

Noueux, tordu, courbé vers la terre, portant au tronc une blessure profonde — réelle cavité recouverte d'une feuille de zinc — n'ayant plus que deux grosses branches, mais une foule de jeunes pousses vigoureuses, il se couronne encore d'une douce nuée rose au temps de la floraison.

Saint-Vincent de Paul de Clichy a, depuis le mois de janvier 1889, une succursale. C'est une élégante petite chapelle, placée sous le vocable de Marie-Auxiliatrice, et construite rue d'Alsace, par M. Nitot. Les offices y sont célébrés par un vicaire de Saint-Vincent ; les leçons de catéchisme y sont données ; mais les grandes cérémonies, mariages, enterrements, etc., se font toutes à la paroisse.

L'ARBRE DE SAINT VINCENT DE PAUL AU PRESBYTÈRE DE CLICHY.

DESSIN DE P. MERWART.

CANTON DE COURBEVOIE

ITINÉRAIRE

Pont de Clichy ; **Asnières** : parc et château d'Asnières, Cercle nautique, marché, église Sainte-Geneviève, mairie, chapelle évangélique méthodiste ; **Courbevoie** : château de Bécon, île de la Grande-Jatte, œuvre de l'Orphelinat des Arts, château de Courbevoie, hôtel de ville, église Saint-Pierre, hospice Lambrecth, les casernes, groupe de la *Défense nationale;* **Puteaux** : Faventine, groupes scolaires, temple protestant, quai National, fabrique de Puteaux, teinturerie Arnaud Ragnet, église Notre-Dame de Pitié, île de Puteaux, ferme Salomon de Rothschild, mairie; **Suresnes** : quai de Suresnes, le barrage, le pont de Suresnes, la place Henri IV, église Saint-Leufroy, mairie, groupe scolaire, le vin de Suresnes, la rosière, le Mont-Valérien, la forteresse ; **Nanterre** : église Saint-Maurice, maison natale de sainte Geneviève, la rosière, les gâteaux de Nanterre, la place de la Fête, la Nouvelle-France, prison départementale ; **Colombes** : église de Colombes, mairie, château ; **Bois-Colombes** : église de Bois-Colombes, église inachevée, marché, les artistes à Bois-Colombes, la Société philotechnique ; **Gennevilliers** : le château de Gennevilliers, groupe scolaire, mairie, église Sainte-Marie-Madeleine, la plaine de Gennevilliers.

DEUXIÈME EXCURSION

Le pont de Clichy réunit la commune que nous venons de visiter au canton de Courbevoie, dans lequel nous entrons par Asnières.

La traversée du pont est un peu longue, mais charmante. L'île Robinson, en friche d'un côté, de l'autre en contre-bas, tout égayée des tonnelles d'un cabaret, coupe le pont à peu près par la moitié. Le passant, fût-il pressé, ne peut se dispenser de s'arrêter un moment pour admirer les jolies fuites du fleuve venant à gauche de Neuilly, descendant à droite vers Gennevilliers et Saint-Ouen. Une autre petite île, l'île Vaillant, occupée en partie par un chantier, cache un moment le tableau; mais il réapparaît bientôt, continuant, en aval, sa suite de collines onduleuses, barré, en amont, par la rigide ligne grise du chemin de fer empanachée de vapeur blanche et de fumée noire.

Le pont franchi, nous sommes à Asnières; le boulevard Voltaire s'ouvre devant nous. A ses angles s'élèvent deux constructions modernes, maisons de rapport d'un goût architectural tout parisien; placées en sentinelles aux coins du quai de Seine, elles semblent souhaiter la bienvenue au voyageur et attendre les immeubles qui leur feront suite.

Asnières, ainsi que diverses autres communes de France, ses homonymes, tire son nom des haras d'ânes établis jadis sur son territoire. Selon d'autres historiens, cette appellation serait due à la présence en ce lieu d'un gué servant aux ânes qui transportaient les matériaux, lors de la construction de l'abbaye de Saint-Denis. En tout cas, vous le voyez, le nom de la commune ne date pas d'hier. On prétend, sans qu'aucune preuve en demeure, qu'au treizième

siècle les rois de France avaient une maison de plaisance
à Asnières. Plus certaine est l'ancienneté de la cure qui
existait déjà en 1158.

Depuis que le chemin de fer a créé pour ce pays des communications fréquentes et rapides avec la capitale, il est
devenu une sorte de faubourg parisien. Les immeubles à
six étages, ornés de balcons au faîte, abritant de luxueux
magasins au rez-de-chaussée, remplacent de plus en plus
la maisonnette d'il y a cinquante ans, plantée au milieu d'un
petit jardin qui semblait immense parce que son feuillage
se confondait dans un même frémissement avec le feuillage
de ses voisins.

La transformation d'Asnières ne saurait inspirer de profonds regrets ; le pays n'est pas riche en souvenirs précieux, et la *pioche des démolisseurs* ne risque point de jeter à
bas un monument cher aux artistes ou aux archéologues.

Ce qu'Asnières possède de plus ancien, c'est son château
et son parc, depuis longtemps déchus de leur grandeur
passée et dont bientôt peut-être il ne restera plus que le
souvenir. Cette propriété appartenait, en 1751, à Voyer d'Argenson, le frère du comte que nous avons vu ériger le
château de Neuilly. L'habitation fut somptueuse au dix-huitième siècle. Édifiée dans le goût gracieux et léger du temps,
ornée de sculptures de Coustou, de camaïeux de Pierre,
offrant aux regards les multiples séductions d'une jolie galerie de tableaux, elle était un des lieux aimés de la société
d'alors, si charmante en cette frivolité qu'elle paya chère-
ment. Un écho des fêtes splendides dont le château fut le
théâtre en ses jours prospères a résonné encore au commencement du premier Empire, alors que le banquier Peixotto
en était propriétaire.

Aujourd'hui le château tombe en ruines ; le parc est morcelé. Où passèrent la duchesse de Fontanges, la marquise
de Parabère et tant d'autres de nos coquettes grand'mères
devisant finement et riant sous l'éventail, on n'entend plus,
l'été venu, que les refrains des idioties mises à la mode par
les cafés-concerts parisiens, les appels sonores des canotiers,

les réponses aigres des canotières et le bruyant orchestre d'un bal public.

Asnières est, on le sait, le point d'atterrissement des amateurs de promenades sur l'eau : canots, yoles, yachts, périssoires, évoluent dans ses eaux le dimanche et reposent toute la semaine au bord du fleuve ou sous de grands hangars de remisage.

L'origine de ce genre de distraction n'est pas fort ancienne. Alphonse Karr, Léon Gatayes, le sculpteur Lévêque et quelques autres furent les premiers qui s'y livrèrent au lendemain de la révolution de Juillet. Leur exemple fut bientôt suivi; les équipes enfantèrent les flottilles, et les régates sont maintenant suivies par un grand nombre d'amateurs avec une passion égale à celle qu'excitent les courses de chevaux. Asnières a son *Cercle nautique*, fondé en 1850, réorganisé en 1855, et qui compte un grand nombre d'adhérents.

Le pays, gai et sain, est habité par des artistes, des littérateurs, des employés d'administration et des commerçants qu'y retiennent à la fois la joie de vivre dans un air salubre et la facilité de se rendre à Paris en quelques minutes. Renfermés chez eux le dimanche, ils laissent le village, ses cafés, ses restaurants et même son théâtre — car Asnières a un théâtre — à la disposition des équipes parisiennes. Vienne l'heure du dîner, vous n'apercevrez sur la berge que canots abordant, jeunes gens coiffés de chapeaux de paille, vêtus de tricots, prêtant, pour débarquer, leurs biceps nus à de jolies et souvent élégantes jeunes femmes qui ont tenu la barre, tandis qu'ils tiraient l'aviron. Quand minuit approche, quand il faut quitter bals et cafés, quand chacun songe, à part soi, qu'il devra, le lendemain, réintégrer le bureau, le comptoir ou l'atelier, la gare, prise d'assaut, présente un inénarrable tableau. Les bureaux de distribution des billets sont assiégés; on demande les tickets par douzaines ; le bruit des cris et des refrains fait trembler les vitres de la salle d'attente. Une pluie de lazzis ahurit les employés ; les chapeaux pirouettent en l'air sur la pointe

UN JOUR DE RÉGATES A ASNIÈRES.

DESSIN DE P. MERWART.

des cannes ; les femmes, dont la presse compromet les toilettes, poussent des clameurs effarouchées. La foule, toujours grossissante, déborde en flots sur le quai; elle hue les trains de grandes lignes qui passent en sifflant railleusement; elle s'engouffre dans les wagons de ceux qui s'arrêtent. On est quinze dans un compartiment qui doit contenir dix voyageurs. Qu'importe ! Les impériales sont bondées ; on s'échelonne sur les escaliers au risque de se rompre le cou. Le convoi s'ébranle, trépide et file au milieu d'une double explosion d'onomatopées intraduisibles, exprimant à la fois la joie des voyageurs qu'il emporte et l'indignation de ceux qu'il laisse à quai, attendant le train suivant.

L'excursion en ville sera plus longue à faire qu'à raconter. Le boulevard Voltaire, peu construit encore, nous conduit à une petite place ornée, au centre, d'une fontaine que, de loin, on pourrait prendre pour celle qui décore la place Saint-Georges, à Paris. Dans la rue Saint-Denis que nous suivons ensuite, nous longeons les murs de quelques grands jardins, et de temps à autre, nos regards se reposent sur les façades de quelques jolies villas; sur notre droite s'ouvrent des voies qui s'appellent rue Jean-Jacques-Rousseau et rue Montesquieu. On a le culte des grands hommes, à Asnières.

L'église Sainte-Geneviève, toute voisine d'un marché trop bas pour sa dimension, est un édifice du dix-huitième siècle qui n'offre qu'un intérêt médiocre.

La mairie — on ne dit pas encore l'hôtel de ville ici — est modestement installée dans une construction dont l'aspect rappelle un peu plus la ferme des temps passés que la maison municipale des temps présents. Sa façade postérieure a vue sur un vaste square divisé en parterres, planté d'arbustes et que deux allées de beaux tilleuls rendent particulièrement agréable pendant les belles soirées d'été. A la même place, avant peu d'années, la mairie sera reconstruite sur de nouveaux plans.

Dans la rue Bapts, nous rencontrons quelques-unes de ces institutions de jeunes gens qui sont encore en assez grand nombre dans le pays. Continuant notre marche, nous atteignons la Grande-Rue, la seule où le commerce ait quelque activité, et, par la rue de la Nation, nous arrivons à une place que dominent de toute leur hauteur les bâtiments gris de la gare.

La rue Denis-Papin fuit à notre droite, bordée d'un côté par le remblai de la voie ferrée, égayée de l'autre par des maisons d'habitation, des villas, des pensionnats et des jardins; elle est bientôt coupée par l'avenue de Courbevoie, au-dessus de laquelle s'arrondissent deux voûtes hardies, véritables ponts, toujours sillonnés de trains en marche.

Nous sommes à l'extrémité de la commune. Avant de la quitter, au numéro 24 de l'avenue que nous suivons, nous saluerons un petit bijou gothique; c'est une chapelle évangéliste méthodiste. Nous faisons quelques pas encore et nous sommes à Courbevoie.

Rien, si ce n'est un écriteau bleu, piqué de lettres blanches, n'indique la séparation des deux localités; si la première maison de la rue Saint-Denis, de Courbevoie, est mitoyenne avec sa voisine de l'avenue qui s'arrête ici, le mur doit appartenir pour une moitié à Asnières, pour l'autre à Courbevoie.

La rue Saint-Denis fait suite, on le comprend, à l'avenue de Courbevoie; mais elle affecte un caractère bourgeois qui, dans certains endroits, confine à la richesse. Si derrière les murs de quelques maisons, l'œil de l'observateur devine la présence de laborieux travailleurs, d'autres constructions qu'on rencontre plus loin ont, au milieu des jardins qui les entourent, l'aspect de véritables petits palais.

Tout en suivant la rue Saint-Denis, nous allons, en peu de mots, esquisser l'histoire du pays où nous entrons.

Bien que de fort ancienne origine, Courbevoie n'offre que peu d'attraits aux antiquaires; longtemps il ne fut qu'un village composé de cabanes échelonnées sur son terrain montueux. Ce hameau dépendait de Colombes, ainsi qu'en témoignent des titres de l'an 1209. Il devait son nom : *Curvavia*, à la courbe que décrivait, en l'atteignant, la route conduisant au bac de Neuilly.

C'est seulement sous Louis XV, lors de la construction des casernes dont nous parlerons tout à l'heure, que le village prit une extension et une importance qui se sont toujours accrues depuis.

La rue des Ajoux s'ouvre à notre droite ; elle descend en pente raide vers la Seine ; nous la quittons aux deux tiers de son étendue pour suivre une voie parallèle au fleuve où nous ne tardons pas à rencontrer le petit château de Bécon, un lieu qui, ainsi que bien d'autres en ces contrées, rappelle les pénibles souvenirs de la guerre de 1870. Mais qui serait tenté de se reporter vers eux, en présence de cette demeure aristocratique et souriante ?

Une grille sépare de la rue le parc verdoyant, orné de blanches statues. Sa pente, sillonnée de chemins obliques, monte jusqu'au pied du château. Celui-ci, tout blanc, orné d'un balcon au premier étage, couronné d'élégantes terrasses à son faîte, émerge au milieu du feuillage des grands arbres. On se sent ici dans une atmosphère de calme et de repos qui dut être bien douce aux dernières heures du pauvre et grand artiste Carpeaux, et qui contraste singulièrement avec les scènes violentes dont ce petit coin ombreux fut le théâtre.

Le nom du grand sculpteur est venu sous notre plume à propos d'une bonne œuvre simplement accomplie ; pourquoi ne la rappellerions-nous pas ?

En 1873, Carpeaux, miné par les chagrins domestiques et atteint déjà du mal qui devait l'emporter, accepta, au château de Bécon, l'hospitalité que lui offrait le prince Stirbey. Pendant près de deux années, il retrouva là, entre son père et sa mère, la paix qui avait, depuis longtemps, déserté son foyer. Ses yeux se fermèrent, le 10 octobre 1875, au milieu de cette nature si doucement mélancolique à l'automne, et le convoi du pauvre artiste partit de cette demeure quasi-princière, suivi par l'homme généreux qui lui avait assuré la tranquillité des derniers jours.

Allons devant nous encore ; nous ne tarderons pas à atteindre le boulevard Bineau, qu'un pont, traversant l'île de la Grande-Jatte, relie à la commune de Neuilly.

Elle est très aimée des Parisiens, cette île de la Grande-Jatte, qui forme en quelque sorte un petit pays uniquement composé de lieux où l'on s'amuse. N'y cherchez ni ombre ni verdure, ni constructions luxueuses; un gazon ras tapisse çà et là le sol; les arbres sont remplacés par les rigides portiques des gymnases, les bosquets par de longues allées réservées aux joueurs de boules. Les maisons, toutes en bois, sont des cabarets offrant leurs tables rustiques aux gens qui ne veulent pas dîner *sur l'herbe,* ou des bals champêtres que mène un bruyant orchestre. En semaine, l'île est déserte, et les pêcheurs à la ligne s'emparent de ses rives.

Si nous rentrons dans la ville par la rue Victor-Hugo, nous n'hésiterons pas à gravir la montée de la rue de la Montagne-des-Moines, pour saluer une de ces institutions devant lesquelles, on a dû le remarquer, nous ne passons jamais indifférent.

Nous voulons parler de l'œuvre de l'Orphelinat des Arts.

C'est à une société de dames artistes dramatiques, présidée par Mme Marie Laurent, qu'est due la fondation de cette œuvre, aujourd'hui prospère.

Modestement établie à Vanves pendant les huit premières années de son existence, la société s'est mise dans ses meubles — ou mieux dans son immeuble — en 1889. La maison de la rue de la Montagne-des-Moines, construite par M. Despléchin, sans prétentions au luxe, mais avec un goût parfait, est la propriété de l'Orphelinat.

Quant à l'œuvre, elle est simple comme toutes les choses véritablement belles. Elle recueille, élève et instruit gratuitement les petites filles appartenant à des artistes dramatiques, lyriques, peintres, musiciens, ou à des gens de lettres, quand elles sont privées de l'appui paternel.

Les fillettes ainsi recueillies peuvent rester dans la maison depuis l'âge de quatre ans jusqu'à leur dix-huitième année; l'œuvre a le projet de prolonger ce séjour de trois ans encore, afin que les jeunes filles soient en état de se suffire au moment où elles doivent quitter l'Orphelinat.

La maison de Courbevoie contient plus de cinquante

pensionnaires. Chaque année, l'œuvre présente avec succès plusieurs de ses élèves aux examens du certificat d'études et du brevet d'institutrice; d'autres se destinent au commerce ou aux beaux-arts; on ne contrarie pas leur vocation, et elles sont aussi intelligemment que maternellement préparées aux carrières qu'elles ont choisies.

L'excellence du cœur des artistes dramatiques est proverbiale; nous ne croyons pas qu'on puisse en trouver une plus touchante et plus complète manifestation.

Dans la rue Victor-Hugo, nous rencontrons encore, à l'angle de la rue Sainte-Marie, le château que Poze, fermier général, fit bâtir à la fin du dix-huitième siècle. Nous n'en voyons ici que la façade postérieure s'élevant au fond d'une cour, dont les bâtiments des communs, aux murailles tapissées de lierre, forment les côtés. La façade principale regarde le quai de Seine et s'aperçoit à travers les arbres d'un vaste enclos bordé de murs et de fossés. Originairement, les jardins étaient dessinés à la française et décorés de statues et d'antiques; ils ont actuellement une apparence beaucoup moins soignée, mais qui n'est pas faite pour nous déplaire, à nous qui trouvons que la nature est le plus habile des jardiniers et qui avons horreur du pittoresque de convention.

Le château appartient maintenant à la famille de Larnac, dont le chef fut instituteur des princes d'Orléans.

A quelques pas de là, remontant vers le haut Courbevoie, nous nous trouvons sur une petite place qu'égaye l'animation d'un marché et dont l'hôtel de ville occupe le fond.

Grâce à un de ces récents grattages auxquels aucun monument n'échappe aujourd'hui, l'hôtel de ville a l'aspect un peu criard d'un édifice que les maçons viennent de quitter. Il a de longues années d'existence, pourtant, car c'est en 1857 que son architecte, M. Lequeux, le livra à la municipalité de Courbevoie. C'est un bâtiment rectangulaire, décoré de colonnes doriques au rez-de-chaussée, corinthiennes au premier étage et terminé par un fronton où Mégret a sculpté deux belles figures allégoriques, *la Justice* et *la Loi*, élégamment étendues aux côtés d'un cadran d'horloge.

La salle des mariages est décorée de peintures dues à M. Séon, élève de Puvis de Chavannes; quelques-unes d'entre elles, *le Printemps* et *l'Automne*, ont figuré à l'Exposition universelle de 1889.

L'église Saint-Pierre, dans laquelle on pénètre par un portique d'ordre toscan, qui a dû être ajouté au commencement de ce siècle, se compose d'une rotonde dont la voûte est blanchie à la chaux et la corniche ornée de maigres statuettes; cette rotonde est suivie d'une nef terminée par un chœur en hémicycle flanqué de deux bas côtés.

Nous ne trouvons rien ici à signaler aux visiteurs, si ce n'est pourtant une toile de Debat-Ponsan qui orne le côté gauche du chœur. C'est une bonne composition que l'insuffisance de lumière permet peu d'apprécier et qui représente *Saint Paul devant l'Aréopage*.

Nous ne croyons pas utile de faire une visite à l'hospice Lambrecth; disons seulement que son fondateur, dont il porte le nom, l'a destiné à recevoir des vieillards appartenant à la religion protestante.

Tout au sommet du pays, le dominant de leurs larges façades blanches, surveillant les entours par toutes leurs fenêtres, sont les casernes. Construites sous Louis XV pour loger les gardes suisses, elles se composent de trois pavillons principaux, dont l'un, celui qui regarde Paris, est décoré d'un fronton triangulaire; d'autres bâtiments ont été ajoutés depuis.

Sur le côté des casernes s'ouvre la large avenue Gambetta, longue de 800 mètres, plantée d'arbres et bordée de maisons à l'aspect provincial; elle conduit au rond-point de Courbevoie, et, tout en la parcourant, nous apercevons, se détachant en vigueur sur le fond du ciel, le profil imposant du groupe de Barrias : *la Défense nationale*.

Animé d'un puissant souffle patriotique, ce bronze se dresse au milieu du rond-point, sur un haut piédestal de granit. Il a été inauguré le 12 août 1883, et remplace la

LE MONUMENT DE LA DÉFENSE NATIONALE A COURBEVOIE.

DESSIN DE P. MERWART.

statue de Napoléon, de Seurre, qui, en 1808, avait quitté le sommet de la colonne Vendôme, et qui est maintenant aux Invalides.

L'œuvre de Barrias, avec sa grande allure, ne pouvait être mieux placée qu'au milieu de ce rond-point; l'observateur a du champ pour en contempler l'ensemble et en apprécier les qualités maîtresses; l'artiste peut, par la pensée, isoler chaque figure : il retrouve encore une statue intéressante.

Paris, debout sur le rempart, auprès d'un canon, est personnifié par une femme jeune, belle, de physionomie et d'attitude martiales; à ses pieds, un mobile, à la tête intelligente et mâle, charge son fusil pour une défense suprême; à l'arrière-plan, grelottant sous la bise, une jeune fille symbolise la population parisienne, si héroïque pendant ces longs jours de siège. Le froid que nous avons souffert, la faim qui nous a torturés, nos angoisses incessantes, tout cela est éloquemment traduit sur cette figure résignée et pourtant vaillante encore; traduite aussi dans son regard, est cette confiance obstinée qui ne nous a quittés qu'aux derniers jours.

Nous nous sommes arrêté longtemps devant cette belle, bonne et saine œuvre, retirons-nous. Voici, sous la conduite d'un sous-officier, un peloton de ligne qui vient faire l'exercice au pied du groupe, dans l'ombre puissante qu'il projette.

Puteaux commence au rond-point de Courbevoie, et l'avenue de Saint-Germain qui s'ouvre devant nous est en tout semblable à l'avenue Gambetta que nous venons de quitter. A notre gauche, la rue de Colombes, déclive, peu bâtie, mal ou point pavée, parfois traçant sa trouée dans la glaise, embrumée à l'horizon de fumées et de vapeurs d'usines, conduit à la place du Marché. Les quelques minutes que nous emploierons à la descendre nous suffiront pour raconter l'histoire du pays.

Malgré son origine ancienne, Puteaux n'a qu'une médiocre importance historique. Son territoire appartint, jusqu'en 1248, à l'abbaye de Saint-Denis. Affranchis à cette époque par l'abbé Guillaume, les habitants du hameau obtinrent la permission d'ériger une chapelle à la condition qu'ils se rendraient à Suresnes pour y recevoir les sacrements; cette obligation leur demeura imposée jusqu'en 1717.

Ce village, qui a maintenant près de 16000 habitants, ne comptait, au dire de l'abbé Lebœuf, que 148 feux au milieu du dix-huitième siècle. Il est juste d'ajouter qu'il possédait alors de nombreuses maisons de campagne; l'une d'elles, connue sous le nom de *Faventine*, avait été construite en 1698 par le duc de Grammont; elle appartint plus tard au duc de Penthièvre. Comme les autres, elle a disparu devant l'envahissement des fabriques et des usines.

Fabriques et usines, c'est à peu près tout Puteaux maintenant. Nous avons atteint la place du Marché, un triangle planté d'arbres, et sur son plus grand côté, nous rencontrons déjà les vastes bâtiments de la tannerie Soyer, une des premières de France, paraît-il.

La rue de Paris, où sont les anciennes écoles de la commune, une construction triste, basse, aux murs blanchis à la chaux, est celle où s'exerce le commerce de détail du pays; elle fuit à notre droite vers le bois de Boulogne et laisse apercevoir à gauche, au-dessus des maisons, le clocher pointu, recouvert d'ardoises, d'un temple protestant.

Sur les plans de M. Bunot et sous la direction de M. Warloppe, de nouvelles écoles ont été construites en 1885, dans le haut du pays. C'est un bâtiment à trois corps, en pierre et brique égayé de carreaux de faïence, malheureusement alourdi par un campanile auquel on souhaiterait moins de hauteur et plus de grâce.

La rue Godfroy nous ramène au bord de la Seine, sur le quai National. Nous sommes dans le quartier industriel; une couche de charbon écrasé couvre les pavés; de grandes cheminées dressent leurs cônes rouges et vomissent des torrents de fumée. Rencontre-t-on un attelage? il traîne de lourds camions, ou les voitures des fabricants allant porter au loin les produits de leurs travaux. Entend-on un bruit? c'est celui de l'air froissé par le tournoiement continu d'un volant. Une petite porte s'ouvre-t-elle dans un grand mur ? il en sort plusieurs centaines d'ouvriers. Les yeux plongent-ils dans une cour ? ils n'aperçoivent que de vastes hangars vitrés qui sont les ateliers d'une grande teinturerie, d'une fabrique de produits chimiques, d'un imprimeur sur étoffes, d'un filateur de laine, d'un constructeur de machines. Plus loin, au coin du quai et de la rue Parmentier, cette fois construit en pierres et en briques, composé d'un grand nombre de bâtiments, portant chacun la date de leur édification, animé du mouvement de ses dix-sept cents ouvriers, est l'établissement connu sous le nom de *Fabrique de Puteaux*, maison fermée à tout profane, et d'où sort l'outillage employé par l'État pour la confection des armes.

Il est impossible au curieux que nous sommes de quitter ce monde de manufactures, sans essayer d'en voir au moins une. La gloire du pays est la teinturerie ; c'est la première industrie qui s'y soit établie. A tout seigneur, tout honneur : visitons une teinturerie.

La cour de la maison Arnaud Ragnet est justement ouverte, et nous allons entrer dans le premier des hangars où s'abritent les nombreux ateliers. C'est ici la *chambre des chaudières*. Trois énormes chaudières, alimentées d'eau par le jeu curieux de petites pompes, fournissent la vapeur à une puissante machine dont la masse remplit toute une pièce voisine, ébranlant les vitres des tours ininterrompus de quatre immenses volants d'acier brillants comme des cuirasses.

Là, nous sommes en présence du moteur, de l'âme de l'usine ; le mouvement y naît, et nous le retrouverons partout, constant, régulier, soumis aux nécessités du travail, à la volonté de l'ouvrier. Voici d'abord l'atelier où la *machine à griller* détruit, avec ses milliers de petites flammes de gaz, le duvet qui séjourne sur les pièces de laine, que, dans une première pièce, nous avons vues arrivant de la fabrique, brutes et d'une teinte blanche tirant sur le jaune. Après cette première manutention, les pièces passent dans des *foulards* ; déroulées sur d'autres machines, elles subissent l'opération du *dégorgeage* et plongent dans des bains gradués, depuis le carbonate et le savon mélangés, jusqu'à l'eau claire; elles laissent là toute graisse et tous ingrédients étrangers, et n'ont plus qu'à être *tordues* et *lisées* pour passer à la teinture.

L'atelier où se fait cette opération délicate est incontestablement le plus intéressant de l'usine. Figurez-vous, rangées dans une immense pièce rectangulaire, que des arbres de couche traversent dans toute sa longueur, une trentaine de cuves fumantes, résumant toute la gamme des tons, et dans lesquelles plongent, tournant en vertu du mouvement imprimé, autant de pièces de laine qui en ressortent noires, bleues, rouges, jaunes, etc. Le mélange de ces longs morceaux s'immergeant dans les cuves et remontant vers le plafond, au milieu des ouvriers calmes et graves, guidant le travail, est un spectacle des plus curieux. Un coloriste aimerait à le fixer sur la toile.

Les pièces teintes vont ensuite à l'*essorage* qui s'opère mécaniquement toujours, puis dans la chambre de séchage (30 degrés de chaleur). Transportées dans l'atelier des *tondeuses*, elles passent dans des espèces de laminoirs armés de tranchants acérés qui les amènent à l'état lisse; elles n'ont plus, avant d'être livrées au commerce, qu'à subir un apprêt, à passer sur la *doubleuse*, ingénieuse machine qui les plie en deux dans leur largeur. Enfin, dans un dernier atelier, la tension les amène à la dimension exigée par la commande.

Nous avons séjourné longtemps dans cette usine; nous pensons que ceux de nos lecteurs qui s'intéressent à l'industrie française ne seront pas tentés de nous le reprocher.

Toujours sur le quai National, se présentant par son chevet, nous rencontrons l'église Notre-Dame de Pitié (autrefois Notre-Dame de la Compassion). Ce modeste édifice a dû remplacer, au seizième siècle, en 1523, prétend-on, la chapelle primitive dont nous avons parlé plus haut; on le dit élevé sur le terrain d'un ancien cimetière. Très simple, l'église ne se compose, à l'intérieur, que d'une nef et d'un chœur ; mais sa voûte en bois est assez curieuse et paraît bien remonter à l'époque où l'on assure que l'église fut construite. Curieuses aussi sont les verrières qui décorent les deux dernières fenêtres de gauche ; elles représentent : l'une *la Vie de la Vierge*, l'autre *la Vie de saint Maurice*, et sont datées de 1558.

Au « deuxième mois de l'an 11 », trois cloches furent descendues de la tour carrée qui s'élève à droite de la façade et envoyées à la fonderie, à la suite d'une délibération du conseil municipal du temps.

L'île de Puteaux qui s'étend devant nous, voilée par de grands rideaux de peupliers, est le siège d'une ferme modèle fondée par Salomon de Rothschild ; cette exploitation, qui va déclinant depuis la mort du baron James, a eu ses heures prospères ; on lui a vu fournir du raisin, des fraises et des asperges au mois de janvier.

Il ne nous reste plus à voir que la mairie, construction simple, dont le fronton se décorait jadis de cette inscription aujourd'hui disparue : *Sub lege libertas* (la liberté sous la loi). Sa principale salle, salle des fêtes, si l'on donnait des fêtes à Puteaux, est située au premier étage et sert aux réunions publiques du conseil municipal. Ajoutons, à l'honneur de l'administration, que la mairie possède une bibliothèque dont les rayons contiennent déjà environ deux mille cinq cents volumes.

Si l'industrie règne en maîtresse dans la partie basse du pays, la culture de la vigne et des fleurs occupe encore les habitants de la partie haute. Si vous trouvez les ceps sur les coteaux, vous trouverez aussi, dans la célèbre plaine de Chantecoq, de magnifiques plants de roses dont les jardiniers de l'endroit font, avec Paris, un commerce important.

Le quai de Suresnes, qui fait suite au quai National, continue à longer la Seine ; une étroite ruelle, flanquée d'une baraque d'octroi, sépare la commune que nous quittons de celle où nous allons entrer.

La vue est charmée encore par un de ces jolis paysages, si nombreux sur les bords de la Seine ; nous approchons de

4

la pointe de l'île de Puteaux. Le toit d'une construction fait, à son extrémité, une petite tache rouge dans la verdure des arbres de la rive; sur le fleuve, s'étend la ligne noire du barrage, s'ouvrent ou se ferment, entre leurs blancs chemins de halage, les lourdes portes, noires aussi, de deux larges écluses. L'horizon borné à gauche par les arbres de Boulogne, est limité devant nous par les masses sombres de Saint-Cloud; en plan avancé, se mirent dans l'eau transparente les trois hardies et élégantes arches en fonte du pont de Suresnes; à notre droite, le village étage ses maisons sur la colline, dominé par la masse sombre du Mont-Valérien, au sommet duquel la forteresse se dessine, blanche et rectiligne.

Le quai se continue jusqu'au pont, bordé de restaurants aux gaies terrasses, aux jardins parsemés de tonnelles et de berceaux verdoyants; le lieu est gai, surtout le dimanche et les jours de fête, mais nous n'y verrions pas grand'chose que nous n'ayons déjà vu ailleurs. Prenons donc la première rue qui se présente devant nous et pénétrons dans le pays. Cette voie, peu bâtie, s'appelle rue du Cèdre, et nous conduit à la rue Salomon-de-Rothschild, où nous rencontrons, circulaires et écrasés, les bâtiments en brique d'une sorte de ferme dont le lourd pigeonnier affecte un faux air de donjon. La rue change de nom, prend celui de rue Saint-Antoine, et nous conduit à une place de bizarre conformation qui s'appelle la place Henri IV, et se décore d'un candélabre original, orné de petits anges en bronze, bec de gaz au sommet, fontaine à la base. La rue du Moutier, au bout de laquelle on aperçoit le long toit d'ardoises de l'église Saint-Leufroy, est coupée au milieu par une autre place; toute petite, celle-là, et décorée du nom pompeux de place d'Armes, la rue de Rueil s'ouvre dans son axe; le puissant quadrilatère de la forteresse la domine et semble la rapetisser encore.

Passons, sans nous arrêter, devant la masure qui fut longtemps la mairie de la ville, et gagnons l'église.

Le monument est d'un mince intérêt; mais son histoire,

intimement liée à celle de Suresnes, mérite d'être rappelée.

Le bourg, d'origine fort ancienne, appartint d'abord aux rois de France. Charles le Simple, en 918, en fit don à Robert, comte de Paris et abbé de Saint-Germain des Prés. Nous allons, en peu de mots, dire en quelles circonstances.

Des moines de l'abbaye de la Croix-Saint-Leufroy, chassés de leur monastère par l'invasion normande, vinrent demander asile aux religieux de Saint-Germain des Prés. La puissante abbaye se montra hospitalière, elle reçut les moines, et avec eux une relique précieuse qu'ils avaient apportée : le corps de saint Leufroy, un de leurs abbés, mort en 738. La paix étant rétablie, les moines prirent congé de leurs hôtes, et, décidés à regagner leur monastère, voulurent emporter la relique. Les abbés avaient espéré retenir les religieux et devenir possesseurs de leurs terres. Déçus, ils refusèrent de rendre le corps de saint Leufroy. C'est alors que le roi leur donna le territoire de Suresnes, et que la première église fut bâtie et dédiée au saint dont l'abbaye s'était approprié les restes. L'église reçut en dépôt un bras de saint Leufroy, et, plus tard, en 1222 et en 1508, s'enrichit encore d'une côte et d'un os de la jambe. Pendant la Ligue, l'édifice fut incendié par les troupes royales; les traces du désastre sont encore visibles.

En 1593, c'est à Suresnes que fut tenue la conférence qui eut pour but et pour résultat d'amener Henri IV à changer de religion.

En montant la rue du Mont-Valérien, au fond d'une place non utilisée encore, mais qui, dans peu de temps, sera disposée en square, s'élève toute neuve, inaugurée le 1er décembre 1889, la mairie de la commune.

Le monument n'a qu'un étage surmonté de grands combles; le pavillon central s'ouvre, au-dessus d'un perron de onze marches, par trois portes cintrées accostées de colonnes d'ordre toscan; au premier étage, trois fenêtres sont encadrées d'autres colonnes d'ordre ionique. Deux pavillons ornés de balcons forment légèrement avant-corps; au-dessus du pavillon central, une sorte de mansarde encadre un cadran d'horloge, et le monument se termine par un campanile octogonal de belles proportions.

A l'intérieur, on traverse un vestibule orné de colonnes et pavé de marbre, et l'on atteint un bel escalier à double évolution, éclairé par des vitraux coloriés et garni d'une rampe en fer ouvragé. Trois belles salles, que nulle peinture ne décore, se trouvent au premier étage; la principale est la salle des fêtes, où se réunit le conseil municipal; l'une des autres est la salle des mariages, et la dernière un salon de réception.

Ce monument, pour l'édification duquel la commune a dépensé plus de 400000 francs, fait le plus grand honneur à l'architecte qui en a fourni les plans, M. Breasson.

A quelques pas de la mairie, rue des Écoles, vous pourrez voir encore un groupe scolaire d'une fort bonne disposition; il a été construit en 1875, par M. Merrien, architecte de la commune.

Avant de nous diriger vers le Mont-Valérien, que nous avons tant de fois vu de loin, rappelons encore quelques souvenirs locaux.

Au dix-septième siècle, la jolie situation du pays tenta quelques grands seigneurs, et Suresnes vit s'élever plusieurs belles maisons de plaisance, parmi les possesseurs desquelles on peut citer Colbert, M. de Lionne, la marquise de Hamanville et le duc de Chaulnes. C'est en agrandissant et reconstruisant luxueusement et sur de nouveaux plans l'une de ces résidences que Salomon de Rothschild créa la magnifique propriété qui, en 1848, eut le même sort que le château de Neuilly.

Le vin de Suresnes, que le roi Louis VII offrait en cadeau au roi d'Angleterre, et qu'affectionnait tant le Béarnais, est bien peu estimé et même un peu raillé de nos jours. Les éloges qu'on lui a prodigués jadis étaient-ils exagérés? Le cru a-t-il périclité? Les procédés de culture, bons autrefois, sont-ils médiocres aujourd'hui? Les vignerons suresnois sacrifient-ils la qualité à la quantité? Nos goûts se sont-ils raffinés? On ne sait. Toujours est-il que le vin de Suresnes n'est plus qu'une piquette, mais cette piquette est agréable encore au gosier du piéton, après une longue étape.

Comme Nanterre et Saint-Denis, Suresnes a, chaque année, sa rosière; le couronnement a lieu le dimanche le plus rapproché du 21 août, et le cérémonial est, à fort peu de chose près, ce qu'il fut en 1787, lorsque, grâce à l'initiative de l'abbé Héliot, l'évêque de Fréjus plaça, pour la première fois, le *chapeau de roses* sur la tête d'une jeune fille.

A propos de cette localité, rappelons encore qu'elle s'honore d'avoir vu naître l'ingénieur Perronnet dont nous avons parlé à propos du pont de Neuilly.

Dirigeons-nous maintenant vers le Mont-Valérien. Si la montée nous cause un peu d'essoufflement, le panorama qui se déroulera sous nos yeux, quand nous serons arrivé, à 161 mètres au-dessus du niveau de la Seine, nous consolera bientôt de la fatigue éprouvée.

Avant que la forteresse fût édifiée, avant que le calvaire et les couvents, qui en ont occupé la cime, fussent construits, le Mont-Valérien, abrupt et solitaire, était un lieu de pieuse retraite. Quelques ermites avaient bâti là leurs modestes oratoires, et plusieurs de ces *retirés du monde* acquirent en leur temps une réelle célébrité. Tels furent, pour n'en citer qu'un petit nombre : Antoine, au quinzième siècle, Guillemette Faussard et Jean Hausset, au seizième. A cette époque, grâce à trois croix qui le dominaient, le mont était connu sous le nom de *Mont-Calvaire*, et de nombreux pèlerins, isolés ou en troupe, venaient y faire leurs dévotions.

En 1633, les trois croix étaient disparues. Hubert Charpentier, grand vicaire de l'archevêque d'Auch, obtint, avec l'autorisation de les rétablir, celle de construire une église et une maison pour loger une congrégation : les prêtres de la Croix.

Les projets de Charpentier ne s'accomplirent pas sans difficultés; il ne fallut rien moins que l'intervention du cardinal de Richelieu pour aplanir les obstacles soulevés par les propriétaires des terrains. Enfin, en 1640, les trois croix dressèrent de nouveau leurs bras dans l'air; une église s'éleva et la communauté nouvelle s'installa et vécut en bonne intelligence avec les ermites, ses voisins. Les pèlerinages devinrent si fréquents, leur produit tellement fructueux, que les jacobins de la rue Saint-Honoré, jaloux de la prospérité du Mont-Calvaire, s'en rendirent acquéreurs en 1663. Le chapitre de Notre-Dame ayant refusé d'approuver les contrats de vente, une véritable guerre éclata. Les jacobins levèrent des recrues à Gonesse, où ils possédaient une succursale ; de leur côté, les moines du Mont-Calvaire enrôlèrent des volontaires à Nanterre. Il y eut bataille, siège, bourgeois tués, et finalement la victoire étant restée aux jacobins (1), le Parlement dut intervenir pour faire restituer les biens à leurs premiers possesseurs.

Les pèlerinages au Mont-Calvaire étaient fort à la mode sous Louis XIV. Pendant la semaine sainte, et particulièrement durant la nuit du jeudi au vendredi, les chapelles ne désemplissaient pas. En 1697, ces excursions nocturnes ayant donné naissance à quelques scandales, l'archevêque ordonna que les chapelles fussent fermées la nuit. Les pèlerinages continuèrent pendant le jour, parties de plaisir pour les uns, occasion pour les autres de faire pénitence et montre d'une dévotion excessive. On y rencontrait des pénitents qui se faisaient administrer la discipline pendant la montée, et d'autres qui portaient de lourdes croix sur leurs épaules.

Si les prêtres de la Croix se livraient exclusivement aux exercices de piété, les ermites, eux, ne dédaignaient pas d'augmenter leurs revenus par de petits commerces. Ils cultivaient des légumes et des céréales, et quelques-uns d'entre

---

(1) L'aventure excita la verve de plusieurs écrivains ; une des plus curieuses productions auxquelles elle a donné lieu, est un poème de deux mille vers, intitulé : *le Calvaire prophané ou le Mont-Valérien usurpé par les jacobins réformés de la rue Saint-Honoré, adressé à eux-mêmes,* par Jean Duval, prêtre et bachelier en théologie. Paris, in-4°, 1664 ; Cologne, in-12, 1670. Cet ouvrage, oublié aujourd'hui, n'est pas sans mérite, et sa versification facile a quelque analogie avec celle de Scarron.

eux se livraient à la fabrication d'une bonneterie, qui, de bonne qualité, paraît-il, eut son heure de vogue et de succès.

Le 18 août 1791, un décret de la Convention supprima les deux communautés, prêtres et ermites se dispersèrent, et les bâtiments demeurèrent inoccupés.

Sous le premier Empire, les membres d'un concile, convoqué par Napoléon, imaginèrent, pour délibérer loin du bruit, de se réunir au Mont-Valérien. L'empereur prit ombrage de ces conciliabules et du secret qui les entourait. Il donna l'ordre à ses grenadiers, alors casernés à Courbevoie, de se transporter sur la montagne, d'arrêter tous ceux qui s'y trouveraient et de raser les bâtiments. L'œuvre de destruction fut accomplie en une nuit.

La magnifique position du Mont-Valérien n'avait pas pour cela échappé à Napoléon; il songea un instant à placer sur son faîte une maison d'éducation semblable à celle d'Écouen; puis, quand les constructions furent commencées, il changea d'idée et décida qu'elles deviendraient une caserne.

La Restauration replanta la croix sur l'édifice à peine achevé, et le donna aux pères de la Foi, qui refirent un calvaire et bâtirent une église où l'on put, pendant quelques années, adorer un morceau de la vraie croix. Les pèlerinages, les processions, les neuvaines recommencèrent; mais le spectacle qu'ils donnèrent ne fut pas toujours des plus édifiants.

En 1830, après la révolution de Juillet, les Pères furent chassés du Mont-Valérien, le calvaire détruit. Quant aux bâtiments, ils disparurent onze ans plus tard, quand on bâtit la forteresse que nous voyons et qui coûta 4 millions et demi.

Le fort, dont la visite n'est possible que si le colonel commandant juge convenable de l'autoriser, contient deux casernes, une belle salle d'armes, un champ de manœuvres, des approvisionnements sur la nature et la quantité desquels nous n'avons pas à nous étendre. Sa garnison, en temps de paix, est de mille cinq cents hommes; mais peut être considérablement augmentée si les circonstances le commandent.

Reposons-nous de cette dure ascension et de cette longue

histoire, en contemplant le paysage qui se déroule sous
nos yeux. Embrassons d'un regard circulaire la vallée de
la Seine, depuis l'embouchure de la Marne jusqu'à Saint-
Germain; saluons, en les reconnaissant, toutes ces riantes
rives du fleuve, tous ces villages, masses blanches et rouges
surmontées d'un clocher noir, toutes ces prairies vertes,
toutes ces collines que la vigne colore de tons dorés. Paris
est accroupi à nos pieds, mais aucun de ses bruits n'arrive
jusqu'à nous; enfin, après avoir aperçu Saint-Denis à notre
droite, ne soyons pas surpris, si le temps est clair, de discerner à gauche, légèrement indiquée dans la brume, la
silhouette des tours de l'église de Mantes-la-Jolie.

Si captivant que soit ce spectacle, il faut le quitter pourtant. Redescendant lentement la montagne, nous trouvons
à ses pieds une vacherie dont le vaste enclos est entouré de
murs, où la trace d'une large brèche est visible et que per-
cent de nombreuses meurtrières, tristes souvenirs des luttes
de 1870; puis, à travers champs, nous nous dirigeons vers
Nanterre, qui, blanc et gai, s'étend à nos pieds, surmonté de
son clocher dont le coq doré brille au soleil. Nous passons
devant une ferme pittoresquement isolée dans la plaine, et
la route de Suresnes, que nous avons rejointe, nous amène
jusqu'aux premières maisons du pays. Avant de les atteindre, nous avons la joie de constater l'aspect villageois tout
à fait charmant que présente ici Nanterre. A gauche de la
rue de Suresnes, qui fait suite à la route, nous voyons, serrées les unes contre les autres, une foule de maisons basses,
couvertes de tuiles; à droite, les constructions s'espacent,
la verdure émerge entre les pignons et les feuillages caressent les toits. La rue de Suresnes nous mène en quelques
instants à la place de la Boule, sorte de cirque entouré d'arbres, bordé de bancs et contourné par un tramway qui fuit
vers Saint-Germain, en suivant une route large aux côtés
ombreux. Par la rue Gambetta, paisible, bourgeoise, nous
arrivons à la petite place du Martray, d'où partent, l'une à
droite, l'autre à gauche, deux belles allées de tilleuls : les
boulevards du Levant et du Sud. A l'angle du premier, une

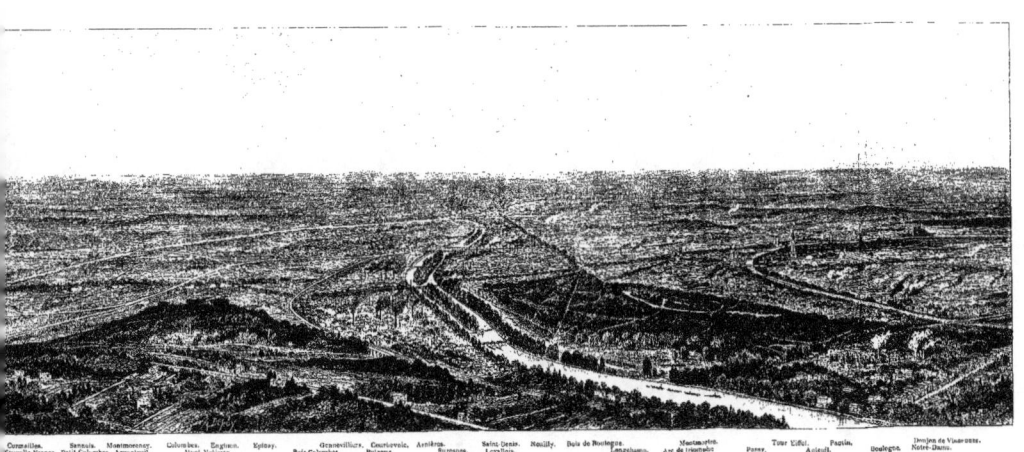

Corneilles.   Sannois.   Montmorency.   Colombes.   Enghien.   Épinay.   Granovilliers.   Courbevoie.   Asnières.   Saint-Denis.   Neuilly.   Bois de Boulogne.   Montmartre.   Tour Eiffel.   Pantin.   Donjon de Vincennes.
Nouvelle-France. Petit-Colombes. Argenteuil.   Mont Valérien.   Bois-Colombes.   Puteaux.   Suresnes.   Levallois.   Longchamp.   Arc de triomphe.   Passy.   Auteuil.   Boulogne.   Notre-Dame.

VUE PANORAMIQUE PRISE DU MONT VALÉRIEN.

voie s'ouvre, courant vers la campagne : c'est la rue du Vieux-Chemin-de-Paris. Ici, nous sommes au point central de la ville ; les boutiques apparaissent, propres, bien approvisionnées, quelques-unes luxueuses. Nous passons devant la modeste mairie, et nous quittons la rue Saint-Germain, toujours commerçante, pour prendre une ruelle étroite et courte, bordée de vieilles maisons basses, qui nous amène au chevet de l'église Saint-Maurice.

A l'endroit où s'élève ce monument chrétien, visité encore par de nombreux pèlerins, les druides ont coupé le gui sacré quand le terrain, occupé par le bourg, était une forêt. Cela remonte tout à fait aux premiers temps de notre histoire, car, dès le cinquième siècle, Nanterre était habité déjà, non seulement par des cultivateurs, mais encore par de riches particuliers. Cela résulte clairement du désaccord où l'on demeure sur l'origine de sainte Geneviève, patronne de Paris, née à Nanterre, qui, selon les uns, était une simple bergère, selon les autres, fille d'un riche Gallo-Romain, nommé Sévère. On n'est pas plus d'accord sur l'époque de la naissance de la sainte, qu'il faudrait fixer, selon nous, à l'an 417, puisqu'elle était âgée de douze ans quand saint Germain la rencontra en 429.

Mais ce n'est point ici le lieu d'agiter ces questions ; faisons le tour du monument pour arriver à la petite place dont sa façade occupe le fond.

Ce n'est pas sans surprise qu'on la trouve si modeste, cette église tant réputée, et dont les genoux de plusieurs générations de croyants ont usé les dalles. Quant à nous, son humble aspect ne nous déplaît point, et mieux qu'une luxueuse basilique, elle nous paraît en rapport avec la simplicité bien connue de la sainte qu'on y vénère particulièrement.

Les parties les plus anciennes de l'édifice sont le côté méridional et le vieux clocher. Quant à la façade, fort simple, elle porte sa date inscrite au-dessous du cadran qui en décore le fronton : 1699. Si nous entrons dans l'intérieur, nous trouvons un vaisseau clair dont la nef centrale est terminée par un chœur qui paraît être du quinzième siècle, et où l'on a placé deux statues, grandeur nature : *la Vierge* et *saint Joseph*, qui n'ont, malheureusement, que le mérite de provenir du calvaire du Mont-Valérien. Au bout des bas côtés sont deux chapelles dédiées, l'une à la Vierge, l'autre à sainte Geneviève; au mur de cette dernière, vous verrez deux panneaux sculptés, du dix-septième siècle, représentant le *Baptême de sainte Geneviève* et sa *Consécration à Dieu.* Ce sont à peu près les seuls objets d'art que possède l'église. Entre ces deux panneaux est placé le médaillon de Ch. Le Roy, horloger de Louis XV, mort en 1777, et l'un des bienfaiteurs de la paroisse, ainsi que permet de le constater une inscription gravée sur une plaque de marbre.

De nombreux tableaux rappelant, pour la plupart, des épisodes de la vie de sainte Geneviève, décorent les murs. Malheureusement il n'en est aucun qui mérite d'être signalé.

La maison natale de sainte Geneviève était tout auprès de l'église, à gauche, à l'endroit même où vous voyez, derrière une grille, une jolie construction moderne, et le dôme soutenu par quatre colonnes qui recouvre un puits isolé dans la cour.

Cette maison, que M. l'abbé Delaumosle, curé de Nanterre, a fait construire en 1884, s'élève sur l'emplacement de la chapelle édifiée par Anne d'Autriche, qui fut démolie pendant la Révolution. Le puits, jadis enfermé dans la chapelle, est celui dont l'eau guérit miraculeusement la mère de sainte Geneviève atteinte de cécité (1).

Si vous entrez dans la maison, dont le rez-de-chaussée sert de salle des catéchismes et le premier étage d'abri aux pèlerins, vous pourrez voir, dans une petite crypte, une modeste, mais gentille chapelle; elle est toute voisine d'un

(1) Anne d'Autriche avait, on le sait, une dévotion particulière pour la patronne de Paris. Elle fit plusieurs fois le voyage de Nanterre et but de l'eau du puits miraculeux. Louis XIII et Henriette-Marie d'Angleterre visitèrent aussi la chapelle que la reine avait fait construire.

retrait obscur qui, paraît-il, était le cellier de la maison de
sainte Geneviève.

D'un couvent de génovéfains qui s'élevait tout auprès, il
ne reste plus que l'in-pace, dont on distingue les soupiraux
bouchés dans le mur du jardin du presbytère et dans lequel
on peut pénétrer encore par une maison de la rue du
Chemin-de-Fer. Celle-ci, tortueuse et sans caractère particulier, passe devant le boulevard du Nord, semblable à ceux
que nous avons rencontrés déjà, et comme eux occupant la
place des remparts qui entouraient autrefois la petite ville,
car Nanterre, où les rois de la première race ont résidé, où
Clotaire II reçut le baptême, fut fortifié et soutint plusieurs
sièges. En 1326, les Anglais s'en emparèrent après avoir pris
Saint-Germain. En 1441, tombé au pouvoir des Armagnacs,
le petit bourg fut cruellement rançonné, et les habitants
qui ne purent satisfaire l'avidité des vainqueurs furent noyés
ou pendus. En 1815, un combat meurtrier avait eu lieu à
Nanterre, entre Français et Prussiens. Un bataillon de ces
derniers avait été détruit; mais les Anglais, décidément toujours funestes aux Nanterrois, survinrent, et la ville fut
livrée au pillage. Les troupes françaises s'étaient repliées
sur Paris.

Chaque année, le lundi de la Pentecôte, a lieu le couronnement de la rosière. C'est, de toutes les solennités de ce
genre qui se célèbrent aux environs de Paris, la plus ancienne, la plus populaire, la plus aimée des citadins, celle
au brillant cortège de laquelle ils aiment à se mêler en grand
nombre.

Bien aimés d'eux aussi étaient jadis ces petits pains au
beurre, connus sous le nom de *gâteaux de Nanterre*, et que,
sur nos promenades parisiennes, de coquettes jeunes femmes
étalaient dans des paniers d'osier sur des serviettes d'une
blancheur éclatante. Le temps de la vogue est passé pour
eux. Les pâtissiers de Nanterre n'en cuisent plus que le
dimanche, et deux ou trois marchandes seulement en em-
portent à Puteaux et à Suresnes.

Il ne faut pas croire que Nanterre soit pourtant sans in-

dustrie spéciale. Il a la sienne, et des plus productives ;
elle ne condamne pas le pays à se hérisser de hautes cheminées, à saturer l'air de fumées âcres, à troubler le silence
par le bruit que font les machines à vapeur ; elle se pratique
à l'écart, au fond des basses-cours, dans des étables bien
aménagées et consiste uniquement en la multiplication,
l'élevage et l'engraissement de la race porcine. Nanterre
fournit, bon an mal an, cinquante mille porcs excellents à la
charcuterie parisienne.

Avant de quitter la ville, si vous passez sur la place de
la Fête, vous y verrez une fontaine surmontée d'une statue
de moissonneur, en bronze, et portant cette inscription :

A J.-B. LEMAÎTRE,

LA VILLE DE NANTERRE RECONNAISSANTE.

Jean-Baptiste Lemaître, né en 1809, était un ancien cour-
rier des postes, qui mourut en 1869 et légua toute sa fortune, évaluée à 300 000 francs, à la commune de Nanterre.
La fontaine, qui sort des ateliers du Val-d'Osne, a été inaugurée le 27 janvier 1882.

A l'extrémité de la rue du Chemin-de-Fer, les barrières
d'un passage à niveau s'écartent devant nous, et nous voici
sur une route bordée d'abord de quelques maisons, mais
qui ne tarde pas à dérouler en rase campagne, au milieu
des plaines cultivées, sa large chaussée blanche et ses deux
rangées de jeunes arbres. A notre gauche, le regard embrasse une suite de collines onduleuses, vertes à la base,
bleues au sommet, piquées par ci par là de blancheurs qui
sont des villages, et rejointes par les cinq arches grises du
pont de la Morue, qu'un train qui passe à toute vapeur em-
panache de buées que le soleil argente et que le vent emporte. Une voûte de chemin de fer franchie, la route continue ; mais l'horizon se rétrécit, on ne voit plus à droite
qu'une ligne monotone de poteaux télégraphiques ; au loin,
devant soi, quelques fumées d'usines montent lentement
vers le ciel ; à gauche, les collines semblent s'être soudai-
nement abaissées ; seul, derrière nous, le Mont-Valérien

découpe hardiment sa silhouette, verte à la base, blanche au faîte.

Nous sommes au lieu nommé la Nouvelle-France ; devant nous, d'une teinte qui n'a ni la franchise du blanc, ni la douceur du gris, se dressent tout à coup, enfermés dans un haut mur d'enceinte, couverts en tuiles presque noires, les nombreux bâtiments d'une maison de répression construite en 1877. Les corps de logis réservés aux administrateurs et aux employés occupent les premiers plans ; quand ils seront vieux, ils seront aussi tristes que notre Saint-Lazare. Derrière eux, s'étagent les diverses divisions de la prison. On devine, sous ces murs régulièrement percés d'étroites ou-vertures sur les façades et de grandes baies aux flancs, les longues galeries où deux rangées de cellules s'ouvrent sur un couloir de surveillance.

En regard de la route, au-dessus d'une haute porte sinistre et nue, on lit : *Maison de correction. Femmes.* En approchant de l'entrée centrale, la rigidité du mur est interrompue par une rangée de meurtrières barrées de fer qui sont des fenê-tres ; elles flanquent les côtés de la grande porte, et l'édifice affecte ici un air de forteresse. Au-dessus de l'entrée prin-cipale, qui donne accès à une cour précédant les premiers pavillons, on lit : *Maison départementale.* Nous avons vu la partie de la prison consacrée aux femmes ; l'autre, où sont internés les hommes, est identiquement semblable. L'éta-blissement, autour duquel une vaste plaine fait la solitude, peut contenir environ mille cinq cents détenus condamnés à des peines de courte durée, des mendiants libérés, des indi-vidus en hospitalité. Il remplace le dépôt de mendicité qui était autrefois à Saint-Denis.

Nous suivons la route, mais, administrativement parlant, nous sommes à Colombes ; en réalité, nous marchons tou-jours dans la campagne, et il nous faudra près d'un quart d'heure encore avant d'atteindre le centre du pays vers lequel nous sommes guidé par l'apparition du clocher de l'église. Celle-ci, quoique peu curieuse, conserve quelques parties anciennes, entre autres son clocher roman du dou-

zième siècle. L'intérieur est clair et souriant; les gros piliers
qui séparent la nef des bas côtés et les charpentes de la
voûte ne manquent pas d'un certain caractère.

Le pays, bourgeoisement habité, peuplé de villas, de maisons de campagne, percé de rues propres, égayé de fontaines sur ses places, n'offre rien de curieux aux regards
des touristes, pas même sa mairie installée dans un immeuble qui ne diffère nullement de ceux qui l'entourent.

Rien ne reste des fortifications qui défendaient autrefois
Colombes, commune dont nous avons constaté l'ancienneté
en passant à Courbevoie; rien ne reste non plus d'un château royal, luxueusement décoré par Simon Vouet, et où
mourut, le 10 septembre 1669, la reine douairière d'Angleterre, Henriette-Marie de France, fille de Henri IV.

Le commerce proprement dit a peu d'importance ici;
l'industrie, plus active, est représentée par des fabriques
de gélatine, de colle forte, de fécule et de bonneterie.

Colombes s'honore d'avoir compté Rollin au nombre de
ses habitants; c'est pendant son séjour en ce pays qu'il
composa son *Histoire ancienne*.

Bois-Colombes, que nous atteignons par la longue rue des
Aubépines, n'est qu'un écart du village que nous quittons;
il lui appartient pour une partie, et dépend, pour l'autre,
de la commune d'Asnières.

Notre séjour sera court ici, les choses qui méritent d'être
signalées étant en petit nombre. Que dire en effet de la
petite église que nous apercevons au fond d'une cour, à
l'extrémité de la rue des Aubépines? Que dire de la rue des
Bourguignons qui traverse la voie ferrée? sinon que tous les
genres de débitants y étalent leurs marchandises dans un
pêle-mêle ignorant de la grâce et du goût. Nous arrêterons-
nous rue F.-V.-Raspail, devant une église inachevée, qui,
reconnaissons-le, aurait avantageusement remplacé celle
dont nous venons de parler? Un habitant du pays en avait
commencé l'édification; l'autorité ecclésiastique a, paraît-il,
refusé d'en permettre l'ouverture. Le gros œuvre, terminé,
s'abîme à la pluie. Parlerons-nous enfin du marché, dont,

avant d'entrer dans le pays, nous avons aperçu les toitures grises ornées de festons de fer ? Il est certain que ses deux grands pavillons sont clairs et bien aménagés, mais il gagnerait beaucoup à être entouré de voies moins étroites, où la circulation des nombreuses voitures qu'il attire fût mieux assurée.

Bois-Colombes, si près de Paris, grâce au chemin de fer qui nous y transporte en un quart d'heure, semble être une annexe de la grande cité. En plus coquet, c'est notre Belleville d'il y a cinquante ans. Maisons carrées, hautes d'un étage ou deux, jardinets où les arbres jeunes ne projettent point d'ombre, minuscules cascades alimentant d'étroits bassins ornés d'un petit jet d'eau, étroites allées sablées bordées de thym ou de buis, quelques fleurs en corbeilles : voici, en peu de mots, ce que sont, pour la plupart, les habitations du pays. Quant à ceux à qui elles appartiennent, ils sont, comme les habitants du vieux Belleville, presque tous de cette grande famille artistique qui fait les beaux soirs des théâtres parisiens. Aussi, quand on organise un concert à Bois-Colombes, est-on sûr d'avance d'obtenir le concours gracieux de chanteurs et de comédiens aimés, et de faire recette.

N'oublions pas de constater que Bois-Colombes s'associe au mouvement intellectuel et que la Société philotechnique a pu, avec succès, y établir une de ses sections.

Cette rue des Bourguignons, dont nous avons parlé déjà, traverse tout le pays, mais devient de moins en moins commerçante, de plus en plus villageoise ; nous ne la quittons qu'à sa rencontre avec le chemin du Ménil, descendant à droite vers la rivière, et pour entrer dans cette vaste plaine de Gennevilliers qui termine la presqu'île que nous venons de parcourir.

Un bouquet de bois ferme l'horizon devant nous ; au-dessus du feuillage nous apercevons un petit dôme. Ce que nous avons pris pour un bois est le vaste parc de la propriété que le maréchal de Richelieu acquit en 1740, alors qu'une inondation, restée fameuse, avait considérablement déprécié les terrains. Sans s'inquiéter des immersions encore possibles, le maréchal fit bâtir une sorte de petit château, simple maison de chasse, disent les *Mémoires* de d'Argenson, et planter le parc dont nous voyons, à travers une grille, les allées sinueuses, les fourrés épais, les vallons et les monticules. Sur l'un de ceux-ci, parfaitement visible au milieu de la rue du Pont, en face d'une ferme, est la glacière surmontée du belvédère que le maréchal appelait le *Temple de l'Amour*. Ce petit pavillon, très élégant d'architecture, entouré de colonnes, surmonté d'une coupole en ardoise, est celui que nous avons découvert à notre entrée dans la plaine. Une jolie statue de Mercure, qui le décorait jadis, a disparu pendant les dernières années de la Restauration.

La rue du Pont débouche dans la rue de Paris, et presque aussitôt, devant nous, s'ouvre la rue Aguado, tranquille, propre, silencieuse comme une rue de province, et terminée par des verdeurs au milieu desquelles on devine la présence d'une large place. La rue est silencieuse, avons-nous dit, et pourtant voici qu'un bruit, mais un bruit charmant, vient frapper notre oreille. Nous sommes arrivé devant le bâtiment où la commune a groupé son asile et ses écoles de filles et de garçons ; c'est l'heure de la récréation, sans doute, et tout le peuple gaminant du pays joue dans les cours sablées qu'une grille sépare seule de la voie publique.

Tandis que nous regardons s'ébattre cette gentille enfance, la place que nous avons devinée nous apparaît en son entier, avec les arbres qui l'entourent, la fontaine qui en décore le centre, la mairie au fond et le flanc de l'église Sainte-Marie-Madeleine sur le côté gauche.

La mairie n'est qu'une maison quelconque dont on a décoré l'entrée de colonnes pour lui donner une sorte de cachet officiel. L'église est plus intéressante. C'est un monument du dix-septième siècle, froid d'ensemble, mais de belles proportions et très pur de style. La façade, au fronton décoré d'un bas-relief : *Jésus et les docteurs,* est flanquée, à gauche, d'un clocher carré, qui, sans hauteur exagérée, coiffé d'un toit d'ardoise en forme de pyramide écrasée, s'harmonise parfaitement avec l'architecture de l'église.

Le vaisseau intérieur répond au dehors. Par malheur, un déplorable goût décoratif a présidé à son ornementation ; les colonnes toscanes qui séparent la nef des bas côtés ont été enduites d'une laide teinte jaune rehaussée de lignes noires simulant des cannelures; les autels sont ornés de ces statues en plâtre peint qu'on vend dans le quartier Saint-Sulpice, et surchargés de fleurs en papier, offrant à l'œil toute la gamme des tons criards et désagréables. Que dire de la chapelle décorée, en 1889, par M. Marcueil, de peinturlurages ayant la prétention de représenter une masse rocheuse et de la reproduction du *Temple de l'Amour* surmonté d'une croix ? Un grattage s'impose ici pour l'honneur du monument.

Ce village, bien bâti, aujourd'hui peuplé de cultivateurs aisés, appartint, jusqu'en 1248, à l'abbaye de Saint-Denis, et sa paroisse ne fut séparée de celle d'Asnières qu'en 1302.

Outre le souvenir du maréchal de Richelieu, il conserve, mais sans monument qui le rappelle, celui de Mme de Staal, qui y mourut en 1750, et que, sous le nom de Mlle de Launay, nous verrons jouer un grand rôle à la petite cour de Sceaux (1).

Les rues Saint-Denis, Amélie, Félicie, franchies, nous nous retrouvons dans la plaine. La route qui, du pont de Saint-Ouen, mène à Gennevilliers, la traverse d'une ligne blanche. A perte de vue, on ne voit que ces riches plants légumineux traversés par les canaux d'irrigation qui, depuis 1868, ont fertilisé ce sol dont la craie et le sable étaient, avant cette époque, rebelles à toute culture.

De distance en distance, sur ces canaux, vous apercevrez des cylindres en maçonnerie renfermant les pompes-siphons qui permettent aux cultivateurs d'activer ou de modérer l'épanchement des eaux. Ces eaux proviennent, on le sait, des égouts de Paris et constituent un engrais précieux.

(1) Voir huitième excursion.

Cette source de richesse, cette fertilisation soudaine d'un sol ingrat, ne fut pas facilement acceptée à son origine. Là, comme en toutes circonstances identiques, l'obstination routinière entra en guerre avec le progrès. On contesta l'efficacité de l'engrais nouveau ; on prétendit que son odeur empoisonnerait le pays. Qui innove doit se préparer à lutter ; l'administration lutta. Le pays, riche aujourd'hui, ne songe point à lui en garder rancune.

Les 2000 hectares de la plaine de Gennevilliers produisent les plus beaux légumes du département de la Seine, et remportent des prix à tous les concours agricoles. La valeur des terrains, nulle jadis, est inappréciable maintenant ; quant aux odeurs redoutées, on ne les sent point dans le grand air de la plaine toute baignée de soleil.

Nous approchons d'un chemin vicinal qui se dirige vers Saint-Denis et nous conduit au bout de notre excursion. Jetons un regard d'adieu sur ce vaste espace hérissé de légumes, sillonné de ruisseaux s'infiltrant doucement dans la terre ; regardons miroiter quelques cloches sous la franche lumière ; reconnaissons au loin la tour Eiffel, la butte Montmartre, et enfin l'abbaye et les fumées des usines de Saint-Denis, chef-lieu du canton où nous allons entrer tout à l'heure.

CANTON DE SAINT-DENIS

ITINÉRAIRE

Ile-Saint-Denis : mairie de l'Ile-Saint-Denis, église de l'Ile-Saint-Denis, les anciens châtelains de l'île ; **Épinay** : mairie d'Épinay, église d'Épinay, un souvenir de J.-J. Rousseau, le château, une chapelle gothique, monument commémoratif du combat du 30 novembre 1870 ; **Villetaneuse** : église de Villetaneuse, la butte Pinçon ; **Pierrefitte** : église Saint-Gervais et Saint-Protais ; **Stains** : une vieille porte, église Saint-Vincent de Paul, mairie de Stains, les écoles, le château, l'orangerie, un souterrain, fort de la Double-Couronne ; **Saint-Denis** : Temps-Perdu, le fort de la Briche, le canal Saint-Denis, mécanisme des écluses, abattoir communal, buste de la République, église paroissiale, groupe scolaire, caserne, machine élévatoire, puits artésiens, groupe scolaire, cimetière, caveau provisoire, monument commémoratif élevé à la mémoire des victimes de la guerre, hôtel de ville, marché, l'abbaye de Saint-Denis, Maison d'éducation de la Légion d'honneur, ancien hôtel-Dieu (hospice municipal), couvent des Carmélites, Petite-Paroisse, la place aux Gueldres, fontaine, arbre de la Liberté, les talmouses, orphelinat Génin, couvent de la Compassion, couvent des Ursulines, square Thiers, statue de Vercingétorix, groupe scolaire, la foire du Landit, statue de Nicolas Leblanc, Saint-Denis industriel, orphelinat municipal, crèche municipale, hôpital civil, les rosières ; **Saint-Ouen** : institution Sainte-Anne, le château du prince de Rohan, église de Saint-Ouen, mairie, groupe scolaire, champ de courses, château de Saint-Ouen, docks de Saint-Ouen ; **Plaine-Saint-Denis** : verrerie Legras, église Sainte-Geneviève ; **Aubervilliers** : église Notre-Dame des Vertus, groupe scolaire ; **Crèvecœur** ; **La Courneuve** : fontaine Saint-Lucien, mairie, église de La Courneuve, maison du général Schramm ; **Dugny** : le manoir, mairie, église Saint-Denis, asile de vieillards (femmes), collège de jeunes filles.

TROISIÈME EXCURSION

Ainsi que nous l'avons dit, c'est par l'Ile-Saint-Denis que nous commencerons notre troisième excursion. Vue de loin, avec sa surface verte, ses extrémités effilées, sa forme curviligne, l'île fait assez l'effet d'une gigantesque anguille endormie sur le fleuve. Vue de près, parcourue pas à pas, c'est une commune où vivent environ 1700 habitants, marchands de vin, petits rentiers, industriels et cultivateurs. Le charme du lieu réside en partie dans la diversité de ses aspects : réduction de la Grande-Jatte au pont de Saint-Ouen, l'île devient bourgeoise au centre; manufacturière quand Saint-Denis la regarde par les mille fenêtres de ses fabriques, elle n'est plus qu'agricole lorsqu'elle a pour voisines, sur l'autre rive de la Seine, les jolies propriétés d'Épinay.

Les curiosités proprement dites font absolument défaut ici. La mairie est banale; l'église, construite par souscription en 1883, est un monument gracieux à l'extérieur, simple et nu au dedans. La rue Méchin, la seule du pays qui soit un peu commerçante, relie les deux parties du pont suspendu qui met l'île en communication avec la presqu'île de Gennevilliers et avec Saint-Denis. Les rues du Bocage et de l'Abbaye, bordées d'arbres et de villas, forment, au centre du bourg, une charmante oasis; on sent vivre là, dans une douce quiétude, tout un groupe de bonnes gens se reposant des fatigues d'une existence laborieusement remplie. Malheureusement, ces deux rues aboutissent à une sorte de plaine, triste, nue, au sol noir, crevassé d'ornières; nous sommes dans le quartier manufacturier. Sur le quai, que nous gagnons par la rue du Saule-Fleuri, les apprentis d'une blanchisserie de tissus jouent au bouchon, et de nombreux chalands amarrés attendent leur tour pour entrer dans le canal Saint-Denis, dont nous voyons en face de nous les puissantes jetées blanches et les noires écluses que nous visiterons à loisir quant nous passerons par Saint-Denis.

L'horizon s'élargit soudain autour de nous ; nous touchons à la limite du pays habité, car voici le cimetière. A droite, le fort de la Briche domine la rive de la Seine ; devant nous, les collines tracent des lignes bleues sur le fond du ciel ; à nos pieds, la plaine s'étend à perte de vue. Le silence est complet ; on pourrait se croire aussi abandonné que Robinson dans son île, si l'on n'entendait éclater une joyeuse sonnerie de clairon sur les glacis du fort.

Ce bruit guerrier nous remet en mémoire une vieille histoire que nous allons raconter, tout en nous acheminant vers un pont dont nous commençons à voir les piliers de pierre et les arches de fonte, et qui nous conduira à Épinay.

Sur ce sol que nous foulons depuis longtemps déjà et qui s'appelait jadis l'île du Châtelet ou du Châtelier, s'élevait un château fort appartenant à des seigneurs turbulents, batailleurs, et, disons-le, quelque peu pillards à l'occasion. Détrousser les vassaux de l'abbaye, rançonner les voyageurs, arrêter les abbés pour leur prendre leur mule et aussi les produits d'une dîme perçue, étaient pour ces châtelains « jeux de princes ». Les manants souffraient, mais n'osaient se plaindre ; les abbés, moins endurants et mieux en cour, multipliaient leurs doléances. Le roi Robert le Pieux résolut, en 1008, de mettre fin à ces exactions, entreprise difficile, paraît-il. Bouchard le Barbu, alors propriétaire du château, était un gaillard déterminé, qu'une lutte avec le roi de France n'eût point effrayé ; Robert usa d'un moyen conciliateur : il offrit à Bouchard la terre de Montmorency en échange de son domaine, et le marché étant avantageux fut accepté. On rasa le manoir ; les abbés vaquèrent tranquillement à leurs affaires ; Bouchard prit le titre de sire de Montmorency. On sait de quel éclat sa descendance a brillé dans notre histoire.

Nous marchons toujours vers le pont ; la plaine cultivée continue son monotone déroulement de plants divers : à nos pieds, au bas d'une berge éboulée, de maigres saules mirent leurs chevelures dans l'onde calme ; sur l'autre rive s'étagent les parcs des propriétés d'Épinay ; un petit chemin montant nous mène au milieu du pont ; l'île en contre-bas décrit sa dernière courbure et finit en pointe.

Le pont franchi, nous entrons à Épinay par le boulevard de Gennevilliers, et la rue de l'Église, la première à notre droite, nous permet d'atteindre le point central du pays : une petite place dont la mairie, qu'une grille sépare de la voie publique, occupe un côté ; au fond, l'église, bâtie en 1743 par le duc de Bourbon, prince de Condé, dresse sa façade grise à la base, blanche dans les parties hautes ; le monument a été réparé par M. Archambault, après les rudes épreuves que la commune a subies en 1870, pendant trois mois d'occupation prussienne.

Épinay, où l'on prétend que le roi Dagobert eut une résidence, appartint originairement aux Montmorency, puis, plus tard, à l'abbaye de Saint-Denis ; en 1748, de la Live de Bellegarde, fermier général, père de la comtesse d'Houdetot, acheta la seigneurie. Il y a quelques années, lorsqu'on fit parqueter l'église, on découvrit, au pied du petit escalier qui mène à l'orgue, la pierre tombale de la Live et quelques ossements qui sont probablement les siens. La pierre tombale a été fixée sur le mur de l'église ; les ossements ont été conservés et recueillis à la cure. Quant à leur authenticité, elle est douteuse, la place où on les a trouvés ayant déjà été fouillée, il y a vingt ans, pour l'établissement d'un calorifère.

Elle est, vous le voyez, confortable, cette simple église ; mais il faut être le fureteur que nous sommes pour y trouver un objet d'art digne d'être signalé. Glissons-nous discrètement derrière le maître-autel, et nous découvrirons deux jolies et riches consoles du plus pur style Louis XV. Le marbre de l'une d'elles est écorné par un boulet. Cette terrible guerre de 1870 a laissé ses traces partout.

Un souvenir moins attristant, et que nul, pensons-nous, n'a évoqué encore, se rattache au presbytère d'Épinay : celui de Jean-Jacques Rousseau. Au temps où le philosophe était en bons termes avec Mme d'Épinay, au temps où il soupirait secrètement pour Mme d'Houdetot, il venait souvent avec ces dames, Grimm, Diderot, M. de la Live, sans doute, car il parle de lui dans ses *Confessions*, et d'autres amis encore, passer la soirée dans le salon de la cure, une petite pièce éclairée par deux fenêtres et qui existe encore. L'abbé Pourès, mort en 1826, qui fut pendant soixante et une années curé d'Épinay, était l'hôte accueillant de cette société choisie.

Le maréchal Maison est né à Épinay en 1770; une rue qui porte son nom conduit à l'entrée du château qui, originairement, affectait la forme d'un T, première lettre du nom de Tissier — encore un ami de Jean-Jacques — fermier général, qui l'avait fait construire au dix-huitième siècle. Il appartint, sous le premier Empire, à M. de Sommariva, puis, plus tard, à M. Joseph Périer, frère de l'homme d'État; un Tunisien, dont le nom nous échappe, le vendit à lord Rufton. Après la guerre, la propriété fut achetée par une société qui l'eût complètement détruite, si le roi François d'Assise ne s'était présenté pour acquérir les restes sur lesquels il a fait construire une luxueuse résidence.

Du domaine dépendait jadis une petite chapelle, bijou gothique dont vous apercevrez encore quelques vestiges vis-à-vis du château, sur la façade d'une maison qui fait l'angle de la rue du Sentier, et que prosaïse la banale enseigne du percepteur des contributions.

Épinay, nous l'avons dit, a beaucoup souffert pendant la guerre; théâtre d'un combat sanglant le 13 novembre 1870, il a élevé un petit monument à la mémoire des héros obscurs morts en cette journée.

Le pays renferme un grand nombre de maisons de plaisance, gaies et coquettes, et quelques usines : forges, fabrique de glucose, verreries, etc., l'animent de leur activité.

L'avenue du Chemin-de-Fer, égayée par une suite de maisonnettes aux façades décorées de carreaux de faïence, nous conduit en pleine campagne. Les coteaux de Montmorency verdoient à notre gauche; le clocher de Montmagny pointe devant nous dans le ciel; à droite, la butte Pinçon abrite et protège le petit village de Villetaneuse. Vu d'ici, Villetaneuse n'est qu'un entassement de pignons gris et de toits noirs; seule, la silhouette assez gracieuse de l'église se détache au premier plan et jette une note gaie sur la monotonie de l'ensemble.

Villetaneuse est un pays d'agriculteurs laborieux, mais routiniers. Il y a quelques années, on a parlé de doter la commune d'une station de chemin de fer. La population a jeté des cris d'effroi et le projet a dû être abandonné.

L'église, construite en 1857 par M. Deulin, se compose d'une seule nef et d'un chœur en hémicycle flanqué de deux chapelles latérales. Claire et nue, c'est bien la simple église qui convient à ce modeste bourg.

Nous avons parcouru le village sans y rien rencontrer qui soit digne d'être signalé; mais la butte Pinçon nous attire, et nous allons en faire l'ascension.

Haut de 101 mètres, le monticule domine tout ce pays plat, et fut, on s'en souvient, un des postes importants de l'armée allemande en 1870. Quelques vestiges des formidables batteries ennemies sont visibles encore sur le versant sud, auprès d'un joli bois de chênes, de bouleaux et de châtaigniers. Dans le calme qui nous entoure, dans le silence à peine troublé par des frémissements de feuillage et des battements d'ailes, devant le magnifique panorama qui se déroule sous nos yeux, en cette paix profonde du lieu, nous éprouvons une douleur sourde en nous souvenant combien ce coin charmant nous fut fatal. Heureusement, et cela nous console, la position stratégique nous est assurée maintenant par un fort. Un des nombreux sentiers qui descendent du plateau, à travers les vignes et les cultures maraîchères, nous ramènera sur la route plate, et en quelques minutes nous atteindrons Pierrefitte.

Pierrefitte, aujourd'hui habité par des briquetiers, des

carriers, des jardiniers fleuristes, doit son nom (*Petra fixa*, pierre fichée), à l'un de ces menhirs qui servaient à la fois de monuments religieux et de limites territoriales. Au neuvième siècle, les moines de Saint-Denis venaient processionnellement à Pierrefitte le jour de Pâques et le jour de la Pentecôte, et percevaient la dîme. Le pays fournissait alors une grande partie du vin qui se consommait à l'abbaye. Au quinzième siècle, Pierrefitte lutta héroïquement contre l'invasion anglaise, et, bien que ravagé plusieurs fois, il demeura attaché à la royauté. Henri V, roi d'Angleterre, qui, après Azincourt, s'intitulait roi de France, dépouilla de leurs biens plusieurs gros propriétaires du pays qui témoignaient trop hautement de leur fidélité à Charles VII.

L'église, placée sous l'invocation de saint Gervais et de saint Protais, est peu remarquable au point de vue architectural ; mais la nef et le chœur sont décorés d'une suite de belles fresques exécutées par Timbal en 1859, et réparées depuis la guerre. Ces frises, disposées comme celles de Flandrin à Saint-Vincent de Paul de Paris, ont un mérite réel que, malheureusement, l'obscurité de l'église ne permet d'apprécier qu'après un long examen.

Une route unie, droite au début et qui s'infléchit ensuite, nous conduit à Stains. Le village, qu'une ligne de chemin de fer traverse à son entrée, a la physionomie endormie d'un pays perdu au fond du Poitou ; les gens qu'on rencontre vous saluent, le passage d'un étranger est un événement.

Le pays doit son nom *(Stagna)* aux marécages qui l'entouraient jadis et dont rien ne reste à présent. Sans nul doute il eut d'aristocratiques habitants au siècle dernier, et plus d'une maison somptueuse s'éleva autour de son château, dont nous parlerons tout à l'heure. L'une de ces résidences appartint au duc d'Orléans. A l'entrée du village, donnant accès à une cour de ferme et séparée de la route par un fossé, on en voit encore la porte monumentale, avec son fronton, ses corniches, ses mascarons à tête de Neptune finement et coquettement sculptés.

La rue que nous suivons nous conduit à la classique place plantée d'arbres, au fond de laquelle se dresse la façade de l'église. Le monument est ici dédié à saint Vincent de Paul. L'intérieur date de la première Renaissance; il est clair et d'un agréable aspect. Une plaque de marbre, fixée à l'un des murs, rappelle les noms de vingt et un soldats appartenant aux 10e, 12e et 13e bataillons des mobiles de la Seine, morts au combat de Stains, le 21 décembre 1870. L'Œuvre des tombes et des prières a fondé une messe perpétuelle en leur mémoire.

Sur l'avenue Hainguerlot, nous rencontrons encore un débris du temps passé : ce sont les écuries de l'ancien château où la mairie du village est installée maintenant. Le bâtiment central ouvre ses larges portes, à châssis gris à petits carreaux, au fond d'une vaste cour qu'une grille sépare de l'avenue et dont deux beaux corps de logis forment les côtés. Ces constructions n'ont qu'un rez-de-chaussée, mais leur ensemble a véritablement grand air. Deux fort belles lanternes en fer forgé décoraient autrefois la grille; elles ont été reléguées, nul ne sait pourquoi, dans un cabinet de débarras, à l'école communale du village, modeste bâtisse que nous apercevons à notre gauche.

Nous allons rentrer en plaine pour nous diriger vers Saint-Denis par la route de Gonesse, et tout en marchant, nous causerons encore un peu du pays que nous venons de traverser. La commune est ancienne. Elle avait, dès l'an 1351, une léproserie où ses malades, ainsi que ceux de Garges et de Saint-Léger, trouvaient un asile.

Au quinzième siècle, Stains était une seigneurie que Louis XI donna à son chambellan, Jacques de Saint-Benoît. Sous Louis XII, elle appartenait à un certain Jean Ruzé, qui paraît s'être sérieusement occupé d'en augmenter l'importance ; c'est lui qui obtint du roi l'autorisation d'établir quatre foires par an et de créer un marché hebdomadaire. En 1568, Christophe de Thou, le célèbre magistrat, en était titulaire ; à sa mort, elle passa dans les mains le son gendre. Vinrent ensuite Achille de Harlay, Claude Coquille, puis un

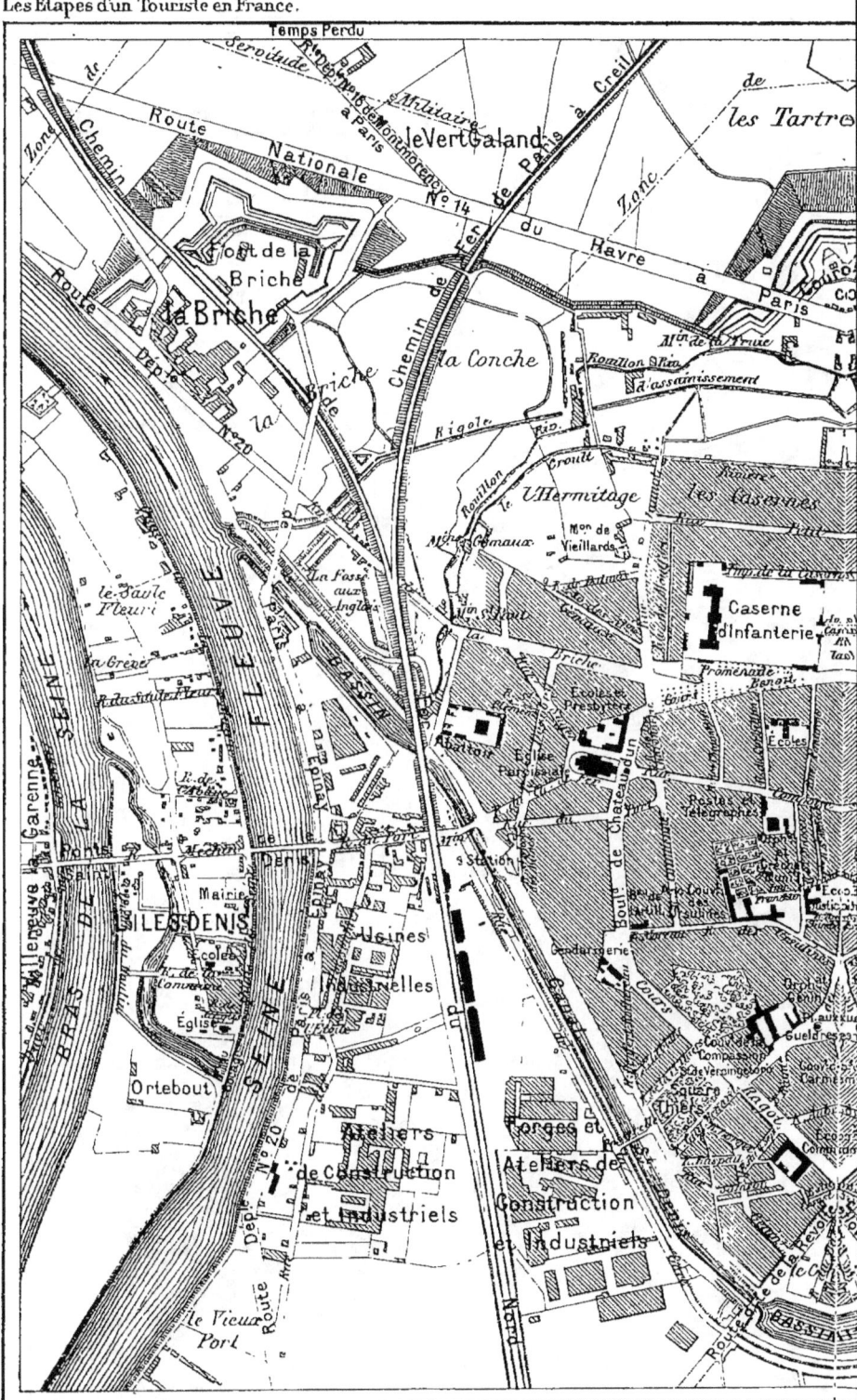

A. HENNUY

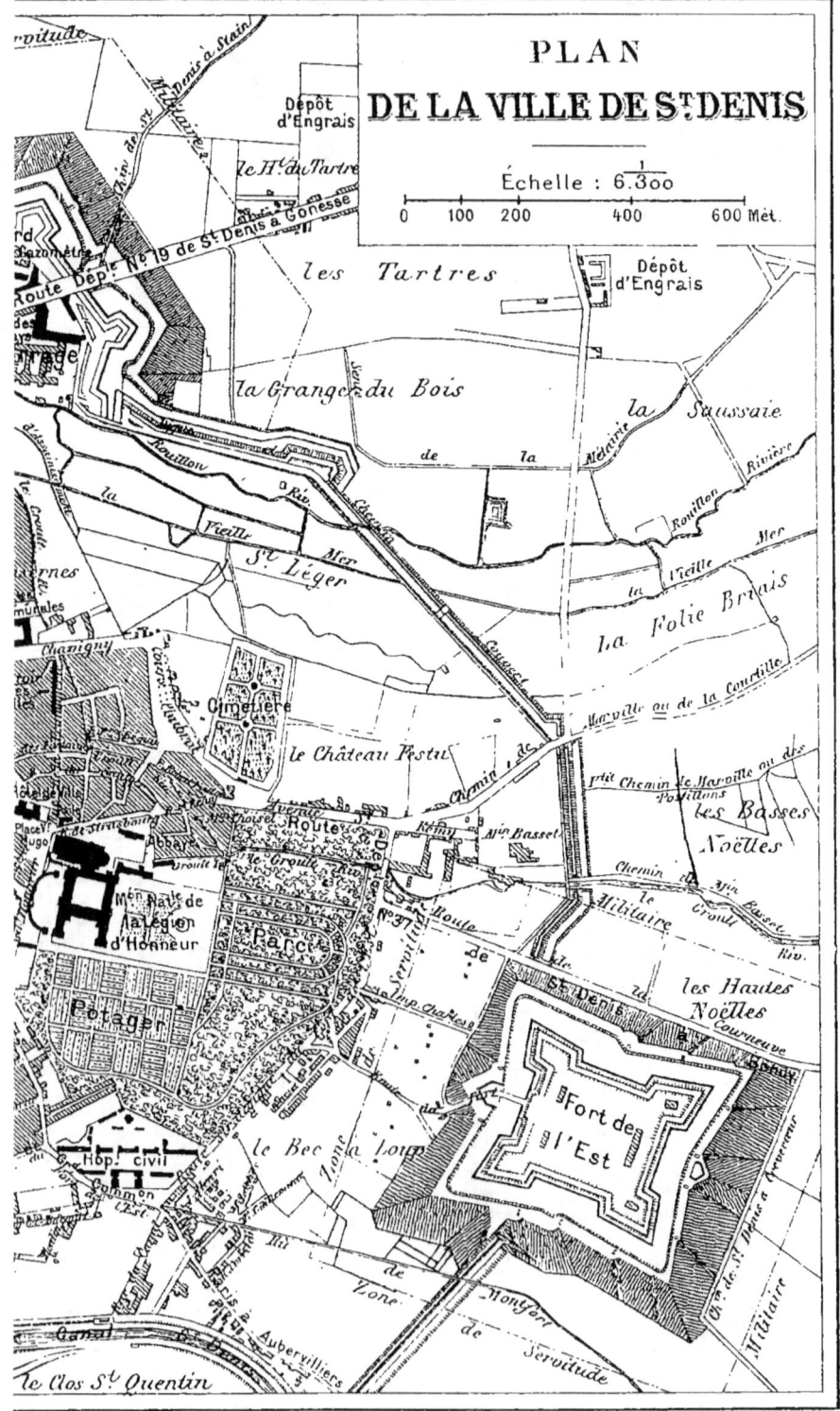

PLAN
DE LA VILLE DE St DENIS

Échelle : $\frac{1}{6.300}$

0   100   200   400   600 Mèt.

ITEUR.   Dressé par E.Morieu

fermier général nommé Perrinet. Ce dernier fit construire
le château et planter le parc qui couvrait une grande étendue, car voici que nous apercevons dans la plaine une
construction rectangulaire, à la porte et aux fenêtres aveu-
glées maintenant, et qui n'est autre que l'ancienne orangerie de la propriété.

A quelque distance de cette bâtisse isolée, la pioche a
découvert l'entrée d'un souterrain qui, prétend-on, mais
nous ne prenons pas sur nous de l'affirmer, doit aller jusqu'à l'abbaye de Saint-Denis. De loin en loin, encore dans
la plaine, nous rencontrons les débris des murailles qui entouraient le parc. La résidence, acquise en 1810 par Jérôme
Napoléon, appartenait en dernier lieu à la famille de Vatry.

Stains a été occupé pendant la guerre de 1870 ; les batteries que les Allemands y avaient établies causèrent de
nombreux dégâts à Saint-Denis.

Aujourd'hui, sans que la culture soit abandonnée, le mouvement industriel s'accentue de plus en plus en ces régions,
et le pays tend à devenir manufacturier ; il a déjà des blanchisseries de coton, des fabriques de perles, une fécule-
rie, etc. Trois puits artésiens ont été forés sur le territoire
de la commune.

La route continue à travers champs, blanche entre ses
deux rangées d'arbres, bordée de loin en loin par des fermes,
des fabriques, un dépôt d'engrais et par quelques humbles
cabarets. Devant nous, Saint-Denis découpe sur le ciel les
silhouettes de ses clochers ; à notre gauche, au loin, la butte
Montmartre estompe légèrement sa ligne onduleuse. Nous
passons au pied du fort de la Double-Couronne ; au-dessus
des talus, à droite, émergent les charpentes et le noir cylindre d'un gazomètre à côté de la haute pyramide rouge d'une
cheminée d'usine.

Nous sommes à Saint-Denis, à l'extrémité de la rue de
Paris. Sa longue perspective de maisons banales nous tente
peu ; grisé par le grand air, nous éprouvons le besoin de le
respirer encore, et nous suivons la route nationale, qui nous
conduira au fort de la Briche et aussi au débouché du canal

que nous n'avons fait qu'apercevoir en passant sur la berge de l'île Saint-Denis.

Saint-Denis s'entasse noir et fumeux à notre gauche, derrière un rideau d'arbres ; à notre droite, la plaine s'étend, bordée de collines, semée de façades blanches et de toits rouges. La voie ferrée franchie, nous apercevons le groupe de quelques maisons qu'on désigne sur les cartes sous le nom de *Temps-Perdu ;* nous nous jetons dans un petit chemin à gauche ; nous passons devant l'entrée du fort, surmontée de sa date de construction : 1845, et nous gagnons les bords du canal, ayant à notre droite la Seine, l'île Saint-Denis, et devant nous deux voies éclusées, deux *sas*, qui relient un grand bassin au fleuve. Sur la pile qui les sépare, nous voyons l'ingénieux mécanisme qui fait, en quelques instants, ouvrir ou fermer les lourdes portes des écluses.

Une turbine de petite dimension, alimentée par l'eau du canal, sert de moteur à tout le mouvement et commande l'ouverture ou la fermeture des portes sur les deux radiers ; un arbre muni d'engrenages, dont une clef suffit pour assurer ou neutraliser l'effet, court au ras du sol, et met le moteur en communication avec le mécanisme qui agit directement sur les portes. Par une heureuse combinaison, une tringle, parallèle à l'arbre dont nous avons parlé, relie la turbine au poste placé à l'extrémité des bassins, et permet de là la direction de la manœuvre. Cette remarquable installation, qui se substituera bientôt, sur nos canaux, aux treuils à bras, est l'œuvre de la maison Piat (1).

A l'ombre du talus du chemin de fer, nous suivons un chemin encaissé entre les bords du canal et ceux du Croult ; les usines soufflent et fument ; les ponts tracent des courbes noires au-dessus de l'eau qui les reflète. Le canal est ici un large bassin ; de vigoureux percherons, attelés à des chalands, sillonnent les chemins de halage. Nous atteignons la rue Brise-Échalas, où s'élève le vaste abattoir communal,

(1) Voir *Paris, Promenades dans les vingt arrondissements,* p. 273.

LE CANAL SAINT-DENIS.

DESSIN DE A. DEROY.

et, laissant à droite le pont qui nous conduirait à la gare, nous nous jetons dans la ville par la rue du Chemin-de-Fer, au bout de laquelle nous apercevons les toits et le joli clocher de l'église paroissiale.

Elle n'est pas sans prétention à l'aspect parisien, cette rue du Chemin-de-Fer; quelques-unes de ses maisons ont cinq étages et sont décorées de sculptures; le commerce de détail anime ses rez-de-chaussée et la circulation y est active. C'est par le flanc, et pouvant ainsi suivre tout l'harmonieux développement de sa construction, que nous voyons d'abord l'église paroissiale; son porche, d'un dessin très pur, s'ouvre sur le boulevard de Châteaudun, formant ici une place dont le centre est décoré, depuis le 7 octobre 1888, d'une reproduction en bronze du buste de la République, de Jacques France.

L'église paroissiale, dont Saint-Denis est fier à juste titre, a été construite par Viollet-le-Duc, de 1864 à 1867. Elle est conçue dans le style du treizième siècle, très coquette, inondée d'une lumière doucement tamisée par des vitraux de tons harmonieux. Derrière le chœur, dans l'abside, nous verrons une fort jolie chapelle dédiée à la Vierge, dont la voûte à fines nervures est très remarquable. L'église a, pour toute décoration artistique, un chemin de croix en pierre, mais il est signé : J. du Seigneur.

Auprès de l'église, à l'angle de la rue Suger, nous apercevons le premier des groupes scolaires que possède la ville. Celui-ci est, croyons-nous, le plus ancien en date. Sur un des flancs de l'édifice, on lit cette inscription : *De l'instruction naît la grandeur des nations. MDCCCLXXV.* On aime les inscriptions, à Saint-Denis; le piédestal qui supporte le buste de la République est décoré de celle-ci : *Les petits-fils à la gloire de leurs aïeux. 1789-1888.*

Le cours Benoît nous conduira, par un chemin agréable, auprès d'une caserne monumentale, contemporaine des casernes de Courbevoie, et, comme elles, originairement destinée au logement des gardes suisses. Elle s'élève au fond d'une immense cour et se compose d'un bâtiment central orné d'un fronton, accosté de corps de logis terminés par des pavillons formant une légère saillie.

Sur le cours Chavigny, qui vient ensuite, est la machine élévatoire qui alimente les réservoirs de la ville et refoule dans les fontaines l'eau du puits artésien dit de la Déesse(1). Chaque coup de piston de la puissante machine donne 120 litres d'eau; la montée journalière aux réservoirs est de 1 200 000 litres. Tout auprès s'élève un groupe scolaire. Plus moderne que celui que nous avons rencontré, il est bâti en briques et terminé, à ses extrémités, par d'élégants pavillons ornés de cadrans d'horloge.

Le cours Chabrol est à peine habité; dans ses terrains vagues, de pauvres gens se sont construit de misérables masures ou s'abritent dans de vieilles voitures de saltimbanques; il s'achève en promenade en rejoignant l'avenue Saint-Rémy, où nous nous trouvons devant le cimetière.

De forme à peu près rectangulaire, vaste, bien entretenu, facile à parcourir, grâce à la rectitude de ses allées, ce cimetière est un des plus beaux des environs de Paris. Outre les tombes des principales familles de la commune, il renferme, à son centre, un caveau provisoire décoré d'un christ sculpté par Girard dans un bloc de pierre dure de 3 mètres de hauteur, et, à son extrémité, une pyramide quadrangulaire placée sur un socle de granit et entourée de bornes reliées par des chaînes : c'est le monument élevé aux défenseurs de la ville morts pendant la dernière guerre. Six cents braves, dragons, artilleurs, gendarmes, marins, etc., dorment sous ce tombeau; chaque année, à la Toussaint, toutes les sociétés de la ville, municipalité en tête, viennent l'orner de couronnes fraîches. Une morgue, son utilité s'explique en ce pays, attient au pavillon du conservateur du cimetière.

Nous allons maintenant rentrer en ville, et, par les rues Saint-Rémy et de Strasbourg, nous atteindrons la place

_____

(1) Ce puits a été foré en 1832 ; il atteint une profondeur de 120 mètres. La commune possède encore sept autres puits artésiens, forés à différentes époques.

Victor-Hugo, d'où le regard peut embrasser tour à tour
l'hôtel de ville, la maison d'éducation de la Légion d'honneur, la façade de l'antique abbaye et la fuite de son flanc
septentrional.

L'hôtel de ville, construit en 1883 par M. Laynaud, est un
édifice non seulement très remarquable au point de vue
architectural, mais encore des mieux agencés pour ce qui
concerne les nécessités administratives. Sa large façade,
surmontée d'un toit de belles dimensions, est percée, au
rez-de-chaussée, de trois baies d'entrée closes par des grilles
en fer. Sur le fronton, au-dessous du campanile, sont sculptées les armes de la ville (1). Ses salles : salles du conseil
municipal et des mariages au premier étage, bibliothèque et
vestibule, conduisant au grand escalier au rez-de-chaussée,
sont éclairées par de grandes fenêtres. Le vestibule, avec son
plafond à solives, sa monumentale cheminée sculptée, ses
murs rouges, piqués du monogramme de la ville, un grand S
enlaçant deux D, est d'un aspect véritablement artistique.
L'ensemble du monument — et nous ne le lui reprochons
point — rappelle un peu les maisons communes qu'on rencontre dans les Flandres.

Après un rapide coup d'œil jeté sur le marché, qui se tient
tout auprès de l'hôtel de ville, sous de légers auvents en
fonte d'une gaie couleur grise, nous nous retournerons vers
la basilique. Un peu d'histoire s'impose ici, moins aride
qu'on ne pourrait le croire, grâce à la légende, qui, parfois,
y vient mêler sa note mystique.

A la place où vous admirez maintenant cette magnifique
église, s'élevait, en 272, au temps où furent martyrisés, à
Montmartre, saint Denis, saint Rustique et saint Éleuthère,
la villa d'une dame romaine nommée Catulla. Ce fut sur le
seuil de cette villa que s'arrêta saint Denis, portant sa tête,
et suivi des gardes à qui l'on avait confié les corps de ses
compagnons.

(1) Saint-Denis porte : « d'azur semé de France au chef d'argent
chargé des mots : Montjoie et Saint-Denys ».

Catulla ouvrit sa porte au cortège, fit servir un copieux festin aux gardes, les grisa, s'empara des saintes dépouilles et les enterra dans un coin de sa maison. Une chapelle ne tarda pas à s'élever sur le tombeau; sainte Geneviève y vint prier, et là, de miraculeuses guérisons s'accomplirent par son intercession.

L'endroit devait être fécond en manifestations surnaturelles. Lisez l'*Histoire de l'abbaye de Saint-Denis*, de Jacques Doublet; lisez les *Antiquités, fondations et singularités des plus célèbres villes*, de Desrues, et vous y trouverez le récit complet des miracles qui se sont accomplis dans la chapelle des Martyrs. Ici, un cerf forcé se réfugie dans l'édifice, et les chiens, subitement paralysés, ne l'y peuvent poursuivre; ailleurs, Dagobert, jeune encore, après avoir coupé la barbe et un peu aussi le menton de son gouverneur et l'avoir fait vertement bâtonner par ses valets, se réfugie dans l'église pour fuir la colère de son père. Non seulement, pas plus que les chiens dont nous avons parlé, les gens du roi ne peuvent pénétrer dans la chapelle; mais encore le jeune prince, paisiblement endormi, voit apparaître saint Denis qui lui assure la couronne et un glorieux avenir contre la promesse de lui élever un tombeau et de lui dédier un temple.

Devenu roi, Dagobert se souvint de cette apparition; il fit bâtir la première église de Saint-Denis, fonda l'abbaye et donna aux moines bénédictins, qu'il y plaça, de grands privilèges et d'immenses richesses.

Le monument construit par Dagobert était de proportions exiguës; il n'occupait guère que l'emplacement du transept de l'église actuelle, mais il était, au dire des chroniqueurs, enrichi, jusque sur la toiture, d'or, d'argent et de pierres précieuses.

Dagobert fut, deux ans plus tard, enterré à Saint-Denis. En visitant l'église, nous aurons l'occasion de voir son tombeau, non tel qu'il fut érigé à sa mort, mais tel qu'il fut refait sous Louis IX et suivant les données primitives.

Les rois mérovingiens conservèrent pour l'abbaye et l'église la piété que leur avait témoignée Dagobert, et comme lui se montrèrent généreux envers elles; néanmoins, l'abbaye est politiquement mêlée à la chute de la dynastie. En 741, Charles-Martel fut enterré à Saint-Denis. Or, le fameux maire du palais n'avait pas toujours été en bons rapports avec les prélats de son temps; et, pour soutenir des guerres, d'ailleurs entreprises dans l'intérêt de la religion, il leur avait souvent imposé d'onéreux sacrifices. Il se trouva que, juste au moment où Pépin, maire du palais à son tour, rêvait de détrôner Childéric III pour prendre sa place, saint Euchère, évêque d'Orléans, apprit par un songe que Charles-Martel était condamné à la damnation éternelle. Pépin fit ouvrir le sépulcre de son père, et Doublet, que nous avons déjà cité, affirme que de la bière, « noire comme si le feu y eût passé, il sortit un serpent horrible et hideux ». Pépin s'alarma ou feignit de s'alarmer; il enrichit l'église de Saint-Denis et députa deux envoyés au pape Zacharie, pour lui demander s'il n'était pas opportun de détrôner les rois mérovingiens, dont les actes publics portaient le nom, mais qui n'avaient plus aucun pouvoir. Nous ne nous chargeons pas d'expliquer quel rapport l'incapacité des rois avait avec la damnation de Charles-Martel. La politique, en tout temps, eut d'insondables mystères; constatons seulement que le pape ayant répondu selon le désir du maire du palais, on coupa les cheveux de Childéric et on le jeta dans un monastère. Pépin se fit alors sacrer à Soissons par l'archevêque Boniface; mais, désireux de faire plus officiellement encore reconnaître son usurpation, il offrit un asile au pape Étienne II, menacé par les Lombards, le logea à Saint-Denis et profita de sa présence pour se faire sacrer une seconde fois dans la basilique.

Sous le règne de Pépin le Bref, qui mourut à Saint-Denis en 769, une réédification complète de l'abbaye fut commencée; terminée par Charlemagne, l'église fut solennellement consacrée en 775.

Tant que dura la dynastie carlovingienne, l'abbaye fut l'objet de grandes libéralités. Fort bien en cour, les abbés et les moines devinrent les compagnons des rois et furent souvent leurs ambassadeurs. Les soins spirituels souffrirent beaucoup de ces hautes faveurs ; le bel ordre, jusqu'alors observé dans le monastère, disparut à peu près complètement. La plupart des moines quittèrent la robe et vécurent dans le monde et de la vie du monde. Les abbés, jusque-là électifs, furent remplacés, sous Charles le Chauve, par des abbés commandataires, hommes d'épée absolument étrangers au clergé (1). Hugues Capet fut l'un de ces abbés, mais, lors de son avènement, il rétablit l'élection et fit cesser tout désordre. Ses réformes ne rencontrèrent que peu d'opposition de la part des moines, le roi, tout en les imposant, ayant grand soin de confirmer et d'augmenter même les privilèges et les immunités dont jouissait le monastère. De cette époque date pour l'abbaye une période de prospérité et de grandeur qui ne prit fin qu'au dix-huitième siècle, alors qu'éclata la Révolution française.

Laissons passer un peu plus de cent ans, transportons-nous par la pensée sous le règne de Louis VI, nous verrons, groupée autour de l'abbaye, entourée de remparts, une ville dont les faubourgs s'étendent, au midi, jusqu'à Aubervilliers, et au nord jusqu'à la Briche, point où s'élève déjà un ouvrage de fortification.

Suger est alors abbé de Saint-Denis et ministre tout-puissant. Il était né pauvre ; recueilli charitablement par les bénédictins, il avait fait ses études sous leur direction, et, grâce à son exceptionnelle intelligence, il se trouvait le premier homme du royaume après le monarque (2).

Le ministre n'oublia ni sa modeste origine, ni le monastère où il avait passé ses jeunes années. Il recommença la reconstruction de l'église et lui donna les proportions que

---

(1) C'est sous le règne de ce même prince que furent construites les premières murailles de la ville.

(2) L'abbé Suger n'est pas le seul brillant élève qui soit sorti des classes des bénédictins. Les chroniqueurs Odon de Deuil, Guillaume de Nangis, Le Laboureur, Jean Chartier et l'historien Jacques Doublet, pour ne citer que ceux-là, ont fait leurs études à l'abbaye de Saint-Denis.

nous lui voyons. De 1137 à 1140, la façade fut élevée ; de 1140 à 1144, le rond-point se construisit. Suger adopta, pour son monument, l'ogive et la voûte à nervures, et par cela peut être considéré comme le créateur de ce style gothique qui a doté le monde chrétien de tant de chefs-d'œuvre architecturaux.

Les comtes de Vexin, défenseurs accrédités de l'abbaye, en portaient la bannière dans les combats et venaient la prendre en grande solennité sur l'autel des saints martyrs. Devenu comte de Vexin, Louis le Gros fut le premier roi qui procéda à cette cérémonie. Cette bannière n'était autre que la célèbre oriflamme ; elle était en taffetas rouge, dentelée, attachée à une hampe dorée dont la pointe était ornée de houppes de soie verte. Elle est perdue ; on vous en montrera un fac-similé dans l'église (1).

Suger ne put terminer ni le transept, ni la nef de la basilique, mais il laissa à son successeur des instructions très précises pour l'achèvement de son œuvre. Il ne paraît pas que ces instructions aient été immédiatement suivies, car c'est seulement sous Louis IX, en 1231, que les travaux furent repris avec activité par Eudes Clément, et sous Philippe le Hardi qu'ils furent entièrement terminés par Mathieu de Vendôme.

De cette époque datait la magnifique flèche de la tour du nord qui, frappée par la foudre en 1837, dut être démolie en 1846. C'est sous Louis IX enfin que fut entreprise la restauration des vieux tombeaux et que les corps des rois furent transportés dans le chœur.

La dévotion des rois pour l'abbaye de Saint-Denis ne se ralentit pas sous les règnes des successeurs de saint Louis. Charles V y reçut solennellement l'empereur d'Allemagne, en 1377. Charles VI visita souvent Saint-Denis ; en 1389,

(1) Dans le *Traité de la puissance ecclésiastique et séculière*, de Raoul de Presles, on trouvera, sur le cérémonial observé pour la remise de l'oriflamme aux rois de France, des détails fort curieux, mais que leur profusion ne nous permet pas de relater ici.

lorsque Louis et Charles, fils du duc d'Anjou, roi de Sicile, furent armés chevaliers, il y donna des fêtes qui se prolongèrent plusieurs jours et dont le caractère, absolument religieux d'abord, dégénéra en divertissements des plus licencieux. Les funérailles de ce même roi furent célébrées en 1422 et présentèrent, pour la première fois, cette particularité, qui devait se renouveler, pour d'autres causes, aux funérailles de Louis XIV et de Louis XV, que pas un seul de ses proches n'assista à la cérémonie. En 1422, la France était au pouvoir des Anglais, et le duc de Bedfort fut, en cette circonstance, ce que nous appellerions aujourd'hui chef de deuil.

Malgré ses solides fortifications, Saint-Denis fut pris plusieurs fois pendant les guerres des Armagnacs et des Bourguignons. Au mois d'avril 1436, les Anglais pillèrent l'abbaye. Ceux-ci chassés, la paix rentra dans la petite cité, mais pour être troublée encore au siècle suivant, quand éclatèrent les guerres de religion. Les protestants s'emparèrent de Saint-Denis et firent main basse sur les richesses de l'abbaye. Sous les murs de la ville eut lieu, le 10 novembre 1567, la célèbre bataille où le connétable Anne de Montmorency trouva la mort. Saint-Denis se rendit à Henri IV le 5 juillet 1589, et celui-ci abjura le protestantisme sous les voûtes de la basilique, le 25 juillet 1593.

Marie de Médicis, un des tableaux exposés dans la sacristie vous rappellera le fait, fut couronnée et sacrée à Saint-Denis; c'était la vingt-neuvième reine de France qui recevait le même honneur dans l'église. On se servait, pour cette cérémonie, d'une couronne qui avait appartenu à Jeanne d'Évreux, troisième femme de Charles le Bel.

Après avoir encore souffert pendant les troubles de la Fronde, Saint-Denis et son abbaye jouirent d'un calme parfait jusqu'en 1789.

A cette époque, le pays comptait 2000 habitants. C'était une cité absolument religieuse; desservie par sept paroisses, elle avait un prieuré placé sous l'invocation de saint Denis de l'Estrée, et de nombreux couvents de récollets, d'annon-

ciades, de filles de Sainte-Marie, d'ursulines, de carmélites, etc.

L'abbaye fut supprimée en 1792, et, l'année suivante, le
1er août, sur la proposition de Barrère, un décret de la
Convention ordonna la destruction des tombeaux que renfermait l'église. La même année, Saint-Denis prit le nom
de Franciade; la cité religieuse et royaliste se convertit
bruyamment aux idées nouvelles (1).

C'est, pour le moment, assez regarder dans le passé. La
cathédrale dresse devant nous les deux étages de sa tour
romane; au second plan, nous distinguons l'amorce d'une
rose de la nef et son pignon, que surmonte la statue du patron de l'église; en avant, s'élève la façade massive, crénelée,
armée de puissants contreforts finissant en tourelles. De
fines arcatures abritent huit statues de rois; une rose, transformée, à notre grand regret, en cadran d'horloge, rayonne
au centre au-dessus de deux rangs de baies vitrées; en bas,
s'ouvrent trois portes monumentales dont les sculptures
seules mériteraient d'être longuement décrites. Examinez
les pieds-droits de ces portes, leurs tympans, leurs linteaux
et leurs voussures; vous rencontrez partout, expressives
dans leurs physionomies, curieuses dans la précision de
leurs détails, des reproductions de scènes évangéliques ou
d'actes de la vie de nos pères d'un très réel intérêt artistique
et archéologique. Ici, à la voussure de la porte centrale,
vous verrez les vingt-quatre vieillards de la vision de saint
Jean, tenant, en des poses extatiques, tous les instruments
musicaux connus au moyen âge; là, à la porte du sud, douze
médaillons symbolisent les mois sous les figures de citadins
et de paysans se livrant à leurs travaux en des attitudes
d'une réalité et d'une naïveté charmantes.

Telle quelle, et bien que fort habilement restaurée, la

(1) Lire dans les écrits du temps la pompeuse et emphatique
harangue prononcée devant la Convention, le 13 novembre 1793,
par l'orateur d'une députation de Franciade apportant à l'Assemblée la tête de saint Denis et les châsses, reliques, ciboires, etc.,
qui composaient le trésor.

façade n'est point exactement celle de l'abbé Suger. Vingt statues colossales qui se dressaient contre les murs ont été enlevées en 1771 et n'ont point été remplacées; disparus aussi sont les vantaux de bronze, les appliques d'ivoire et la magnifique mosaïque qui complétaient originairement la décoration.

Néanmoins, et malgré la différence ici bien apparente des styles qui le composent, l'ensemble demeure imposant dans sa grandeur et donne une idée fort précise des constructions religieuses et féodales du temps passé.

Mais il est temps de franchir le porche et de pénétrer dans l'intérieur. Ici, les styles se sont harmonieusement fondus, et l'on ne s'aperçoit plus de leur disparité. Dans ce vaisseau silencieux, éclairé d'un jour doux que les vitraux des grandes roses nuancent de reflets d'arc-en-ciel, le regard, arrêté d'abord sur les colonnes en faisceaux, suit avec intérêt l'évolution des ogives légères croisant leurs courbures sous les voûtes; il s'égare ensuite dans la mystérieuse profondeur qui fuit vers l'abside, et, malgré soi, on se surprend à évoquer le souvenir de cette longue série de faits historiques et de cérémonies imposantes dont ces murs ont été les muets témoins et le décor splendide.

Dans ce vide, dans cette solitude, on voudrait entendre gronder soudain l'orgue magnifique dont les qualités exceptionnelles ont fait la réputation de la maison Cavaillé, et qui, maintenant, ainsi que tout, dans la basilique, semble condamné à l'éternel silence (1).

C'est à la septième travée de la nef, auprès du sanctuaire surélevé de quelques marches, qu'on rencontre le premier des tombeaux que renferme l'église. Nous n'avons pas la pensée de nous substituer au guide que vous rencontrerez ici et de répéter la nomenclature rapide et monotone qu'il

---

(1) L'orgue de Saint-Denis contient 3 claviers des mains, 9 pédales de combinaisons et 4 506 tuyaux ; il offre à l'exécutant les incroyables ressources de 4 071 mélanges. Il a été conçu, en 1841, par M. Aristide Cavaillé, alors âgé de vingt-deux ans, et construit sous sa direction.

INTÉRIEUR DE L'ABBAYE DE SAINT-DENIS

DESSIN DE A. DEROY.

ne manquera pas de vous faire, et que vous serez forcé d'entendre pourtant, car toutes les parties du monument ne sont point accessibles aux visiteurs si le guide ne les accompagne. Nous nous contenterons de vous signaler les plus remarquables de ces mausolées ; mais, tout d'abord, nous devons reprendre l'histoire de l'édifice au point où nous l'avons laissée.

Le décret du 1er août 1793 fut suivi d'une prompte exécution. Dans les journées des 6, 7 et 8 du même mois, on procéda à la démolition des tombeaux. Quant au bris des cercueils, il n'eut lieu qu'au mois d'octobre suivant (1).

Hâtons-nous de le dire, au milieu de ces excès de vandalisme et de ces profanations inutiles, le sentiment artistique, si puissant en France, trouva encore la possibilité de se manifester hautement.

Dès 1791, lors de la suppression des communautés et de la fermeture de nombreuses églises, Alexandre Lenoir avait obtenu l'autorisation de rechercher et de recueillir les monuments susceptibles de « présenter un certain intérêt au point de vue artistique ou d'être de quelque utilité pour l'instruction publique ». De là la création du musée des monuments nationaux, qui a sauvé tant de précieux souvenirs du passé.

Alexandre Lenoir tint à assister à la démolition des tombeaux de Saint-Denis ; il ne put empêcher qu'on envoyât à la fonte l'or, l'argent, le plomb, le cuivre et le bronze, mais il fit transporter les pierres aux Petits-Augustins, où la Restauration les retrouva toutes quand elle fit réédifier les mausolées.

Sans nous appesantir plus qu'il ne convient sur ces tristes journées d'octobre 1793, nous ne croyons pas inopportun d'en rappeler quelques épisodes. Le premier cercueil ouvert fut celui de Turenne, dont le corps apparut aux yeux des profanateurs dans un état de parfaite conservation, et qui,

(1) Les curieux procès-verbaux de dom Poirier, ancien bénédictin de l'abbaye de Royaumont, chargé par l'autorité de surveiller les exhumations, constatent le travail accompli chaque jour depuis le 12 jusqu'au 25 octobre.

·échappant exceptionnellement à la fosse commune et au lit de chaux auxquels tous les restes étaient condamnés d'avance, fut transporté au Jardin des Plantes, puis au musée des Petits-Augustins, et trouva définitivement une sépulture aux Invalides. Les corps de Louis XIV, Louis XIII et Henri IV furent retrouvés bien conservés aussi; au visage de ce dernier roi, un soldat arracha, dit-on, une moustache, et l'emporta comme trophée ou comme relique. Cette anecdote nous paraît empreinte d'un caractère de haute fantaisie, car, il faut le remarquer, la moustache de Henri IV s'est merveilleusement multipliée; on en compte à peu près autant que de plumes de l'abdication.

Dans la plupart des autres cercueils, on ne retrouva que des ossements desséchés, des couronnes, des sceptres, divers ornements. Le cercueil de Louis XV ne contenait plus qu'une sorte de liquide noir répandant une insupportable odeur.

Tous les ossements furent jetés dans une fosse creusée dans le cimetière dit des Valois, qui avoisinait l'église; c'est là qu'en 1817 on pratiqua des fouilles pour tenter de retrouver les restes des rois, mais on n'aboutit qu'à la découverte de quelques débris auxquels il fut impossible d'attribuer une origine. Les tombeaux de Saint-Denis sont donc absolument vides, mais n'en forment pas moins dans leur ensemble un des plus curieux musées chrétiens qu'il soit possible de visiter.

Dans l'impossibilité de les énumérer tous, nous nous contenterons de rappeler les plus curieux. Voici d'abord celui de Valentine de Milan et de Louis d'Orléans; c'est une œuvre remarquable de la Renaissance; le soubassement est orné de statues d'apôtres et de martyrs; le sarcophage est surmonté des statues de Louis et de Valentine. Vient ensuite le monument de François Ier et de Claude de France; œuvre imposante en son ensemble, curieuse en tous ses détails, ce tombeau fut commencé en 1522 par Philibert Delorme, qui, pour la partie sculpturale, s'associa Pierre Bontemps, Jean Goujon, Jacques Chantrel, Pierre Bigoigne, Bastile Galles,

Ambroise Perret, etc. Dans les bas-reliefs sont rappelés les principaux épisodes de la vie militaire de François Ier. De belles figures, agenouillées sur la plate-forme, représentent le roi, la reine Claude, François et Charles d'Orléans, leurs fils, et Charlotte de France, leur fille. Très curieux pour l'histoire de l'art est le tombeau de Dagobert auquel des restaurations indispensables, mais intelligemment faites, n'ont rien retiré de son caractère. Une des statues qui le décorent, celle de la reine Nanthilde, simple d'attitude, pure de formes, belle et triste, est un précieux spécimen de l'art sculptural au treizième siècle. Le tombeau de Frédégonde n'offre de curieux qu'une dalle tumulaire du douzième siècle, qui provient de l'abbaye de Saint-Germain des Prés où cette reine avait été inhumée. Nous voici maintenant devant un véritable chef-d'œuvre de Germain Pilon, le tombeau de Henri II et de Catherine de Médicis. Tout en marbre blanc, le monument est orné de douze colonnes composites supportées par un soubassement; aux angles, quatre statues de bronze représentent *la Justice, la Tempérance, la Prudence* et *la Force*, sous les traits, dit-on, de diverses femmes aimées par Henri II; le roi et la reine, étendus morts et nus, en marbre, sur le sarcophage, reparaissent vivants et agenouillés, en bronze, au sommet du monument. D'une haute inspiration décorative et d'une grande magnificence est aussi le tombeau de Louis XII et d'Anne de Bretagne, œuvre de Jean Juste, exécutée à Tours en 1591; décoré, comme le précédent, des doubles statues des morts qu'il abrita, ce tombeau est, en outre, orné de fort jolis bas-reliefs rappelant les principaux exploits de Louis XII.

Les six chapelles qui entourent le chœur sont dédiées à divers saints; la chapelle absidiale, ou chapelle de la Vierge, est décorée d'un pavage en mosaïque vernie du seizième siècle. Deux de ces chapelles sont encore munies de leurs anciens vitraux; trois d'entre eux, admirablement conservés, remontent au temps de Suger et reproduisent les traits du célèbre abbé.

De la sacristie, pièce obscure ornée de tableaux relatifs à

l'histoire de l'abbaye, vous passerez dans la petite salle où sont réunis les objets qui composent actuellement le trésor. Il fut d'une richesse inappréciable jadis, ce trésor; dispersé lors de la Révolution, il s'est reconstitué, sans approcher de sa splendeur passée, grâce à quelques dons de Louis XVIII et de Charles X. Vous y verrez des croix, des ciboires, des vases de Sèvres, deux retables assez curieux : l'un, en argent doré, représentant *la Nativité* et *l'Adoration des mages*, l'autre, en cuivre repoussé du douzième siècle, représentant *le Christ* et *les Apôtres;* des châsses, des ostensoirs, la couronne funèbre de Marie-Antoinette, des ornements pontificaux, etc.

La crypte date en partie du temps de Charlemagne, en partie du temps de Suger; mais elle a subi des remaniements nombreux. Dans son caveau central, où l'on ne pénètre pas, vous apercevrez, par des ouvertures ménagées pour l'aération, quelques cercueils posés sur des tréteaux. Ce sont ceux où l'on a réuni des ossements qu'on suppose provenir de Louis XVI et de Marie-Antoinette (nous avons rappelé, dans notre livre sur Paris, comment et d'après quelles indications ces restes furent retrouvés en 1815); ce sont ceux encore de Louis XVIII, du duc de Berry, de deux de ses enfants et de plusieurs Condé (1). Dans les chapelles qui bordent les couloirs, on vous montrera quatre colossales statues de Cortot et Dupaty symbolisant *la France, Paris, la Religion* et *la Force*. Ces statues étaient destinées à décorer la chapelle expiatoire qui devait s'élever sur l'emplacement de la salle de l'Opéra; c'est aujourd'hui le square Louvois. Vous rencontrerez là encore quelques tombeaux : celui de Marie-Thérèse et de Henri IV; celui de Louis XIII, œuvre de Jacques Sarrazin; deux fort belles statues en marbre de Louis XVI et de Marie-Antoinette, enfin quelques bustes et des pierres tombales.

(1) Sous le premier Empire, on enterra à Saint-Denis un seul prince, le jeune Louis, fils de Louis Bonaparte, mort à l'âge de six ans. La Restauration fit transporter ses dépouilles dans le cimetière.

Après cette excursion souterraine, on éprouve le besoin de revenir au grand air, et c'est avec plaisir qu'on fera l'ascension de la plate-forme d'où le regard embrasse une vue magnifique et s'arrête avec intérêt sur les bâtiments, les cours, le jardin, le parc et le potager qui se groupent sur un vaste espace au flanc méridional de la cathédrale. Ces bâtiments sont ceux de l'ancienne abbaye; la Maison d'éducation de la Légion d'honneur les occupe aujourd'hui.

Tout en redescendant de la plate-forme, nous allons compléter l'histoire qu'à deux reprises déjà nous avons interrompue.

La Révolution s'occupa peu de l'abbaye après l'avoir saccagée. En 1806, quand Napoléon résolut de faire de l'église un lieu de sépulture pour la famille impériale, il trouva les toits crevés (le plomb qui les recouvrait avait servi à fondre des balles) et les nefs encombrées de sacs de farine. Il fit commencer les réparations; mais visitant l'église en 1813, il se montra mal satisfait du travail accompli, et l'architecte, dit-on, mourut du chagrin que lui causa le mécontentement du maître.

Louis XVIII, on l'a vu par ce qui précède, rendit à l'abbaye tout ce qu'Alexandre Lenoir avait recueilli dans son musée et lui donna aussi un grand nombre de monuments provenant des abbayes de Royaumont, de Maubuisson, des Jacobins, des Célestins de Paris, etc. Toutes ces richesses furent alors accumulées sans goût et distribuées sans ordre dans l'édifice. En 1837, la flèche de la tour du nord fut foudroyée; les réparations coûtèrent fort cher, mais on les exécuta avec tant de négligence, que la démolition totale s'imposa en 1846.

L'idée de Napoléon Ier fut reprise par Napoléon III; un décret du 18 décembre 1858 consacra de nouveau la basilique à la sépulture des empereurs. Cette résolution, dont les événements ont annulé l'effet, eut au moins pour résultat heureux de faire entreprendre une restauration complète de l'édifice. Cette restauration, exécutée par Viollet-le-Duc, est une œuvre qui équivaut à une construction nouvelle; elle

a fait disparaître les réparations antérieures maladroitement
exécutées; elle a remis en place heureuse et en ordre logique les mausolées et les souvenirs; elle a restitué, dans
leur intégrité et dans leur sobriété aussi, tous les jolis mo-
tifs d'ornement; elle a comblé les vides faits par le temps
et les désastres; elle nous a rendu enfin, dans la mesure du
possible, la vieille cathédrale de nos pères.

Le souvenir obsédant de la guerre franco-allemande vient
encore nous saisir ici. Saint-Denis, pendant le siège de Paris,
servit de quartier général à notre défense au nord. L'amiral
La Roncière Le Noury, bien secondé par des troupes qu'il
sut enthousiasmer, fit preuve d'une infatigable activité et
d'un prodigieux courage. Il ne put empêcher pourtant les
batteries du Bourget, de Stains, de la butte Pinçon et du
moulin d'Orgemont de bombarder la ville, et pendant trois
jours, du 23 au 26 janvier 1871, les obus prussiens éclatèrent dans les rues, brisèrent les toits, incendièrent les
maisons et atteignirent plusieurs fois la cathédrale. Heureusement, les traces de ces dernières blessures ont pu être
effacées.

La Maison d'éducation de la Légion d'honneur, fondation
qui n'est pas sans analogie avec la maison de Saint-Cyr
créée par Mᵐᵉ de Maintenon, a été établie en 1811 par
Napoléon Iᵉʳ, et les règlements qu'on y observe n'ont pas
sensiblement varié depuis son origine. Le système d'éducation, inauguré à Écouen par Mᵐᵉ Campan, n'est point suivi
à Saint-Denis; la maison, placée sous la surveillance du
grand chancelier de la Légion d'honneur, est absolument
indépendante de l'Université et du ministère de l'instruction
publique. Elle est régie par une surintendante qui commande
au personnel enseignant et administratif. Ce personnel se
compose de dignitaires, de dames de première et de seconde classe et de postulantes; ces dernières sont des
élèves de la maison qui aspirent à y devenir professeurs,
et qui, leur but atteint, enseignent ce qu'elles y ont appris
sans apporter aucun progrès dans les méthodes, aucune
modification aux programmes. Les dames, nous retrouvons

ici un souvenir des usages décoratifs du premier Empire, portent des croix à cinq branches, surmontées des palmes universitaires; comme au Saint-Cyr de Mme de Maintenon, les élèves de chaque division se distinguent par des particularités de costume. La maison reçoit gratuitement quatre cents élèves; les autres, au nombre d'une centaine, payent une pension annuelle de 900 francs.

Il serait sans intérêt et même peut-être indiscret d'introduire nos lecteurs dans les classes de l'institution ou de leur décrire ces grands dortoirs, dans lesquels cent lits en fer, sans rideaux, alignent leur froide perspective. Plus agréables à parcourir seraient le parc et le potager; mais nous sommes ici dans un établissement où la curiosité doit savoir se borner.

Les jeunes filles admises à Saint-Denis appartiennent toutes à des familles de légionnaires, pauvres souvent, mais dont le chef a au moins le grade de capitaine. Elles reçoivent une instruction au-dessus de la moyenne; les arts d'agrément leur sont familiers, mais les études ne sont point assez poussées, et celles qui les ont suivies ne peuvent fructueusement exercer l'art appris, ni se créer des ressources en l'enseignant.

· Dans la rue de la Légion-d'Honneur, silencieuse entre ses deux rangées de maisons blanches aux volets clos, nous apercevons les bâtiments de l'ancien hôtel-Dieu, qui paraissent remonter au treizième siècle, et qui, depuis le 7 octobre 1888, sont affectés à l'hospice municipal des vieillards (hommes).

La rue de la Paroisse nous mène sur une petite place où s'ouvre, à droite, la porte du couvent des Carmélites, couvent bien déchu de son antique splendeur, et que dominent au fond le dôme et le joli portail de la Petite-Paroisse. Ce gracieux édifice qui, depuis que l'église paroissiale est livrée au culte, ne sert plus qu'à de rares cérémonies, est l'ancienne chapelle du couvent voisin; elle a été construite en 1750 par l'architecte Mique. Coquette à l'extérieur, avec son péristyle grec, ses colonnes ioniques, son fronton triangulaire et son dôme, elle est, quoiqu'un peu fanée, charmante encore au dedans, bien qu'ayant plutôt l'aspect d'un oratoire de jolie femme que celui de l'église d'un couvent à la règle austère. Que voulez-vous? il est de son époque, ce petit monument. Louise-Marie-Thérèse de France, en religion très révérende mère Thérèse de Saint-Augustin, a présidé là aux dévotions de ses sœurs les carmélites, alors qu'elle était leur supérieure; les dernières prières ont été dites sur son cercueil sous cette coupole sculptée, devant ces tableaux un peu mondains; une plaque, fixée au mur au-dessus d'un banc d'œuvre, rappelle encore sa mémoire. Le centenaire de sa mort a été solennellement célébré dans la petite église, le 23 décembre 1887 (1).

Vis-à-vis de nous se présente, par son grand côté, le triangle fuyant de la place aux Gueldres. Décorée d'une fontaine au centre, et à sa pointe d'un petit peuplier, arbre de la Liberté planté en grande pompe le 14 juillet 1889, la place aux Gueldres, qu'anime encore à certaines heures la tête de ligne d'un tramway, était autrefois bordée d'auberges qui se sont transformées en hôtels. Dans ces auberges, s'arrêtaient les coucous qui partaient du faubourg Saint-Denis et desservaient la vallée de l'Isle-Adam; tandis qu'on changeait les chevaux, les voyageurs se rafraîchissaient et mangeaient des *talmouses*. Les talmouses! encore une réputation d'antan, encore une friandise à peu près aussi oubliée que les gâteaux de Nanterre!

A droite de la place est établi un orphelinat fondé en 1886, par Mlle Louise Génin. Grâce aux 500 000 francs que la donatrice lui a légués, il peut recueillir, élever et instruire une cinquantaine de jeunes garçons, orphelins ou appartenant à de pauvres familles. La ville n'a pas encore trouvé, pour honorer cette généreuse bienfaitrice, une de ces inscrip-

---

(1) Marie-Thérèse de France était la huitième et dernière fille de Louis XV et de Marie Leczinska; née le 15 juillet 1737 à Versailles, elle entra aux carmélites le 11 avril 1770, et prononça ses vœux l'année suivante.

tions emphatiques dont elle est si prodigue. Ne le regrettons
pas; de telles fondations se recommandent d'elles-mêmes.

Au fond de la place est un des derniers couvents que
possède la ville : c'est le couvent de la Compassion; son
vaste jardin s'étend jusqu'au cours Ragot.

Nous suivrons pendant un moment la rue de Paris, très
vivante ici, et nous prendrons la rue des Ursulines pour voir
ce qui reste de la maison que ces religieuses ont occupée
jadis.

Le couvent, dont quelques bâtiments subsistent, ainsi
qu'une partie du jardin, n'est plus maintenant qu'un vaste
immeuble occupé par divers industriels; vous le reconnaîtrez facilement à sa porte monumentale de grand style
et décorée d'un beau bas-relief.

Marchant toujours devant nous, nous arrivons à l'endroit
où le boulevard de Châteaudun rejoint le cours Ragot, et
nous ne tardons pas à rencontrer le square Thiers, belle
promenade publique d'une superficie de 18000 mètres carrés, plantée d'arbres, ornée de fleurs, décorée, au centre,
d'un kiosque élégant où s'abritent les exécutants des concerts populaires, et à l'entrée de laquelle on a placé le
Vercingétorix de M. Jules Bertin, œuvre énergique et de
belle allure, que nous nous rappelons avoir vue au Salon
de 1879.

Nous passons encore devant un groupe scolaire, absolument semblable à celui du cours Chavigny, et nous arrivons
à l'extrémité de la ville proprement dite; la Plaine-Saint-
Denis, que nous visiterons tout à l'heure, fait partie de la
commune et en prolonge l'étendue jusqu'à la porte de Paris.

Avant de quitter ce cours Ragot, qui, avec le boulevard
de Châteaudun, les cours Benoist, Chavigny et de Chabrol,
forme, pour la ville, une suite de promenades qui n'est
pas sans analogie avec nos boulevards centraux, rappelons
que ces cours sont établis depuis 1750, sur l'emplacement
autrefois occupé par les remparts de la ville. Rappelons
aussi que le cours Ragot est maintenant encore le point
central de cette fameuse foire du Landit qui se tient le

11 juin de chaque année et dont l'histoire, intimement
liée à celle de Saint-Denis, a quelque droit de trouver sa
place ici.

Il faut toujours qu'il soit question de Dagobert dans tout
ce qui touche à Saint-Denis; aussi quelques écrivains ont-
ils fait remonter jusqu'au règne de ce prince l'origine de
la foire du Landit; d'autres, il est vrai, prétendent qu'elle
n'a pris naissance qu'à l'époque des croisades; mais il
paraît certain qu'elle existait déjà sous Charles le Chauve,
car ce roi accorda à l'abbaye quelques immunités à son
occasion.

Quant à son nom, ceux qui ne la font remonter qu'aux
croisades triomphent ici; il ne serait que la corruption du
mot *indict*, signifiant : assemblée annuelle. Il paraît certain,
en effet, qu'au retour des croisades un morceau de la vraie
croix, rapporté de Palestine et exposé à Saint-Denis, attira
une telle affluence de fidèles et de curieux que, pour im-
poser de justes limites à l'empressement général, l'évêque
de Paris dut instituer un indict. Cela, du reste, ne prouve
pas absolument que l'origine de la foire ne soit pas plus
ancienne, et que, sous un nom qui ne nous est pas parvenu, elle n'ait pas eu de beaux jours au temps des Carlo-
vingiens.

Quoi qu'il en soit, la foire du Landit était, au moyen âge,
dans toute la splendeur de sa vogue et dans toute la puissance de son originalité. C'était alors une solennité annuelle
à laquelle aucun *escholier* n'eût, pour rien au monde, manqué
de prendre part. Elle se tenait dans la plaine Saint-Denis et
durait quinze jours, de la Saint-Barnabé (11 juin) à la Saint-
Jean (24 juin); elle était ouverte à toutes sortes de trafics,
d'échanges et de transactions. Notre foire aux jambons peut
seule donner une idée très affaiblie du caractère qu'elle
avait alors. Le principal commerce, nous laissons à l'arrière-plan ceux des victuailles et *beuveries*, était le commerce du parchemin; le papier, alors rare, de qualité défec-
tueuse, s'employait peu, et la consommation du parchemin
était considérable, aussi bien pour la basoche que pour

l'Université. Le recteur de cette dernière, accompagné de quatre parcheminiers jurés, faisait sa provision pour les collèges dès l'ouverture du marché, et avant que les vendeurs eussent le droit de traiter avec les particuliers.

Le matin du premier jour, les écoliers se rassemblaient au sommet de la montagne Sainte-Geneviève, s'armaient de bâtons et d'épées, montaient à cheval, et, sous la conduite de leurs régents, tambours et bannières en tête, traversaient fièrement la ville entre deux rangées de bourgeois ébaubis. Arrivée dans la plaine, tandis que le recteur choisissait son parchemin, la troupe, divisée en bandes joyeuses, envahissait les tavernes, faisait la nique aux badauds, horripilait les marchands, et, le soir venu, avait souvent maille à partir avec les gens d'armes.

Pendant ce temps, les régents se rendaient à l'abbaye où les moines leur servaient une sorte de vin d'honneur; ils fermaient les yeux sur les écarts de la jeunesse tapageuse, et la protégeait au besoin contre de trop énergiques répressions; ces jours de liesse générale étant aussi jours de joie pour eux, car on avait coutume de les choisir pour leur payer leurs honoraires.

La foire du Landit nous rappelle d'autres souvenirs encore. En 1400, des marchands arméniens y mirent en vente une espèce de chat alors inconnue : les angoras d'Asie. Le prévôt de Paris, Jean de Folleville, fit une acquisition considérable de ces animaux, les embrigada et les envoya en guerre contre les rats qui pullulaient dans les égouts de la capitale.

En 1427, une nouveauté se produisit encore. C'étaient des bandes de gitanos, zingaris, bohémiens, qui se prétendaient chassés d'Égypte par les Sarrasins, munis de la bénédiction du pape, et condamnés à errer sept ans sans coucher dans un lit; en réalité, diseurs de bonne aventure et coupeurs de bourse à l'occasion. La police du temps mit le nez dans leurs affaires; ils jugèrent prudent de déguerpir.

En 1542, le Landit fut transféré à Saint-Denis, et le recteur de l'Université, invité à ne se laisser accompagner que par

un petit nombre d'écoliers. Ceux qui ne faisaient point partie
du cortège officiel ne restèrent pas chez eux pour cela, et le
Landit conserva encore longtemps son aspect joyeux et tur-
bulent. Vers cette époque aussi, la fabrication du papier étant
devenue meilleure, l'emploi du parchemin se restreignit
sensiblement.

Au seizième siècle, de sévères ordonnances défendirent
aux écoliers de se rendre en troupe à la foire. Les proces-
ssions, les rassemblements, les tambours et les bannières
disparurent; mais la jeunesse continua à fêter chaque année
le premier lundi après la Saint-Barnabé.

De nos jours, la foire du Landit se tient le 11 juin ; on y
vend surtout des moutons.

Nous sommes maintenant au lieudit Porte-Paris. Là, au
milieu d'un jardinet, s'élève, œuvre encore de M. Jules
Bertin, la statue de *Nicolas Leblanc*. L'évocation du souvenir
de ce chercheur nous amène naturellement à parler du
Saint-Denis industriel; mais nous allons d'abord dire quelques mots de l'homme à qui Saint-Denis a consacré ce souvenir.

Nicolas Leblanc, chimiste distingué, était, en 1788, attaché,
en qualité de chirurgien, à la maison du duc d'Orléans.
L'Académie proposa, cette année-là, un prix à l'inventeur
qui trouverait le moyen de produire de la soude artificielle.
Leblanc se mit à l'œuvre et découvrit un procédé pour
extraire la soude du sel marin ; il rendait par là un immense
service à l'industrie, en lui permettant de se procurer, à bon
compte, un produit jusque-là rare et d'un prix élevé. Le duc
d'Orléans s'associa au chimiste, en 1790, et fit construire,
à Saint-Denis même, au lieudit Maison de Seine, une des
premières usines que la commune ait vu élever. Malheureusement, la Révolution survint; le protecteur périt sur l'échafaud ; le protégé vit sa découverte tomber dans le domaine
public, avant d'en avoir tiré profit.

La tentative du duc d'Orléans, avortée au milieu des événements qui la suivirent, n'était pas faite pour donner un
grand élan au mouvement industriel de la ville; aussi resta-

t-il longtemps stationnaire, et n'est-ce que pendant ce siècle, et depuis quarante années surtout, que Saint-Denis a vu s'élever, un peu partout, mais particulièrement entre la Seine et le canal, ces immenses établissements qui font aujourd'hui sa gloire et sa prospérité, et nourrissent une population qui, ne dépassant pas 6000 habitants en 1826, atteignait le chiffre de 16000 en 1860, et est aujourd'hui de 48000.

Nous ne tenterons pas d'énumérer toutes les industries dont vous rencontrerez ici les usines, les manufactures ou les ateliers. Suivez les bords du Croult ou du Rouillon; parcourez le vaste triangle qui s'étend entre la plaine, la Seine et le canal : les pistons battent, les machines sifflent, les laminoirs crient, l'atmosphère s'alourdit de vapeur et s'emplit de fumée, le sol se couvre de mâchefer et d'escarbilles. De larges portes s'ouvrent dans de hauts murs; au fond des cours, de longs hangars s'illuminent, en leur fuite profonde, des mille fourmillements de lueurs vives, fixées ici sur des cylindres de cuivre ou des arbres d'acier, entraînées là dans l'évolution circulaire de gigantesques volants. Dans les chantiers de la Loire, ancienne maison Claparède, vous apercevrez, luisantes, neuves, n'attendant, pour fonctionner, que quelques pelletées de charbon, de puissantes locomotives et de coquettes locomobiles. Chez Létranger, dans un embrasement fantastique, vous verrez se tordre le fer et le cuivre en fusion; de l'orfèvrerie Meissonnier, vous irez à l'usine Christofle, tout inondée des lueurs du nickel. Une scierie mécanique vous a-t-elle un instant irrité de son bruit sifflant? visitez, pour vous reposer, la fabrique de pianos de la maison Pleyel et Wolff. Une cloche a retenti : c'est l'heure du déjeuner qui sonne; regardez cette foule qui sort d'une usine : c'est le personnel d'une fabrique d'épingles, d'une imprimerie sur étoffes, ou bien les ouvriers teinturiers de la maison Jolly-Bélin. Votre odorat est-il soudain désagréablement affecté? n'en soyez point surpris, vous êtes près d'un établissement où l'on fait des huiles à graisser, à moins qu'on ne s'y livre à la préparation des engrais ou des cuirs, au lavage des laines ou à la fabrication de la benzine.

Mais l'air monte, sain et pur, des plaines du nord et de l'ouest; il emporte au loin les émanations et les senteurs, et, d'une promenade à travers cette ruche en travail constant, il ne reste plus qu'un ineffaçable souvenir de la grandeur et de la puissance industrielle du pays qui l'a créée.

Avant de quitter Saint-Denis, signalons encore l'existence d'un orphelinat municipal de jeunes filles, fondé en 1887, installé rue Compoise, dans l'hôtel autrefois occupé par la sous-préfecture, et dont les frais sont couverts par des fonds que vote chaque année le conseil municipal. Une crèche, ayant pour objet de recevoir, pendant le jour, les petits enfants dont les mères travaillent aux champs ou dans les ateliers, est installée dans le même hôtel; elle est ouverte tous les jours ouvrables, de six heures du matin à huit heures du soir.

Peut-être aussi pousserons-nous une pointe jusqu'à l'endroit où la rue du Fort-de-l'Est se rencontre avec la rue du Canal et la rue qui mène à Aubervilliers. Là, adossé au parc de la Maison de la Légion d'honneur, nous verrons le nouvel hôpital civil construit en 1880, par M. Laynaud, l'architecte de l'hôtel de ville. Cet hôpital est une application du système Tollet, et se compose de sept pavillons contenant chacun vingt lits; ce nombre, en cas urgent, peut être augmenté. Bien que le service soit exclusivement fait par des laïques, un bâtiment, placé au centre de l'hôpital, est, en ses trois parties, affecté aux services des cultes israélite, protestant et catholique.

Le système Tollet n'a pas donné, paraît-il, tous les bons résultats qu'on attendait de lui; il exige, on le comprend, un personnel beaucoup plus nombreux que ceux des hôpitaux ordinaires. Le service s'y fait avec moins d'ensemble et de promptitude, et l'on a rencontré, pour la bonne organisation du chauffage, des obstacles qu'on n'est pas encore parvenu à vaincre entièrement.

Il ne nous reste plus qu'à dire un mot des trois rosières qu'on couronne annuellement à Saint-Denis, le 2 février. Le cérémonial est à peu près le même qu'à Suresnes et à

Nanterre; mais ici il est immédiatement suivi de la célébration du mariage des trois élues. A l'issue de la double solennité, le maire de la ville remet à chacune des rosières une somme de 700 francs. L'honneur de cette fondation appartient à dom Belloy, prêtre de l'abbaye, et remonte à l'année 1648.

Nous avons quitté Saint-Denis par le quartier des usines; nous entrons à Saint-Ouen par la rue Saint-Denis, qu'ombragent à gauche les hauts arbres d'un vaste parc. A son extrémité, sur une petite place, vous verrez l'entrée de la propriété et son pavillon principal, affectant l'air coquet d'un petit château. Dans cet immeuble est établi, sous le nom d'Institution Sainte-Anne, un pensionnat de jeunes gens dirigé par des prêtres.

Nous sommes ici dans le vieux Saint-Ouen, où, pour parler comme les habitants de la localité, dans le *haut Saint-Ouen*. Il est certain que cette partie, la seule pittoresque du village, doit en être aussi la plus ancienne. C'est là que devait être construit le château de Dagobert, si Dagobert, comme le prétend la légende, a eu un château à Saint-Ouen. C'est là que dut être la résidence construite par le prince de Rohan, en 1743, qui appartint plus tard à Necker, et dans le parc de laquelle, sous la Restauration, Ternaux élevait des chèvres du Thibet, dont la toison lui servait à tisser ces cachemires qui ont porté son nom et dont la finesse et l'éclat rivalisaient avec ceux des cachemires indiens. De cette résidence plusieurs fois remaniée, il ne reste guère qu'un mur de clôture sur le quai de Seine ; il est curieux, avec son allure de fortification et les tourelles à encorbellement qui décorent ses angles. Mais avant de descendre sur le quai, nous nous arrêterons un moment sur la terrasse où s'élève l'église, et nous jouirons d'une de ces vues charmantes qu'on rencontre si fréquemment aux environs de la capitale. Ici, l'horizon, bordé de collines, s'élargit autour de nous en un vaste hémicycle; la Seine coule à nos pieds, baigne la berge onduleuse de l'île Saint-Denis, passe sous les quatre arches du pont et fuit vers de lointains ombrages. Pourquoi

faut-il, en nous retournant, que nos regards s'arrêtent sur
la vieille et triste église du village, bâtisse sans style, sans
caractère, dont le clocher ressemble à un point d'exclamation renversé et menace ruine, à ce point que, pour ne le point
ébranler, c'est à coups de marteau sur la cloche qu'on fait
les sonneries?

Elle a pourtant son histoire, cette église aujourd'hui si
délabrée. Elle occupe l'emplacement d'une chapelle élevée
à saint Ouen, mort à Clichy en 683, et la piété des fidèles
y vénéra longtemps un doigt du saint conservé dans un reliquaire. Au dedans, l'église est plus triste encore qu'au
dehors; avec le ton plâtreux de ses murs, ses colonnes mal
équilibrées, ses fenêtres semblables à des fenêtres d'école,
son chemin de croix en lithographies coloriées, c'est le plus
pauvre édifice religieux que nous ayons rencontré jusqu'ici.

Le village, qui appartint originairement à l'abbaye de
Saint-Denis, passa ensuite à celle de Noirmoutiers, et fut, en
dernier lieu, la propriété des chanoines de Saint-Benoît de
Paris. Nous chercherions en vain, dans le dédale de ruelles
déclives que nous parcourons, une trace du manoir que les
Capétiens avaient fait élever à Saint-Ouen, manoir où se
réunissaient les chevaliers de l'Étoile ou de Notre-Dame de
Bonne Maison. L'ordre, fondé en 1351, disparut sous Louis XI;
les moines de Saint-Denis devinrent propriétaires du manoir, et sur l'emplacement du domaine morcelé s'élevèrent,
plus tard, diverses résidences dont rien ne reste.

La rue de Paris, qui longe le mur du parc dont nous parlerons tout à l'heure, nous a conduit sur le boulevard
Victor-Hugo, devant la mairie, monument moderne sans luxe
extérieur, sans décorations au dedans. Derrière elle se développent, sur un large espace, les bâtiments des écoles communales, avec leurs façades blanches aux larges baies et
leurs toits couverts de tuiles rouges. En face, s'ouvre la
grille du parc, aujourd'hui champ de courses, au milieu
duquel on aperçoit les fenêtres closes du château abandonné.

Le château fut construit en 1660, par Lepautre, pour M. de

la Seiglière, alors seigneur de Saint-Ouen. Il appartint ensuite à son gendre, le duc de Gesvres, qui y réunissait souvent une gaie société autour de la duchesse du Maine et de son poète habituel, M. de Malézieux (1). Mme de Pompadour l'habita plus tard ; enfin, le 2 mai 1814, un vieux landau jaune s'arrêtait devant le perron du château : un homme replet, presque impotent, en descendait péniblement; cet homme était le roi Louis XVIII. Le soir même, Talleyrand, introduit auprès du monarque, obtenait de lui qu'il signât, non sans résistance, la fameuse déclaration de Saint-Ouen, approuvée au préalable par l'empereur Alexandre et une réunion de sénateurs, déclaration qui contenait les prodromes de la Charte constitutionnelle.

Louis XVIII garda-t-il rancune au château ? on ne sait. Toujours est-il qu'il le fit rebâtir en 1817, bien qu'il fût solide encore et beaucoup plus beau que la construction actuelle. Le château terminé, le roi l'offrit à Mme Zoé du Cayla. Il appartient aujourd'hui à Mme la princesse de Craon, et comme nous l'avons dit, est absolument vide. Si vous en visitez l'intérieur, vous y remarquerez le grand escalier, une salle à manger de belles proportions, ornée d'un plafond cloisonné et entouré de colonnes toscanes, et la salle de billard, dont le parquet, en mosaïque, est d'un assez joli dessin.

Le parc, nous l'avons dit, est transformé en champ de courses; les pistes le sillonnent, et les piquets, jaunes, rouges ou bleus, jettent, de distance en distance, la note criarde de leur coloration crue sur la verdeur de l'ensemble.

Les Docks, immense entrepôt qui s'étend de la Seine à la route de la Révolte, se composent de hangars construits en fer, divisés en plusieurs étages, où s'emmagasinent d'innombrables marchandises en transit. A l'entrée du port, vous remarquerez un élégant pavillon renfermant une pompe à feu, qui élève, pour être conduits à Paris, 6 000 mètres cubes

(1) Voir huitième excursion.

d'eau de Seine, chaque jour. Un canal, long de 600 mètres et large de 50, perpendiculaire au fleuve, le met en communication avec un bassin de 25000 mètres de superficie. Canal, bassin, docks, tout cela est compris dans une gare de marchandises que desservent le chemin de fer du Nord et le chemin de fer de ceinture.

Là, nous trouverons aussi le train-tramway qui, en quelques minutes, nous conduira à la Plaine-Saint-Denis.

La Plaine-Saint-Denis, que de souvenirs ces mots éveillent! Anciens ou récents, et bien que rien ne les rappelle, ils nous reviennent en mémoire, quand nous parcourons la rue unique de ce village naissant, écart de Saint-Denis, nous l'avons dit, mais qui semble en réalité un faubourg de Paris.

Longtemps, bien longtemps, cette large voie fut la route qui, de Senlis, conduisait à la capitale. Quand la plaine, au temps des Romains, était inculte et couverte de broussailles, elle se prolongeait jusqu'à notre place du Châtelet actuelle. Nos envahisseurs en ont, à plusieurs reprises, foulé le sol de leurs pas lourds : Francs au cinquième siècle, Normands au neuvième, Allemands au dixième, Anglais au quatorzième et au quinzième, armées coalisées en 1814 et en 1815, Allemands enfin, une fois encore, en 1870. Elle fut le témoin des joyeux excès de cette foire du Landit dont nous avons parlé plus haut; elle a vu passer les cortèges funèbres de nos rois, quelques-uns imposants et magnifiques, d'autres scandaleusement grotesques, ceux de Louis XIV et de Louis XV par exemple, où les assistants riaient, chantaient, dansaient et se grisaient. Jadis, à l'automne, elle se couvrait de Parisiens guêtrés et carnier au flanc, tirant les lièvres, les lapins et les perdreaux. Aujourd'hui on ne chasse plus dans la plaine Saint-Denis, on y forge, on y fond, on y lamine; vous y verrez l'usine de la parfumerie Violet, celle de la bougie et du savon de l'Étoile, celle des biscuits de la Compagnie franco-américaine, des stéarineries, des fabriques de caoutchouc, de carton, cent autres encore, et enfin les cinq ou six immeubles occupés par les ateliers de la verrerie Legras.

LA VERRERIE LEGRAS A LA PLAINE-SAINT-DENIS.

DESSIN DE J. GEOFFROY.

C'est une industrie bien française que celle de la fabrication du verre; elle anoblissait jadis, on se le rappelle, ceux qui s'y livraient; aujourd'hui, elle ne confère plus la qualité de gentilhomme, mais elle tient, à juste titre, un des premiers rangs parmi nos productions nationales.

Si vous voulez vous rendre compte de tout ce qu'on peut faire avec le verre, de toutes les formes qu'on peut lui donner, de toutes les décorations artistiques dont une main habile peut l'orner, vous visiterez, un soir, l'usine Legras et vous pénétrerez dans un de ses immenses ateliers. Là, nulle lampe ne brûle, nul gaz ne flambe, nulle étincelle électrique ne jaillit; les fours seuls rougeoient, les boules de verre incandescent circulent en l'air, au bout des cannes, comme des myriades de grosses étoiles jetant des lueurs fantastiques et mouvantes sur les cent ouvriers qui travaillent, accusant des profils, enflammant soudain des physionomies, s'éteignant graduellement, renaissant plus vives et décrivant sans se déformer ni se heurter jamais, mille courbes capricieuses.

Là, vous verrez une quinzaine de fours qu'on n'éteint que pour les reconstruire lorsqu'ils sont usés. Ils sont de forme pyramidale; à leur base, s'ouvrent des creusets où les ouvriers plongent, en leur imprimant un mouvement rotatif, les cannes creuses qui cueillent une petite boule de la matière en fusion. En soufflant, en enfermant cette matière dans un moule, en la façonnant sur une table de tôle épaisse au moyen d'une simple règle en fer, l'ouvrier lui donne, en quelques instants, sa forme : bouteille, flacon, éprouvette pour laboratoire, broc à bec et à anse, jardinière, portebouquet, tout cela se crée féeriquement sous vos yeux. Faut-il ajouter une partie, une anse par exemple? elle vient se souder avec une facilité surprenante sur l'objet déjà façonné, grâce à une goutte de matière reprise au creuset. Le compas a-t-il démontré que l'ustensile est trop long? un coup de ciseau suffit pour le ramener à sa taille : le verre est alors malléable et se coupe comme de la pâte de guimauve. En sortant des mains de l'ouvrier, l'objet fabriqué passe dans un four où il est soumis à une dernière cuisson qui assure sa solidité.

Sept cents ouvriers, divisés en équipe de jour et en équipe de nuit, travaillent constamment dans l'usine. Les ateliers de taille et de gravure, si vous les parcourez, vous donneront une idée de la façon dont s'accomplissent ces curieux et délicats travaux; enfin, si vous montez au premier étage du bâtiment principal, vous pourrez visiter la galerie des modèles, et vous sortirez émerveillé autant de leur prodigieuse diversité que du sentiment véritablement artistique qui a présidé à la conception et à la décoration de certaines pièces.

Nous nous sommes longtemps arrêté ici, mais, en vérité, nous n'aurions rien su découvrir de plus intéressant à montrer à nos lecteurs. La petite église Sainte-Geneviève, masure en plâtre, où l'on prêche parfois en allemand, ne mérite pas une visite.

Un mauvais petit chemin courant entre deux murs et conduisant à une plaine entourée d'usines, nous amène à Aubervilliers. Le pays se présente à nous noir, fumeux, laid et triste; ce sont, sur un territoire d'environ 550 hectares, des groupes de fabriques et d'ateliers, reliés souvent par des voies ferrées qui traversent les rues. A l'exception de l'usine de la parfumerie Piver, vous ne rencontrerez guère ici que des briqueteries, des fabriques de produits chimiques, d'engrais, de graisses, d'huiles, d'encre d'imprimerie, des fonderies de suif, toutes industries utiles, nous le reconnaissons, mais saturant l'air des plus désagréables odeurs.

Il est pourtant d'existence ancienne, ce village absolument industriel aujourd'hui; il a eu ses jours de gloire, il a subi courageusement de pénibles épreuves. En 1240, Aubervilliers n'était qu'un petit bourg, mais jouissait déjà d'une certaine célébrité; dans sa chapelle, dédiée à saint Christophe, on voyait une image de la Vierge à laquelle la croyance locale attribuait des vertus miraculeuses. Au quatorzième siècle, Philippe VI vint en pèlerinage à cette chapelle, et la foule en apprit bientôt le chemin. Louis XI, plus tard, se montra particulièrement dévotieux pour la miraculeuse image, et la réputation du pays s'accrut; elle était grande sous Henri II et durait encore sous Louis XIII, qui fit un pèlerinage à l'église, le 5 octobre 1614. Les souvenirs qu'il nous reste à évoquer sont d'un autre ordre, mais il en est un tout à la gloire du pays. S'il fut un moment le quartier général de Henri IV, alors qu'il assiégeait Paris, Blücher, à son tour, trouva la position bonne et s'y cantonna; mais, dans la nuit du 29 au 30 juin 1814, il eut la surprise de voir les efforts de huit de ses bataillons paralysés par un seul bataillon français. On le voit, car nous avons eu déjà l'occasion d'en rappeler plusieurs, les actes d'héroïsme isolés ont été fréquents à cette époque; malheureusement ils ne pouvaient modifier le résultat définitif. En 1870, Aubervilliers, protégé par son fort, eut le bonheur d'échapper aux horreurs de l'invasion.

Par la rue de la Haie-Coq nous atteignons une passerelle du haut de laquelle on a une belle vue sur le canal; puis nous nous engageons dans une suite de voies tristes, de ruelles étroites, et nous parvenons enfin à l'église Notre-Dame des Vertus. C'est un assez beau monument, rebâti en partie sous Henri II; la façade est gracieuse. Sur le clocher, un peu lourd, qui date de 1541, on retrouve les traces du croissant de Diane de Poitiers. L'intérieur est d'un beau style ogival, mêlé à quelques détails Renaissance; les murs sont presque littéralement couverts de plaques de marbre, souvent agrémentées d'ornements d'un goût douteux, rappelant la reconnaissance des fidèles ou relatant quelques miracles accomplis autrefois : un lépreux subitement guéri, un enfant mort-né se mettant tout d'un coup à vivre, etc. Le fond du chœur est décoré d'un assez joli vitrail, et sur le devant de l'autel, dans la chapelle de la Vierge, vous verrez un petit tableau de Le Senne, sur bois, de forme ovale; il représente une *Annonciation*.

Le pays a plusieurs écoles, mais un seul groupe mérite d'être signalé : c'est le groupe véritablement monumental et d'une belle architecture que M. Vallez a édifié rue Paul-Bert, en 1889.

Par le boulevard de Stains, laissant à notre gauche un groupe de maisons basses, aux toits noirs, désigné sur les cartes sous le nom de Crèvecœur et qui dépend de la Courneuve, nous nous dirigeons vers cette dernière commune. A mi-chemin, gaiement plantée dans la plaine, nous rencontrons la coquette gare qui dessert Aubervilliers et la Courneuve. Un train de trois wagons y stoppe un instant et repart d'une allure tranquille.

La Courneuve, village de peu d'importance aujourd'hui, a dû, alors qu'il appartenait aux Montmorency, s'étendre sur un vaste territoire; dans la plaine qui le borde au nord, près de la fontaine Saint-Lucien, qui devait être au centre du village, la bêche heurte encore de temps à autre des débris de constructions anciennes. La Courneuve est maintenant habitée par des cultivateurs et d'aspect absolument banal. La mairie, le cimetière, l'église, la cure, tout cela se groupe autour de la place Saint-Lucien. La mairie n'est qu'une maison décorée du monogramme R. F. et de la devise républicaine; l'église, dont le clocher seul est ancien, est triste au dehors, et n'a pour décorations, à l'intérieur, que quelques pauvres copies de tableaux de maîtres.

A l'extrémité de la rue de Gonesse, on vous montrera la façade, surmontée d'un écusson, de la maison, on serait ici tenté de dire du château, où demeurait le général Schramm. Entourée d'un beau parc, cette propriété est, croyons-nous, la plus importante du pays.

La Courneuve fut en partie incendiée lors de la dernière guerre; deux batteries étaient disposées à la sortie du village pour soutenir notre attaque du Bourget.

Nous nous rendons maintenant à Dugny; la plaine s'étend tout autour de nous, verte, jaune, brune, accidentée seulement de quelques bouquets d'arbres, de quelques taches blanches ou rouges, pignons et toits d'une ferme isolée, et de grandes meules dont le soleil dore les sommets coniques.

Après avoir traversé la voie ferrée du chemin de fer de

ceinture, à l'endroit d'un embranchement qui va vers Achères, nous distinguons les premières maisons de Dugny, et la noire silhouette du clocher de son église se découpe dans le ciel, au-dessus des arbres du parc et des toits sombres du manoir.

Le village se présente à nous avec un aspect calme et souriant; l'air circule dans des voies larges et propres; le feuillage frémit autour des maisons; de gais cours d'eau sillonnent les rues solitaires. Tous les habitants, riches cultivateurs, sont aux champs; le silence serait complet, on se croirait dans une ville morte si quelque coq ne jetait de temps à autre son cri joyeux dans l'air.

Le manoir, autrefois propriété de l'abbaye de Saint-Denis, appartient maintenant à Mme la baronne Cretté de Palluel. C'est une construction lourde, massive, mais devant laquelle on ne peut s'empêcher de s'arrêter pourtant; l'ensemble, noir, dans la verdeur du parc, tient à la fois de la grange et du château; il intrigue et captive. Une ferme, en bordure de la route, revêt un caractère absolument semblable et devait, autrefois, dépendre de la propriété.

Ainsi que dans la plupart des communes de ce canton, la mairie est ici sans intérêt. L'église, placée sous le vocable de saint Denis, a été fort abîmée en 1870; le sanctuaire seul est ancien maintenant; il est décoré d'une jolie boiserie sculptée. Quant aux autres parties de l'église, elles ont été reconstruites après la guerre, sous la direction des architectes Michael et Diot; les proportions du vaisseau sont assez belles, mais l'absence de bas côtés et le plafonnage à solives lui enlèvent tout caractère imposant.

Sur le flanc droit de l'unique nef s'élève, orné de son médaillon, un monument dédié à Victor Bécourt, curé de la paroisse, fusillé à la Roquette le 27 mai 1871, en compagnie de Mgr Surat, après quarante-cinq jours de détention.

Une plaque commémorative rappelle aussi le souvenir d'un bourgeois de la localité, Martin Brissaud, mort en 1703, qui fit, à ses frais, paver les rues du village et contribua, en son temps, à la prospérité de la paroisse.

Quelques habitants s'occupent encore, dans le pays, d'œuvres de bienfaisance ou d'utilité. La famille Blanc a fondé récemment, pour les femmes âgées, un asile qui abrite déjà quelques pensionnaires. Mme Larousse, la veuve de l'auteur du *Grand Dictionnaire*, morte à Dugny au commencement de 1890, avait commencé à édifier, sur une propriété de 27 hectares, un collège pour les jeunes filles. Au milieu des embarras et des procès que ne peut manquer de faire naître la succession, il est à craindre que cette œuvre ne périclite.

CANTON DE PANTIN

ITINÉRAIRE

Le Bourget : combats du Bourget en 1870, chapelle commémorative, une maison gothique, église Saint-Nicolas, mairie, monument élevé aux victimes de la guerre, groupe scolaire, un souvenir de Louis-Philippe, une cité ouvrière ; **Drancy** : ouvroir de jeunes filles, asile Sainte-Berthe, église Notre-Dame Auxiliatrice ; **Petit-Drancy** : une ferme ; **Bobigny** : le manoir, église Saint-André, mairie, école maternelle ; **Pantin** : église, salle des fêtes, école et asile de jeunes filles, hôtel de ville, groupe scolaire, une auberge de moutons, usine Potin, grand cimetière parisien, crèche et asile Sainte-Elisabeth, chapelle Sainte-Marthe ; **Pré-Saint-Gervais** : maison dite de Gabrielle d'Estrées, mairie, salle des fêtes, église Saint-Gervais, rendez-vous de chasse (Ile de la Grenade) ; **Les Lilas** : église Notre-Dame du Rosaire, mairie ; **Bagnolet** : l'horticulteur Girardot, le fleuriste Denys Graindorge, le régent à Bagnolet, la révolte des vignes, les châteaux, église Saint-Leu, un moulin à vent ; **Romainville** : église, mairie, bibliothèque, archives, fondations Houel et Bourbon, château ; **Noisy-le-Sec** : église Saint-Étienne, mairie, Notre-Dame de la Bonne-Voie, statue de Jeanne d'Arc ; **Bondy** : le dépotoir, mairie, les vieilles écoles, groupe scolaire, église.

QUATRIÈME EXCURSION

C'est par une route plate, tracée à travers champs, que nous quittons Dugny pour nous diriger vers le Bourget. Une grande cheminée, un toit d'église, un clocher, quelques pignons gris, deux ou trois bouquets d'arbres, cinq ou six faîtages rouges émergeant parmi des toits noirs, long, étroit, terminé par la tache blanche d'une chapelle commémorative, tel se présente à nos yeux ce village du Bourget, dont le nom, obscur jusqu'en 1789, alors qu'il relevait de la paroisse de Dugny, est célèbre maintenant, grâce aux combats héroïques dont il fut le théâtre au cours de la guerre franco-allemande.

Ce n'est pas sans un serrement de cœur que, laissant la rue Brasseur à sa gauche et marchant devant soi, on pénètre dans le pays par la rue Ernest-Baroche. Silencieux, sans caractère accusé, arrosé par la Molette, dont les eaux font tourner quelques roues d'usines, le Bourget étage ses maisons aux deux côtés de la route de l'Est, à l'intersection des chemins de fer des Ardennes et de la Grande Ceinture. On comprend, en le parcourant, de quelle importance stratégique il peut être en cas de guerre; on est effrayé de la large voie que sa rue centrale, véritable grande route, offre aux ravages de l'artillerie; on devine, en passant par ses ruelles étroites, ce qu'on y peut improviser de redoutes, tendre de pièges et dresser d'obstacles.

Au reste, il semble que le Bourget soit prédestiné à jouer un rôle dans nos jours néfastes, Déjà, le 20 juin 1815, Napoléon, vaincu à Waterloo, l'esprit bourrelé d'inquiétudes, le corps brisé de fatigue, s'arrêta au relais de poste du village; il était un peu plus de sept heures, il faisait jour encore;

l'empereur attendait au Bourget la tombée de la nuit, avant de se décider à rentrer dans la capitale.

Les journées des 28, 29 octobre, 16 et 21 décembre 1870, sont des dates inoubliables, non seulement pour la petite commune, mais aussi — disons-le au risque d'être accusé de chauvinisme — pour tous ceux dont le cœur a conservé des sentiments français.

Ce furent des luttes homériques, celles qui se livrèrent ici. Dans la nuit du 27 octobre, les Prussiens avaient groupé autour du Bourget, à peu près abandonné et dépourvu d'artillerie, vingt mille hommes de troupes fraîches et quarante-huit pièces de canon. Trois mille jeunes soldats français, tenaillés par la faim, harassés de lassitude, ankylosés par le froid, se trouvaient cernés dans le village. Une moitié de cette troupe prit peur et s'enfuit par la voie ferrée; seize cents hommes restèrent. Commandés par Brasseur et Ernest Baroche, ils hérissèrent les rues de barricades, se ménageant les maisons pour retraite dernière, et se préparèrent au combat. « Mes amis, avait dit le commandant Baroche, c'est aujourd'hui qu'il faut apprendre à se faire tuer! » Héroïque et simple ordre du jour qui fut compris et exécuté!

Dès sept heures du matin, les Prussiens commencèrent un bombardement continu; l'atmosphère s'embrasa de rougeurs et s'emplit de fumée; les détonations se mirent à crépiter, crachant la mitraille destructive, crevant les toits, éventrant les pignons, allumant l'incendie. En une heure et demie, quinze cents obus ou boîtes à mitraille éclatèrent sur le petit village. Les Prussiens jugèrent alors le moment opportun pour emporter la position, et se précipitèrent en avant, accompagnant leur poussée de ces cris sauvages qu'aucune langue européenne ne saurait traduire. A la première barricade, ils furent reçus par une fusillade si bien nourrie, qu'ils durent se réfugier derrière leur artillerie et recommencer à mitrailler cette poignée de héros. Un second assaut fut encore plus meurtrier pour eux que le premier : le porte-drapeau du 2e bataillon du régiment Reine-Élisabeth tomba mortellement blessé au pied de l'imprenable barricade; un officier qui le remplaça roula immédiatement auprès de lui; deux colonels furent frappés à leur tour : l'hécatombe des cadavres augmentait toujours. L'effroi s'empara de cette tourbe repoussée par un troupeau; le colosse trembla devant l'avorton; les troupes se débandèrent et fuirent en désordre. Il fallut toute l'énergie brutale qu'on connaît aux officiers allemands pour faire recommencer le combat.

Pourtant, cette héroïque résistance touchait forcément à sa fin. Douze cents des nôtres étaient morts ou ne pouvaient plus tenir une arme. Les pionniers allemands étaient parvenus à pratiquer des brèches; les hurlements des envahisseurs étouffaient les bruits des murs qui s'écroulaient. Chaque coin de rue était un poste qu'il fallait enlever; chaque maison, une redoute qu'il fallait prendre. Les commandants faisaient eux-mêmes le coup de feu, entourés de quelques braves. Brasseur, qui tenait vers l'église, n'avait pas plus de cent hommes sous ses ordres; de l'autre côté du village, Baroche continuait la résistance à la tête de soixante soldats, blessés pour la plupart; ailleurs, trente-six hommes déterminés obéissaient encore à O. de Verrie; plus loin, Solon, commandant des francs-tireurs, luttait désespérément, électrisant les dix braves qui l'entouraient.

Baroche s'était cantonné dans une maison aux trois quarts effondrée; il descendit pour donner un ordre, une balle le frappa au cœur.

Brasseur, avec sept autres officiers et une vingtaine de soldats, se réfugia dans l'église; la mitraille crevait les toits et brisait les murs; les pierres, les plâtras, les solives enflammées, les vitres émiettées, pleuvaient avec le fer sur la petite troupe qu'aveuglait la fumée; les héros luttaient toujours. Les Prussiens escaladèrent les murs et pénétrèrent dans l'église par les fenêtres; les munitions de Brasseur étaient épuisées : il pleura et rendit son épée (1).

(1) Les Prussiens rendirent l'épée au commandant Brasseur. Prisonnier, il fut dispensé du salut vis-à-vis des officiers allemands.

MORT DU COMMANDANT BAROCHE AU BOURGET.

DESSIN DE E. BOUTIGNY.

1

Cette victoire qui, au dire de l'ordre du jour du prince de Wurtemberg, fit éprouver des pertes *très considérables* aux Allemands, eut, on s'en souvient, un retentissement douloureux à Paris; c'est à elle que furent dus, en partie, les troubles de la journée du 31 octobre.

Le 21 décembre suivant, tandis que les mobiles se portaient sur Stains, un régiment de marins, soutenu par un détachement du 138e de ligne, attaquait la droite du Bourget que les tirailleurs de la Presse et le 134e de ligne prenaient de face. On connaît l'impétuosité de nos marins; ils s'emparèrent d'abord du cimetière, puis, à la hache d'abordage, ils attaquèrent les maisons dans lesquelles les Prussiens s'étaient réfugiés et d'où ils nourrissaient un feu terrible. Qu'importe! Nos marins vont toujours de l'avant; cent prisonniers sont entre leurs mains, le centre du village est atteint; les Prussiens se défendent toujours, mais en reculant, de maison en maison, de mur en mur, écrasés parfois sous un écroulement.

Au sud, le général Lavoignet, arrêté par de fortes barricades et des murailles crénelées, ne pouvait parvenir à opérer sa jonction avec les troupes qui se battaient au nord. L'artillerie vint à son aide, prenant pour objectif l'église et un grand mur blanc derrière lequel les Prussiens, bien abrités, ripostaient vigoureusement.

Nos pertes furent grandes dans cette journée, qui finit par un désastre; mais les traits d'héroïsme seraient encore nombreux à rappeler à son propos.

On a vu un enseigne de vaisseau, Caillard — les noms propres ne sont pas de trop ici — enfermé avec quinze de ses hommes dans une masure, forcer les Prussiens à la démolir entièrement pour triompher de sa résistance. D'autres marins, blottis dans des maisons précédemment conquises — on sait au prix de quels efforts — demeurèrent trois heures, se défendant et attendant des secours qui ne vinrent point. La mitraille les força à se réfugier dans les caves; ils usèrent leurs dernières cartouches en tirant par les soupiraux. Un gros d'Allemands survint; la force, qui prime le droit, paralysa le courage sans l'abattre. La petite troupe était vaincue!

Deux monuments perpétuent au Bourget le souvenir de ces combats grandioses ; le plus important, celui que nous avons aperçu avant d'atteindre le village, est situé à son extrémité nord, au point où l'on domine en son entier le champ de bataille des journées d'octobre.

C'est une toute petite chapelle éclairée par six croisillons, dont les vitraux représentent des croix de la Légion d'honneur, et fermée par une grille en fer travaillée à jour. Sur les flancs sont inscrits les noms des morts et les numéros des régiments ou bataillons auxquels ils appartenaient. Ce monument, simple et grave dans son ensemble, érigé par souscription publique, sous la direction de MM. G. Derecq et S. Farque, architectes, a été inauguré le 30 octobre 1872.

Presque en face, à l'entrée de la rue de la Gare, il est impossible de ne pas s'arrêter un instant devant une petite maison dont les trois fenêtres sont décorées de guirlandes gothiques et la façade flanquée, d'un côté, d'une grosse tour ronde couronnée de créneaux, et, de l'autre, d'une seconde tour coiffée d'un toit en poivrière. Ce logis, auquel un perron Renaissance donne accès, a été construit, il y a une cinquantaine d'années, par un propriétaire fantaisiste, qui sans doute avait pris au sérieux la maison gothique au dehors, inhabitable en dedans, que le héros de Louis Reybaud, Jérôme Paturot, s'était fait bâtir.

Grâce à ce pseudo-château, le sourire, vous le voyez, revenait sur nos lèvres. Mais nous avons fait quelques pas et nous voici devant cette église Saint-Nicolas, où se sont passés les faits que nous venons de rapporter.

Entièrement reconstruit, le monument ne porte plus de traces des drames passés ; il se compose d'une nef unique, et d'un chœur orné de vitraux signés Kaiser, datés de 1872. Quelques tableaux ornent les murs, mais un seul est remarquable : c'est une *Visite de la Vierge à sainte Anne*, signée Jules Meynier, que la préfecture de la Seine a offerte à l'église en 1875.

A l'autre bout du village, sur une place rectangulaire

dont la plus modeste mairie qu'on puisse voir occupe un des petits côtés, vous verrez encore un monument élevé aux victimes de la guerre. Celui-ci, très sévère, inauguré le 10 février 1874, consiste en un piédestal, surmonté d'une pyramide triangulaire, décoré d'une épée brisée, de couronnes sculptées et d'une inscription :

ILS SONT MORTS EN COMBATTANT
POUR LA PATRIE.
L'ÉPÉE DE LA FRANCE
EST ÉCHAPPÉE
DE LEURS MAINS ; LEURS DESCENDANTS
LA REFORGERONT.

Ici apparaissent quelques usines et aussi les bâtiments de belles écoles construites en 1885. En face, isolée dans un vaste terrain, s'élève une construction abandonnée affectant des airs de château.

Avant de quitter le Bourget, nous allons rappeler encore un souvenir, gai celui-ci, qui se rattache à l'histoire anecdotique du pays.

En 1832, Louis-Philippe, passant au Bourget, se porta au secours d'un postillon jeté à terre par sa monture, et le saigna pour le soulager. La caricature s'empara de cet acte de simple humanité ; on représenta le roi piquant le bras de la France et on lui décocha le sobriquet de *Grand Saigneur*. Il était déjà de mode alors de rire de tout en France. C'est vers la même époque qu'Alphonse Karr fut accablé de sarcasmes pour avoir sauvé un carabinier qui se noyait.

En nous dirigeant vers Drancy, nous ne tardons pas à rencontrer la gare du Bourget et la sorte de cité ouvrière qui s'élève auprès d'elle. Là, dans une vingtaine de maisons construites sur un plan identique, toutes coiffées de tuiles rouges, l'administration loge environ quatre-vingts ménages d'ouvriers et d'employés. La gare s'étend au loin en contrebas, fuyant en une longue perspective d'ateliers noirs devant lesquels s'entremêlent les multiples réseaux de ses voies.

En approchant de Drancy, on n'aperçoit rien du bourg ;

la vue est entièrement arrêtée par une construction moderne, simple mais gracieuse, dressant son campanile au fond d'une large pelouse, entre deux rangs de peupliers.

Cette propriété, qui s'étend fort loin dans le village, était autrefois celle du châtelain. Elle appartient maintenant à Mme la baronne Ladoucette; la maison que nous voyons a été reconstruite par elle sur l'emplacement du château détruit pendant la guerre, et abrite un ouvroir de jeunes filles dirigé par des sœurs. Les communs du château et une ravissante petite chapelle ont seuls échappé à la destruction de 1870. De magnifiques pièces d'eau qui ornaient le parc et un grand nombre d'arbres séculaires ont aussi disparu dans la tourmente.

Impossible de faire un pas dans ce petit pays sans entendre prononcer le nom de la châtelaine actuelle, véritable bienfaitrice pour la commune : ici on vous montrera l'asile Sainte-Berthe, qu'elle a fondé pour recevoir, sans distinction de croyance, les jeunes ouvrières malades, appartenant au patronage dont nous parlons plus loin; là, une école organisée par ses soins dans une de ses propriétés. Enfin, si vous vous arrêtez devant l'église Notre-Dame Auxiliatrice, on ne manquera pas de vous rappeler que sa réédification (elle avait été saccagée pendant la guerre) est due encore en partie à la générosité de cette femme de bien.

C'est un véritable bijou que cette petite église, et l'on est aussi surpris que charmé de la rencontrer dans ce bourg insignifiant.

On y pénètre par un joli porche, et l'on se trouve dans un vaisseau à trois nefs conçu et décoré dans le goût du douzième siècle, époque où la première chapelle de Drancy fut construite aux frais du seigneur de ce temps. Du monument réédifié en 1859, il ne restait debout, après la guerre, que des murs effondrés et une seule chapelle.

Rien de plus agréable à l'œil que l'ensemble de ces décorations multicolores courant sur les voûtes entre les élégantes nervures des arcades, rien de charmant comme la disposition du chœur, rien de plus doux que la lumière un peu diffuse qui éclaire ce temple tout petit, et qui semble grand grâce à l'harmonie parfaite de ses proportions.

Outre le remarquable tombeau de la famille Ladoucette, Notre-Dame Auxiliatrice contient quelques ornements dont l'histoire mérite d'être contée. L'église est, depuis la proclamation du dogme de l'Immaculée Conception, le but d'un pèlerinage et le siège de l'œuvre des apprentis et jeunes ouvrières ou Patronage; elle possède une bannière qui, en 1870, fut, après la mêlée, retrouvée dans un des ruisseaux du village. Un reliquaire précieux, qui contient les restes de saint Adéodat, fut arraché aux décombres de l'église par des gardes mobiles dirigés dans leurs recherches par l'abbé Jourdan, alors vicaire général; un tableau représentant la consécration des jeunes ouvrières au Sacré Cœur fut sauvé des flammes par un franc-tireur, et, après avoir reçu asile à Saint-Ambroise, reprit sa place dans le sanctuaire de Drancy. Mais la plus singulière de ces destinées était réservée à une statue du Sacré Cœur qui décore l'un des autels de l'église. Disparue pendant la bataille, elle fut retrouvée aux Quatre-Chemins de la Villette, servant d'enseigne à un marchand de vin. Habilement restaurée, elle a repris sa place et y fait bonne figure.

A la sortie du village, vous verrez un groupe scolaire de grandes proportions, mais que la blancheur plâtreuse de ses murs rend particulièrement désagréable à l'œil.

A ce propos, ouvrons une parenthèse : toutes les communes que nous avons visitées ont leurs écoles ou groupes scolaires, toutes celles qui nous restent à voir ont les leurs; nous ne signalerons plus ces monuments que lorsqu'ils se recommanderont par une architecture ou des dispositions particulières.

Le Petit-Drancy, qu'on rencontre à droite du village, n'est qu'un groupe de fermes, dont la plus importante, de grande allure celle-là, détache fièrement, isolées dans la plaine, ses lourdes constructions ; on la désigne, dans le pays, sous le nom de ferme du Petit-Drancy.

Un chemin à travers champs nous conduit à l'entrée de

Bobigny. C'est un village habité par des maraîchers aisés, qui étend capricieusement dans la plaine, entre la Courneuve, Drancy, Bondy, Noisy-le-Sec, Romainville, Pantin et Aubervilliers, son ancien manoir, sa mairie, son église, ses écoles, ses fermes, une corroierie, une fabrique de toile cirée, une briqueterie, et ses maisons tristes et basses.

C'était, au dire des anciens historiens, un poste romain d'une certaine importance ; en l'an 450, il était commandé par un capitaine appelé Balbin, dont le nom francisé a fait successivement Baulbigny, Baubigny et enfin Bobigny.

Au moyen âge, le territoire appartenait, pour une moitié, aux seigneurs de Livry, et, pour l'autre, à l'abbaye de Saint-Denis ; mais il avait quand même ses seigneurs qui dominaient les fiefs de Drancy, d'Emery, d'Eaubonne et de La Motte.

Les seigneurs de Bobigny, parmi lesquels on a compté des Montmorency, et dont l'un, Claude Perdrier, a fait construire le manoir en 1584, avaient droit de haute, moyenne et basse justice sur leurs terres. Leur manoir fortifié s'élevait au nord du pays ; les fourches patibulaires se dressaient au sud, auprès d'une tour de justice, transformée en moulin au siècle dernier.

Ce qui reste du manoir est le premier monument que nous rencontrons en entrant dans le village ; c'est une réunion de bâtiments lourds, moitié ferme, moitié château. En 1814, alors que l'avant-garde des armées alliées occupait Pantin, alors que ses postes avancés s'établissaient à la Villette, quelques officiers prussiens bivouaquaient à Bobigny et logeaient au manoir, sans doute. Parmi eux était un jeune lieutenant de la garde, le prince Frédéric-Guillaume ; ce même prince, le 18 janvier 1871, acceptait à Versailles le titre d'empereur d'Allemagne.

Bobigny, qui souffrit peu lors des deux invasions du commencement de ce siècle, fut moins heureux pendant la dernière. Beaucoup de ses maisons furent incendiées ou démolies ; l'église Saint-André dut, la paix venue, être entièrement reconstruite. C'est un édifice assez gracieux à l'extérieur, surtout quand on le regarde du côté du chevet ; l'intérieur est petit, mais bien compris. dans ses dimensions ; l'ornementation est sobre ; le chœur, en hémicycle, avec sa voûte bleue pointillée d'étoiles d'or, est d'un aspect particulièrement agréable (1).

La mairie, construite en 1885 par M. Alexis Masson, isole dans la plaine ses quatre façades à deux étages, égayées par des trumeaux briquetés. Le pays a une école maternelle, dont la construction est d'un bon style et remonte à 1883 (2).

Nous quittons Bobigny par son faubourg de la Folie ; le canal de l'Ourcq, tranquille entre deux rangées de grands arbres, forme une ligne parallèle à la route que nous allons prendre. Cette route est dominée à gauche par les hauteurs et le fort de Romainville ; nous y rencontrons quelques usines, une briqueterie, une pépinière d'arbres et de vieilles maisons qui, bien qu'ayant changé de destination, rappellent encore les auberges de rouliers qu'elles étaient il y a soixante ans ; enfin, nous apercevons les premières maisons de Pantin : un dépôt des tramways-nord, une manufacture de tabac et le chevet de l'église.

Elle n'est pas curieuse, cette église, bien située pourtant au fond d'une large place ; son porche, de mesquines proportions, s'ouvre au-dessus d'un haut perron, à côté d'une tour carrée, lourde et sans grâce. Dans l'intérieur, très simple,

---

(1) La première église de Bobigny remontait au milieu du onzième siècle ; la seconde avait été construite en 1557 ; la dernière, celle qu'on a dû réédifier, datait de 1769.

(2) Plus favorisé que bien des localités de grande importance, Bobigny a eu son historien. M. l'abbé Masson, curé du pays, a publié, sous le titre : *Bobigny-lez-Paris, la Seigneurie, la Commune et la Paroisse*, un fort volume in-8° de 500 pages. Vous trouverez dans ce livre la liste de tous les seigneurs de Bobigny, depuis l'an 1125, avec la reproduction de leurs armes ; celle de tous les curés depuis l'an 1050, époque de la fondation de la paroisse ; celle de tous les habitants du pays, avec la situation et l'importance de leurs propriétés. En somme, beaucoup de détails, quelques-uns intéressants, d'autres puérils.

la nef est séparée des bas côtés par des piliers terminés en arcs de cercle; les fenêtres cintrées sont ornées de vitraux représentant divers saints debout entre des colonnes blanches se détachant sur des fonds verts et bleus, de teintes criardes. Parmi les tableaux qui ornent les murs, un seul est remarquable; c'est une *Élisabeth de Hongrie* signée Glaize, et datée de 1853.

La rue de Paris, que nous suivons maintenant, semble être, abstraction faite de quelques fabriques et de plusieurs grands entrepôts, le centre commercial du pays. N'y cherchez pourtant ni luxueuses boutiques, ni grands magasins. On ne vend ici que des objets d'utilité et de consommation; l'aspect n'est plus celui d'une ville, il n'est pas encore celui d'un village. On est en réalité dans un faubourg, à sept kilomètres de Notre-Dame.

Au milieu d'un square, jeune encore, mais assez bien disposé, vous verrez la simple construction qui fut jadis la mairie et dont on a fait la salle des fêtes. Elle se décore à son fronton des armes de la ville et de sa devise : *Hardy, Pantin, en avant !* On se trémousse fort, les soirs de bals officiels, devant l'estrade de cette salle aux murs rouges, au plafond plat, car il ne faut pas laisser mourir la vieille réputation de beaux danseurs que les filles et les garçons de Pantin ont acquise jadis, et que constatait ce couplet d'une naïve chanson :

Ceux de Pantin, de Saint-Ouen, de Saint-Cloud,
Dansent bien mieux que ceux de la Villette;
Ceux de Pantin, de Saint-Ouen, de Saint-Cloud,
Dansent bien mieux que tous ceux de cheux nous!

Au fond du square s'ouvrent les fenêtres d'un groupe scolaire, dont l'entrée est rue des Grilles, et qui fait bien humble figure, si on le compare à celui que nous rencontrerons tout à l'heure.

En passant devant la rue de la Cristallerie, notre regard est attiré par une longue façade décorée au centre d'une figure de la Vierge et aux extrémités des statues de saint

Vincent de Paul et de saint Joseph. C'est à la fois une école et un asile pour les jeunes filles, dirigés par des sœurs, et leur fondation, qui remonte à 1882, est due à Mlle Rollin-Gosselin.

Les rues que nous rencontrons à notre droite sont courtes et aboutissent à la plaine ; nous apercevons, à leur extrémité, le rideau d'arbres qui ombrage le canal de l'Ourcq. A la hauteur des rues Hoche et du Pré-Saint-Gervais, la voie que nous suivons s'élargit et se borde d'arbres ; c'est toujours la rue de Paris, mais c'est aussi la route qui conduit à la Petite-Villette. Abandonnons-la, sauf à la revoir plus tard, et jetons-nous dans la rue Hoche, au bout de laquelle nous ne tardons pas à apercevoir le campanile, les toits et enfin la façade de l'hôtel de ville.

Bien qu'il ne soit pas d'une pureté de style irréprochable, bien qu'il ne soit ni franchement moderne ni franchement Renaissance, l'ensemble de ce monument, commencé par M. Raulin et terminé par M. Guélorget, n'est pas sans grandeur et quelques-uns de ses détails sont particulièrement gracieux. Tels le campanile, les hautes cheminées, le cadran d'horloge, pour ne citer que ceux-là.

A l'intérieur, la grande porte de bronze franchie, nous nous trouvons dans un large et haut vestibule qui donne accès à la salle des cours publics, à celle de la justice de paix et au grand escalier, dont une jolie verrière de M. Quénioux décore le fond, et qui se développe en double évolution à partir de l'entre-sol.

Au premier étage, de vastes couloirs conduisent aux diverses salles. Voici la salle des fêtes, décorée d'une grande allégorie de M. Henri Lévy : *le Respect de la Loi*. La magistrature, l'armée, le peuple, en groupes savamment distribués, s'inclinent devant la figure de la Loi, qui, assise au centre de la composition, la domine tout à la fois de sa grandeur et de son impassibilité.

Dans la salle des mariages, dont le plafond est très richement ornementé, nous voyons une décoration un peu idyllique, mais précieuse au point de vue du paysage qui, d'une façon exacte et charmante, reconstitue le vieux Pantin.

Au premier plan, accotés à une barrière près de laquelle
se reposent deux chevaux aux naseaux fumants, un jeune
homme fort et une jeune fille fraîche échangent de doux
propos ; au loin, une paysanne accroche du linge dans une
cour ; une petite fille assise sur un banc regarde picorer
des poules. Le sentiment très pur de la famille et du travail
se dégage de cette belle composition ; elle est donc bien à sa
place dans une salle des mariages. Nous allions omettre de
rappeler le nom de son auteur ; la faute était vénielle : tous
ceux qui suivent le mouvement artistique ont reconnu
l'œuvre de M. François Lafon.

Nous n'en avons pas fini avec les décorations picturales de
l'hôtel de ville, et la salle des séances du conseil municipal
nous permet de voir, ou plutôt de revoir une belle toile encore : c'est la *Défense de Pantin en 1814,* de M. Schommer.
Nos lecteurs se sont certainement arrêtés devant elle à l'Exposition universelle de 1889.

Ceci est une page d'histoire locale éloquemment écrite
par un grand artiste. On le sait, Pantin, ce vieux Pantin,
comme on l'appelle, quoiqu'il ne remonte guère qu'au
onzième siècle, fut, lors de l'invasion de 1814, occupé par
les troupes russes et prussiennes. Les envahisseurs trouvè-
rent ici à qui parler. La population se joignit aux troupes
commandées par le général Campans ; ouvriers et bourgeois
prirent les armes et coururent sus à l'ennemi. Le combat
fut acharné ; le village, pris plusieurs fois par les alliés, fut
repris par les Français et définitivement ne resta au pouvoir
des assaillants que lorsque presque tous ses défenseurs furent tombés morts dans les rues et sur le seuil des maisons
qu'ils disputaient une à une.

L'armée alliée se vengea par l'humiliation des pertes sé-
rieuses qu'elle avait subies. C'est à Pantin que l'empereur
de Russie et le roi de Prusse s'établirent avec leurs états-
majors pour attendre la députation des maires de Paris qui
leur apportaient les clefs de la capitale. C'est de Pantin
qu'ils partirent en grande pompe, pour entrer dans Paris,
et leur brillant cortège défila orgueilleusement devant ce

que le village avait encore d'habitants. Braves gens, qui se rappelaient qu'en 1806 la garde impériale, revenant d'Austerlitz, s'était arrêtée dans la plaine voisine, et qu'ils avaient vu, plusieurs jours durant, la foule enthousiaste des Parisiens se porter vers ce camp improvisé et fraterniser avec les soldats dans tous les cabarets du village.

Car Pantin, en ce temps-là, disons-le en redescendant l'escalier de l'hôtel de ville, n'était guère occupé que par des auberges de rouliers, toutes prospères, grâce à la route d'Allemagne qui traverse le pays. La création des chemins de fer et l'extension de l'industrie ont complètement changé sa physionomie. C'est maintenant un centre usinier dont le caractère se rapproche plus de celui d'Aubervilliers que de celui de Saint-Denis. On fait à Pantin de la grosse chaudronnerie ; on fabrique des huiles ; on fond du suif ; on exploite les carrières creusées sous le plateau de Romainville. Quelques parfumeurs, distillateurs, teinturiers, épiciers même ont ici d'importantes usines, et le commerce des bestiaux s'y exerce sur une grande échelle. Là se trouvent aussi — nous ne vous y conduirons pas — les établissements de vidanges et d'équarrissage, chassés de Montfaucon à cause de leur trop grande proximité de Paris. Pourtant les pestilentielles émanations de ces réceptacles utiles se répandent parfois encore sur la capitale, quand le vent vient de l'est. C'est ce que les habitants des neuvième, dixième, dix-huitième et dix-neuvième arrondissements appellent les *Odeurs de Pantin*. Où pouvions-nous mieux nous placer qu'à la maison commune pour regarder la ville du vieux temps et celle de nos jours ?

Derrière l'hôtel de ville s'élève un groupe scolaire qui, dans son genre, est l'honneur du pays. Il est haut de trois étages, couvert en tuiles rouges d'un ton joyeux ; de vastes corps de logis s'encadrent entre un pavillon central de grande allure et deux pavillons extrêmes. Il a été possible ici de ne pas économiser le terrain ; aussi l'architecte, M. Guélorget, a-t-il pu ménager à l'intérieur des cours spacieuses et de jolis jardins.

Nous sommes sur la route des Petits-Ponts et nous rencontrons un de ces établissements dont Pantin a la spécialité. Ceci vaut la peine d'être signalé et même visité.

Sur un immense espace peu ou mal pavé, figurez-vous une longue suite de bâtiments en planches noires, aux toits écrasés, dans lesquels on pénètre par des portes qui occupent toute la hauteur de la construction. De chacun de ces hangars, vous entendrez sortir des bêlements plaintifs ; ouvrez une porte et vous apercevrez parqués, serrés les uns contre les autres, inquiets, craintifs, agités du pressentiment de leur fin prochaine, une innombrable quantité de moutons surveillés par des chiens actifs, aux aboiements sévères, aux crocs acérés. Ceci est une *auberge*. Le mot exige une explication. Quand un marchand de moutons, mécontent du cours du jour et espérant une hausse prochaine, veut l'attendre pour vendre ses bêtes, il les amène dans un des établissements dont nous parlons ; elles sont là abritées, nourries et surveillées moyennant une rétribution journalière et rendues à leur propriétaire dès qu'il juge à propos de les réclamer. C'est ce qu'on appelle — assez justement, vous le voyez — *mettre ses moutons à l'auberge.*

L'auberge que nous avons visitée peut contenir en ses diverses étables environ cinq mille moutons ; une douzaine de chiens bien dressés suffisent à leur garde.

Passons sans nous arrêter plus que de raison devant l'usine Potin, reconnaissable à sa petite tour en fer surmontée d'une sphère dorée, le tout criard et de mauvais goût, et laissons à notre droite le grand cimetière parisien (1),

(1) Cette vaste nécropole, où nous ne jugeons pas à propos de conduire nos lecteurs, qui n'y rencontreraient rien de curieux, a été ouverte en 1886. Elle est admirablement aménagée ; les plantations fleuries, qui bordent ses grandes allées, adoucissent la tristesse du lieu ; les voies latérales sont toutes de largeur suffisante pour que l'accès des tombes demeure facile. Ajoutons que, dans les sentiers étroits, des claies, posées sur le sol, permettent de circuler à pied sec.

UNE AUBERGE DE MOUTONS A PANTIN.

DESSIN DE A. CHARPIN.

pour suivre la rue du Chemin-Vert qui traverse la plaine. Au milieu de champs cultivés, sur le fond rigide et blanc de la muraille du cimetière, se détachent en vigueur les noirs bâtiments et les hautes cheminées de la forge Maréchal et ceux plus gais d'aspect de la chaudronnerie Séraphin. Mais, à l'horizon, un toit triangulaire surmonté d'une croix attire notre regard ; nous nous dirigeons vers lui, toujours par la même voie, entre deux rangées de fabriques, à l'ombre de murs nus, derrière lesquels on travaille la tôle, le bois ou le cuir ; nous arrivons à la rue des Écoles ; nous tournons à droite, cherchant en vain dans l'espace le fronton un instant aperçu. Nous sommes au lieudit les Quatre-Chemins, à quelques centaines de mètres du champ où l'assassin Troppmann avait enfoui ses victimes.

Un bâtiment fait face aux écoles qui donnent leur nom à la rue que nous suivons ; c'est la crèche et l'asile Sainte-Élisabeth fondés en 1884, et dirigés par les religieuses de Saint-Charles. La crèche mérite une visite ; elle est tout à fait charmante en son grand jour, avec ses petits berceaux blancs et son ellipse centrale faite de barrières concentriques formant bancs et tables ; les jeunes enfants, aux pas hésitants, circulent entre elles sans avoir à redouter ni heurts ni chutes. Tout ce petit peuple de bambins, proprement tenu, maternellement surveillé, baigné d'un rayon de chaud soleil, rit, s'agite et gazouille comme une nuée d'oiseaux heureux, s'essayant, sans y parvenir, à faire autant de bruit que la troupe des enfants de l'asile qui s'ébat dans la cour et dans le jardinet.

Mais nous voici près du monument que nous avons aperçu de loin. Ce fronton n'est que le chevet de la chapelle Sainte-Marthe, église commencée en 1874 sur de vastes plans, et dont, faute d'argent, la construction a dû être abandonnée alors que la nef et le chœur étaient seuls à peu près achevés. Nous avons remarqué dans le chœur un fort bel autel ; c'est un don fait à la chapelle par le curé de Nanterre.

Selon le projet primitif, l'église devait avoir sa façade rue de Flandre et s'ouvrir par un porche surmonté d'un haut clocher. De ce porche, quelques colonnes et des amorces d'arcades sortent de terre et s'effritent à la pluie.

Sainte-Marthe, nous l'avons dit, [n'est qu'une chapelle; on y baptise, on y fait le catéchisme, mais les grandes cérémonies, mariages ou enterrements, sont célébrées à la paroisse.

La rue de Flandre, où nous sommes, appartient, pour ce côté seulement, à la commune de Pantin. Nous rentrons dans le cœur du pays par la route d'Aubervilliers, non sans avoir croisé bon nombre de convois et de gens en deuil se rendant au grand cimetière. Arrivé à la rue de l'Entrepôt, nous apercevons, au bas d'un raidillon, la gare du chemin de fer et ses vastes ateliers. La plaine ici réapparaît soudain avec ses champs cultivés et son éparpillement d'usines; nous rejoignons la rue de Paris au point où nous l'avons quittée, et dès le milieu de la rue qui s'ouvre devant nous, nous entrons dans une nouvelle commune. C'est le Pré-Saint-Gervais.

Le Pré-Saint-Gervais, les Lilas, voici des pays dont les noms réveillent, pour les vieux Parisiens, une foule de souvenirs gracieux! Au Pré-Saint-Gervais, jadis, quand le printemps était venu, on partait en famille pour faire la cueillette du lilas; l'été, de gais cabarets et des bals champêtres attiraient une foule qui buvait sans excès le jour et dansait gaiement, mais décemment, le soir. Point de faubourien qui, en ce temps-là, ne menât sa femme et ses enfants passer le dimanche au Pré-Saint-Gervais.

Les Lilas conservaient encore, avant la dernière guerre, quelques haies fleuries, quelques touffes de noisetiers, quelques vieux arbres du joli bois qu'aimaient les commis, les grisettes et les petits bourgeois de 1830. Tout cela est bien changé maintenant!

Le Pré-Saint-Gervais est un village que la gaieté a quitté et que l'industrie tend à envahir. Il a déjà des fabriques de cuirs vernis, de savons et de pianos. Quelques-uns de ses habitants exploitent des plâtrières; d'autres demeurent à Paris, mais sont propriétaires de terrains qu'ils cultivent en amateurs et dans un coin desquels ils bâtissent un petit hangar pour remiser les pelles et les bêches, et aussi pour abriter la famille quand un orage éclate. On récolte là des légumes qu'on a eu la joie de planter et d'arroser, mais qui, tout compte fait, valent moins et coûtent plus cher que ceux qu'on pourrait acheter au marché. Quant aux Lilas, ce coin si frais jadis n'a plus de frais que le nom ; mais n'oublions pas que nous ne sommes encore qu'au Pré-Saint-Gervais, nous causerons des Lilas plus tard.

La localité, qui ne paraît pas remonter au delà du douzième siècle, et que les moines de Saint-Denis ont possédée en partie, doit son nom au vocable sous lequel son église a, de tout temps, été placée.

Si le groupe scolaire que nous rencontrons à l'entrée du village ne mérite d'être mentionné que pour mémoire, la rue Plâtrière, qui commence à la place de la Mairie, nous offre en revanche une curiosité réelle.

Arrêtez-vous au numéro 20, et vous verrez une maison que la tradition prétend avoir appartenu à Gabrielle d'Estrées. Il est difficile de se prononcer sur la vérité de ce dire ; mais il est certain que la construction est intéressante à plus d'un titre et paraît bien remonter à la fin du seizième siècle. Voyez, pour vous en convaincre, le vestibule d'entrée et le large escalier de bois qui conduit au premier étage. Quant aux salons, ornés de peintures de Dupuis, fort bien conservées et exécutées dans le goût de la fin du dix-septième siècle, ils ont dû être décorés alors que la maison appartenait à un propriétaire dont nul aujourd'hui ne sait le nom, et cela près de quatre-vingts ans après la mort de la belle Gabrielle (1).

Ces peintures représentent des allégories et des sujets mythologiques : Phébus, l'Aurore, la Gloire, la Beauté s'unissant sur l'autel de l'Amour, tout cela conçu dans

---

(1) Les peintures dont nous parlons ont été faites en 1678. Gabrielle d'Estrées est morte en 1599. Le peintre Pierre Dupuis, célèbre en son temps, oublié aujourd'hui, est mort en 1682.

l'esprit un peu guindé du temps, mais brillant encore de toute la fraîcheur d'un heureux coloris.

La mairie que nous visitons ensuite ne se recommande pas par son architecture; mais elle renferme une bibliothèque composée de sept mille cinq cents volumes, ouverte chaque soir au public et assez fréquentée pour occuper un bibliothécaire et deux sous-bibliothécaires.

Au rez-de-chaussée de la mairie, ayant son entrée sur la rue Plâtrière, est une spacieuse salle de fêtes, claire en plein jour, inondée de lumières le soir, par cent cinquante becs de gaz. Simple, mais coquette, elle se compose d'un parquet et d'un amphithéâtre, et se termine par une scène assez vaste et assez bien aménagée pour permettre aux troupes qui passent de représenter de grands drames. La municipalité loue sa salle quatre-vingts francs aux directeurs, et ceux-ci font des recettes qui atteignent parfois six cents francs.

L'église Saint-Gervais, construite en 1824, porte bien le caractère banal des édifices de cette époque. On montre à l'intérieur un *Christ au tombeau*, attribué au Caravage.

Au numéro 84 de la Grande-Rue, presque à l'extrémité du village, nous rencontrons encore une construction dont le caractère antique attire nos regards.

Informations prises, c'était là, paraît-il, un rendez-vous de chasse qui appartenait au roi Henri IV. Sous la Restauration, on en fit un restaurant qui fut célèbre longtemps, et qu'on appelait l'*Ile de la Grenade*. En 1814, la maison a abrité des officiers ennemis; dans une de ses caves, dont les murs et les voûtes ont la solidité d'une forteresse, les habitants du bourg avaient caché tout ce qu'ils possédaient d'objets précieux; un maçon nommé Laizier mura habilement la porte, boucha même, sans que nul s'en aperçût, un trou fait dans le mur par un boulet, et les occupants ne soupçonnèrent pas la présence du trésor caché près d'eux (1).

(1) Cette anecdote est inédite; nous la tenons du propriétaire actuel de l'immeuble qui, dans sa jeunesse, a connu le maçon Laizier.

La Grande-Rue débouche en plaine. A notre gauche, quelques maisons s'étagent pittoresquement sur la hauteur, au bas de laquelle travaillent, sur leurs terres, les maraîchers fantaisistes dont nous avons parlé plus haut. Le talus des fortifications nous cache Paris ; à droite, à ses pieds, ondule un petit chemin pierreux qui nous conduit aux Lilas.

C'est une sorte de faubourg, ce village tout jeune encore ; assez gai dans sa partie haute, il est triste et mal habité dans son côté le plus rapproché de Paris. Rien, dans les ruelles étroites, dans les cabarets obscurs à clientèle louche, que vous voyez ici, ne rappelle le frais et gai paysage d'il y a quarante ans.

Ce qui mérite d'arrêter le touriste sera rapidement signalé. L'église Notre-Dame du Rosaire, construite en 1888, n'a de remarquable que son maître-autel et sa chaire. Sur une place, au bout de l'avenue du Rond-Point, simple, gaie, mariant le blanc de la pierre au rouge de la brique, vous verrez, derrière une pelouse ombragée de grands arbres, la maison où vécut longtemps le romancier Paul de Kock (1).

La mairie, construite par M. Héneux en 1884, mérite une mention particulière. Sa façade Renaissance est percée de trois portes monumentales arquées en plein cintre ; un élégant balcon surmonte son porche voûté en briques ; des vitraux coloriés décorent ses fenêtres à meneaux ; les chapiteaux de ses colonnes de marbre sont fleuris de lilas. Un toit élevé, un campanile octogonal hardi comme une flèche d'église, couronnent l'édifice et en parachèvent le charmant ensemble.

Les salles intérieures n'ont pas encore été décorées.

Nous quittons les Lilas pour entrer à Bagnolet. Nous sommes ici dans un village qu'en sa partie haute on peut prendre pour un immense jardin, et qui, dans son quartier touchant à la capitale, est calme, tranquille, endormi comme un faubourg provincial. Dans les jardins, où les lilas poussent en liberté, on cultive les groseilles, les cassis, les fraises et

---

(1) Paul de Kock est enterré dans le cimetière de la commune.

es framboises, et la commune, ainsi que celles qui nous restent à voir en ce canton, étant actuellement d'un mince intérêt, laissez-nous, tout en cherchant quelque chose à signaler à votre attention, vous raconter une histoire du temps passé.

En 1670, un certain Girardot, ancien mousquetaire de la reine, blessé, sans fortune, mécontent — les *grognards* ne sont pas d'invention récente — se retira à Bagnolet, dans une propriété dite de Malassis, dont l'origine était ancienne, car on prétend que Charles VII l'avait autrefois donnée à la fille d'un marchand de chevaux qu'il affectionnait fort et que, dans le peuple, on appelait la Reinette (petite reine). A Malassis, Girardot, pour employer ses loisirs, s'occupa d'arboriculture et, en cultivant les pêchers, obtint des fruits plus beaux et plus savoureux que ceux qu'on récoltait à Versailles.

Protégé par La Quintinie, Girardot parvint un jour à faire passer anonymement, sur la table du Grand Condé, qui traitait Louis XIV à Chantilly, un panier de ses plus belles pêches, avec cette suscription : *Pour le dessert du Roy.*

Le monarque — on sait qu'il était gourmand — fut émerveillé; jamais fruits si gros, si odorants, si veloutés, n'avaient paru sur sa propre table. Il demanda des explications; La Quintinie, seul dans le secret, se garda bien de le révéler sur l'heure; mais quelque temps après, chassant avec le roi, il sut l'égarer assez pour qu'il fût heureux d'accepter une heure d'hospitalité chez le soldat agriculteur.

Sur les espaliers de Girardot, Louis XIV reconnut les pêches qui lui avaient été offertes à Chantilly. L'ancien mousquetaire entra aussitôt en faveur; ses arrérages lui furent payés depuis le jour où il avait quitté le service; de plus, le roi lui accorda une pension et, faveur dernière, l'autorisa à lui faire parvenir, le 25 juillet de chaque année, un panier de pêches *pour son dessert.*

Le croiriez-vous? cette coutume, si frivole en apparence, a été observée jusqu'en 1789. Seulement, après la dispersion de la famille Girardot, nombreuse pourtant — son chef avait sept fils que le roi-soleil appelait familièrement ses « sept preux » — ce furent les cultivateurs de Montreuil qui héritèrent du privilége. Le dernier descendant mâle de Girardot est mort à Villemomble, en 1835, à l'âge de quatre-vingt-quinze ans.

Montreuil, on le voit, s'est emparé de la culture des pêches au détriment de Bagnolet ; mais le petit pays où nous sommes a pris sa revanche, non seulement en produisant les fruits dont nous avons parlé plus haut, mais encore en cultivant les fleurs. En ce dernier genre, Bagnolet a eu son homme célèbre en la personne de Denys Graindorge qui, grâce à l'ingéniosité de ses procédés, obtint, en élevant des jacinthes, des résultats supérieurs à ceux des plus célèbres horticulteurs hollandais.

Deux grandes personnalités ont encore laissé des souvenirs à Bagnolet : le cardinal Duperron, qui s'y était fait bâtir sa demeure favorite, et le duc d'Orléans, régent de France, qui y posséda longtemps un luxueux domaine entouré d'un parc immense et admirablement distribué.

Les fréquents séjours du régent furent une source de prospérité pour le pays ; mais aussi, disons-le, la cause de vexations nombreuses pour ses habitants.

Si le seigneur voulait aller à la chasse, il faisait abattre par ses gens les plantations ou les vignes qui pouvaient gêner les ébats de ses invités ; inutile d'ajouter qu'il indemnisait peu ou point les paysans lésés. Une violence de ce genre suscita une véritable émeute, célèbre en son temps sous le nom significatif de la *Révolte des vignes*. Les cultivateurs défendirent leurs plants contre les gens du duc ; il y eut horions échangés, bataille, sang répandu, et finalement le curé du pays, René Loyau, ayant pris hautement parti pour les opprimés, le prince dut renoncer à sa fantaisie et s'incliner devant le droit des propriétaires.

Il céda, mais de mauvaise grâce, et garda rancune à Bagnolet, où il ne fit plus que de rares apparitions.

Outre le château du duc d'Orléans et celui de Malassis, Bagnolet possédait encore le château des Brières, et, du côté de Romainville, une résidence absolument princière, qui avait appartenu à Pierre des Essarts, à Isabeau de Bavière, à Tanneguy-Duchâtel, et enfin au prince Léon de Rohan; ce dernier la vendit 83 000 livres à Corbin Couvreur, qui la démolit.

De toutes ces splendeurs passées, vous ne retrouverez rien dans ce village odoriférant et empourpré. Dans son église, placée sous le vocable de saint Leu, on vous montrera des orgues fort simples, données à la paroisse par la famille d'Orléans; la chapelle où les seigneurs faisaient leurs dévotions a été conservée, mais n'offre rien de remarquable.

C'est du haut de la rue Malassis que le village et ses entours sont particulièrement agréables à voir; elle n'est ni belle ni bien pavée, ni d'un facile accès, cette rue Malassis, mais il faut l'atteindre pour gagner Romainville, et si, en la suivant, nos pieds s'embouent sur son sol, nos yeux seront ravis par le spectacle du village. Nonchalamment couché à nos pieds, nous le verrons étendre jusqu'aux fortifications de Paris sa longue suite de pignons gris et de toits rouges; en vedette, nous apercevrons le chevet de Saint-Leu et la façade de la mairie; à l'ouest, s'étend une masse noire : c'est le Père-Lachaise; au loin, la tour Eiffel détache sa pyramide grise sur le fond du ciel; à l'est, les Lilas s'étagent, dominés par le campanile de leur mairie, découpant sa fine silhouette sur le ton bleu des collines qui bordent l'horizon.

C'est par la rue Jeanne-Hornet, au bout de laquelle, immobiles en semaine, tournent encore le dimanche les ailes d'un vieux moulin à vent, que nous quittons Bagnolet pour entrer dans Romainville.

Romainville! Encore une réputation d'antan, encore un coin que les Parisiens aimèrent, encore une localité qui fut un but de promenades, un lieu de réunions joyeuses et dont nul citadin ne songe aujourd'hui à déranger les habitants, peu soucieux au reste des gens de la ville, et ne pensant guère qu'à leurs travaux de culture, de jardinage, ou à l'exploitation fort productive de leurs carrières de plâtre.

A défaut d'autre chemin intéressant à prendre, suivons la

rue de Paris; elle est boueuse, bordée de vieilles maisons basses, aux lourdes portes, aux volets gris; les rares boutiques qu'on y aperçoit sont noires et tristes et n'offrent aux regards que des étalages défraîchis. Heureusement elle aboutit à une large place formant terrasse, et de là le regard agréablement surpris embrasse dans tout son ensemble le magnifique panorama de la plaine Saint-Denis. L'étendue est immense; les champs cultivés dessinent leurs rectangles diversement colorés; les villages s'éparpillent blancs et roses, dressant leurs clochers dans la nue. De longues traînées grises décrivent des courbes sinueuses : ce sont des routes; des sillages jaunes, bordant un trait noir, apparaissent: ce sont des voies ferrées, et vous les reconnaissez aux blancs flocons vaporeux qui les suivent quand un train passe.

L'église ne présente qu'un intérêt médiocre. La mairie, sa voisine, construite en 1873 par M. Lequeux, est plus curieuse, non au point de vue architectural, mais au point de vue administratif.

Outre une bibliothèque de trois mille volumes, dans laquelle vous pourrez voir un très curieux plan de la commune levé en 1780 par Grémion, la municipalité a réuni et classé en de fort curieuses archives des documents dont quelques-uns remontent au seizième siècle, et qui, soigneusement compilés, pourraient former une histoire très complète du petit pays. Les vieilles familles, nombreuses encore ici, trouveraient dans ces cartons des renseignements curieux sur leurs origines; quelques testaments expliqueraient l'accroissement des fortunes particulières; d'autres, ceux des abbés Houel et Bourbon, par exemple, le premier daté de 1726, le second de 1825, vous apprendraient, à votre grande surprise, que ces prêtres ont légué, l'un des terrains, l'autre 180 000 francs à la commune pour fonder des écoles laïques. Si vous aviez le loisir de feuilleter le testament de l'abbé Houel, vous y trouveriez une clause exprimant le désir que les enfants fussent conviés à la danse le dimanche, sur la place de l'Église.

Cette coutume, observée longtemps, ne fut peut-être pas

étrangère à l'attrait que le seul nom de Romainville exer-
çait autrefois sur les Parisiens. Il est juste de faire remarquer que les guinguettes étaient alors nombreuses dans le
pays ; qu'on y dansait en plein air, qu'on y dînait sous les
bosquets, et que le bois voisin, aux heures chaudes de la
journée, offrait aux promeneurs de charmantes allées et
d'ombreux retraits.

Guinguettes et bois sont disparus et l'on ne danse plus le
dimanche sur la place de l'Église. Où fut le bois passe la
route stratégique et s'élève le fort ; le Romainville aimé de
nos pères n'est plus qu'un souvenir. D'un ancien château
qui appartint jadis aux Ségur, puis aux Noailles, il reste
encore quelques vestiges dans la propriété d'un riche plâ-
trier.

Grâce à ses hauteurs, Romainville semble avoir été prédestiné à recevoir des ouvrages de défense. Sur cette demi-
lune naturelle, les Romains avaient déjà établi un camp
retranché d'où ils surveillaient la vieille Lutèce. Faut-il rappeler qu'en 1814 Romainville lutta bravement contre les
armées alliées, et que, pris et repris plusieurs fois, il ne
renonça à la résistance qu'au moment où la capitulation de
la capitale fut un fait accompli.

Une route descend entre deux talus verdoyants, longe les
glacis du fort et nous conduit en peu d'instants à l'entrée du
village de Noisy-le-Sec. Si les archives de ce petit pays avaient
pu être conservées, elles nous apprendraient de singulières
choses sur les mœurs des temps anciens. En 842, le roi
Lothaire ayant été bien reçu par les religieux de Saint-Maur-
les-Fossés, leur donna, en témoignage de sa gratitude, sept
familles de Noisy-le-Sec. On disposait alors des familles
comme on vend un troupeau aujourd'hui. L'une de celles
dont Lothaire gratifia les moines, sans en consulter le chef,
se composait, dit la chronique, de trente-trois individus et
occupait un lieu nommé Clary, depuis deux siècles déjà
réuni au village.

Noisy-le-Sec eut ses seigneurs, qui avaient droit de haute
et basse justice. On cite parmi les titulaires de la seigneurie :

Enguerrand de Marigny, Louis d'Orléans, Nicolas de La Balue, frère du cardinal, Vincent Drouart, etc.

Noisy-le-Sec fut une des premières communes dans lesquelles Charles IX autorisa l'exercice de la religion réformée; il conserva longtemps le temple dont le roi avait permis l'édification.

Aujourd'hui, c'est un beau village, gai, sain, qui ne nous retiendra pas longtemps, car les choses méritant d'être vues y sont en petit nombre.

L'église, placée sous l'invocation de saint Étienne, est un assez joli monument du seizième siècle qu'il a fallu réparer après la guerre. La décoration intérieure est de bon goût et d'une couleur fort harmonieuse à l'œil; les ornements des voûtes et des arcades sont de Jacquier; Perrodin a signé la belle fresque du chœur qui représente le martyre de saint Étienne, et quelques verrières du dix-huitième siècle ornent les fenêtres.

La mairie, que nulle œuvre d'art n'orne à l'intérieur, s'est augmentée, en 1888, d'une aile en retour d'un fort bon style, dont M. Trouet, architecte, a fourni les dessins.

Il serait superflu de vous entretenir de Notre-Dame de la Bonne-Voie, une vierge enfermée dans une niche en pierre au milieu d'un maigre jardinet qu'on rencontre à l'entrée du pays; qu'il nous suffise de constater que l'érection de ce petit monument remonte à quarante-cinq années à peu près, et qu'elle est due à la libéralité d'un certain Blanchetout.

Sur une petite place, à quelques pas de la mairie, s'élève une fontaine surmontée d'une statue en bronze de la Pucelle d'Orléans. Jeanne d'Arc est représentée debout, serrant une longue épée sur son sein. Est-ce le piédestal qui est trop haut, est-ce la statue qui est trop menue? Nous ne savons. Toujours est-il que l'ensemble est peu gracieux, et que, dans cette lourde figure, on ne reconnaît pas la touche délicate de la princesse Marie d'Orléans, qui l'a signée.

Nous quittons Noisy-le-Sec par la rue de la Forge, au bout de laquelle nous rencontrons la gare, semblable à toutes les

gares de banlieue, et centre d'une grande agglomération
d'ateliers et de magasins. Nous traversons la plaine, et nous
entrons dans Bondy par une large rue, où quelques villas
de riche aspect semblent se dresser pour protester, par leur
coquetterie, contre la réputation mauvaise que le pays s'est
acquise.

Parler de Bondy, c'est évoquer le souvenir d'une forêt
jadis dangereuse. De ce repaire de brigands hardis, il ne
reste plus que quelques fourrés qui ne sont pas sans charmes, et parmi lesquels des maisons de campagne se sont
élevées.

L'histoire et la légende ont glané, toutes deux, dans les
taillis épais de la forêt. L'histoire relate l'assassinat de Childéric II par Bodillon, en 673; plus tard, elle nous rappelle
la coutume qu'avaient les basochiens de se rendre, chaque
année, dans le bois pour choisir le mai qu'ils plantaient
dans la cour du Palais et celui qui ornait l'hôtel où la basoche tenait ses assemblées. Avant de faire marquer les
arbres par les officiers des forêts, le procureur général se
plaçait au pied d'un vieil orme et prononçait un discours.
Il est probable que l'arbre ainsi transformé en tribune n'était
pas toujours le même, pourtant il en fut un qu'on désigna
longtemps sous le nom d'*orme aux harangues*. C'est, en
quelque sorte, le pendant du *chêne de saint Louis*.

Une pente naturelle nous a conduit à la légende; profi-
tons-en pour rappeler l'aventure du chien d'Aubry de Montdidier.

Les faits, selon certains chroniqueurs, selon de graves
historiens aussi, se passaient sous le règne de Charles V.
Deux chevaliers, Aubry de Montdidier et Macaire, se disputaient la faveur du roi et, vous vous en doutez bien un peu,
l'affection d'une belle jeune fille. Macaire s'embusqua dans
un fourré de la forêt de Bondy, surprit son rival au passage,
le tua d'un coup de poignard et l'enterra au pied d'un arbre.
Seul témoin du crime, le chien d'Aubry, un lévrier superbe,
le laissa perpétrer, puis revint à Paris chez un parent de
son maître et remplit la maison de ses plaintes et de ses

aboiements; il fit tant qu'à sa suite on se transporta dans la forêt et qu'on retrouva le cadavre du chevalier.

L'assassin eut l'audace de se présenter chez le parent de sa victime; le chien, si pacifique lors du meurtre, entra en fureur à sa vue et lui sauta à la gorge. Cette scène s'étant renouvelée plusieurs fois, le roi résolut d'en appeler au jugement de Dieu et ordonna le combat entre l'homme et la bête accusatrice. Une lice fut installée dans l'île Notre-Dame (aujourd'hui île Saint-Louis) et le duel eut lieu le 30 juillet 1371 en présence du roi et de toute la cour. Le chien vainquit facilement Macaire; celui-ci confessa son crime et fut aussitôt conduit à Montfaucon et pendu haut et court.

Plus tard, on sculpta les épisodes de l'aventure sur le manteau de la cheminée du château de Montargis : de là le nom de *chien de Montargis* donné à son héros. Androuet du Cerceau, dans ses *Plus excellents bastiments de France*, a conservé le dessin de ces sculptures.

Certes, l'histoire est touchante, dramatique, vraisemblable même en certaines de ses parties; pourtant son authenticité est des plus douteuses. Un moine de l'abbaye des Trois-Fontaines, Albéric, plus connu sous le nom d'Aubry, qui vivait cent trente ans avant l'événement, le raconte tout au long dans ses chroniques imprimées à Hanovre en 1680 et le traite déjà de « très jolie fable » inventée par les chanteurs qui allaient de ville en ville et psalmodiaient de vieux récits en s'accompagnant de la vielle ou du rebec : *A cantoribus gallicis pulcherrima contexta est fabula.* Les noms des antagonistes sont les mêmes dans le vieux fabliau, célèbre au douzième siècle déjà sous le titre de *Macaire ou la reine Sibile;* mais la scène se passe en 770, sous le règne de Charlemagne, et se poétise par l'apparition de la figure résignée de la princesse Hermangarde, récemment répudiée par l'empereur.

On le voit, les décorateurs du château de Montargis ne se sont point inspirés d'un fait récent; mais rentrons dans le pays. Sa réputation pestilentielle n'est pas, il faut le reconnaître, aussi imméritée que ce que nous avons dit plus haut pourrait le faire supposer. Le dépotoir est là, et nul ne peut faire qu'il n'exhale des émanations peu agréables. Nous ne supposons pas que le lecteur ait la tentation de visiter cet utile, mais peu attrayant établissement ; nous allons en quelques lignes lui dire de quoi il se compose.

Transportez-vous donc par la pensée sur les bords du canal de l'Ourcq, dont les rives sont ici bordées d'une végétation vigoureuse; saules, peupliers, arbustes, charmilles, prodiguent leurs ombrages à de nombreux amateurs de pêche à la ligne, que les exhalaisons ne paraissent pas incommoder outre mesure. Dans une clairière d'environ trente hectares, vous apercevrez quelques chalets en bois ; vastes et laids, ils contiennent les appareils de distillation au moyen desquels on transforme en excellent engrais les plus répugnants de nos détritus. Un grand nombre d'ouvriers sont employés à cette triste besogne ; constatons, pour être vrai, que leur santé ne paraît pas altérée par les odeurs qu'ils respirent — on s'accoutume à tout.

Quant à nous, hâtons-nous de rentrer dans le village. La rue Saint-Denis le traverse dans presque toute sa longueur; vous y rencontrerez la mairie, bas édifice situé au fond d'une cour, et qu'un drapeau tricolore signalera seul à votre attention. Sur son flanc, rue Gatine, sont les vieilles écoles communales, décrépites, tristes, mais recevant encore un grand nombre d'enfants. Plus moderne, plus vaste, est le groupe scolaire édifié rue du Raincy par M. Alexis Masson. Le même artiste a construit, en 1876, l'église actuelle sur l'emplacement de l'ancienne. C'est un monument d'un bon style; la nudité voulue de son intérieur lui donne un caractère imposant; quelques verrières offertes par des familles de la localité décorent les fenêtres. Mais la seule chose réellement curieuse que renferme le petit temple, est une pierre tombale du treizième siècle.

CANTON DE VINCENNES

ITINÉRAIRE

Villemonble : église Saint-Louis-Saint-Genest, mairie, famille Detouche, institution Sainte-Marie, hospice de vieillards ; **Bois-d'Avron** : monument commémoratif, réservoir ; **Rosny-sous-Bois** : église Sainte-Geneviève, fort de Rosny ; **Château-Montreau** ; **Montreuil-sous-Bois** : le village à deux heures du matin, François Miron, les horticulteurs à Montreuil, hôtel de ville, église, chapelle Saint-André ; ouvroir, l'industrie à Montreuil, hospice intercommunal ; **Fontenay-sous-Bois** : église Saint-Vincent, mairie, écoles ; **Vincennes** : le nouvel hôtel de ville, l'église paroissiale, statue de Daumesnil, château de Vincennes, église du château, le donjon, la fabrique de porcelaine, hôpital militaire, quartier de la Prévoyance ; **Saint-Mandé** : mairie, école Braille, église, asile Lenoir et Jousseran, hospice Saint-Michel, cimetière, tombeau d'Armand Carrel ; le **Bois de Vincennes** : le château de Beauté, école d'arboriculture, redoute de la Faisanderie, École normale de gymnastique, ferme de la Faisanderie, champ de courses, les courses d'attelages, la butte de Gravelle, les Parisiens au bois de Vincennes, l'Asile national.

CINQUIÈME EXCURSION

C'est par un chemin qui longe d'abord la voie ferrée à droite de la station de Bondy et bifurque légèrement ensuite à travers une plaine cultivée, que dominent les forts de Rosny, de Noisy et le plateau d'Avron, que nous arrivons au premier village du canton de Vincennes, à Villemonble.

Ce pays est d'apparence opulente. Nous y entrons par une avenue qui fait suite à la route; le mur d'une immense propriété, qu'on appelle le bois Rousselet, la borde à droite; les jeunes futaies du bois Papin frémissent gaiement à gauche. Du même côté, plus loin, les rues Adèle et Gabrielle donnent accès à une plaine où se sont construites — on serait tenté de dire plantées, tant elles sont singulièrement éparpillées — une foule de petites maisons bourgeoises, aux pignons blancs, aux toits rouges, et dont nous apercevons, immobiles au milieu du feuillage, les façades, les flancs ou les dos. On le comprend, ici chaque propriétaire a, sans souci des symétries et des alignements, bâti et orienté sa maison comme il l'a voulu. C'est désordonné et charmant.

L'avenue du Raincy fuit des deux côtés de son rond-point central entre deux rangées de vieux arbres et de belles propriétés, affectant des airs de châteaux au milieu de jardins qui sont presque des parcs. Si nous la suivons, à droite, nous arrivons dans la Grande-Rue et nous nous trouvons devant la façade blanche et insignifiante de l'église Saint-Louis-Saint-Genest. Avec ses hautes colonnes maigres et plates, son fronton triangulaire, son clocher trapu qui ressemble à s'y méprendre à ces logettes qu'on aperçoit sur les combles des théâtres, l'église a plutôt l'apparence d'une salle de spectacle provinciale que d'un édifice chrétien. Quant à l'intérieur, c'est une salle oblongue et voûtée. Retirez des murs quelques tableaux qui les décorent et vous vous croirez volontiers dans un temple protestant.

Nous continuons à monter la rue, l'aspect en devient moins riche; une population de laborieux cultivateurs demeure ici; on le comprend à la vue de ces maisons froides et simples, à la modestie des boutiques qu'on rencontre de loin en loin. Nous ne tardons pas à atteindre une place quadrangulaire, munie de bancs, entourée de beaux tilleuls, et dont un marronnier séculaire ombrage l'extrémité. Au fond s'élève la mairie. C'est un bâtiment à trois corps, dont le pavillon central est orné d'un fronton sculpté et surmonté d'un lanternon contenant un cadran d'horloge; les mansardes s'ouvrent tout autour du toit sur une terrasse ornée de balustres. Cette jolie construction remonte au dix-huitième siècle. M. Delouche, son dernier propriétaire, l'a donnée à la commune pour y installer ses services municipaux. Les ailes latérales, d'édification plus récente, contiennent des écoles communales, trop petites, paraît-il, car l'école des garçons a déjà une annexe dans une masure qui s'abrite sous le grand marronnier dont nous avons parlé, et, tout à l'heure, nous rencontrerons encore un groupe scolaire.

M. Delouche — c'était le chef de la maison d'horlogerie de la rue Saint-Martin — a laissé à Villemomble un souvenir ineffaçable. Comme Mme la baronne Ladoucette à Drancy, il a été le bienfaiteur de la commune. L'avenue qui porte son nom est bordée de propriétés semblables à celles que nous avons remarquées en entrant dans le pays. Disposées avec un plus grand souci de l'alignement, elles ont le même caractère bourgeois et familial et se dressent au milieu de petits jardins qui seront ombreux dans quelques années. Mais ce n'est pas au hasard que nous avons pris ce chemin préférablement à tout autre; il nous conduira d'abord devant les nouvelles écoles dont nous vous parlions tout à l'heure, puis auprès de deux maisons édifiées par M. Detouche et abritant dés fondations dues à son initiative; malheureusement une seule paraît destinée à lui survivre.

Celle-ci est l'institution Sainte-Marie, externat et demi-pension, où quatre-vingts jeunes filles de la commune sont instruites par des religieuses appartenant à l'ordre de l'Enfant-Jésus, de Soissons. Isolée au milieu d'un grand jardin, la construction est tellement confortable, qu'on est tenté de la trouver luxueuse. Si vous visitez l'intérieur de la maison, vous reconnaîtrez qu'une sollicitude féminine a présidé à tous les détails de son agencement. N'en soyez point surpris. Mme Detouche, morte il y a quelques années, était, pour les bonnes œuvres, la constante et intelligente collaboratrice de son mari.

Tout auprès est un hospice de vieillards, qui fut inauguré le 10 octobre 1886, et que les fondateurs, M. et Mme Detouche, destinaient à recevoir douze sexagénaires, hommes et femmes, nés dans la commune. M. Detouche est mort le 8 décembre 1889 (1). Des embarras de succession, sur lesquels nous n'avons pas à nous étendre, ont amené, le 10 février 1890, la fermeture de l'asile. Les pensionnaires, dirigés vers d'autres établissements hospitaliers, ont éprouvé un véritable chagrin de leur déplacement; quelques-uns même n'y ont pas survécu.

Cette maison, qui disparaîtra ou deviendra une propriété particulière, est curieuse à visiter; les architectes qui l'ont construite, MM. Bruty et Bousart, ont donné libre carrière à leurs tendances artistiques; les mosaïques, le marbre, le bois sculpté, les tapisseries ont été prodigués, mais avec un goût réel et une bonne entente de l'effet décoratif. Pour borner nos citations, nous nous contenterons de signaler le vestibule du rez-de-chaussée et le joli escalier à balustres qui y prend naissance, une pièce du premier étage, sorte d'atrium tout en marbre, et la jolie chapelle à laquelle elle donne accès. Dans cette dernière, charmante en son exi-

---

(1) La famille Detouche a son tombeau dans le cimetière de la commune. C'est lè plus beau monument de la petite nécropole.

guïté, vous verrez deux rangs de fort belles stalles en chêne provenant d'une abbaye du pays chartrain, un autel en chêne sculpté, d'un très bon dessin et d'une exécution soignée, enfin des colonnes de marbre d'une grande beauté. Quant aux murs, ils devaient recevoir des décorations picturales; mais ils sont nus encore, et, très probablement, leurs panneaux ne seront jamais remplis.

Un aumônier, qui mourut au moment où il devait entrer en fonctions, aurait eu son logis à l'entrée de la propriété, dans une sorte de petite maison romaine, agréable à voir, il est vrai, mais peu commode à habiter.

A la sortie de l'hospice, il nous suffit de marcher quelques minutes à travers champs pour gagner le plateau d'Avron, par la rue de l'Abîme.

Vu de la route, au pied d'une croix en fer, érigée en souvenir d'une visite que Mgr Guibert fit à Villemonble, le 17 juillet 1873, le plateau d'Avron vous fera l'effet d'une longue butte couronnée de feuillage et cultivée, sur sa pente, par des propriétaires dont les fermes dorment à ses pieds; à travers les arbres, vous apercevrez des toits et des façades. Un petit village, le Bois-d'Avron, s'est créé là.

Une de ces routes blanches, rayée de maigres ombres, bordée de tapis verts et bruns, que peignait si bien Chintreuil, nous conduit au plateau ; elle a, par moments, en se dirigeant vers la partie qu'on nomme Beauséjour, des ondulations inattendues, et les maisonnettes plantées sur ses dévallements semblent ne tenir debout que par des miracles d'équilibre.

C'est entre deux rangées de constructions, moitié fermes, moitié villas, séparées de la route par des murs et se dressant au milieu d'enclos feuillus ou de grands parcs, que nous atteignons une sorte de rond-point qui forme le centre du village. Un cabaret en égaie un côté; un bois de bouleaux et de frênes ombrage l'autre; à droite, à gauche et devant soi, le regard se perd en d'infinies perspectives.

L'origine de ce petit village n'est pas fort ancienne. C'est en 1863 que les premières maisons se sont bâties sur des terrains loués ou acquis par des citadins épris de villégiature. La guerre a passé là, une croix de pierre nous le rappelle; nos mobiles ont vu tomber un grand nombre des leurs sur ce sol tellement durci par la gelée, qu'ils avaient dû renoncer à creuser des tranchées protectrices. Les arbres qui couronnaient le plateau sont tombés ou ont été brisés par la mitraille prussienne. Le bois de ce temps-là s'est éclairci, est devenu jardin et sera commune un jour. Déjà, nous y trouvons un vaste réservoir; les eaux de la Marne y sont amenées par une puissante machine élévatoire, puis sont envoyées à Saint-Denis.

De l'extrémité du plateau, on découvre une vue magnifique. Une ligne bleue de collines, à peine rompue par un bouquet d'arbres ou les masses rectilignes d'un fort, limite, de l'est à l'ouest, une large vallée, dont les verdeurs sont coupées de loin en loin par les groupes blancs, gris et roses de quelques villages, ou la fumée d'une usine perdue dans la plaine. Le silence imposant est seulement troublé par le bruit léger que font, en passant sur leurs rails, des trains de wagonnets attelés de cinq chevaux, qui, à nos pieds, travaillent à l'exploitation d'une carrière, dans les cavités de laquelle une rampe en bois, fort rudimentaire, nous empêche de rouler.

Mais il faut s'arracher à cette contemplation et nous diriger vers Rosny-sous-Bois.

C'est un bourg qui compte 2400 habitants, pour la plupart cultivateurs ou plâtriers, et où vous chercheriez en vain le moindre vestige d'animation commerciale. L'église, placée sous le vocable de sainte Geneviève, est le seul monument de la commune. Son porche s'ouvre au pied d'une tour carrée, revêtue d'ardoises et terminée par une pyramide; l'intérieur est frais et clair; le plafond, en bois, et les charpentes des bas côtés sont d'une bonne disposition; le chœur, en hémicycle, est, avec sa voûte bleue, d'un très charmant effet.

. La rue de Paris, qui finit en large échappée sur la campagne, nous conduit au pied du fort de Rosny, construit

Marcilly-en-Brie. Le Quion-en-Brie. Noisy-le-Grand. Villiers. Chennevières. Champigny. Viaduc de Nogent. Choisy-le-Roi. Joinville. Bois de Vincennes. Charenton. Fort de Vincennes. Saint-Mandé. Gare d'Orléans. Gare de Lyon. Bagnolet.
Villa-Évrard. Neuilly-sur-Marne. Bry-sur-Marne. Le Perreux. Neuilly-Plaisance. Fort de Nogent. Fontenay-sous-Bois. Rosny. Fort de Rosny. Montreuil. Noisy-le-Sec. Fort de Noisy.

VUE PANORAMIQUE PRISE DU PLATEAU D'AVRON.

en 1842 et en tout semblable à ceux que nous avons rencontrés déjà.

A peu de distance de ses glacis, vous pourrez voir, autour
d'une vaste propriété, quelques maisons basses, quelques
cabarets, formant une sorte de minuscule village. Ceci s'appelle Château-Montreau, et devrait s'appeler Château-Mon-
tereau. La propriété, aujourd'hui occupée par une fabrique
de cuir verni, était autrefois un château, où naquit, au
treizième siècle, Pierre de Montereau, l'architecte du réfec-
toire de l'abbaye de Saint-Martin des Champs (aujourd'hui
bibliothèque du Conservatoire des arts et métiers) et de la
Sainte-Chapelle, à Paris.

Une longue route, attristée à gauche par un mur sans
fin, bordée à droite de maisons basses, aux pignons garnis
de pêchers en espalier, nous conduit à Montreuil-sous-
Bois, aussi connu sous le nom de Montreuil-aux-Pêches.

L'interminable mur dont nous avons parlé est percé, de
loin en loin, de petites portes. Poussez l'une d'elles, vous
vous trouverez dans un de ces vastes jardins fruitiers, admirablement entretenus, qui font à la fois l'orgueil, la réputation et la richesse du pays. Parcourez la localité et vous ne
trouverez pas un mur sur la blancheur duquel un pêcher
n'étale en éventail sa verdure et les taches chaudes et
douces de ses fruits veloutés. Il nous faudra aller à Fontenay, le pays des roses, à Thomery, la patrie du chasselas,
pour rencontrer des effets identiques.

Mais si l'on veut jouir d'un spectacle original, véritablement pittoresque, et aussi se rendre compte de l'importance
commerciale de Montreuil, il faut assister une nuit, entre
deux et trois heures, au départ des innombrables voitures
qui le quittent pour se rendre aux halles parisiennes.

Nous avons dit l'heure; le pays endormi s'éveille tout
à coup; les volets, brusquement ouverts, claquent sur les
trumeaux; une flamme jaillit derrière chaque fenêtre; un
bourdonnement remplit la petite cité. Les maîtres commandent, les valets se hâtent, les chevaux hennissent, les essieux
grincent, les roues sonnent sur les pavés; devant toutes les

portes apparaissent des charrettes attelées, bientôt garnies
de leur chargement de paniers pleins de fruits étagés avec
soin. Tout est prêt pour le départ. Alors apparaissent les
paysannes; ce sont elles qui vont descendre à Paris et
opérer la vente. Quelques-unes sont fraîches et jolies, toutes
sont remarquablement alertes. Il faut les voir sauter sur les
marchepieds, s'installer sur les banquettes, saisir d'une
main les rênes, de l'autre le fouet, faire démarrer leurs
chevaux en jetant en l'air une syllabe intraduisible. En cet
instant, la rue s'emplit d'un bruit et d'une animation extraor-
dinaires; un grondement de roues fait frémir le sol; les
lumières des lanternes voltigent en tous sens, jetant sur
les coiffures et les fichus des éclairs et des demi-teintes.
La masse roulante fuit à l'horizon; son bruit s'affaiblit graduellement; sa lueur, rayonnante tout à l'heure, disparaît
peu à peu. Le silence redevient complet, les volets se refer-
ment, les lumières s'éteignent; les paysans sont rentrés
chez eux et achèvent leur nuit. La caravane entière a gagné
Paris

Ainsi que nous l'avons dit, Montreuil n'a pas été le premier à cultiver les pêches; mais bien avant que Girardot
commençât ses expériences à Bagnolet, le village était un
verger des plus productifs, et ses poires jouissaient déjà
d'une grande réputation sous François Ier. C'est un cultivateur
de Montreuil qui fut le héros de cette aventure bien connue,
mais apocryphe peut-être, du roi mangeant sa poire sans
la peler, et du marchand épluchant la sienne, parce qu'il
l'avait laissée choir en chemin.

Plus authentique est l'histoire du jeune François Miron,
que nous allons conter.

Tout bambin, il accompagnait à Paris son grand-père, cultivateur et marchand, qui avait pour clients les plus notables
personnages de son temps. Un jour que le vieillard et l'enfant étaient venus faire leurs offres à la duchesse de Valen-
tinois, celle-ci, charmée des grâces du jeune François, lui
demanda ce qu'il désirait : « Être savant pour pouvoir vous
dire, en beau langage, combien je vous trouve belle, » ré-

MONTREUIL-SOUS-BOIS A DEUX HEURES DU MATIN.

DESSIN DE M. GŒNEUTTE.

pondit l'enfant. Des conteurs sceptiques ont insinué que cette
gracieuse repartie avait dû être dictée à François ; quant à
nous, nous ne lui en disputons point l'honneur : la question
que Diane de Poitiers lui adressa ne pouvant, ce nous
semble, avoir été prévue.

Quoi qu'il en soit, la duchesse, flattée, donna une bourse
bien garnie au petit marchand de fruits et la famille fit bon
usage de cette libéralité. L'enfant fit ses classes ; en 1614,
nous le trouvons seigneur du Tremblay de Lignières, conseiller d'État, lieutenant civil et prévôt des marchands de la
ville de Paris.

Le petit-fils du modeste campagnard avait fait son chemin.

Parmi les horticulteurs distingués qui s'occupèrent de la
culture des pêches après Girardot, et en s'inspirant de ses
méthodes, Montreuil revendique Nicolas Pépin et son fils
Pierre, qui fut membre de la Société d'agriculture dès sa
création, Mozart, Beausse, Lepère, Matot, Lebour et enfin
Cupis, ancien violon de l'Opéra, jardinier amateur qui ne
fut pas sans mérite.

Tout l'intérêt de Montreuil est dans sa culture, et, bien
qu'il fût déjà un village important sous le roi Philippe Ier,
l'historien n'a rien à glaner ici.

Les monuments sont, eux aussi, peu nombreux. L'hôtel
de ville, construit il y a une trentaine d'années, occupe le
fond d'une vaste place, entourée de quatre rangs de marronniers. C'est un bâtiment carré, dont l'étage unique est couvert d'un haut toit qui s'achève en terrasse. Auprès de la
porte d'entrée, on a fixé, en 1878, une pierre provenant de
la Bastille, que Palloy avait envoyée à la commune en 1791.
Sur cette pierre, on a fait graver un plan de la forteresse.

L'église, élégant édifice classé parmi les monuments historiques, date du treizième siècle pour le chœur, et des
quinzième et seizième pour la nef. La façade, percée de
trois portes ogivales, avec sa galerie de pierre ouvragée
et son tympan orné d'une rose, rappelle un peu la façade
de Saint-Germain-l'Auxerrois. A l'intérieur, nul ornement
n'attire les regards, et l'on peut, sans distraction, admirer

les curieux chapiteaux qui ornent les colonnes des bas-côtés et la sveltesse charmante des galeries du chœur.

Quand nous aurons signalé la chapelle Saint-André, de la rue Voltaire, et l'ouvroir tout voisin que dirigent des sœurs de Saint-Vincent de Paul, il ne nous restera plus qu'à faire remarquer que l'industrie tend à s'établir dans ce pays d'agriculteurs. Ce mouvement, qui s'est produit, il y a trente ans, lors du dernier agrandissement de la capitale, tend maintenant à s'accentuer. Déjà Montreuil possède plusieurs grandes usines : ici, on travaille le bois d'ébénisterie ; là, s'élèvent les bâtiments d'une grande distillerie ; ailleurs, on fabrique des biscuits ; enfin — les mères vont sourire et les babys battre des mains — c'est à Montreuil qu'est établie la maison d'où sortent ces jouets coquets et adorables, connus sous le nom de bébés Jumeau.

A côté de la route qui dessert Montreuil, Fontenay-sous-Bois et Vincennes, juste au milieu du triangle que forment les trois localités, protégée contre les vents du nord par les coteaux de Montreuil, sort de terre et s'élève rapidement, sous la direction de M. Lequeux, la construction d'un hospice intercommunal, dont la première pierre a été récemment posée par M. Poubelle, préfet de la Seine.

De là nous apercevons le village de Fontenay-sous-Bois. Paresseusement allongé entre la redoute de Fontenay, le fort de Nogent et le bois de Vincennes, Fontenay-sous-Bois n'est, en quelque sorte, qu'une villa immense. Sur les 765 hectares de son territoire, vous ne rencontrerez guère que des maisons de campagne, plus ou moins luxueuses, mais toutes d'aspect bourgeois et possédant leur jardin, vaste parfois, exigu souvent, mais toujours symétriquement disposé et ratissé avec un soin méticuleux.

L'église Saint-Vincent est le seul monument de la localité qui offre quelque intérêt ; il a été restauré en ces derniers temps ; on a refait sa façade, mais on a respecté les parties qui remontent aux quinzième et seizième siècles ; au chevet, vous verrez un beau vitrail ancien, représentant les vertus théologales.

La mairie est un édifice très simple, daté de 1858; derrière elle, dans une situation gaie, sur la lisière du bois, sont les écoles communales.

C'est en suivant un chemin parallèle à la voie ferrée, et guidé par le campanile que nous avons déjà aperçu avant d'entrer à Fontenay, que nous nous dirigeons vers Vincennes.

A peine entré dans le pays, nous nous trouvons auprès du nouvel hôtel de ville. C'est un édifice encore inachevé, mais dont la construction est assez avancée déjà, pour qu'il soit facile d'en constater la bonne ordonnance. M. Calineau, l'architecte qui a dressé les plans, paraît s'être préoccupé autant du grand air qu'il voulait donner au monument, que de la grâce des détails dont il tenait à l'enjoliver.

La façade, assise sur un haut perron, est terminée par un toit d'ardoises, fortement incliné, que le campanile octogonal surmonte au centre, et qu'entourent de jolies mansardes. Trois larges portes donnent accès au vestibule du rez-de-chaussée ; cinq fenêtres Renaissance éclairent les salles du premier étage ; deux gracieux balcons ornent les baies extrêmes, et des médaillons finement sculptés décorent les trumeaux. L'intérieur est disposé pour satisfaire à toutes les exigences d'un service municipal qui doit répondre aux besoins d'une population de plus de 22000 âmes (1).

L'église paroissiale s'élève tout auprès de l'hôtel de ville. C'est un monument simple d'aspect, mais d'un assez bon goût architectural ; il a été édifié en 1830, sous la direction de Lesueur, architecte et membre de l'Institut.

---

(1) Ce service est installé maintenant et fort à l'étroit dans une petite construction que vous pourrez voir rue de l'Hôtel-de-Ville, à quelques pas du donjon. Ce bâtiment, qui n'est pas sans grâce en ses modestes proportions, a été construit en 1846 par M. Clerget, architecte du palais de Saint-Cloud. Quand les bureaux qui l'occupent l'auront quitté, on pense que la poste y sera transférée.

Tout à la fois faubourg, campagne et ville de garnison, Vincennes a fait pour lui, de ce triple caractère, un caractère particulier. Ses divers quartiers ont, comme à Paris, une physionomie qui leur est propre : les uns bruyants et animés comme une grande ville, les autres tranquilles et silencieux comme un canton provincial.

L'élément militaire domine dans les quartiers qui avoisinent le fort. Dans la rue de Fontenay et dans celles qui s'y raccordent au nord, vivent quelques cultivateurs et toute une colonie de petits bourgeois, d'employés et de militaires en retraite, ceux-ci heureux d'entendre encore le bruit du canon et de sentir l'odeur de la poudre. Sur le cours Marigny s'agglomèrent les hôtels meublés, les restaurants où l'on fait des noces et des repas de corps, des bals où les ouvriers font vis-à-vis aux soldats ; c'est, abstraction faite du bois qui le borde, le plus bel endroit du pays. Un square, qui en occupe le centre, verdoie autour de la statue en bronze du général Daumesnil, belle œuvre du sculpteur Louis Rochet, inaugurée en 1875. L'artiste a représenté le gouverneur de Vincennes avec une physionomie martiale et goguenarde tout à la fois et un geste accompagnant bien la fameuse réponse : « Quand vous me rendrez ma jambe, je vous rendrai la place ! (1) » D'autres quartiers sont habités par des ouvriers que vous verrez, le matin, gagner, en longues bandes, la place de la Nation, par les voies poussiéreuses de la rue de Paris et du cours de Vincennes.

Ces diversités donnent un grand charme à la petite ville, qui, grâce à son voisinage immédiat avec la capitale, est une des plus commerçantes que nous ayons encore visitées.

Vincennes, tel qu'il nous est permis de le parcourir, n'est pas d'origine fort ancienne. Un siècle a suffi à son édification, et son importance s'est considérablement accrue en ces trente dernières années. En 1787, il n'y avait, autour du fort, qu'un petit hameau de 430 feux, composé de quelques chaumières et connu, depuis le quatorzième siècle,

(1) Voir page 154.

sous le nom peu poétique de la Pissotte. En 1860, le pays comptait environ 11 000 habitants ; ce chiffre a plus que doublé depuis.

A proprement parler, Vincennes n'a pas d'histoire, ou, pour mieux dire, son histoire est absolument confondue avec celle de son château. Celui-ci remplit, à l'est de Paris, le rôle que Saint-Denis joue au nord. C'est une sentinelle avancée.

Il ne faudrait pas conclure de là que le château de Vincennes soit par lui-même une place imprenable ; son donjon et ses hautes tours étant, en réalité, plus curieux au point de vue archéologique, qu'utilisables au point de vue de la défense. Ce qui rend la place importante, c'est sa situation ; ce qui fait sa force réelle, ce sont les remparts à la Vauban dont elle est entourée.

C'est sous Louis VII, en 1164, qu'une première résidence, qui devait plus tard être habitée par plusieurs de nos rois, fut construite à Vincennes ; néanmoins, les parties les plus anciennes de l'édifice actuel ne remontent pas au delà de l'année 1337, époque à laquelle Philippe de Valois fit commencer des constructions, qui ne furent achevées que sous Charles V. C'est aussi Philippe de Valois qui, en remplacement d'une ancienne chapelle dédiée à saint Martin, fit commencer l'édification de la chapelle actuelle ; mais, quand il mourut, en 1380, l'œuvre sortait à peine de terre, et le projet de construction put longtemps passer pour abandonné ; c'est seulement sous François Ier que les travaux furent repris, et sous Henri II qu'ils furent achevés.

Louis XIII fit abattre quelques-uns des anciens bâtiments et commença, dans la cour, l'érection de deux grands corps de logis, qui ne furent terminés que sous le règne de son successeur.

En 1654, une tour s'écroula ; Louis XIV en ordonna la reconstruction ; les bâtiments de la cour royale, réédifiés en 1858, dataient de la même époque. Ils étaient, paraît-il, d'une grande magnificence ; Philippe de Champaigne, Manchole, Borzoni, Dorigny, avaient contribué à leur décoration picturale, très riche et très variée.

Elle serait longue, la nomenclature des événements dont le château de Vincennes a été le théâtre ; sans nous engager dans une énumération qui pourrait paraître fastidieuse, nous allons en rappeler quelques-uns.

L'histoire de saint Louis rendant la justice sous un chêne est bien connue ; ce que l'on sait moins, c'est que ce prince déposa, en 1236, dans la petite église de Saint-Martin, la couronne d'épines qu'il venait d'acquérir et pour la conservation de laquelle il fit bâtir, en 1245, la Sainte-Chapelle de Paris. En 1274, le château vit célébrer les noces du roi Philippe le Hardi avec Marie de Brabant. L'article nécrologique serait particulièrement long, car ils sont nombreux les personnages illustres ou de sang royal qui finirent leurs jours à Vincennes. Philippe le Bel, Louis X, Charles IV, y moururent au quatorzième siècle ; Henri V, roi d'Angleterre, qui s'était fait reconnaître roi de France, y passa ses derniers jours en 1422 ; enfin, Charles IX et le cardinal Mazarin y moururent, l'un le 30 mai 1574, l'autre le 9 mars 1661. En 1679, alors que la *poudre de succession* répandait l'effroi dans toutes les familles, Louis XIV établit à Vincennes une cour de justice contre les empoisonneurs. Enfin, en 1804, le duc d'Enghien fut, en la même nuit, jugé dans une salle du château et fusillé dans le fossé.

En 1814, le général Daumesnil, *l'Homme à la jambe de bois*, comme on l'a longtemps appelé dans le peuple, était gouverneur de la forteresse ; on prétend que, sommé de rendre la place, il aurait fait la réponse que nous avons rapportée plus haut ; on prétend encore qu'il aurait refusé un million que les ennemis lui offraient pour capituler. L'impartiale histoire est forcée de faire ici ses réserves. L'armée assiégeante n'avait pas besoin de Vincennes pour prendre Paris, et dès que Paris fut occupé, le général qui commandait Vincennes n'avait plus qu'à se soumettre au fait accompli. Quoi qu'il en soit, et ceci nul ne le conteste, Daumesnil était un brave soldat ; disgracié sous la Restau-

LE CHATEAU DE VINCENNES.

DESSIN DE TOUCHEMOLIN.

ration, il rentra en faveur après 1830, et mourut gouverneur du château. Sa veuve fut nommée surintendante de la maison d'éducation de la Légion d'honneur.

Mais le moment est venu de visiter ce château, dont nous vous avons raconté l'histoire.

On pénètre dans le fort par le pont-levis de la porte du Nord, autrefois appelée *porte du Diable*. C'est une tour carrée, haute de quatre étages, garnie d'une herse de fer ; ses contreforts, ses machicoulis, ses gargouilles, ses fenêtres ogivales et ses niches fleuronnées concourent à donner à son ensemble un aspect de grandeur qui n'exclut pas l'élégance. L'impression se modifie singulièrement, et le regard s'attriste dès qu'on pénètre dans l'immense cour, encombrée de constructions disparates, casernes et magasins d'armes, ces derniers remarquables par le bel ordre qui préside au rangement des engins destructeurs qu'ils contiennent ; mais ces fusils, ces sabres, ces baïonnettes — il y a là de quoi armer 120000 hommes — si brillants qu'ils soient, ne sauraient captiver longtemps l'attention, et l'on se hâte de se diriger vers la chapelle. Fines dentelures, rosaces, baies ogivales trilobées, coquettes tourelles du chevet, délicats pignons dentelés du portail : l'œil charmé perçoit tout cela à la fois, et la pensée se reporte involontairement vers la Sainte-Chapelle de Paris. A l'intérieur, la nef, très élevée, est soutenue par des piliers engagés, arqués à leur extrémité. Parmi les arabesques qui ornent les clefs de voûte, on remarque, outre le croissant de Diane de Poitiers, les lettres K, F et H, monogrammes des rois Charles V, François 1er et Henri II ; c'est l'histoire du monument racontée par ses pierres. Les fenêtres du chœur sont garnies de vitraux représentant des scènes de *l'Apocalypse;* ces derniers, remarquables moins par leur composition, un peu confuse, que par la puissante expression de certains de leurs détails et l'éclat de leur coloris, ont été exécutés par Jean Cousin. Dans une chapelle latérale, un monument est élevé à la mémoire du duc d'Enghien. Il se compose d'un cénotaphe et de figures représentant le duc d'Enghien soutenu par la Religion, la France pleurant sa perte et la Vengeance menaçant ses bourreaux. C'est une œuvre du sculpteur Deseine; lourde d'ensemble et de conception médiocre, elle est bien le type de l'art sculptural tel qu'on le comprenait en 1816.

Le donjon est entouré d'un carré de murailles flanqué, aux angles, de poivrières-échauguettes; on pénètre dans son enceinte par une porte ogivale, ornée de fleurs de lis, de dauphins et d'écussons. La tour dresse, entre les quatre tourelles qui s'arrondissent à ses angles, sa masse puissante au milieu d'un revêtement à pic qui l'enveloppe jusqu'au premier de ses cinq étages; sa hauteur est de 52 mètres, ses murs ont 12 mètres d'épaisseur, et l'escalier tournant, qui vous conduira à son sommet, n'a pas moins de 237 marches. Vous en ferez l'ascension quand même, car la vue qu'on découvre du haut du donjon est une des plus belles que les environs de Paris, si riches pourtant en panoramas magnifiques, puissent nous permettre d'admirer.

Avant d'arriver là, il faudra bien visiter l'intérieur; vous rencontrerez à chaque étage une salle de forme carrée, à voûte soutenue au centre par un seul pilier, et quatre chambres, de forme octogonale, pratiquées dans les tourelles.

Ces salles et ces chambres ont été des appartements royaux jadis; les rois logeaient au premier étage, les reines au second, les frères et les oncles des rois au troisième, les officiers au-dessus. Rien n'y rappelle, maintenant, les souvenirs que nous évoquions tout à l'heure; il ne reste pas une trace des luxueux appartements où Isabeau de Bavière et ses filles menaient, sous Charles VI, une si joyeuse existence; on ne vous montrera pas plus la chambre où priait Anne de Bretagne, que celle où Gabrielle d'Estrées mit au monde César de Vendôme. Tous ces retraits sont devenus des magasins d'armes et d'effets, après avoir été des cachots.

C'est sous Louis XI que le donjon de Vincennes servit, pour la première fois, de prison d'État. Olivier le Daim, barbier du roi, était alors titulaire de la conciergerie du

château; il en fut, sans doute, le premier geôlier. D'illustres
personnages ont séjourné plus ou moins longtemps dans
ses cachots. Soumis à la plus dure discipline, quelques-uns
y sont morts, tels que le maréchal d'Ornano, en 1626, et le
chevalier de Vendôme, vers la même époque. Le frère de ce
dernier, plus heureux, recouvra la liberté en 1631. Dans
l'un de ces cachots, Diderot a annoté *le Paradis perdu*, de
Milton ; dans l'autre, Mirabeau a écrit les *Lettres à Sophie*.
L'un occupait peut-être la chambre où avait été enfermé le
maréchal de Retz ; l'autre, celle où avait dormi le grand
Condé.

Malgré la discipline sévère et la surveillance active, quelques prisonniers ont réussi à s'échapper du donjon de Vincennes. En 1649, le duc de Beaufort, le *roi des Halles,* s'évada
au moyen d'une échelle de corde qu'un ami lui avait fait
parvenir dans un pâté. Le 25 juin 1750, un homme effaré
parcourait le château, demandant à toutes les sentinelles
l'aumônier pour un prisonnier à toute extrémité. les soldats
prirent cet homme pour un employé; les portes s'ouvrirent
devant lui jusqu'à la dernière. Une heure après, on constatait l'absence de Latude. Le malheureux ne sut pas conserver sa liberté. Croyant à la générosité de Mme de Pompadour, il eut l'imprudence de lui écrire et de lui révéler
en quel lieu il s'était retiré; immédiatement repris, il fut ra-
mené à la Bastille, où il avait déjà été incarcéré avant d'être
enfermé au donjon.

En 1784, le donjon cessa d'être prison d'État; mais cette
destination lui fut rendue à plusieurs reprises et dans diverses circonstances. Napoléon Ier y fit enfermer les prélats
qu'on surprit au mont Valérien dans la nuit de sa destruction, et généralement tous les ennemis de son régime ; les
ministres de Charles X y furent conduits après les journées
de 1830 ; en 1848, on y détint Barbès, Blanqui et Raspail,
accusés d'avoir provoqué les troubles du 31 mai; enfin, en
1851, on y conduisit bon nombre de députés, arrêtés pendant la nuit du 2 décembre.

La visite est achevée. On vous a dit que la grande salle

du rez-de-chaussée était autrefois la chambre de torture et que, dans celle du premier étage, s'assemblait le conseil, lorsque les rois séjournaient au château ; hâtons-nous de revenir au grand air et d'atteindre la plate-forme.

Vu de là, Paris est un amoncellement grandiose de lourds dômes, de tours hardies, de fins clochers, de toits gris, de cheminées fumantes ; tout cela vigoureusement accusé aux premiers plans, noyé aux derniers dans les brumes transparentes du lointain ; tout cela obscurci de points sombres et piqué, diamant gigantesque, de mille éclats lumineux. Sur la masse passent des vapeurs légères, vite dissipées, renouvelées aussitôt : c'est l'haleine de la grande ville. Quel est ce bruit sourd, continu, régulier, qui monte jusqu'à nous ? — N'est-ce pas le cœur de Paris qui bat ?

A nos pieds, la forêt s'étend, verte et mouvante, autour de la large échancrure du polygone, et le regard, au delà de ses arbres, se perd sur une campagne aux cultures variées, qui n'a que l'horizon pour limite. De là vous reconnaîtrez la Marne traçant son sillon d'argent dans une plaine sans fin, semée de bouquets d'arbres. D'un côté, vous apercevrez les cottages et les villas de Port-Créteil ; de l'autre, vous distinguerez un échiquier blanc taché de verdeurs : ce sont les jardins de Montreuil-aux-Pêches. Ailleurs, vous reconnaîtrez Saint-Maur, Saint-Mandé, Charenton, Alfort, Conflans, et nous ne serions pas surpris si, de cette visite au fort de Vincennes, le souvenir des moments passés sur la plate-forme était le plus vivant qui vous restât.

Quittons le fort, et, tout en nous dirigeant vers Saint-Mandé, où nous nous arrêterons quelques instants, avant de parcourir le bois de Vincennes, rappelons encore un souvenir local.

Ce pays n'est point manufacturier, on l'a vu ; il fut pourtant le berceau d'une de nos plus glorieuses industries nationales. C'est en 1740, au château de Vincennes, que furent tentés les premiers essais de fabrication de cette porcelaine si universellement connue maintenant sous le nom de porcelaine de Sèvres.

Dès la fin du dix-septième siècle, plusieurs céramistes, Révérend, Porterat, Chicaneau, s'étaient sérieusement occupés de la porcelaine ; mais, en 1740, l'usine fondée par Chicaneau, à Saint-Cloud, ne donnait encore que des résultats médiocres. Deux transfuges de cette fabrique, les frères Dubois, protégés par Orry de Fulvy, intendant des finances, obtinrent l'autorisation d'établir à Vincennes une sorte de laboratoire d'essais. En trois années, les frères Dubois dépensèrent 20 000 écus sans arriver à un résultat satisfaisant ; plus heureux, un de leurs ouvriers, nommé Gravaut, subventionné à son tour, réussit à produire une porcelaine tendre, dont l'État lui acheta le secret. Après avoir été concédé à Charles Adam, le privilége passa aux mains d'Éloy Brichard et, en 1753, le roi prenant à sa charge le tiers des frais de la fabrique, celle-ci fut autorisée à porter le titre de *Manufacture royale de porcelaine de France* ; trois années plus tard, l'établissement était transporté à Sèvres. Il est maintenant dans le parc de Saint-Cloud.

A Vincennes, une école militaire succéda à la fabrique ; puis, à la place de l'école, Bordier installa une manufacture d'armes, qui n'occupait pas moins de trois cents ouvriers. Il n'y avait plus qu'un pas à faire pour transformer le vieux château en caserne. Le pas est fait.

Dans la rue de Paris, véritable grande route qui vient de la capitale et prolonge le cours de Vincennes, nous rencontrons les pavillons à trois étages et le beau jardin de l'hôpital militaire ; c'est un établissement qui ne laisse rien à désirer sous le rapport de l'hygiène, et qui peut recevoir 642 malades.

Tout au bout du pays, à droite, faisant face à la jolie tourelle bien connue des Parisiens, qui s'élève à l'entrée de Saint-Mandé, nous laissons la rue de la Prévoyance. Elle n'a rien de particulièrement remarquable, cette rue, mais son histoire est curieuse.

En 1847, quelques ouvriers et quelques gens établis fondèrent, sous le titre de Société de prévoyance, une sorte de caisse d'épargne, dans le but de permettre à chacun des

associés de devenir propriétaires d'une maison valant
4000 francs. La cotisation, fixée d'abord à 2 fr. 50 par semaine, fut portée plus tard à 5 francs. Avec le fruit de ces
épargnes, on acheta des terrains et l'on fit bâtir une soixan-
taine de maisons ; mais, comme plusieurs adhérents avaient
prospéré pendant la durée de la société, les petites maisons
projetées se transformèrent sur plusieurs points en immeubles d'une valeur de 50 ou 60000 francs. La société,
après avoir atteint et même, on le voit, dépassé son but,
s'est liquidée en 1865.

Saint-Mandé présente cette particularité d'être un village
qui s'est déplacé. Il était autrefois beaucoup plus voisin du
château de Vincennes ; mais, au quatorzième siècle, Philippe le Hardi, ayant eu la fantaisie d'agrandir son parc,
rasa sans façon le hameau, et ordonna à ses habitants d'aller le reconstruire un peu plus loin. Saint-Mandé est donc
fort ancien, vous le voyez ; mais, s'il a conservé quelques
souvenirs du vieux temps, l'invasion de la maison de campagne a fait disparaître tous les monuments qui pourraient
le rappeler aux promeneurs. N'y cherchez point la résidence
de Fouquet et le joli parc où Louis XIV reçut les premiers
aveux de Mlle de La Vallière ; vous ne les rencontrerez pas plus
que la propriété de Bérulle et plusieurs autres, qui jouirent
autrefois d'une juste réputation. Les maisons bourgeoises
ont remplacé les logis princiers, et les jardins d'agrément
se sont substitués à ce que, en 1860, on pouvait voir encore
de champs cultivés.

Tel quel, Saint-Mandé est un village agréable, bien habité, qu'on peut parcourir rapidement et visiter sans ennui.

Nous entrons dans le pays par la grande rue de la République ; elle est commerçante, et les enseignes de ses
boutiques alternent avec celles un peu monotones des maisons de famille. A son point de rencontre avec le boulevard
Victor-Hugo, particulièrement luxueux, nous trouvons une
petite place, dont la gare et la mairie, séparées par une avenue, occupent le fond, et dont un kiosque, destiné à recevoir un orchestre militaire, décore le centre. La gare et la

mairie rivalisent pour la simplicité de l'aspect ; en cette dernière, dont la façade postérieure regarde le bois, on a trouvé moyen de grouper, outre les bureaux et la salle des mariages, une bibliothèque communale, un commissariat de police et une salle d'asile. Les enfants admis peuvent se croire en pleine campagne et prendre, l'été, leurs ébats sur un sable fin, à l'ombre de gaies futaies.

Dans le voisinage, rue Montgenot, est installée l'école Braille ; c'est une institution qui reçoit et instruit gratuitement les garçons et filles indigents, âgés de six à treize ans, atteints de cécité inguérissable et nés dans le département de la Seine. Un asile-atelier admet en plus, et pour les perfectionner en leur état, les jeunes gens munis de leur brevet d'ouvrier. C'est, vous le voyez, une œuvre philanthropique et quelque peu parente de la fondation Furtado-Heine que nous avons rencontrée dans le quatorzième arrondissement, lors de nos promenades dans Paris.

L'église de Saint-Mandé n'offre de remarquable que son maître-autel placé sous une coupole et entouré d'une jolie balustrade en pierre ; quelques beaux vitraux décorent les fenêtres des transepts et celles du chevet.

Sur le boulevard Victor-Hugo, au milieu d'hôtels qui voudraient paraître des châteaux, de villas affectant des airs d'hôtels, de pensionnats de jeunes gens et de *boardings schools for young ladies*, nous rencontrerons l'asile Lenoir et Jousseran, où sont hospitalisés cent vingt vieillards malades et infirmes des deux sexes, et l'hospice Saint-Michel, dont les trois bâtiments en équerre et la chapelle centrale se développent autour d'un beau jardin. Cette dernière fondation est due à un tapissier de Napoléon Ier, nommé Boulard, qui fit fortune en son temps et consacra 1 200 000 francs à l'achat des terrains, à la construction de l'hospice et à la constitution d'une vingtaine de mille livres de rentes nécessaires à son entretien. Suivant les volontés du fondateur, l'hospice recevait originairement douze sexagénaires, un par arrondissement parisien. Le nombre des pensionnaires a été augmenté ; il est de seize aujourd'hui.

C'est au cimetière de la commune qu'il faut aller si l'on désire voir une œuvre d'art. On trouvera, sur le tombeau d'Armand Carrel, sa statue en bronze, exécutée par David d'Angers, œuvre de grande allure et particulièrement précieuse au point de vue de la ressemblance (1). Le cimetière renferme aussi le tombeau du dessinateur Grandville.

Pour achever l'exploration de ce canton, il nous reste à parcourir le bois de Vincennes. Il remplit, à l'est de Paris, le rôle que le bois de Boulogne joue à l'ouest. Comme lui, il a ses ombrages, ses pelouses, ses larges allées, ses fourrés épais et son hippodrome. Si la Seine coule au pied du premier, le second mire son feuillage dans les eaux claires de la Marne; ici comme là, nous rencontrons des lacs et des îles; l'un a le pavillon d'Armenonville, l'autre a la Porte-Jaune. Si l'aristocratie parisienne s'est fait une habitude journalière d'une promenade au bois de Boulogne, l'excursion du dimanche au bois de Vincennes est restée une véritable joie pour les habitants des faubourgs de l'est.

Ils n'ont donc rien à s'envier, ces deux beaux bois, ils sont parallèles; mais, grâce à cette secrète loi d'harmonie qui se rencontre partout en France, ils demeurent dissemblables et conservent chacun leur caractère particulier. Autant l'art est apparent au bois de Boulogne, autant il prend soin de se dissimuler au bois de Vincennes. Architectes et jardiniers semblent ici s'être préoccupés de se conformer au vœu de la nature, et, dans les dispositions générales aussi bien que dans les menus détails, le factice a été si habilement mêlé au vrai, les végétations exotiques si discrètement répandues, que le promeneur peut croire la main de l'homme étrangère aux charmes qui se multiplient sous ses yeux.

Fragment des forêts qui couvraient autrefois la Gaule et la Germanie, le bois de Vincennes a dû avoir jadis, rappro-

---

(1) Armand Carrel fut, on le sait, tué en duel par Émile de Girardin, le 22 juillet 1836, dans une clairière du bois de Vincennes.

A. HENNZ

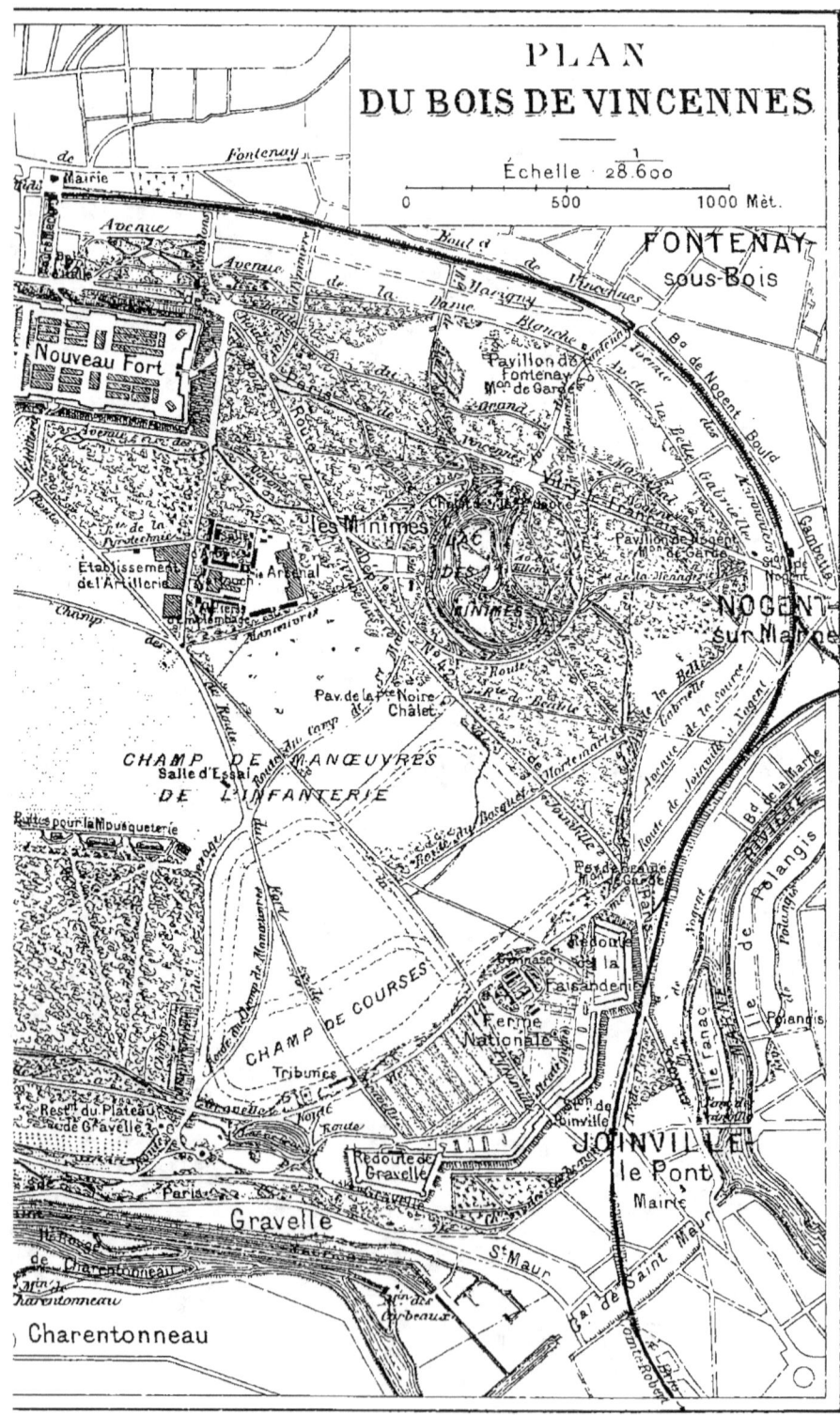

PLAN
DU BOIS DE VINCENNES.

Échelle : $\frac{1}{28.600}$

0   500   1000 Mèt.

FONTENAY
sous-Bois

Nouveau Fort

Pavillon de
Fontenay
M^{on} de Garde

NOGENT
sur Marne

Les Minimes

Pavillon de Nogent
M^{on} de Garde

PARC
DES
MINIMES

Etablissement
de l'Artillerie

Pav. de la P^{te} Noire
Châlet

CHAMP DE MANŒUVRES
Salle d'Essai
DE L'INFANTERIE

Redoute
de la
Faisanderie

CHAMP DE COURSES

Ferme
Nationale

Tribunes

Rest^t du Plateau
de Gravelle

JOINVILLE
le Pont
Mairie

Redoute de
Gravelle

Paris

Gravelle

St Maur

Charentonneau

DITEUR.   Dressé par E.Morieu.

chement encore, un aspect semblable à celui de la forêt de
Rouvray. Ici, comme là, les druides ont dû procéder aux
cérémonies de la religion de nos pères. Sous la domination
romaine, un temple de Sylvain s'élevait dans le bois; on a
trouvé jadis, à Saint-Maur, une pierre constatant sa restauration opérée par les ordres de Marc-Aurèle. Des vestiges de
murailles, qui sont restés visibles jusqu'au siècle dernier,
ont fait supposer aussi qu'une forteresse avait, en ce lieu,
précédé celle que nous venons de voir. Quant au nom de
Vincennes, on ne saurait en préciser l'origine; il apparaît
pour la première fois dans un titre de l'abbaye de Saint-
Maur, en 847, sous la forme de *Vilcenna*. Dans ce titre, il
ne s'agit que du bois et il est désigné comme dépendant de
la paroisse de Fontenay.

En 1164, les religieux de Grammont s'installèrent dans
un lieu que leur donna Louis VII et qu'on pense être le
même qu'avait occupé le temple de Sylvain. En ce temps-
là, les lépreux de Saint-Lazare avaient le droit de prendre
chaque jour, à Vincennes, du bois jusqu'à concurrence de
la charge d'un cheval. La forêt était alors entourée d'un
fossé rempli d'eau, d'où le nom d'île de Vincennes (*Insula
de Vicennis*), qui lui est donné sous Philippe-Auguste. Ce
prince aimait à construire des murailles; il en fit substituer
une au fossé dont nous venons de parler, et le roi d'Angleterre Henri II lui fit don, pour peupler ce parc, d'une
grande quantité de cerfs, de daims et de chevreuils, provenant de ses forêts de Normandie et d'Aquitaine.

C'est à cette même époque aussi que fut bâtie la première
résidence connue dans l'histoire sous le nom de *manoir
royal*, résidence où demeura saint Louis et d'où il sortait,
après la messe, pour faire, dans le bois, une promenade, au
cours de laquelle il s'asseyait sous un chêne, écoutait les
doléances de ses sujets et rendait la justice immédiatement
et sans frais. Où sont les neiges d'antan (1)?

(1) Les légendes s'en vont; on ne cherche plus maintenant,
comme on le faisait encore au commencement de ce siècle, le

Charles V fit construire, entre Nogent et Fontenay, une demeure si « belle et délectable », au dire de l'empereur d'Allemagne, qui y résida, qu'elle prit le nom de *château de Beauté*. Une inscription, encastrée dans le mur d'une villa proche du bois, résume l'histoire de cette résidence. Charles V mourut en ce château le 16 septembre 1380; plus tard, Charles VII en fit don à Agnès Sorel, qui lui dut son surnom de *dame de Beauté*.

On a vu précédemment qu'Olivier le Daim avait été gratifié par Louis XI de la conciergerie du château; le roi, qui était généreux quand cela ne lui coûtait rien, avait donné à son barbier 200 arpents de la forêt; celui-ci y fit planter, en 1474, trois mille chênes.

Au dix-huitième siècle, le bois subit un remaniement complet; 1467 arpents de vieux arbres furent abattus et replantés aussitôt, mais sur un dessin nouveau, conçu de façon à ménager aux Parisiens de larges et spacieuses promenades. L'élégante pyramide, restaurée de nos jours et placée au carrefour des six routes, se chargerait, à notre défaut, de vous rappeler l'événement.

Quant à la transformation nouvelle, elle est relativement récente. Elle fut commencée en 1857 et conduite avec rapidité; elle était presque achevée quand la loi du 24 juillet 1860 céda le bois de Vincennes à la ville de Paris, à la condition de l'agrandir, tout en respectant les servitudes militaires. La ville acquit alors de vastes plaines entre Charenton et Bercy, et la surface entière de la promenade se trouva portée à 901 hectares.

C'est par cette partie, toute voisine de Saint-Mandé, et après avoir passé devant l'École d'arboriculture, que nous entrerons dans le bois. Presque aussitôt, nous nous trouverons sur le bord du lac Daumesnil, vaste pièce d'eau de

chêne du pieux roi. Il faut remarquer du reste que saint Louis n'avait point adopté un point précis pour s'arrêter en ses promenades quand, ainsi que le raconte Joinville, il s'allait « *seoir ou bois de Vinciennes après sa messe, et se acostoioit à un chesne* ».

forme oblongue, d'une superficie de 20 hectares, et que décorent deux jolies îles, dont l'une contient un de ces petits monuments connus au dix-huitième siècle sous le nom de *Temple de l'Amour*, et conçu dans le goût galant et coquet de l'époque qu'il rappelle. Une large avenue nous permettra d'en faire le tour, et, par des routes ombreuses, droites quelquefois, sinueuses souvent, douces au pas lassé, favorables à la rêverie, à travers le feuillage des chênes, des châtaigniers, des frênes et des acacias, le regard, successivement attiré par les écorces blanches des bouleaux ou les troncs rouillés des sapins, passant de la vieille forêt à la jeune futaie, nous arriverons à la partie du bois qui s'étend entre Saint-Mandé et le château. Nous rencontrerons encore là un petit lac et son île, le lac de Saint-Mandé; nous passerons derrière les jardins de l'hôpital militaire, et, par l'avenue du Bois, nous atteindrons l'esplanade, d'où nous découvrirons tout le champ de manœuvres, avec son polygone, ses buttes de tir pour le canon et la mousqueterie, un camp de baraques sur la gauche, et, tout au fond, le champ de courses. Le champ de manœuvres et le champ de courses partagent en deux la promenade; la partie vers laquelle nous nous acheminons maintenant est la plus ancienne; c'est aussi le coin le plus ombreux et le plus mystérieux, mais non le moins fréquenté. Si ses hautes futaies, ses allées discrètes, son lac des Minimes, exercent d'irrésistibles attraits sur les promeneurs, le restaurant de la Porte-Jaune attire en ces parages joyeuse compagnie; là, les explosions de bouchons champenois font souvent écho aux détonations multipliées qui éclatent sur le champ de manœuvres.

Avons-nous achevé cette admirable excursion? Non, car nous voici au pied de la redoute de la Faisanderie, qu'un chemin stratégique relie à la redoute de Gravelle, et où l'on a établi en 1853 l'École normale de gymnastique et d'escrime. De cette école, dont la réputation est européenne maintenant, sortent les prévots d'armes de tous nos régiments. Auprès de la ferme, voisine de la redoute, nous pouvons nous asseoir un instant sous un auvent rustique, et nous rafraîchir de lait crémeux et parfumé, tout en embrassant du regard le champ de courses, ses tribunes aux couleurs éclatantes, ses barrières, ses haies, ses fossés et ses petits bouquets de bois derrière lesquels les chevaux disparaissent parfois au regard des parieurs, qui les revoient tout à coup dans un ordre inattendu.

Les courses de chevaux de Vincennes exercent un attrait moindre que celles des hippodromes de Longchamp, de la Marche ou de Chantilly; mais les courses d'attelages ont le privilège d'attirer ici une compagnie nombreuse et plus aristocratique qu'elle ne l'est aux jours ordinaires.

Ces courses d'attelages forment, du reste, un spectacle amusant et original; l'accouplement des bêtes, le choix de celui qui les conduit, l'élégance et la légèreté des équipages entraînés dans la rapidité de la lutte, alimentent la curiosité générale, provoquent de piquantes observations et font, en somme, les belles journées de l'hippodrome.

Une pente douce nous amène à la butte de Gravelle. Elle est faite de l'accumulation des débris de l'enclos des Minimes, détruit en 1857, et s'élève à 40 mètres au-dessus du niveau de la rivière voisine. De son sommet, on découvre, vue magnifique, toute la vallée de la Marne. Tout auprès de la butte, on a creusé un petit lac, véritable réservoir, qui alimente les ruisseaux et les lacs du bois.

Il ne nous reste plus qu'à visiter l'Asile national. En nous dirigeant vers lui, nous ne manquerons pas de voir ce qui caractérise particulièrement le bois de Vincennes, la population qui le fréquente et le genre de distractions qu'elle affectionne. Sous les ramures, sur les pelouses, dans les fourrés, partout enfin, nous apercevrons de nombreuses familles d'ouvriers; ils sont venus là des faubourgs. Chacun a, tour à tour, porté le panier qui contient les provisions pour le repas du soir; les fillettes se sont fait une ceinture de leur corde à sauter; les garçonnets sont chargés de ballons, de tambourins à lancer la balle, parfois d'une boîte contenant un jeu de crocket. On arrive, on choisit sa place,

LES COURSES D'ATTELAGES A VINCENNES.

DESSIN DE P. MERWART.

une pelouse gazonnée où l'on sera bien assis pour dîner, une clairière assez vaste où l'on prendra commodément ses ébats, deux arbres suffisamment rapprochés pour qu'on y puisse attacher la corde transformée en escarpolette. On s'installe, les jeux s'organisent, les sociétés se mêlent; les hommes jettent la redingote à terre et organisent des parties de barres; les ballons décrivent de longues courbes dans l'air, les tambourins font un bruit sec en frappant les balles, des cris joyeux éclatent de toute part. Survient-il un joueur de guitare ou d'accordéon? un bal s'organise. Mais l'heure du dîner est venue; on extrait du panier le litre de vin et le traditionnel jambonneau du repas sur l'herbe. Le pain manque-t-il dans un groupe? le groupe voisin offre un morceau du sien. On trinque; une lampe à esprit-de-vin s'allume, le café chauffe. La nuit vient, on quitte le bois, un peu las peut-être, mais gai quand même, et l'on rentre chez soi bien portant, en se promettant de recommencer dans huit jours.

Ce sont là, certes, de modestes joies; mais elles sont peu coûteuses, innocentes et salubres. Et puis, vous connaissez le proverbe : Chacun prend son plaisir où il le trouve. Dieu nous garde de railler ce plaisir-là.

Tout en contemplant ces braves gens, nous sommes arrivé, non sans avoir vu la caserne des gardes et la pisciculture, à l'Asile national.

L'honneur de la création de cet établissement éminemment philanthropique revient à Napoléon III; la fondation remonte à 1855; l'inauguration a eu lieu en 1867. L'Asile offre l'hospitalité et donne, pendant trois semaines au moins, tous les soins nécessaires à cinq cents ouvriers placés dans les conditions suivantes : blessés au service de la ville, malades désignés par les médecins des hôpitaux de Paris ou de la banlieue, membres des sociétés de secours mutuels, et enfin à quelques convalescents recommandés par les bureaux de bienfaisance.

L'asile s'élève au fond d'un jardin; c'est un vaste bâtiment où la brique et la pierre se mêlent harmonieusement;

il est flanqué de deux ailes en retour, et son pavillon central se couronne d'une coupole quadrangulaire couverte en ardoises ; il n'a qu'un étage, et les galeries régnant le long de la façade complètent un ensemble agréable. Une importante fraction du bois a été jointe à la maison et, transformée en parc, permet aux pensionnaires de l'Asile des promenades saines et réconfortantes. L'intérieur renferme une splendide salle de lecture, une salle de jeu, une salle de conférences. On le voit, rien n'est négligé de ce qui peut concourir à la distraction aussi bien qu'à l'instruction des pensionnaires. Malheureusement, et à notre grande surprise, vu la situation de l'établissement, on n'a pas su garantir ses salles de cette affadissante odeur d'hôpital, qui vous poursuit si longtemps encore après qu'on l'a respirée.

Néanmoins, l'institution est belle ; la pensée qui a inspiré le fondateur est généreuse, et nous avons été heureux de la rencontrer au point extrême de cette excursion.

CANTON DE CHARENTON

ITINÉRAIRE

Charenton : église Saint-Pierre, mairie, château de Conflans, câble de halage, pont de Charenton ; **Saint-Maurice** : le moulin de Gravelle, les protestants à Saint-Maurice, le temple de Jacques Debrosse, mairie, maison de santé, statue d'Esquirol, église, cimetière, tombeau de Meyrion, gendarmerie, groupe scolaire ; **Saint-Maur** : l'abbaye, le château, l'église ; **Joinville-le-Pont** : les régates scolaires, le canal Saint-Maur, écoles communales, mairie, église Saint-Charles Borromée, domaine du Tremblay et de Poulangis ; **le Perreux** : château et parc, église, mairie ; **Nogent-sur-Marne** : Plaisance, un arbre de la Liberté, le viaduc de Nogent, mairie, église Saint-Saturnin, monument de Watteau, l'île de Beauté ; **Bry-sur-Marne** : château, église Saint-Gervais-Saint-Protais, hospice Joseph-Frédéric Favier, cimetière, tombeaux de Daguerre, du baron Louis, de Favier ; **Champigny** : monument de la défense de Paris, pyramide, plaque commémorative, mairie, église Saint-Saturnin ; **le Parc de Saint-Maur** : le chêne de Sully, mairie ; **Port-Créteil** ; **Adamville**, théâtre de Saint-Maur, chapelle Saint-François de Sales ; **la Varenne-Saint-Hilaire** : chapelle Saint-Hilaire ; **l'Ile Barbière** ; **Bonneuil** : église, mairie, château ; **Créteil** : mairie, buste de Monfray, musée d'histoire naturelle, église Saint-Christophe, le château, un vieux colombier, Notre-Dame des Mèches, château du Buisson, villa des Buttes, Petit-Créteil ; **Maisons-Alfort** : mairie, église Saint-Rémy, école vétérinaire, statues de Bourgelat et de Henri Bouley ; **Alfortville** : mairie, église.

SIXIÈME EXCURSION

Nous sortons du canton de Vincennes qu'un bois ombrage ; nous allons entrer dans le canton de Charenton, tout entier compris dans cette magnifique vallée de la Marne, que le Parisien aime pour ses multiples séductions, mais qu'il admire médiocrement, n'étant point obligé de faire un long voyage pour la parcourir.

On ne tarit point chez nous quand il s'agit de louer des contrées lointaines. Un peu de vanité se mêle, disons-le, aux éloges qu'on leur prodigue. Il a fallu pour les voir disposer d'un temps assez long et dépenser beaucoup d'argent. On peut, sans danger, exagérer les enthousiasmes, diversifier les impressions, amplifier quand il s'agit d'incidents, broder s'il est question de mœurs particulières ; enfin, étonner un auditoire par la prodigieuse quantité de documents recueillis et d'observations amassées.

Remplissez donc ce rôle, si, bénévole admirateur de la nature, vous avez simplement consacré un jour ou deux à visiter les sites charmants de cette vallée, dont le point extrême n'est pas à cinq lieues de Paris. Ils ont toujours raison, les vieux proverbes : A beau mentir qui vient de loin ; — Nul n'est prophète en son pays.

Mais ne philosophons pas ; ne déflorons point les surprises qui attendent l'excursionniste ; laissons à leurs étonnements successifs les historiens, les archéologues, les épris de frais paysages, les curieux de villes nouvellement écloses, et reprenons notre marche.

En quittant l'Asile national, nous trouvons devant nous deux rues appartenant à la commune de Charenton et qui nous conduiront au cœur du pays : la rue Gabrielle et la rue de l'Asile. La première est banale et nous tente peu ; la seconde est gaie et nous attire. C'est une large voie, bordée de maisons modernes, presque toutes de belle allure, s'élevant au fond de verdoyants jardinets, séparés de la rue par de coquettes grilles. L'avenue de Saint-Mandé traversée, la rue Thiébault franchie, nous arrivons à la place Ramon, au fond de laquelle s'élève l'église Saint-Pierre, œuvre de M. Naissant, architecte de l'arrondissement de Sceaux. C'est un bâtiment tout moderne, d'un beau style, qui tient à la fois du byzantin et du saxon. Le portail s'ouvre à plein cintre au-dessus de quatre marches et s'appuie sur des pilastres avec colonnes accouplées. Les statues du patron de l'église et celles des évangélistes décorent la façade. Le clocher, placé sur la gauche de l'édifice, est une tour carrée surmontée d'une flèche quadrangulaire. A l'intérieur, la nef est supportée par huit piliers de chaque côté et éclairée par quatorze fenêtres ; au-dessus des piliers, des colonnettes élégantes s'adossent à la muraille et supportent les nervures de la voûte. Les bas côtés n'ont de chapelles qu'à leurs extrémités ; la sacristie et la salle des catéchismes, placées vis-à-vis l'une de l'autre au milieu du monument, sont fort simples et forment saillie à l'extérieur. Le maître-autel s'élève au fond de la nef sous une coupole d'azur constellée d'or du plus charmant effet. Bien que sobrement décorée, l'église Saint-Pierre peut encore offrir un certain intérêt aux artistes. Regardez les verrières de l'abside, les boiseries du chœur et de la chaire, le chemin de croix sculpté dans la muraille, la fresque de Bréauté, placée au-dessus de la porte de la sacristie et représentant les envoyés de Jésus emportant en Galilée la tête de saint Jean, et vous ne regretterez pas les quelques moments que vous avez consacrés à la visite de l'édifice.

La mairie, que nous trouvons à quelques pas en remontant la rue de Paris, a été considérablement agrandie en 1888, par M. Gravereaux, architecte. A l'unique pavillon dont elle se composait autrefois, il a ajouté de nouveaux bâtiments : un corps de logis spécialement affecté à la justice de paix et une salle de fêtes luxueuse, bien aménagée, où l'on peut donner des représentations théâtrales. L'ensemble de ces constructions se développe en bel ordre autour d'une vaste cour d'honneur close par une grille.

Le plus ancien pavillon de la mairie, jolie construction de la fin du seizième siècle, est tout ce qui reste d'une somptueuse demeure composée autrefois de deux parties distinctes : le grand et le petit château. Le parc qui l'entourait s'étendait jusqu'au bois de Vincennes ; il a été morcelé et vendu par lots après la Restauration. La place Henri IV et les rues circonvoisines en occupent les terrains. La tradition fait de cet édifice une maison de plaisance de la belle Gabrielle. En le classant parmi les monuments historiques, l'administration l'a désigné sous le nom de *pavillon d'Antoine de Navarre*. Dans deux de ses pièces, on peut voir encore de fort curieux plafonds, dont les solives sont décorées de guirlandes, de vignettes, d'oiseaux et de papillons, le tout d'une tonalité harmonieuse et d'une fort jolie exécution. L'une de ces salles est affectée maintenant au service d'une bibliothèque qui contient déjà trois mille cinq cents volumes ; dans l'autre, des W et des C, ces derniers entrelacés par quatre, apparaissent de distance en distance sur le décor. Ces monogrammes ont donné lieu à bien des interprétations diverses, mais n'ont jamais été clairement expliqués.

Nous n'irons pas plus loin dans la rue de Paris. A partir du point où nous sommes, elle descend vers l'extrémité du pays et nous n'y verrions plus que des maisons noires et sans intérêt. Nous prendrons la rue Camille-Mouquet, et laissant derrière nous le donjon de Vincennes, qui nous apparaît au-dessus des derniers arbres du bois, nous nous dirigerons vers Conflans. C'est un faubourg de Charenton, étageant ses maisons de plaisance, ses jardins et ce qui reste de son château, jadis célèbre, sur le coteau qui domine la Seine, au confluent de la Marne.

Il a grand air encore, dans sa belle situation, ce château, morcelé maintenant, et dont une partie est occupée par une distillerie. Sa façade principale se développe en regard de la Seine, au-dessus de ses jardins en terrasse, dessinés par Le Nôtre, et surmontée de la calotte qui couronne sa petite chapelle, un édifice daté de 1783. Son histoire mérite d'être rapidement rappelée.

Conflans existait déjà au dixième siècle et ses habitations se groupaient alors autour d'un monastère qui disparut un jour et fit place à un château fort. Au quatorzième siècle, le château fort devint le manoir de Mahaut et fut successivement habité par la comtesse d'Artois, par Jeanne de Navarre et par les ducs de Bourgogne, Philippe, Jean sans Peur et Charles le Téméraire. Les rois de France, depuis Philippe le Long jusqu'à Louis XI, y séjournèrent fréquemment. Le roi Jean y avait établi un haras ; le dément Charles VI y passait de longues heures à jouer aux cartes. Louis XI, qui ne pardonnait pas au domaine d'avoir été le théâtre des humiliations qu'il avait dû subir lors de la signature du traité de Conflans (1461), le donna, une première fois, à Jean de Saint-Omer, en 1481 ; une deuxième fois, deux ans plus tard, à son chirurgien, Sixte d'Allemagne, qui prit le titre de seigneur de Conflans ; une troisième fois, enfin, à une dame Gillette Hennequin, veuve de Jacques Hacqueville.

Avoisinées par de pauvres masures, les habitations seigneuriales étaient, en ce temps, nombreuses à Conflans, et le pays conserva le même caractère jusque sous le règne de Henri II. A cette époque, alors que naquit la vogue d'Anet et de Fontainebleau, la haute aristocratie abandonna le pays ; un prieuré de bénédictins s'établit dans l'une de ses plus belles propriétés et y séjourna jusqu'à la Révolution. Quant au château qui nous occupe, il devint, de 1568 à 1617, la demeure du maréchal de Villeroy. Au dix-septième siècle, il fut la résidence d'été du cardinal de Richelieu. Sous Louis XIV, Mansard embellit les constructions ; Le Nôtre dessina le jardin ; Lesueur orna de peintures l'intérieur d'un pavillon. A partir de 1672, et pendant cent vingt années consécutives, le château appartint aux archevêques de Paris, qui en firent leur maison de plaisance. Vendue comme bien national en 1792, la propriété fut morcelée, et,

en 1814, Mgr de Quélen, archevêque de Paris, en racheta
une partie. C'est dans celle-ci qu'est installée, depuis 1888,
la distillerie dont nous avons parlé. Constatons que le propriétaire a fait placer sur le mur, auprès de la grille, une
plaque de marbre sur laquelle est gravé un résumé de
l'histoire de la propriété. Et pour ne rien omettre, si triste
que soit le souvenir, rappelons que, le 13 février 1831, la
maison de plaisance de Conflans fut le théâtre de scènes de
vandalisme semblables à celles qui se produisirent à l'ar-
chevêché de Paris et à Saint-Germain l'Auxerrois.

Nous sommes maintenant sur le quai des Carrières, au
confluent de la Seine et de la Marne. Sur l'autre rive, Ivry
développe sa longue suite de bâtiments écrasés, de cheminées fumantes, et son entrepôt bien connu, détachant les
lettres blanches de son enseigne sur le fond noir de ses
clôtures. Traversant le pont placé au-dessus de l'écluse du
canal Saint-Maur, nous nous trouvons dans une île; nous
avons la Marne à notre droite, le canal et le quai à notre
gauche, un tapis de gazon sous nos pieds, devant nos yeux
le pont du chemin de fer, et tout près de nous le câble de
halage, curieux mécanisme mû par la vapeur, que nous
ne pouvons nous dispenser de regarder un instant. De
chaque côté de l'écluse, un bâti en fonte, de forme pyramidale, soutient une grande roue placée horizontalement; sur
ces roues circule le câble, longue corde de fer tressé, qui
trouve de loin en loin des points d'appui sur des poulies
évoluant au sommet de petits supports placés sur les rives.
Les bateaux, amarrés au câble, sont doucement amenés par
cet ingénieux moyen. C'est moins pittoresque que le halage
par les chevaux; mais c'est moins pénible à la vue que le
même travail exécuté par une longue file d'hommes et de
femmes, tel qu'on le voit pratiquer encore dans les ports de
mer. A ce point de vue, la mécanique a fait ici œuvre d'humanité.

Nous voici arrivé au pont de Charenton; une halte s'impose. L'histoire du pont est en quelque sorte celle de la
localité, et son origine paraît être au moins aussi ancienne

que celle du village. Existait-il au temps de César? On ne
peut l'affirmer; mais il est permis de le supposer d'après la
facilité qu'eurent les troupes romaines à se rapprocher de
Lutèce par la rive droite de la Seine, après avoir été obli-
gées de renoncer à l'attaquer du côté de la Bièvre. Ce qui
est certain, c'est qu'on le voyait au septième siècle. Construit
en bois, il était alors possible de le démonter et de le reconstruire en un temps fort court. Les annales de Saint-
Bertin constatent, en 865, la présence d'un pont en cet endroit. Il avait été construit par les habitants; mais, au cours
d'une de leurs invasions, les Normands le rompirent et
dispersèrent la population. Charles le Chauve fit reconstruire le pont, et c'est probablement alors qu'on le fortifia
pour la première fois. Les ouvrages de défense s'accrurent
avec le temps, et le fort qui le protégeait au quatorzième
siècle était une véritable bastille. A la même époque, mettant à profit l'air particulièrement salubre du pays, on y
avait établi une léproserie. Bien que vaillamment défendu,
Charenton fut pris par les Anglais en 1435; mais Ferrière,
capitaine de Corbeil, réussit à les en chasser au mois de
janvier de l'année suivante. Le 25 avril 1602, Henri IV
attaqua la citadelle; une résistance énergique tint ses
troupes en échec pendant trois jours. Quand il parvint à
pénétrer dans la place, le Béarnais constata, à sa grande
surprise, que la garnison qui lui avait si énergiquement
résisté ne se composait que de dix soldats. Alors, et ceci
n'est point à sa gloire, le futur roi de France les fit tous
pendre. En 1648, pendant la Fronde, Charenton fut encore
le théâtre d'une bataille. Le prince de Condé enleva la position aux Parisiens. Au dix-huitième siècle, six arches du
pont seulement étaient construites en pierre; les quatre du
milieu, bâties en charpentes, permettaient de le couper
rapidement. En 1814, on éleva des palissades aux extrémités
du pont, et les élèves de l'École vétérinaire d'Alfort solli-
citèrent l'honneur de le défendre. Ils accomplirent courageusement leur devoir; mais, accablés par le nombre, ils
durent abandonner la position, le 30 mars, et le corps au-

trichien de Giulay établit ses bivouacs dans le pays. Pendant la dernière guerre, nous avions nos postes avancés à Charenton. Il ne fut pas occupé par l'ennemi.

Le pont actuel date de 1863. Il produit, au milieu des grands arbres, des vertes îles de la Marne, parmi les maisons du bourg et les moulins, un effet très pittoresque.

Ainsi qu'on a pu le comprendre par ce qui précède, Charenton, en butte à de constantes attaques, fut longtemps une localité peu prospère. En 1709, on n'y constatait pas plus de trois cent dix-neuf feux; en 1775, la population était évaluée à 1 500 habitants. Dès le commencement de ce siècle, quelques fabriques de porcelaine, de produits chimiques et quelques distilleries vinrent s'y établir. Les 5 000 âmes qu'on y comptait en 1860 ont multiplié dans de grandes proportions, et les derniers recensements accusent une population de plus de treize mille âmes. C'est que, depuis cette dernière époque, le mouvement industriel et commercial s'est fortement accentué dans le pays. Il conserve encore, il est vrai, dans certaines de ses parties, ses maisons noires, singulières de structure, ses boutiques enfouies sous des encorbellements, ses enseignes grinçantes en tôle peinte et ses combles à lucarnes; mais ses quais se sont transformés; des restaurants où l'on fait des repas de noces, des cabarets où l'on mange des fritures se sont établis, et l'ancienne clientèle du quai de la Râpée a émigré au quai des Carrières.

L'île, arrivée au pied du pont, n'est plus qu'une étroite bande de terre. Elle s'élargit après l'avoir dépassé et rejoint, par des pentes douces et gazonnées, les bords de la Marne et du canal. A cheval sur un petit bras de la rivière, le moulin de Gravelle nous montre sa façade blanche percée de petites fenêtres, son toit gris, que la pointe d'un peuplier dépasse, et la grande baie sous laquelle tourne sa roue gigantesque dans un encadrement de puissantes charpentes grises.

Nous sommes à Saint-Maurice, commune détachée de Charenton depuis 1842 et qui forme, entre ce bourg et Joinville-le-Pont, une sorte de long trait d'union, bordé, à droite par la rivière, à gauche par le bois.

C'est sur le territoire de Saint-Maurice, au lieu nommé les Vals-d'Osne, que les protestants, qui, jusque-là, n'avaient le droit de s'assembler qu'à Ablon, obtinrent la permission de se réunir et de se livrer à l'exercice de leur culte. Leur venue fut une source de prospérité pour le pays; une imprimerie et des librairies s'y établirent. La population augmenta tellement qu'on dut créer un service journalier de coches par eau pour Paris. Enfin, Jacques Debrosse construisit, pour les adeptes de la religion réformée, un temple magnifique qui, dans son parallélogramme éclairé par quatre-vingt-trois fenêtres, pouvait contenir, dit-on, quatorze mille personnes assises. Deux galeries extérieures, d'une grande élégance, entouraient l'édifice; une lanterne, terminée par une boule, le surmontait. En 1624, dernière faveur, les protestants furent autorisés à placer une cloche dans cette lanterne.

Un cimetière entourait l'édifice, et, distinction assez peu évangélique, une de ses parties était exclusivement réservée aux gens de qualité. Le maréchal de Gassion, tué à Lens en 1647, eut, lui, l'honneur d'être enterré dans le sanctuaire.

Pendant longtemps, les protestants jouirent en paix de leur droit d'assemblée; mais, en 1671, l'intolérance, dont un des principaux foyers était à Conflans, commença contre eux une guerre de taquineries qui ne tarda pas à prendre un caractère plus agressif. Au mois d'août de cette année, une troupe de fanatiques tenta d'incendier le temple de Saint-Maurice. Les protestants, malgré tous leurs efforts, ne purent obtenir la punition des coupables, et l'affaire était encore pendante quand, en 1685, la révocation de l'édit de Nantes vint porter le dernier coup à la petite colonie.

Le 23 octobre de l'année suivante, on commença la démolition de l'œuvre de Debrosse. Elle fut exécutée avec un tel acharnement, que cinq jours suffirent pour qu'il ne res-

12

tât plus pierre sur pierre du vaste monument. Les matériaux furent vendus au profit de l'Hôpital général de Paris.
Au même lieu, les bénédictines du Val-d'Osne, près de
Joinville, en Champagne, firent construire un monastère,
qui disparut pendant la Révolution.

Le premier monument que nous rencontrons à Saint-
Maurice est la mairie, une construction élégante, toute
petite, où la brique et l'ardoise mêlent heureusement leurs
tons roses et gris aux tons blancs de la pierre. Devant nous,
baigné par ce joli bras de la Marne que nous avons vu déjà,
se dresse le Moulin rouge; à nos côtés s'étend un long mur
bordant des jardins en terrasse, surmonté de constructions
aux arcades monastiques. C'est la maison de santé. Il est
impossible de ne point lui rendre une visite.

Asile de la plus profonde misère qui puisse affliger l'humanité, la maison de santé de Saint-Maurice est organisée
de façon à adoucir autant que possible la situation des malheureux qu'elle abrite et aussi à les acheminer doucement
vers la guérison. Si ce dernier résultat n'est pas toujours
obtenu; si bon nombre de pensionnaires de la maison passent de la nuit de la folie à la nuit de la mort, on ne saurait en accuser que l'implacable maladie et non les traitements qu'ils ont subis.

L'origine de l'établissement remonte à l'an 1644, et sa fondation est due à Sébastien Leclerc, contrôleur des finances.
C'était alors une maison entourée d'un enclos de vignes,
dirigée par sept religieux, frères de la Charité; elle ne
pouvait guère recevoir qu'une douzaine de malades. On y
construisit dès l'origine une église placée sous l'invocation
de Notre-Dame de Paris, et Robert Myron, ambassadeur en
Suisse, la gratifia du biceps d'un martyr, compagnon de
saint Maurice.

Les frères qui dirigeaient ce petit hôpital ne tardèrent pas
à y admettre des aliénés. Jusqu'en 1789, la confrérie resta
en possession de la maison, qui s'était fort agrandie; elle
accueillait un grand nombre de pensionnaires, placés là par
leurs familles, et aussi, au temps où florissait la lettre de

cachet, bien des malheureux dont la présence gênait dans la vie civile.

La Révolution fit fermer l'hôpital ; mais, dès l'an V, le Directoire rendit les bâtiments à leur ancienne destination et plaça la maison sous l'autorité du ministre de l'intérieur.

Dès ce moment, l'asile prit une grande importance. Les aliénés de l'Hôtel-Dieu et des Petites-Maisons y furent transférés ; les départements y envoyèrent leurs malades.

En 1814, on entreprit d'importants travaux. C'est à cette époque que remonte la construction de cette partie de la maison qu'on appelle *le château*. En même temps, le ministre de l'intérieur s'occupa de la réglementation des divers services et institua une commission de surveillance. En 1830, Esquirol étant placé à la tête du service médical, de nouvelles et importantes améliorations furent apportées au traitement de la terrible maladie. La maison, reconnue insuffisante pour le nombre des malades qu'elle abritait et ne répondant pas aux nécessités créées par les réformes introduites, dut être reconstruite sur des plans nouveaux. Le quartier des hommes et la chapelle furent alors réédifiés ; des bâtiments spéciaux furent affectés au logement des administrateurs, des fonctionnaires et des employés. Sept années furent employées à ces travaux. Mais le temps dépensé n'est point à regretter en présence des résultats obtenus.

On entre à l'asile de Saint-Maurice par la route de Paris. On traverse une première cour ; on gravit une double rampe et l'on se trouve devant la porte principale, flanquée de deux plaques de marbre rappelant la date de la fondation de l'hôpital et celle de sa reconstruction. La cour d'honneur est, sur trois de ses côtés, bordée de bâtiments dont le rez-de-chaussée et l'étage unique sont décorés d'arcades formant galerie, disposition qui donne à l'ensemble une vague ressemblance avec un intérieur de cloître. Sur le quatrième côté s'ouvre un escalier monumental à double évolution. A l'intersection des rampes, se détache un beau groupe en bronze, très savamment composé et dégageant une émotion profonde. Cette œuvre du sculpteur Toussaint représente Esquirol posant la main sur la tête d'une folle accroupie à ses pieds. Au sommet de l'escalier, on se trouve sur une plateforme, dernier gradin de l'amphithéâtre que la maison occupe. L'élégante église ouvre là son portique grec, au milieu de pavillons qui n'ont qu'un rez-de-chaussée et sont pourvus de galeries à claire-voie, disposition commune aux divers quartiers de l'établissement.

Visiterons-nous les fous? Si curieux que soit le spectacle, il est d'abord profondément triste. Les ruines monumentales ont leur majesté ; les ruines humaines qu'on peut voir ici n'inspireraient que l'effroi, la répulsion et même le dégoût, si la pitié ne venait tempérer la première impression ressentie.

Un quartier d'aliénés surprend au premier instant par la singularité de son silence sans calme, par la bizarrerie des bruits qui le troublent; cris qui n'ont plus rien d'humain, onomatopées qu'on ne saurait traduire, exclamations sans cause apparente, phrases sans cohésion répétées à satiété, mécaniquement, tout cela se croise dans l'air et éclate inattendu à vos oreilles, accompagné de postures grotesques, de sauts inquiétants, de grimaces simiesques, de larmes qui feraient volontiers sourire et d'éclats de gaieté qui sont navrants.

Quelques-uns de ces déments sont causeurs et communicatifs. Si l'un d'eux a remarqué votre arrivée, il est à peu près certain qu'il viendra vous conter son histoire. Écoutez-en une, et, à quelques variantes près, vous les aurez entendues toutes. Il n'est pas un interné qui ne soit, contre toute justice, retenu en cette geôle. Tous, ils sont en pleine possession de leur raison, victimes de la haine d'un ennemi, de la jalousie d'un concurrent, de la peur qu'ils inspirent au gouvernement. Prêtez à leur glose une oreille complaisante et vous serez tout surpris d'en entendre de certains qui vous entretiendront de mille choses avec un bon 'sens parfait. Si la conversation se prolonge un peu, un doute s'emparera volontiers de votre esprit; un moment viendra où vous croirez sérieusement qu'on a tort de détenir votre interlocuteur; vous en arriverez à vous promettre *in petto* de parler au directeur, au médecin en chef, au ministre peut-être, si vous le connaissez. Ne vous abandonnez pas à votre rêve généreux, laissez passer quelques moments encore, tendez la main au malheureux en signe d'adieu, et ne soyez pas surpris s'il vous affirme alors qu'il est Washington ou Jésus-Christ.

Si cela est profondément triste, plus réconfortant est le spectacle des soins intelligents dont les malades sont l'objet. Faisons remarquer d'abord qu'en cet asile tout ce qui sent l'hôpital a été soigneusement éliminé. Telle qu'elle est organisée et administrée, la maison pourrait être aussi bien un refuge de vieillards sains d'esprit que le réceptacle des plus affreuses misères humaines. Les réformes introduites par Esquirol dans le traitement de la folie ont servi de base à un système de soins qui adoucit, dans la mesure du possible, la position des internés. On s'applique à occuper les malades pour les arracher à l'obsession qui les tourmente; les exercices corporels, les jeux, le chant, la musique, sont tour à tour appelés à les distraire. Des bals, des soirées, de véritables fêtes, leur sont donnés de temps à autre. Les concerts leur causent un plaisir fort vif; ils goûtent beaucoup aussi les représentations théâtrales. Enfin, nous l'avons dit plus haut, la guérison s'obtient quand à l'avance le sort n'en a pas autrement décidé.

Ils sont nombreux, les hommes célèbres à divers titres qui ont fini leurs jours dans un des pavillons de l'asile. Parmi eux, nous citerons le danseur Trémitz, le marquis de Sade, dont nous retrouverons à Bicêtre l'infâme personnalité; Eugène Hugo, le frère du poète; Eugène Briffault, littérateur; Charles Meyrion, le délicat aquafortiste; André Gill, peintre et caricaturiste. Et combien d'autres, hélas! musiciens, poètes, industriels, inventeurs!

En sortant de ce vaste et triste séjour, c'est avec joie que nous rencontrons, simple, gaie, enfouie dans la verdure d'un jardinet, la jolie église du pays.

Le monument est gracieux, bien situé, mais de dimensions exiguës; sa nef unique sera rapidement parcourue. Nous passerons peut-être indifférent devant les copies qui décorent ses murs, mais, à coup sûr, nous ne manquerons pas de remarquer les vitraux, véritables œuvres d'art, signés de M. A. Lusson, un artiste que nous avons eu plusieurs fois l'occasion de citer au cours de nos promenades dans Paris.

Au sommet d'un raidillon qui prend naissance au pied de l'église et suit le mur extérieur de la maison de santé, sur la lisière du bois de Vincennes, vous trouverez le cimetière de la commune de Saint-Maurice. Si nous vous y conduisons, c'est que vous y pourrez voir un objet d'art absolument unique.

Ce pauvre Charles Meyrion, l'aquafortiste dont nous avons incidemment parlé plus haut, avait pour ami M. Bracquemond, le célèbre graveur. Ce dernier eut la pensée de rendre au défunt un hommage à la fois original et artistique. Il grava sur une planche de cuivre, longue de 118 centimètres, large de 22, une allégorie rappelant à la fois la carrière maritime de Meyrion et ses travaux à l'eau-forte : une tête de mort, deux flambeaux éteints, une inscription, un bouquet de fleurs entourant un monogramme et les outils du graveur, un vaisseau fuyant au large, toutes voiles déployées. Telle est cette composition simple et grande. Vous la verrez fixée sur la pierre couchée qui forme la tombe de Meyrion. Elle est oxydée par le temps — Meyrion est mort en 1868 — mais le dessin est visible encore. Ajoutons, pour les curieux de choses d'art, qu'avant l'installation de cette planche, deux épreuves en avaient été tirées : l'une appartient à M. de Salicis, un autre ami de l'artiste mort; la seconde a passé en vente à Londres, en 1876; elle a été adjugée au prix de 130 francs.

La fin du pays, une longue rue qui mène à Joinville-le-Pont, s'étend au pied du bois de Vincennes; une rampe et des talus verts la bordent à gauche; à droite, on passe devant une suite de maisons élégantes et de frais jardins. Un drapeau frémit au vent; quelle est la coquette habitation qu'il décore? C'est la gendarmerie! On voit rarement des gendarmes aussi luxueusement logés.

En quittant le pays, qui, à son extrémité, s'anime un peu de petit commerce, signalons un beau groupe scolaire, édifié en 1887, au numéro 146 de la Grande-Rue.

Saint-Maur-les-Fossés, que nous allons visiter maintenant, est, dans sa plus grande partie, un village montueux, aux rues tortueuses, bordées de vieilles maisons; mais son importance communale est grande, et sur son territoire fort étendu plusieurs bourgs et hameaux se sont créés : le Parc de Saint-Maur, la Pie, la Varenne-Saint-Maur, la Varenne-Saint-Hilaire (originairement Adamville), Port-Créteil ; toute la presqu'île, enfin, que forme ici la Marne, tout ce qui fut jadis le domaine de l'abbaye de Saint-Maur, tout ce qui, plus anciennement encore, était désigné sous le nom de *Castra Bagaudarum*.

Pour trouver l'origine de cette dénomination, il faut remonter au temps où les paysans de la Gaule s'organisèrent en bagaudes (bandes insurgées), et cherchèrent un asile dans la presqu'île de la Marne. Ils y tinrent longtemps contre les troupes de Maximin; mais, définitivement écrasés par le nombre, ils périrent à peu près tous en 286. Le même lieu servit encore de refuge, en 450, à une foule de malheureux fuyant devant Attila. Les Huns se rendirent maîtres de la position et égorgèrent tous ceux qu'elle abritait.

C'est pour honorer la mémoire de ces victimes du *Fléau de Dieu*, qu'un diacre de l'Église de Paris, nommé Blidégisile, sollicita de Clovis II l'autorisation de fonder un monastère dans la presqu'île. Ce monastère, dont saint Babolein fut le premier abbé, s'appela d'abord Saint-Pierre-les-Fossés. Il était riche et puissant déjà quand, en 868, les moines de Grandfeuille, en Anjou, fuyant devant les Normands, lui donnèrent une relique qu'ils avaient précieusement conservée : le corps de saint Maur. Le couvent accepta ce nouveau patron et prit son nom.

La puissance de l'abbaye allait toujours grandissant. Robert le Pieux fit reconstruire son église; Louis le Gros la combla de ses faveurs. Propriétaires de tout le territoire de la presqu'île, les moines possédaient en outre des domaines, des colons et des serfs dans les diocèses de Chartres, de Meaux et de Sens. Si quelques-uns d'entre eux s'occupaient de travaux agricoles, d'autres, plus érudits, copiaient des manuscrits et ornaient de magnifiques miniatures les pages des missels. La communauté était populaire; la bienfaisance de ses membres, fort réputée. Chaque année, le 24 juin, fête de saint Jean, on promenait en grande pompe les reliques de saint Maur. L'affluence des gens de tout rang était grande dans la commune et la cérémonie, religieuse, à son début, devenait fort mondaine, licencieuse même un peu, quand la nuit était venue. Est-ce à l'une de ces solennités que les Frères de la Passion furent, pour la première fois, au quatorzième siècle, autorisés par les moines à représenter leurs mystères? Nous ne savons. Toujours est-il que l'abbaye peut revendiquer l'honneur d'avoir créé le théâtre français, et, ce petit pays, celui d'en avoir vu dresser la première scène.

Au quinzième siècle, l'abbaye est à l'apogée de sa puissance et de sa gloire. En 1418, Jean sans Peur, Isabeau de Bavière et le dauphin Charles s'y rencontrent, essaient en vain de s'y réconcilier et la constance de leur désaccord favorise les projets du roi d'Angleterre Henri V. Les guerres civiles et la guerre de Cent ans portent alors un coup mortel à la communauté; elle est sécularisée et réunie à l'évêché de Paris. Huit chanoines prébendiers remplacent les moines. L'un d'eux, nommé le 17 août 1536, n'est autre que maître François Rabelais, qui trouve là un « paradis de salubrité, aménité, sérénité, commodité, délices et tous honnêtes plaisirs d'agriculture et de vie champêtre ». C'est pendant son séjour à Saint-Maur que Rabelais fit paraître le deuxième livre de *Pantagruel*.

A cette époque, les bâtiments de l'abbaye tombaient en ruines. Le cardinal du Bellay fit ériger à leur place un élégant palais d'architecture italienne, dont Philibert Delorme dirigea la construction, et que son successeur, Étienne du

Bellay, vendit à Catherine de Médicis, qui l'agrandit et l'embellit. Ce palais abrita souvent les loisirs des rois Charles IX et Henri III. En 1598, il passa dans la maison de Condé, qui en resta propriétaire jusqu'à la Révolution (1).

L'abbaye, devenue congrégation de Saint-Maur, dut, au dix-septième siècle, un regain de célébrité aux travaux de plusieurs de ses membres : Mabillon, Montfaucon, sainte Marthe, etc. Cependant, le beau temps était passé. L'archevêque de Paris réunit le chapitre de Saint-Maur à celui de Saint-Louis du Louvre, fit enlever les reliques et les richesses de l'abbaye et les répartit entre diverses communautés. Quand survint la Révolution, la ruine du vieux couvent était consommée. Les acquéreurs de biens nationaux rasèrent le château de Philibert Delorme.

De ce qui, pendant tant de siècles, fit la gloire de Saint-Maur, de cette superbe abbaye, vous ne retrouverez plus guère, au nord du village, entre une impasse et l'avenue de l'Arc, que les gros murs d'une tour ronde qu'on nomme encore : *Tour coloniale*. Sur les murs, on constate les marques d'échauguettes et de contreforts. Ils formaient jadis une partie de l'enceinte de l'abbaye.

L'église, qui s'appuie à des maisons au fond de la place d'Armes, est un bâtiment dont quelques parties sont fort intéressantes : le clocher roman, le coquet narthex au dehors; le chœur et le fond de l'unique bas côté au dedans. Ici, quoiqu'un peu écrasées, les voussures sont fort belles de lignes, et vous remarquerez quelques chapiteaux d'une très curieuse ornementation. Au fond de la petite chapelle qui termine ce bas côté est une statuette de la Vierge, en grande vénération dans le pays. On l'appelle *Notre-Dame des Miracles,* et de nombreux ex-voto, tapissant les murs, rappellent la gratitude des fidèles qui ont eu recours à son intercession. Le chœur, du treizième siècle, a bien conservé son

(1) C'est sur le territoire actuel du parc de Saint-Maur que nous retrouverons encore quelques vestiges de cette demeure princière.

caractère original. Quant à la nef, addition relativement récente, elle était utile, nous le reconnaissons, pour clore le monument; mais elle dépare ce qu'elle avait mission de compléter.

La Grande-Rue de Joinville-le-Pont fait suite à la Grande-Rue de Saint-Maur; un bureau d'octroi indique seul la séparation des deux communes.

Joinville-le-Pont, où nous entrons maintenant, ne fut longtemps qu'une dépendance du bourg voisin, puissant alors. C'est sous le nom de Branche-Saint-Maur qu'il fut érigé en commune, en 1790, nom qu'il obtint l'autorisation d'échanger, sous le règne de Louis-Philippe, pour sa dénomination actuelle.

Sans commerce actif, sans industrie particulière, habité par des bourgeois aisés, fier à juste titre de quelques belles institutions de jeunes gens qu'il possède, Joinville, calme en semaine, s'anime les dimanches d'été, grâce aux promeneurs et aux canotiers qui l'envahissent et aussi aux intéressantes épreuves des *Régates scolaires,* luttes pacifiques où les élèves des lycées et des grandes écoles du gouvernement rivalisent d'adresse et d'agilité. Quant aux joies nautiques particulières, elles sont ce qu'on les a vues à Asnières, mais plus intimes, plus familiales, moins bruyantes. Ce dont il est impossible de ne point parler, c'est du charme exceptionnel du site, de la gaieté des rives de la Marne, de la verdeur joyeuse de ses îles, de la profondeur des horizons. Transportez-vous sur le beau pont de pierre qui franchit l'île Fanac et relie le pays à la rive gauche de la rivière, vous embrasserez alors du regard toute une partie de la vallée : bois de Vincennes, coteaux de Nogent, rives sinueuses ombragées de saules et de peupliers, maisonnettes entourées de verdure; tout cela offrira à vos regards un tableau charmant, encadré de lointains vaporeux.

Nous sommes ici au point où le canal Saint-Maur débouche dans la Marne. Nous l'avons vu à sa naissance en passant à Saint-Maurice; nous le retrouvons à Joinville, ayant, en ses 1 115 mètres d'étendue, évité à la navigation un détour de

13 kilomètres. Il se termine par un souterrain de 600 mètres, passant sous Joinville, et connu généralement sous le nom de *voûte Saint-Maur*. Sa création, due à l'État, remonte à l'année 1813.

L'espace qui s'étend au-dessus de la voûte forme une promenade gazonnée plantée d'arbres, où se tient le marché et dont le fond est occupé par le vaste bâtiment des écoles communales, qu'on prendrait volontiers de loin pour une mairie. En revanche, la maison municipale, située dans la rue de Paris, est du plus modeste aspect. Tout auprès est la petite église Saint-Charles Borromée, édifice sans caractère.

Sur le territoire de Joinville s'élevaient jadis les domaines du Tremblay et de Poulangis. Du premier, ancienne demeure féodale, il reste encore quelques débris. Le second, qui appartint au vicomte de Mirabeau, au maréchal Oudinot et au grammairien Chapsal, a disparu. Les terrains qui composaient la propriété ont été mis en vente, et ne tarderont pas à se couvrir de villas bourgeoises.

Nogent-sur-Marne, Plaisance et le Perreux ne formaient, il y a trois ans encore, qu'une seule localité. Le 1er avril 1887, le Perreux a été érigé en commune. Fiers de leur indépendance récemment conquise, les habitants de ce faubourg détaché du village dont il est né ne manqueront pas de vous affirmer que la séparation s'imposait et que l'importance de leur pays est plus grande que celle du vieux Nogent. Ceci sera peut-être vrai plus tard, mais n'est pas aujourd'hui d'une rigoureuse exactitude. La superficie du Perreux est, à 3 hectares près, la même que celle de Nogent, mais la population de ce dernier est plus nombreuse.

Quoi qu'il en soit, avec ses belles avenues bordées de grands arbres, ses villas entourées de jardins, son parc qui fait à lui seul une sorte de petit bourg aristocratique, le Perreux est une campagne charmante. Son château, qui fut, au dix-huitième siècle, la propriété de divers financiers, et que François de Neufchâteau habita sous le premier Empire, dresse encore, au milieu du parc, sa façade blanche percée de hautes fenêtres, son fronton triangulaire et ses toits attristés par une vulgaire couverture en zinc.

Le Perreux a son église déjà. C'est un vaisseau clair, élevé, de belles proportions, dont la voûte est ornée de charpentes remarquablement disposées. Sa construction a été dirigée par M. Alary, architecte, et quelques fenêtres sont décorées de vitraux signés de M. Hubert.

Le service municipal est installé dans les écoles de l'avenue d'Antin; mais, bientôt sans doute, il pourra prendre possession d'une mairie, dont M. Mathieu (1) conduit rapidement la construction. Nous avons vu les dessins et les plans de cet édifice et nous pouvons donner une idée de l'aspect qu'il présentera. Sa forme est celle d'un quadrilatère; la façade, à trois corps, est percée de cinq hautes fenêtres et ornée d'un grand balcon central; son perron, ses trois ouvertures cintrées, son toit d'ardoise, un cadran d'horloge et un clocheton complètent un ensemble harmonieux à l'œil, qui n'est point sans analogie avec la mairie de Saint-Maur, que nous visiterons tout à l'heure. Un escalier monumental conduit au premier étage, où l'on trouve une salle de fêtes qui n'a pas moins de 300 mètres de superficie.

Plaisance, autre faubourg de Nogent, autre domaine morcelé, a vu disparaître, sous la Restauration, la magnifique demeure que Paris-Duvernet avait fait construire, au siècle dernier, sur l'emplacement d'un manoir qui avait été le séjour royal de Louis X, de Jean le Bon, de Charles V, et que, plus tard, Philibert Delorme et Louis XV avaient habité. Les illustrations, vous le voyez, ne manquent pas à ce petit coin, occupé aujourd'hui par des maisons de campagne.

Quant à Nogent, il présente, avec un peu plus d'animation commerciale, le même aspect que Joinville-le-Pont, et, comme lui, fait bon accueil aux équipes de canotiers et aux

---

(1) M. Mathieu a été l'architecte des écoles de Saint-Ouen, dont nous avons parlé dans notre troisième excursion.

promeneurs, qui s'y transportent le dimanche. Deux lignes de chemin de fer, celle de l'Est et celle de Vincennes, mettent le pays en communication fréquente avec la capitale. Un tramway à vapeur, pompeusement nommé *chemin de fer nogentais,* le relie à Vincennes, à la Ville-Évrard, à Bry-sur-Marne, etc.

Ici, plus qu'à Joinville, la curiosité du touriste peut trouver à se satisfaire. Plus qu'à Joinville aussi, l'historien rencontre des souvenirs du temps passé. Dès le sixième siècle, *Novigentum* était célèbre. Dans la villa que les rois y avaient fait construire, Chilpéric recevant Grégoire de Tours lui montra orgueilleusement tous les trésors contenus en ses coffres. Non loin de cette même villa, des pêcheurs retirèrent un jour de l'eau, qui l'emportait, le corps du fils de ce même Chilpéric, assassiné par les gens de Frédégonde. Pendant tout le moyen âge et jusqu'au dix-septième siècle, Nogent fut placé sous la dépendance de l'abbaye de Saint-Maur. Sous Charles V, Charles VI et Charles VII, les paysans de la localité eurent à endurer de nombreuses vexations de la part des officiers qui séjournaient au manoir de Beauté et à Plaisance. Vous rencontrerez des rues et des ruelles dont les noms évoquent les souvenirs de ce temps-là : le *Tir-à-l'Arc*, la *Fosse-au-Mai*, le *Jeu-de-Paume*, etc. Le village s'agrandit et entra dans une voie de prospérité pendant le cours du dix-septième siècle ; d'aristocratiques demeures s'y étaient construites, leurs propriétaires et la domesticité qui les entourait ouvraient au commerce des débouchés jusqu'alors inconnus. Néanmoins, la Révolution française fut accueillie à Nogent avec un grand enthousiasme. Un arbre de liberté fut solennellement planté devant la maison municipale d'alors. Vieux, le tronc entouré d'une feuille de zinc, mais verdissant toujours, on le voyait encore il y a deux ans. On l'abattit lors de la démolition de l'ancienne mairie et de la création du square qui la remplace. Plusieurs Nogentais en ont précieusement conservé des morceaux.

La grande curiosité de Nogent, ce que nul ne manque

d'y voir, ce qui, pour quelques-uns, est l'objet d'un voyage
au pays, c'est le magnifique viaduc si hardiment jeté sur la
vallée. Cette masse colossale, que ses constructeurs ont su
rendre élégante, étend, sur une longueur de plus de
800 mètres, ses trente-quatre arcades aux belles courbures.
La Marne passe sous quatre arches gigantesques, et le pont
aérien, blanc et droit, fuit à l'horizon. Cette œuvre des
temps modernes est aussi curieuse et aussi solide que les
plus fameux aqueducs romains. Elle est construite en pierre
et en granit blanc d'Alsace. C'est un des plus beaux monuments que l'art de l'ingénieur ait produits. Les noms de
Collet-Meygret, Vuigner et Mary restent attachés à son édification.

Ce splendide ensemble, noyé dans un océan de verdure,
on le découvre tout entier de la vaste place où s'élève la
nouvelle mairie, une construction simple qui date de l'année 1879, et dans laquelle l'architecte, M. Simonet, s'est
plus préoccupé de commodités intérieures que de luxe au
dehors, et dont la décoration a été, à la suite d'un concours, confiée à M. Karbowski.

Au milieu de la Grande-Rue, sur le côté d'une petite cour
entourée de tilleuls, s'ouvre le portail de l'église Saint-
Saturnin, monument auquel chaque époque semble avoir
apporté sa pierre et qui, malgré cela, demeure intéressant
en son ensemble. Le clocher roman, surmonté d'une flèche
en pierre, est du douzième siècle; le chœur et la nef sont
du treizième. Les siècles suivants ont ajouté d'autres parties
encore. En 1855, plusieurs fenêtres se sont ornées de
vitraux de Marquis. Plus récemment, Mlle Pauline Caster,
une artiste nogentaise, a décoré une chapelle de fresques
qui ne sont pas sans mérite.

Au fond de la cour, sous les tilleuls, entouré d'une grille
à demi brisée, s'effrite et se noircit un gracieux monument,
élevé, en 1865, à la mémoire de Watteau, mort à Nogent
en 1721, dans la propriété de l'intendant des mines Le-
febvre. Le buste et le piédestal de jolie forme qui le supporte sont l'œuvre du sculpteur Auvray. Une restauration

LA POINTE DE L'ÎLE DE BEAUTÉ.

DESSIN DE P. MERWART.

de cet édicule est décidée; dès qu'elle sera faite, on le transportera dans le square dont nous parlons plus haut. Il occupera la place laissée libre par le peuplier abattu.

Auprès de Nogent, trois luxuriantes îles s'allongent sur la Marne : l'île de Beauté, l'île des Loups, l'île du Moulin. La première forme, pour ainsi dire, un village peuplé de propriétaires heureux dans leurs petits cottages et dont nul étranger ne vient troubler la quiétude; grâce aux passerelles en fer jetées sur le bras étroit de la rivière et fermées par des grilles dont les riverains ont les clefs, les habitants de cette oasis, si poétiquement et si bien nommée, sont absolument chez eux.

De Nogent, nous nous rendrons à Bry-sur-Marne, un petit pays où les fermes sont plus nombreuses que les maisons bourgeoises, où vous pourrez voir pourtant, au milieu d'un beau parc, un élégant château, bâti au dix-huitième siècle par Étienne de Silhouette, contrôleur des finances et alors seigneur du lieu. Parmi les quelques maisons de plaisance que possède la commune, on vous montrera aussi sans doute celle qu'habita Vestris, le danseur, qui ne connaissait que trois grands hommes en son siècle : Voltaire, Frédéric de Prusse et... lui !

L'église Saint-Gervais et Saint-Protais, construite en 1610 par Jehan Tonnelier, maître ès arts et curé de Bry, est un très modeste édifice, dont le portail a seul quelque prétention architecturale. A droite de l'entrée, on a placé une inscription gravée sur marbre. C'est un hommage à la mémoire des victimes des journées des 30 novembre et 2 décembre 1870. A l'intérieur, quelques inscriptions et la pierre tombale de Silhouette vous renseigneront sur les mœurs de la société ancienne et sur les rapports des grandes familles avec les déshérités de la fortune. Au fond de cette église obscure éclate un point lumineux. La lumière, venant d'en haut, éclaire, derrière le maître-autel, les colonnes multiples et les arcades sans fin d'une profonde chapelle gothique. Approchez-vous, regardez bien, et vous reconnaîtrez que vous avez été victime d'une illusion. Cette chapelle, dont vous avez un moment pensé pouvoir faire le tour, est tout simplement peinte sur la muraille. C'est un trompe-l'œil habilement exécuté par Daguerre alors qu'il habitait Bry-sur-Marne. Si l'invention du diorama ne peut être contestée à Daguerre; s'il a perfectionné les procédés découverts par Niepce pour la fixation des images par l'action du soleil, il n'a point fait œuvre nouvelle pour nous en décorant le chœur de l'église de Bry. La chapelle des âmes du Purgatoire, à Sainte-Marguerite de Paris, offre une conception semblable, exécutée sur une plus grande échelle (1).

Cela dit sans intention de diminuer la gloire de Daguerre, dont la commune a conservé un si bon souvenir qu'elle lui a érigé un tombeau.

A Bry, comme ailleurs, on est bienfaisant. En sortant de l'église, nous en trouvons une preuve en lisant, au-dessus de la porte d'une propriété de la rue du Four, une inscription ainsi conçue : « Hospice Joseph-Frédéric Favier. » Cette création, toute récente, a été offerte au département par Mme veuve Favier, en exécution d'un désir de son mari. Elle est installée dans une maison achetée exprès et recevra une douzaine de pensionnaires, vieillards des deux sexes.

Le cimetière de la commune est au bout de la rue du Four. Outre la tombe de Daguerre, une pierre debout ornée de son médaillon qui en occupe le centre, il renferme à son entrée, dans une partie réservée, les tombes de la famille du baron Louis, et, à son extrémité, un monument que sa valeur artistique ferait promptement célèbre, s'il s'élevait dans une de nos nécropoles parisiennes.

Ce monument, en marbre blanc d'Italie, érigé d'après les dessins de M. Bir, architecte, est le tombeau de cette famille Favier dont nous nous entretenions tout à l'heure. Il est décoré d'une statue de *la Résurrection*, d'une pose à la fois naturelle et savante ; rien de plus artistiquement drapé

---

(1) Voir *Paris, Promenades dans les vingt arrondissements,* huitième promenade.

que les plis de la robe ; rien de plus délicat que les pieds qui la dépassent ; rien de plus suave que l'expression du beau et pur visage ; rien de plus profondément impressionnant que le souffle qui anime cette belle composition. L'auteur a eu la modestie de ne point signer son œuvre, mais nous savons son nom et nous nous reprocherions de ne point le dire : c'est M. Chiaradia, artiste italien chargé du monument de Victor-Emmanuel, sur le Capitole à Rome.

De Bry-sur-Marne, où les traces de la guerre dernière ont été effacées, nous gagnons Champigny, où elles sont nombreuses encore. L'histoire des journées des 30 novembre et 2 décembre 1870 est présente à toutes les mémoires ; nous n'en retracerons pas ici les douloureux épisodes. Comme au Bourget, mais sur un plus vaste espace, c'est le même héroïsme luttant jusqu'à la dernière heure contre l'invincible force brutale ; c'est le courage et l'audace poussés à leur paroxysme, se heurtant contre des murailles de fer et succombant sous des pluies de feu. Là, comme en maintes journées de cette désastreuse campagne, la fatalité voulut que tout fût perdu *fors l'honneur*.

Le pays a pieusement gardé le souvenir de ces luttes sanglantes et stériles ; il a honoré ceux qui sont morts sur sa terre gelée. Deux monuments et une plaque commémorative rappelleront aux générations futures et ces néfastes journées et les héros inconnus dont elles ont fait des victimes. Le plus important de ces monuments est placé à droite du chemin qui, de Cœuilly, descend vers Champigny. Il a été terminé en 1878, sous la direction de M. Alfred Rivière ; il a la simplicité majestueuse qui convient à ces funèbres souvenirs. Les murs de sa crypte, dont une chapelle occupe le centre, sont tapissés de plaques de marbre indiquant les régiments auxquels appartenaient les soldats qui reposent sous le sol et dont nul ne sait les noms (1). Par une de ces géné-

(1) Parmi les morts à qui les boutons de leur tunique constituaient seuls une sorte d'état civil, deux seulement ont été reconnus : le sergent Albert Guinet et un général allemand.

rosités qui n'apparaissent que dans le caractère français, on a fait, sous cette terre, une large place aux morts allemands trouvés sur le champ de bataille. Huit cents de nos ennemis dorment là auprès de trois mille cinq cents de nos compatriotes; leurs tombes, simplement désignées par la lettre A, sont absolument semblables à celles de nos soldats. Deux petits escaliers extérieurs mènent, au-dessus de la crypte, à un jardin ombragé de cyprès, d'ifs et de fusains, au milieu duquel, simple et sévère, se dresse une pyramide portant cette inscription :

DÉFENSE DE PARIS

CHAMPIGNY

30 NOVEMBRE — 2 DÉCEMBRE 1870.

Chaque année, le 2 décembre, le monument de Champigny est le but d'un pieux pèlerinage. Les municipalités des communes environnantes et de nombreuses sociétés parisiennes apportent là des bouquets et des couronnes, qui, dans cette sorte de souterrain et gardés par un vieux militaire, conservent longtemps la fraîcheur de leurs couleurs.

L'aspect saisissant du lieu a puissamment inspiré un de nos poètes modernes, M. Lucien Pâté, qui, dans les vers énergiques de ses *Grandes Manœuvres*, a rendu avec justesse l'intensité de l'émotion qu'un patriote ressent en parcourant la sombre crypte.

L'autre monument, la Pyramide, comme on l'appelle, s'élève auprès du four à chaux qui fut le théâtre d'un des plus meurtriers épisodes de la bataille; les mobiles de la Côte-d'Or ont fait là des prodiges de vaillance et perdu beaucoup des leurs. Aussi est-ce à eux que la Pyramide est consacrée; aussi est-ce avec de la pierre de leur pays que l'architecte, M. Vaudremer, a eu la pensée de l'édifier. Elle s'élève sur un piédestal décoré, aux angles, de couronnes et d'écussons de diverses villes bourguignonnes; sur le fût sont sculptées une épée, une palme et une inscription. La Pyramide a été inaugurée le 2 septembre 1873.

A quelques pas de là, sur le mur d'une maison, une plaque

LE MONUMENT DE CHAMPIGNY.

DESSIN DE E. BOUTIGNY.

commémorative rappelle la mort du colonel du 10e régiment des mobiles de la Côte-d'Or, le vicomte de Grancey, frappé en cet endroit par une balle prussienne, au début de la journée du 2 décembre.

Il ne nous reste plus à visiter ici que la mairie et l'église Saint-Saturnin. La mairie est un bâtiment carré, flanqué, à l'un de ses angles, d'une sorte de tour qui lui donne un peu l'air d'une forteresse; elle est de construction toute moderne et M. Simonet en a fourni les plans. Ses salles n'ont encore reçu aucune décoration, mais, dans le cabinet du maire, nous avons vu, ou plutôt revu, car il figurait au Salon de 1884, un tableau de M. Étienne Beaumetz : *La rue de la Croix à Champigny, le 30 novembre 1870*. On sait que l'artiste a souvent consacré son talent à la glorification de notre armée ; il a été toujours bien inspiré, mais rarement mieux que dans cette émouvante composition.

L'église s'élève au fond d'une place plantée de marronniers. C'est un monument du treizième siècle, un peu écrasé dans son ensemble, mais dont quelques parties sont intéressantes : tels le triforium, surmonté d'œils-de-bœuf remplaçant les fenêtres supérieures; le chœur, décoré dans le goût du treizième siècle, et la chapelle de la Vierge. Le banc d'œuvre est orné, à sa partie postérieure, d'une curieuse sculpture sur bois, qui doit être du quatorzième siècle. Elle se divise en deux parties : l'une représente *le Christ devant Pilate*, l'autre *Saint Pierre coupant l'oreille à Malchus*. La composition est naïve ; les personnages coloriés ont des physionomies bizarres, mais l'œuvre attire l'attention et la retient.

Champigny fut autrefois renommé pour ses vins et en fit un commerce important. Comme tout autre village, il eut ses seigneurs: parmi eux, Bureau de la Rivière, chambellan de Charles V. En 1419, il était défendu par un château fort dans lequel toute la population se réfugia lors de l'invasion anglaise. Le château fut pris ; les Anglais massacrèrent tous ceux qui s'y étaient réfugiés et incendièrent le pays. Au château fort succéda, plus tard, une résidence construite dans le goût de la Renaissance et qu'habitèrent à diverses époques Diane de Poitiers et Bernard de Pointis, le vaillant marin qui prit Carthagène en 1697.

Traversant la Marne, nous rentrons dans la presqu'île de Saint-Maur. Plusieurs localités dépendant de cette commune nous restent à visiter ici : le Parc de Saint-Maur, Port-Créteil, Adamville, la Varenne-Saint-Hilaire. Ces pays se détacheront probablement bientôt de Saint-Maur ; Port-Créteil et Adamville formeront une commune ; le Parc et la Varenne-Saint-Hilaire en formeront une autre. En attendant, ils sont gais, mais, jeunes tous, ils n'ont pas d'histoire ; ils éparpillent, sur le vaste territoire de l'antique abbaye, leurs maisonnettes et leurs jardinets, tracent de larges avenues, bâtissent mairie, chapelle, théâtre même, se peuplent de petits rentiers et semblent prospères, bien qu'on n'y trouve pas la moindre trace d'un commerce actif ni d'une industrie productive.

Le Parc de Saint-Maur occupe une partie du territoire du château dont nous avons parlé en passant à Saint-Maur. Les avenues Gabrielle, des Arts, des Marronniers, du Grand-Chêne, abritent leurs villas à l'ombre de ce qu'il reste d'arbres de l'ancien parc. Dans l'avenue des Tilleuls, on vous montrera encore quelques vestiges du château. Une propriété de l'avenue du Grand-Chêne était autrefois un rendez-vous de chasse ; c'est une maison particulière maintenant. Vous verrez, dans le jardin, un chêne gigantesque, dont les branches sont innombrables et dont l'ombre a 33 mètres de diamètre. Cet arbre vénérable, blessé, mais non abattu lors de la bataille de Champigny, est connu sous le nom de *chêne de Sully*.

Le pays fait édifier, par M. Albrizio, une petite église, dont, l'abside seule étant à peu près achevée, nous ne saurions parler longuement ; mais nous allons nous arrêter à la mairie. C'est un bâtiment conçu dans le style Louis XIII, et dont M. Ratouin, architecte, a commencé la construction en 1876. Le vestibule, d'assez belles proportions, est orné d'une plaque de marbre relatant les noms des bienfaiteurs

de la commune depuis 1824, et de deux statues en plâtre de
M. J.-L. Adam. L'une d'elles représente *le Vin;* l'autre per-
sonnifie *le Dessin.* Un escalier, auquel on souhaiterait une
plus monumentale allure, conduit au premier étage. Là,
vous pourrez voir une salle des mariages très artistement
décorée et dont les panneaux sont couverts par de fort intéressantes compositions de M. Paul Baudoin : *la Famille, le
Travail, le Mariage* et *la Guerre.* On le voit, les sujets sont
bien appropriés au lieu qu'ils ornent. Ajoutons que l'artiste
a su les traiter à la fois en peintre, en poète et en patriote.

Port-Créteil peut, lui, s'enorgueillir d'une certaine antiquité. Une agglomération de maisons de pêcheurs a formé
là, depuis bien longtemps, une sorte de petit hameau. Avec
le temps, sa physionomie première a disparu ; c'est, maintenant, un lieu de plaisance semblable à ceux qui l'avoisinent et dont la création de quelques belles propriétés a
augmenté l'importance. Ce que rien ne saurait lui ravir, quoi
qu'il devienne, c'est le charme et la beauté de ses rives.

Adamville, qu'on appelle aussi la Varenne-Saint-Maur, est
tout entier construit sur une partie du domaine des Condé,
qui s'appelait le bois Guemier. Ce bois avait été acquis par
M. Adam, sous le règne de Louis-Philippe. Au même temps,
M. Coffin d'Orsigny devenait propriétaire des terrains voisins. M. Adam créa Adamville ; M. Coffin créa la Varenne-
Saint-Hilaire.

Certes, on ne songerait pas à venir chercher une salle de
spectacle à Adamville ; il en possède une, et fort coquette,
pourtant. Ne nous étonnons pas outre mesure : la commune
où nous sommes n'a-t-elle pas été le berceau du théâtre
français ? Où les confrères de la Passion ont joué leurs naïfs
mystères, nos dramaturges modernes ne peuvent-ils pas faire
représenter leurs pièces compliquées ? Si les confrères de la
Passion, qui dressaient leurs tréteaux sur une place publique, pouvaient revenir un soir, ils seraient certainement
aussi surpris des progrès de l'art dramatique que des commodités qu'une salle bien distribuée offre aux spectateurs ;
mais, si quelque habitant de Grenelle ou de Montmartre pas-

sait ici, il ne pourrait s'empêcher d'envier, pour le théâtre de son quartier, la gentille façade du théâtre d'Adamville, officiellement théâtre de Saint-Maur.

Construit en 1861 par M. Castelin, le petit monument a été agrandi et la façade réédifiée, en 1889, par M. Marin. La salle peut contenir maintenant sept cents spectateurs assis à l'aise sous un plafond très artistiquement décoré. Des représentations assez suivies sont données tous les lundis, et, de temps à autre, les artistes parisiens ne dédaignent pas de venir jouer en matinée sur cette petite scène.

La chapelle, placée sous l'invocation de saint François de Sales, a été édifiée en 1852 aux frais de la famille Adam. Sa construction n'offre rien de remarquable ; mais, vous avez dû le constater déjà, il est bien peu de pays, si petits soient-ils, où l'art français, producteur fécond, n'offre une de ses œuvres à notre admiration. Ici, c'est le tombeau des fondateurs du pays, belle œuvre du sculpteur Duret, que nous apercevons au fond de la chapelle et qui nous frappe par les proportions harmonieuses de son socle en pierre et la beauté de la statue de M. Adam qui en occupe le sommet.

Le fondateur du pays est représenté à demi couché, appuyé sur une charrue au-dessous de laquelle on aperçoit un groupe de beaux fruits. Pouvait-on mieux symboliser le travail et sa récompense ? Dans sa main droite, Adam tient déroulé le plan du bourg qu'il a fondé. Il repose ici depuis le 15 septembre 1862, et sa femme depuis le 24 février 1887. La famille a concouru à l'ornementation de la chapelle : sur l'un de ses murs, on voit un *Saint Jean-Baptiste*, peint par Mlle Lucie Adam, auprès d'une *Tempête*, dont sa sœur, Mme Bourbaki, femme du général, est l'auteur. Une autre fille de M. Adam, Mme Joséphine Walberg, l'a dotée d'une *Vierge*, peinte dans le goût des primitifs italiens, qui n'est point une œuvre dépourvue de saveur.

Sans nous en apercevoir, nous avons gagné la Varenne-Saint-Hilaire. Ici, les curieux ont peu de chose à glaner ; pas une propriété que nous n'ayons vu maintes fois ailleurs ; pas une avenue qu'il ne nous semble avoir parcourue déjà.

Nous traverserons donc rapidement le pays, nous arrêtant seulement un instant à la chapelle Saint-Hilaire, petite mais coquette, et édifiée par les soins des héritiers Coffin d'Orsigny. C'est une salle oblongue, terminée par un chœur dont la décoration en marbres de différentes natures est d'un assez agréable effet; la voûte bleue, parsemée de fleurs de lis d'or, est soutenue par de jolies charpentes; quelques vitraux, signés Bitterlin et datés de 1861, décorent les fenêtres.

Par l'avenue de Bonneuil, nous gagnons les bords de la Marne ; nous hélons un passeur qui, en quelques coups d'aviron, nous transporte dans l'île Barbière. De belles routes la sillonnent, traçant leur ligne blanche au milieu de champs cultivés et d'admirables pâturages. Quelques propriétés et un cabaret dressant ses tables en plein air égaient ses rives. Nous la traversons dans toute sa largeur et, après avoir franchi un petit pont jeté sur le ruisseau du Morbras, qui coule entre deux rangées de vieux saules, nous entrons à Bonneuil.

C'est un village fort ancien, qui faisait, au septième siècle, partie du domaine des rois francs. En 616, Clotaire II convoqua dans le palais de Bonneuil une assemblée de ses leudes. Le pays se présente à nos yeux sous l'aspect d'un village perdu au fond d'une province lointaine ; nous ne voyons que de longs pignons gris percés de rares ouvertures et des toits écrasés couverts de tuiles moussues. Au-dessus du long mur que nous suivons en entrant dans le pays, nous apercevons des cyprès noirs et des croix blanches; là est l'ancien cimetière. Il s'étend au flanc de la petite église, un monument simple, propre, froid, composé d'une nef unique et d'un chœur accosté de deux chapelles. L'édifice remonte au treizième siècle; dévasté en 1870, il fut restauré en 1874. L'avenue de la Mairie, d'aspect provincial comme la rue où elle prend naissance, est occupée, au milieu, par la maison commune, qu'un cadran d'horloge, un drapeau, une grille et deux lanternes distinguent seuls des habitations voisines. Nous passons devant des cours de fermes pleines de poules qui picorent, d'oies qui crient, de canards qui barbotent, et nous arrivons au château, grande bâtisse blanche et grise, sans caractère architectural, silencieuse et triste au seuil d'un parc immense, qui s'étend jusqu'au bout du pays et dont nous suivrons encore longtemps le mur, quand nous serons sur la route de Créteil, à 13 kilomètres de Notre-Dame.

Bonneuil a l'aspect d'un village ; Créteil, en ses parties les plus anciennes, a le cachet vieillot d'une petite sous-préfecture des départements de l'Ouest. Les plus anciennes de ses maisons sont basses et serrées les unes contre les autres ; par leurs portes ouvertes, on aperçoit du linge séchant dans les cours. Quant aux habitations modernes, elles n'ont pas plus de trente ans et remontent au temps où la commune était administrée par un maire nommé Panis, qui s'occupa beaucoup de l'embellissement du pays. C'est lui qui fit réparer la jolie promenade plantée d'acacias qui mène à la Marne ; lui aussi qui planta le jardin au fond duquel s'élève la mairie, touffes de marronniers et de lilas d'un effet charmant.

Nous nous arrêterons un instant devant ce bâtiment simple et souriant. Au milieu du parterre qui le précède, nous verrons un buste en bronze d'une fort belle exécution et saisissant, nous dit-on, de ressemblance ; il reproduit les traits de Jean-Pierre Monfray, médecin à Créteil, mort en 1874. Ce nom de Monfray ne nous rappelle rien, à nous passant ; mais il est demeuré cher et vénéré pour les habitants de Créteil, car nous l'avons déjà rencontré dénommant une voie publique, en haut de la Grande-Rue. Informez-vous et vous apprendrez que Monfray fut un homme dont la science et le cœur étaient grands tous deux ; il soignait gratuitement les pauvres et oubliait parfois, sur leur table, la somme nécessaire à l'achat du médicament ordonné. Créteil a voulu honorer la mémoire de ce philanthrope. M. Bailly a fait de son buste une véritable œuvre d'art.

Bien que l'espace manque un peu à la mairie de Créteil, la municipalité a réussi à y grouper une bibliothèque de prêt à domicile, qui compte déjà quatorze cents volumes et que la population a accueillie comme un véritable bienfait. Très apprécié aussi par les professeurs et par les élèves est le petit musée d'histoire naturelle installé, depuis trois ans, dans l'école des garçons ; il aide puissamment aux études. « C'est, nous disait un maître, la meilleure des démonstrations : la démonstration par les yeux (1). »

D'ici, nous commençons à apercevoir le beau clocher roman de l'église Saint-Christophe, édifice que son peu d'importance a, nous dit-on, empêché d'être classé parmi les monuments historiques et qui mériterait pourtant cet honneur.

Bien que remaniée au quinzième siècle, l'église conserve encore son caractère romano-ogival. Pénétrant dans l'intérieur par un porche qui s'ouvre au-dessous de la tour, on se trouve dans une large nef, séparée de deux bas côtés étroits par une suite de larges colonnes aux chapiteaux sculptés ; le triforium, les nervures de la voûte du chœur sont remarquables, l'un par sa grâce, les autres par leur délicatesse. Curieuse à visiter aussi est la crypte, qui s'étend sous le chœur et renferme les tombeaux de saint Agouard et de saint Aglibert, martyrisés à Créteil, au temps de l'introduction du christianisme dans les Gaules.

Dans un petit appentis construit récemment au pied de la tour, à droite, on a installé une coquette chapelle de fonts baptismaux.

Créteil, qui a longtemps appartenu au chapitre de Notre-Dame, a eu son château, qui servait de maison de plaisance aux évêques de Paris. La propriété existe encore, mais elle a passé entre des mains diverses. Sur la grille qui en décore l'entrée, nous avons reconnu les armes des Caumont de la Force, qui firent reconstruire le château en 1650. Le bâtiment qu'ils édifièrent alors disparut en 1825 pour faire place à l'habitation actuelle, qui, fidèle à son origine, fut pendant quelque temps la demeure de Mgr Darboy.

(1) Un musée de ce genre n'est point chose unique ; la plupart des écoles communales de Paris en possèdent de semblables.

Vous trouverez cette propriété dans une voie nommée la rue des Mèches, après avoir passé devant de grandes fermes aux cours immenses; au fond de l'une de ces cours vous apercevrez un colombier énorme, dont la porte est surmontée d'un écu sculpté, et qui, avant d'être consacré au modeste emploi qu'il remplit, devait être la tour de quelque manoir. Au même lieu s'élevait jadis, mais il n'en reste plus que le souvenir, une chapelle de Notre-Dame des Mèches, très fréquentée par les Parisiens.

Nous quittons Créteil pour nous diriger vers Maisons-Alfort. La route s'ouvre droite et large devant nous; nous passons devant une belle propriété connue dans le pays sous le nom de *Château du Buisson*, devant un ancien parc rempli maintenant de petites habitations, sorte de colonie bourgeoise qu'on appelle la *Villa des Buttes;* devant le Petit-Créteil, réunion de fermes, dont l'une, isolée dans la plaine, à gauche, est, avec ses pignons noirs, ses rares ouvertures, ses toits roux, du plus pittoresque aspect. Nous entrons à Maisons-Alfort par la rue de l'Échat, une bifurcation de la grande route; mais nous sommes encore en pleine campagne et dans un gai paysage. Nous rencontrons successivement des carrières abandonnées, des fermes en pleine exploitation, des plaines étendant leurs tapis verts ou bruns jusqu'au pied de collines aux sommets couronnés de frémissantes feuillées. Certes, le mur blanc qui borde la rue, à droite, nous rappelle un peu celui que nous avons si longtemps suivi avant d'entrer à Montreuil; mais, à gauche, le regard se perd dans l'espace, à chaque instant charmé par un point de vue nouveau. Ici, une vaste propriété s'encadre dans la rigidité de ses murs; là, une construction isolée se dresse fièrement dans la plaine, étendant sur le sol l'ombre noire de ses murs; ailleurs, nous apercevons, pimpante et gaie, la villa bourgeoise que nous avons eu tant de fois l'occasion de décrire; puis se dressent soudain quelques cheminées d'usine, car le pays est industriel. On y fabrique de la levure; on y fond du fer; vous y rencontrerez une grande manufacture de meules et une usine où cinq cents

LE PAVILLON DE DISTILLATION DE L'USINE SPRINGER.

DESSIN DE P. MERWART.

ouvriers sont employés à la fabrication de l'alcool de grain.

Cette usine, une des premières du monde entier, a été établie, en 1872, par M. Max Springer ; aucune distillerie ne fabriquait alors, en France, l'alcool de grain par la diastase, c'est-à-dire sans acide, et ce progrès accompli nous a affranchis de l'importation étrangère. Ce n'est pas là, pourtant, le seul service que la maison ait rendu à notre industrie ; à la levure de bière qu'on employait jadis, et dont le prix de revient était fort élevé, elle a substitué un produit excellent, peu coûteux, fort apprécié maintenant, et bien connu sous le nom de *levure française*; de plus, les résidus de sa fabrication donnent une drèche de grain fort riche en matières azotées et éminemment propre à la nourriture et à l'engraissement des bestiaux.

Quand on saura que les cinq cents ouvriers employés dans cet immense établissement produisent chaque jour 250 hectolitres d'alcool, 10000 kilogrammes de levure, et 25000 kilogrammes de drèche; quand on saura qu'elle consomme, chaque année, 310000 quintaux de grains, seigle et orge, exclusivement achetés en France (le maïs, seul, étant forcément de provenance étrangère); quand on se rendra compte que la propriété ne mesure pas moins de 10 hectares de superficie, on sera pris, à coup sûr, de la tentation de franchir la porte et de visiter en détail les magnifiques ateliers.

Certes, la salle de fermentation, long hangar meublé de 120 cuves, ne le cède en rien, au point de vue de la curiosité, à celle où fonctionnent, brillantes et luisantes, les puissantes machines réunissant entre elles une force de 1300 chevaux; à tout prendre, sur une moindre échelle pourtant, on pourrait voir cela ailleurs. Mais ce qu'on ne peut rencontrer que là, c'est ce magnifique pavillon de distillation, qui forme avant-corps au milieu du bâtiment principal, et dont les appareils à distiller et à rectifier atteignent des proportions monumentales. On peut voir là une gigantesque chaudière, qui ne contient pas moins de 628 hectolitres. Passez dans le moulin, ensuite; dix paires de meules y sont

en continuelle activité, puisant leur alimentation dans des
greniers qui peuvent contenir 80000 quintaux de grains.
Entrez dans la salle de macération, voyez les *battes rafraî-
chissoires* tourner dans les cuves ; demandez combien on
peut ici macérer d'hectolitres en vingt-quatre heures : on
vous répondra 10000 ; tous les chiffres, ici, sont vertigineux.
Visitez les cuiseurs, la malterie, qui s'étend sur 6000 mètres carrés ; la salle des chaudières, qui ne contient pas
moins de douze générateurs ; la salle d'épuration, les belles
écuries abritant 100 têtes de bétail, bœufs et chevaux, le
hangar des pompes à incendie, l'usine à gaz, et partout au
milieu d'une activité incessante, car le travail n'arrête ici
ni jour ni nuit, vous demeurerez surpris de la propreté —
nous allions écrire la coquetterie — qui règne dans toutes
les parties de cette usine modèle.

Nous avons assez fait de chiffres à propos de l'usine Springer ; nous laissons nos lecteurs libres de calculer quelle
somme elle paye à l'État, sachant que chaque hectolitre est
frappé d'une taxe de 156 francs.

Un souvenir artistique nous revient en mémoire au moment où nous quittons la maison ; nous oublions la trépida-
tion qui l'agite ; au parfum capiteux qui l'emplit, se substitue nous ne savons quelle vague odeur de bergamote et de
poudre à la maréchale ; un clavecin jette dans notre oreille
des notes dont l'assemblage nous rappelle l'air : *Où peut-on
être mieux qu'au sein de sa famille ?* Pourquoi ? Parce que
le musicien Grétry a habité cette maison au dix-huitième
siècle et qu'il y a composé plusieurs de ses délicieux opéras-
comiques.

La mairie, placée dans la Grande-Rue, ne se recommande
que par sa situation heureuse et sa bibliothèque contenant
trois mille volumes. L'église Saint-Rémy, dont le clocher roman, surmonté de sa pyramide de pierre, se dresse au fond
d'une petite place, a souffert pendant la dernière guerre,
mais a été habilement restaurée. Vous retrouverez dans sa
nef, dans son unique bas côté et dans son chœur de nombreux fragments de l'architecture du treizième siècle :

gros piliers, fines colonnettes, jolies arcatures; enfin, un intéressant ensemble.

Par une large avenue plantée de jeunes marronniers, que la ligne du chemin de fer borde à droite et les talus du fort de Charenton à gauche, nous arrivons devant la longue suite de bâtiments où sont installés les laboratoires, les amphithéâtres, les écuries, les porcheries, les salles de dissection, etc., de l'École vétérinaire.

C'est une institution que l'Europe nous envie, dirions-nous, si le cliché n'était démodé. Il serait pourtant bien à sa place ici.

Au commencement du dix-huitième siècle, une épizootie de typhus, sortant des steppes de la Russie méridionale, se répandit sur toute l'Europe, et, pendant soixante années, fut, en frappant sur le bétail, une cause de ruine pour un grand nombre d'agriculteurs.

C'est alors que Bourgelat conçut l'idée de créer des écoles de vétérinaires. Il fit entrer dans ses vues Bertin, contrôleur général des finances, et celui-ci fit décréter, le 5 avril 1761, la fondation de la première école. Cette école fut établie à Lyon; mais le gouvernement ne tarda pas à reconnaître qu'une semblable institution, placée aux portes de Paris, rendrait d'inappréciables services. La création de l'école d'Alfort fut résolue en 1766 et son organisation confiée à Bourgelat.

Il est inutile de le faire observer, on le voit en regardant les bâtiments, il ne reste rien de l'ancien château qu'on aménagea au début pour les services de l'école. Dans la cour d'honneur, plantée de marronniers, vous verrez la statue du fondateur de l'école, œuvre du sculpteur Crauk. Elle s'élève sur un piédestal décoré de cette simple inscription :

CLAUDE BOURGELAT
FONDATEUR DES ÉCOLES VÉTÉRINAIRES.
1712-1779.

En costume du temps, tenant dans les mains le plan de la maison, Bourgelat est représenté dans l'attitude fière et confiante d'un homme qui comprend la valeur de son œuvre et croit à sa durée.

Dans un quinconce voisin, sur un piédestal de granit d'un beau dessin, fourni par M. Monjauze, architecte, vous verrez encore une statue. Celle-ci, datée de 1889, est du statuaire Allouard, et rappelle les traits d'un professeur de clinique de l'école, que sa science et son aménité ont rendu cher aux élèves : M. Henri Bouley, mort en 1883, à l'âge de soixante et onze ans.

Ceci n'est, en quelque sorte, que l'extérieur de l'établissement, mais l'intérieur est autrement intéressant, et c'est lui qu'il faut visiter si l'on tient à se rendre compte de la façon dont l'enseignement est donné et des facilités que trouvent les élèves pour se préparer par la pratique à la carrière qu'ils veulent suivre.

Il faut voir les cabinets de zoologie et d'anatomie ; ce sont là des collections curieuses par la rareté des pièces qui y sont rassemblées, par l'ordre qui préside à leur classement et par le concours efficace qu'elles peuvent apporter aux démonstrations et aux études. Ces collections, dont l'origine remonte à la fin du siècle dernier, ont été commencées par Chabert, second directeur de l'école.

Très curieuses aussi sont la ménagerie et la bergerie ; dans cette dernière on parque les troupeaux de race étrangère. Dans le jardin botanique on cultive, avec le plus grand soin, toutes les plantes médicinales. Enfin, l'hôpital des chevaux et des chiens est une véritable école pratique où les jeunes gens apprennent de leurs professeurs la science du diagnostic, si difficile à déterminer chez les animaux, ainsi que l'art de pratiquer les opérations et d'appliquer le traitement.

L'École vétérinaire reçoit trois cent cinquante élèves. La durée des études est de quatre années, au bout desquelles, et après examens, les diplômes de vétérinaire sont délivrés.

On l'a vu par ce que nous avons raconté à propos de la défense du pont de Charenton, les élèves d'Alfort font, à

d'occasion, comme tous ceux de nos grandes écoles, preuve
d'un ardent patriotisme.

Pour avoir exploré tout le canton de Charenton, il n
nous reste plus qu'une courte visite à faire à Alfortville.
C'est une commune qui compte maintenant 6600 habitants.
Jusqu'en 1884, alors que la localité n'était en quelque sorte
qu'un faubourg d'Alfort, elle était périodiquement inondée
par les eaux de la Seine. D'importants travaux d'exhausse-
ment ont été exécutés dans les rues par les soins de la municipalité et le pays est désormais à l'abri du fléau. Nous
pénétrons à Alfortville en quittant l'École vétérinaire, par la
rue Eugène-Renault, qui appartient encore à la commune
d'Alfort. Nous n'apercevons tout d'abord que les grands
cylindres gris d'une fabrique d'alcool, la cour d'un dépôt de
tramways et la courbe d'un pont de chemin de fer; la voûte
du pont franchie, nous sommes à Alfortville. L'avenue est
large, plantée de peupliers-saules, bordée de petites maisons
sans caractère. Les rues qui naissent ici, qu'elles s'appellent
Villeneuve ou Véron, conservent le même aspect demi-cam-
pagne, demi-faubourg industriel. Les hangars de grands
entrepôts alternent avec de modestes constructions consacrées au petit commerce.

Il faut remonter l'ensoleillée mais poussiéreuse rue de
Villeneuve, peu bâtie encore, pour trouver à l'extrémité du
pays, presque dans la plaine, la petite mairie que M. Preux
a construite en 1887.

C'est un bâtiment carré, en pierre de taille, égayé par des
chaînes de briques, auquel on accède par une sorte de petit
porche surmonté d'un élégant balcon; au-dessus du cadran
d'horloge, et pour terminer l'édifice, s'élève, entre deux
hautes cheminées, un lanternon de forme gracieuse.

Comme partout maintenant, la municipalité s'associe au
mouvement intellectuel; quinze cents volumes forment
déjà, à la mairie, une bibliothèque qui reçoit des lecteurs
et prête des livres.

Tout auprès de la mairie, M. Nitot, l'architecte de la chapelle Marie-Auxiliatrice, dont nous avons parlé en passant

à Clichy, commence, aux frais de Mlle Rollin-Gosselin, l'édi-fication d'une coquette église. Le monument est loin d'être achevé, mais nous en avons vu les plans et les dessins. Le portail élevé sur perron servira de base à un clocher élancé terminé par une flèche pyramidale d'une rare élégance et qui se verra de loin. L'intérieur comprendra une nef, deux bas côtés et un chœur accosté de chapelles.

CANTON DE VILLEJUIF

ITINÉRAIRE

Ivry : pompe à feu, un dessin de Daumier, Forges d'Ivry, hospice d'Ivry (Incurables), mairie, château, groupe scolaire, église Saint-Pierre-Saint-Paul, fort d'Ivry, faubourg Saint-Frambourg, Port-à-l'Anglais, cimetière ; **Vitry** : chapelle Notre-Dame, écoles, église Saint-Germain, mairie, château, moulin Saquet ; **Choisy-le-Roi** : statue de Rouget de l'Isle, châteaux, mairie, église Saint-Louis-Saint-Nicolas, pont de Choisy ; **Thiais** : mairie, écoles, église Saint-Loup, Grignon ; **Orly** : église Saint-Georges ; **Rungis** : mairie, église, source des eaux d'Arcueil, un regard ; **Fresnes-lès-Rungis** : mairie, la Rue, maison des religieux du Saint-Esprit, église ; **l'Hay** : église Saint-Léonard, mairie, le monument, monuments et plaques commémoratifs, redoute des Hautes-Bruyères ; **Villejuif** : l'asile de Villejuif, église Saint-Cyr, mairie, maison du dix-huitième siècle, groupe scolaire, cimetière de l'Asile, fort de Bicêtre, hospice de Bicêtre ; **Gentilly** : groupe scolaire, dispensaire médical, place de la Fête, mairie, écoles, église Saint-Saturnin ; **Arcueil** : école Albert-le-Grand, maison des Guise, hôtel de ville, église Saint-Denis, aqueducs d'Arcueil, Cachan.

SEPTIÈME EXCURSION

En quittant Alfortville, nous avons traversé le pont d'Ivry. La Seine, ici, décrit une de ces gracieuses courbes si fréquentes sur son parcours : elle rampe au pied du village d'Ivry ; ses flots argentés caressent, en amont, les rives du Port-à-l'Anglais ; en aval, elle s'encombre d'une innombrable quantité de chalands de curieuse allure. Ce sont des espèces de maisons noires, ayant une coque de bateau pour base, des amas de charbon pour murailles, une bâche pour toit. Sur le sommet, auprès d'un tuyau d'où sort une paresseuse fumée, vous apercevrez une fillette ; ses jupes claquent au vent et sa voix jette un retentissant appel au patron du bateau qui flâne sur la berge, en attendant l'heure du déjeuner.

Près du pont, est installée la pompe à feu, dont les six corps élèvent, chaque jour, 86 000 mètres cubes d'eau, et les déversent, à 89 mètres d'altitude, dans le réservoir de Villejuif.

En voyant ce village qui, sur plus de 600 hectares, étend, des bords du fleuve au sommet d'une colline, ses longs murs d'usines, ses palissades d'entrepôts, ses hangars profonds, quelques touffes de verdure et une centaine de cheminées rouges à la base, noires au faîte, on ne se douterait guère qu'Ivry fut une seigneurie au dixième siècle et un lieu de plaisance aristocratique au dix-huitième. Agricole, très industriel aujourd'hui, le pays ne conserve que peu de souvenir de son passé. Nous les retrouverons en le parcourant.

Sur le quai, en descendant la Seine, nous ne tardons pas à passer devant l'Entrepôt de charbon d'Ivry ; ses noirs hangars, ses montagnes de combustibles, étonnent le promeneur par leur grandeur et l'industriel par leur importance. Quant à l'anecdotier que nous sommes parfois, il se ressouvient, en les voyant, d'une historiette artistique et il la raconte :

Vous avez tous vu sur les murs, sur les voitures de l'établissement, sur ses paquets de braise et même aussi chez les collectionneurs d'affiches, cet humoristique dessin représentant une bonne levant les bras au ciel, et accueillant, par une joyeuse exclamation, l'Auvergnat chargé d'un sac de charbon qui entre dans sa cuisine. Peut-être vous êtes-vous demandé de qui est ce dessin, si verveux en son ensemble, si amusant dans ses détails. Regardez-le de près un jour, et, bien qu'il ne soit pas signé, vous reconnaîtrez la facture inimitable du grand artiste qui fut Daumier. C'est, en effet, lui qui le composa jadis, à la sollicitation d'un sien ami, alors directeur de l'Entrepôt d'Ivry.

Nous sommes au point culminant du renflement que la terre forme ici sur le fleuve. Conflans s'étage à notre droite ; à nos pieds, le déchargement des bateaux est dans toute son activité ; devant nous, par une large échancrure, Paris nous apparaît tout entier, Bercy vert à ses pieds, ses dômes, ses flèches et ses tours vigoureusement accusés sur l'horizon.

Nous entrons dans le pays par la rue Nationale. C'est ici un centre industriel, un petit Saint-Denis. De chaque côté de la voie, dans de vastes bâtiments, dont quelques-uns ressemblent à de vieux monastères, nous rencontrons les hauts fourneaux et les ateliers des Forges d'Ivry. On s'occupe spécialement, en cette usine, de la refonte et de la transformation des *riblons* ou pièces de fer hors d'usage. Tout auprès, nous voyons une manufacture de caoutchouc, construction moderne et de belle allure. Mais nous lasserions peut-être l'attention de nos lecteurs, si nous tentions d'énumérer toutes les industries qui s'exercent ici ; qu'il nous suffise de constater qu'on y peut, à son choix, visiter une fabrique d'orgues, une scierie, une faïencerie, une briqueterie et, enfin, une fabrique d'encre d'imprimerie.

Presque à chaque pas, en continuant notre promenade,

nous croisons des vieillards coiffés de casquettes, vêtus de
longues capotes gros bleu, et des femmes âgées, habillées de
robes noires. Nous sommes dans le voisinage de l'hospice
d'Ivry, plus connu sous le nom d'hospice des Incurables.

La pensée d'offrir un asile aux indigents atteints de maladies inguérissables remonte à l'année 1632 et émane d'une
dame Le Bret, qui, dans ce but, donna à l'Hôtel-Dieu de
Paris deux maisons qu'elle possédait à Chaillot. Deux ans
plus tard, le cardinal de La Rochefoucauld fit installer les
Incurables rue de Sèvres. En 1801, les hommes, séparés
des femmes, furent transférés à l'ancien couvent des récollets, dans le faubourg Saint-Martin, puis, en dernier lieu,
séjournèrent pendant quelque temps rue Popincourt ; enfin,
hommes et femmes, en 1869-1870, furent réunis dans la
maison d'Ivry.

Cet établissement est situé à l'extrémité du village ; les
fenêtres de ses bâtiments froids et réguliers ouvrent sur la
plaine leurs innombrables baies rectangulaires. Vu de loin,
l'hospice ressemble assez à une immense caserne ; vu de
près, il s'égaie un peu. La cour d'honneur, dont la chapelle occupe le fond, est de belles proportions ; les allées de
marronniers qui la bordent, les parterres qui la décorent,
en font un lieu de promenade agréable, sain et parfumé, au
printemps, de la bonne odeur des lilas.

Outre les vieillards des deux sexes, admis à soixante-dix
ans accomplis, et les incurables, reçus à tout âge, l'hospice
renferme, à titre de pensionnaires, quelques postulants aux
Petits-Ménages et à l'hospice de La Rochefoucauld. Il s'y
est installé de plus, en 1889, un service pour les enfants ;
on y accueille les malades du cœur et les scrofuleux, tous
les malheureux enfin à qui la nature de leur affection ne
permet pas d'entrer à Bicêtre. Les hospitalisés à Ivry sont
au nombre de deux mille.

En sortant de cet asile, nous suivrons la rue François-
Vincent-Raspail, un peu villageoise, un peu faubourienne,
et nous arriverons à la rue de la Mairie, que domine au loin
le clocher de l'église. Dépouillé de son toit et de ses abat-

voix, ce clocher ressemble à une grande fenêtre ouverte sur le ciel.

La mairie, autour de laquelle se groupe, dans des boutiques propres toujours, coquettes parfois, tout le petit commerce du pays, est installée, au milieu d'un parc transformé en promenade publique, dans une ancienne maison de plaisance, de beau style, qui date du temps de Louis XV et dont l'escalier en pierre a conservé une belle rampe en fer forgé. La salle des mariages, qui sert aussi aux réunions du conseil municipal, est décorée de jolies boiseries grises, aux fines sculptures, et de trumeaux peints dans le goût du temps, qui seraient charmants encore, si de maladroites restaurations n'en avaient altéré le caractère. Dans une autre salle, la municipalité a confortablement installé une bibliothèque, qui contient environ douze cents volumes, d'un bon choix.

Un vieux mur, une grille en fer rouillé par le temps, quelques marronniers, quelques saules, voilà tout ce qui reste, rue Parmentier, de la propriété qui fut le château d'Ivry. La construction, qui ne remontait pas au delà des dernières années du dix-septième siècle, n'avait pas une grande importance; c'était un simple pavillon composé d'un rez-de-chaussée et d'un étage unique, mais dont le parc était fort beau et renfermait des serres contenant une grande quantité de magnifiques orangers. Une statue de Louis XIV, par Coysevox, ornait l'un de ses parterres et portait cette inscription : « Vainqueur, vengeur et père, je terrasse l'ennemi par la force; je protège les autels par la piété, et je comble le peuple de bienfaits. » Le premier propriétaire du château fut un certain Claude Bosc du Bois, prévôt des marchands et conseiller d'État. L'un de ses héritiers, le grand écuyer de Beringhem, reçut plusieurs fois le roi Louis XV en cette résidence, à son retour des fêtes de Choisy-le-Roi.

A Ivry, résida longtemps aussi et fut vénérée pour sa bienfaisance, la duchesse d'Orléans, mère du roi Louis-Philippe. Sous le premier Empire, Ivry, que les fabriques n'avaient point encore envahi, comptait au nombre de ses habitants

Mlle Contat, la célèbre grande coquette de la Comédie française.

Sur la place de la République, un groupe scolaire développe sa large façade pierre et brique, ses longues galeries renferment les classes et relient entre eux plusieurs élégants pavillons. Cette construction, qui, dans son ensemble, rappelle un peu le collège Chaptal, a été inaugurée le 1er octobre 1882. M. Raulin, architecte, en a fourni les plans.

Un escalier de quatre étages conduit au portail de l'église Saint-Pierre-Saint-Paul. C'est un monument bizarre, composé de trois nefs de différents caractères ; l'une d'elles, basse et voûtée, devait jadis être réservée aux religieuses du couvent que desservait l'église. Le chœur est un beau morceau d'architecture du treizième siècle ; le clocher, de deux cents ans plus jeune, a été brûlé le 14 juillet 1886. Il était, ce soir-là, brillamment illuminé à l'occasion de la Fête nationale ; une bourrasque s'abattit sur le pays, éteignit toutes les lumières et, du même coup, alluma dans le clocher un incendie qui consuma les charpentes intérieures, le toit, fit fondre les cloches et ne laissa debout que l'ossature de pierre. C'est à voix basse et discrètement qu'on parle de cet événement dans le pays, et l'explication logique que nous venons d'en donner n'est pas admise par l'unanimité des habitants. Catastrophe, disent les uns ; malveillance, murmurent les autres. Nous ne nous prononcerons pas entre ces deux opinions, mais nous souhaitons sincèrement que la commune trouve un jour dans sa caisse les ressources nécessaires à la restauration du clocher de son église.

Un chemin montueux nous amène au sommet du mamelon où s'élève le fort d'Ivry, construit à 6300 mètres du château du Louvre, en exécution de la loi du 3 avril 1841. Cette plaine, cerclée de vertes collines, creusée de carrières, hérissée de petits baraquements sous lesquels s'abritent des extracteurs de glaise, était autrefois le faubourg Saint-Frambold ou Frambourg. Le parrain de cette localité fut un moine, contemporain de Childebert, qui s'était retiré du monde et vivait dans une caverne. Après la mort du saint homme, une chapelle fut édifiée sur l'emplacement de son ermitage, et l'eau d'une citerne qui l'avoisinait passa longtemps pour avoir des propriétés curatives applicables aux maladies les plus diverses.

Avant de quitter le pays et sans toutefois revenir sur nos pas pour le visiter, disons quelques mots de cette partie de la commune qui s'appelle le Port-à-l'Anglais. C'est une suite de maisonnettes construites sur le bord de l'eau, entre le pont d'Ivry et Vitry, abritant, pour la plupart, des cabarets dont le charme du site forme l'attrait principal. Quant au nom de cette fraction de pays, les étymologistes, après avoir bien discuté, sont à peu près tombés d'accord. Vers l'an 1300, le propriétaire du lieu était un certain Thomas Langlois ou Langlais. Son nom, un peu défiguré, désigne maintenant la petite crique que la Seine forme ici.

En 1465, Port-à-l'Anglais fut le théâtre d'un des derniers combats de la guerre du *Bien public ;* les Bourguignons réussirent à jeter un pont sur la Seine en cet endroit, mais un Normand, excellent nageur, fila sous l'eau, coupa les câbles qui retenaient les bateaux, et ceux-ci s'en allèrent à la dérive.

En 1572, lors des massacres de la Saint-Barthélemy, la rivière fut barrée à la hauteur du Port-à-l'Anglais pour rendre aux victimes désignées toute fuite impossible par le fleuve.

Nous ne jugeons pas utile de conduire nos lecteurs jusqu'au vaste cimetière dépendant de la commune d'Ivry, mais plus rapproché de celle de Gentilly, où l'on enterre les habitants de quatre arrondissements de Paris. Dans les deux vastes enclos de cette nécropole, ils ne verraient rien qu'ils n'aient eu déjà l'occasion de voir en d'autres champs de repos, si ce n'est pourtant — mais cela mérite à peine une mention — le coin bosselé, herbu et retiré, où l'on enterre les suppliciés.

C'est par le faubourg de Bacchus, qui n'a de gai que son nom, que nous entrons à Vitry. Presque aussitôt, nous nous trouvons sur le large boulevard Lamouroux et nous ne tardons pas à apercevoir un petit mais curieux souvenir du temps passé.

Regardez cette façade étroite, percée de deux fenêtres ogivales, coiffée d'un toit triangulaire et que surmonte un minuscule clocher encore garni de sa cloche; vous êtes devant la chapelle Notre-Dame des Champs, une construction qui remonte à l'an 1300 et qui fut consacrée au culte jusqu'en 1770. A cette époque, la chapelle, alors isolée dans la plaine, devint propriété particulière et fut aménagée pour l'habitation d'une famille. La solidité de la construction est telle, que l'édifice a pu supporter plusieurs changements successifs sans qu'on éprouvât jamais le besoin de réparer ses murs. Deux inscriptions, gravées sur des plaques de marbre placées au-dessous des fenêtres, racontent l'histoire du monument.

Le boulevard se rétrécit, change de nom et devient la rue Eugène-Pelletan. Nous longeons des murs de grands parcs; nous passons devant des façades à l'air vénérable. Affaissés par le temps, quelques balcons s'entourent encore de jolies fioritures en fer forgé; un notaire accroche ses panonceaux à la grille d'une sorte de petit château; la villa de Vitry range ses maisonnettes sur les côtés d'une longue avenue: Dans ce coin silencieux, grave comme une vieille rue du faubourg Saint-Germain, une note joyeuse éclate soudain; nous sommes arrivé devant l'école des garçons, bâtie en 1874 par M. Simonet. La façade, précédée d'un élégant perron central, se développe au fond d'une vaste cour. Franchissez le seuil, vous pourrez voir des classes d'un aménagement parfait. Traversez un préau couvert mais clair, joyeux, pouvant abriter les ébats de deux cents enfants, et vous vous trouverez dans un vaste jardin ombragé de marronniers séculaires. C'est ici l'école engageante, saine et gaie. La commune est, à bon droit, fière de la posséder. Les écoles maternelles et de jeunes filles sont, dans la rue Audigeois, plus modestement installées, mais riantes et, comme celle que nous quittons, à l'abri sous de grands arbres pleins d'oiseaux jaseurs.

Si nous traversons une petite place décorée d'une fontaine, nous nous trouverons soudain dans la partie absolument villageoise du pays, mais aussi dans celle où se sont groupées la plupart de ces magnifiques pépinières qui font à la fois la gloire de Vitry et sa prospérité. Dans ce quartier, nous rencontrons d'antiques maisons aux porches garnis de solives, aux toits élevés, égayés par de curieuses mansardes, aux cours au fond desquelles on aperçoit des pigeonniers qu'on prendrait volontiers pour des tours féodales détournées de leur emploi primitif; enfin, un aspect respectable et pittoresque à la fois, devant lequel l'esprit évoque tout naturellement les vieux souvenirs de la localité.

Vitry (*Victoriacum*) doit son nom à la victoire que Labiénus remporta, l'an 52 avant Jésus-Christ, dans les plaines qui l'environnent, sur les troupes de Camulogène. Il est probable que le lieu prit une certaine importance dès les premiers temps de la monarchie, car on assure que saint Éloi y posséda une maison de campagne. Plus tard, Vitry avait deux églises paroissiales : l'une, dédiée à saint Gervais et saint Protais, fut brûlée par les troupes de Charles de Navarre et reconstruite aux frais du roi Charles V ; il n'en reste plus de traces. L'autre était placée sous le vocable de saint Germain; c'est encore le patron de l'église actuelle, qui s'élève au fond d'une jolie place, sur laquelle débouche la rue d'Arnetal que nous suivions tout à l'heure.

Bien que construit à diverses époques, ce monument est, par son harmonieuse unité, l'un des plus remarquables qu'il nous ait été donné de rencontrer jusqu'ici. Les architectes qui se sont succédé semblent avoir pris à tâche, tout en travaillant dans l'esprit de leur temps, de ne rien changer au plan primitivement conçu. Les trois nefs sont du treizième siècle ; le beau chœur en abside, son déambulatoire et ses chapelles rayonnantes portent la date du quatorzième. Le clocher hardi, réédifié en 1848, avec une rare préoccupation d'exactitude, complète un ensemble charmant.

La mairie, placée à l'entrée d'une agréable promenade publique, n'est qu'une propriété particulière aménagée avec goût pour les besoins des services municipaux. Elle se compose de trois corps de logis formant successivement retrait, et dont l'unique étage est éclairé par de grandes fenêtres à petites vitres et couronné d'une terrasse à balustres coquets.

Le château, élégante construction du dix-septième siècle, n'est guère célèbre que par la mystérieuse catastrophe dont il fut le théâtre en 1796. Il était alors habité par un financier nommé Du Petit-Val, qui fut assassiné, avec quatre personnes de sa famille et cinq domestiques, par des hommes masqués. Pour tout butin, au milieu des richesses renfermées dans le château, la bande se contenta de papiers de famille et d'affaires. Les auteurs de cette boucherie n'ont jamais été découverts.

Entre Vitry et Villejuif se trouve le moulin Saquet. Au début de la dernière guerre, la construction d'une redoute de forme quadrangulaire fut entreprise sur ce coteau. Quand les Prussiens se présentèrent, le génie n'avait pas eu le temps d'achever les travaux, et l'intérieur de l'ouvrage était visible des hauteurs voisines. La redoute tomba au pouvoir de l'ennemi le 19 septembre 1870, à la suite de la malheureuse affaire du plateau de Châtillon; mais la division du général Maudhuy l'en délogea trois jours après et elle nous resta jusqu'à l'armistice. Occupée, pendant la Commune, par les troupes des fédérés, elle leur fut reprise, le 4 mai 1871, par le général Lacretelle.

Pour quitter Vitry, nous suivons la rue de la Barre et nous entrons à Choisy-le-Roi par la plus élégante de ses promenades, l'avenue de Paris. Elle est bordée de doubles rangées d'arbres et, sur ses côtés, s'élèvent, entre cour et jardin, gais et respirant l'aisance, des villas, des cottages et des institutions. Dans un rond-point central, à l'endroit où viennent aboutir la rue du Pont et le faubourg Saint-Éloi, se dresse fièrement la statue élevée en 1882 à la mémoire de Rouget de l'Isle.

L'auteur de *la Marseillaise* vécut ses dernières années à Choisy-le-Roi; il habitait une maison portant le numéro 6 de la rue des Vertus. Oublié depuis longtemps et à peu près ignoré, il subsistait d'une modeste pension que Louis-Philippe lui avait offerte au lendemain de la révolution de 1830. Simple en ses mœurs, affable en ses manières, il était, à Choisy-le-Roi, désigné par ses concitoyens sous le sobriquet amical de père Rouget.

Lorsqu'il mourut, le 17 juin 1836, la ville se ressouvint qu'il était l'auteur de l'hymne national et lui fit de splendides et touchantes funérailles. Puis, avec le temps, son souvenir grandit; une sorte de fierté s'empara de la commune à son propos. En 1881, on donna son nom à la rue des Vertus et l'on plaça une inscription sur la maison où il avait rendu le dernier soupir. Un an plus tard, on inaugura en grande pompe le monument devant lequel nous sommes et dont M. Lucien Leblanc, architecte, a dirigé l'érection.

La statue, en bronze, œuvre de M. Léopold Steiner, est placée debout sur un piédestal de granit entouré de bornes reliées par des chaînes. Ce piédestal, de forme simple mais de proportions sévères, est orné de deux bas-reliefs: *la Marseillaise conduisant les soldats à la victoire* et *les Enrôlements volontaires*, deux compositions pleines de vie, traduisant bien les grands enthousiasmes des jours vers lesquels elles reportent la pensée. Rouget de l'Isle, lui, est représenté dans une pose naturelle d'un très bon mouvement, en costume d'officier du génie, son épée et un manuscrit dans une main, l'autre main sur le cœur, la tête haute, la physionomie inspirée, tel, enfin, qu'on se le figure à trente-deux ans, entonnant pour la première fois le chant de guerre de l'armée du Rhin (1).

(1) On ne connaît que *la Marseillaise* de Rouget de l'Isle, et, pour être exact, il faudrait dire qu'on en connaît seulement le premier couplet; l'auteur a produit beaucoup pourtant. Outre plusieurs recueils de poésies et de chants, dans l'un desquels Alexandre Dumas a pris le refrain du *Chant des Girondins :* « Mourir pour la patrie, etc., » Rouget a travaillé pour le théâtre ; on a de lui en ce genre : *Bayard en Bresse*, représenté à la Comédie italienne en 1791 ; *l'Ecole des Mères*, jouée au théâtre Feydeau en 1798 ; *Macbeth*, représenté à l'Opéra en 1827 ; *Ferrial,*

C'est dans la rue du Pont que se concentre le peu de commerce du pays. C'est en la suivant que nous arrivons devant une place ornée de marronniers si régulièrement taillés, que pas une feuille ne se permet de dépasser l'autre; c'est une habitude, nous allions dire une manie, à Choisy, de corriger ainsi la nature. Au fond de cette place, s'ouvre le portail postérieur de l'église, devenu la porte de la mairie. Les deux monuments ne font qu'un. L'édifice municipal est établi dans les dépendances du temple, qui s'est modifié et rapetissé pour lui faire place.

Ce n'est pas là la seule transformation que la localité a subie depuis le temps où ses seigneurs avaient droit de haute et basse justice et où l'un d'eux, Laurent Leblanc, obtenait de Louis XI la permission de faire dresser des fourches patibulaires; hâtons-nous d'ajouter qu'on assure que ces fourches n'ont jamais servi. Il faut dire qu'en ce temps, et pendant bien des siècles encore, Choisy était et demeura un hameau de pêcheurs de la plus humble condition, un lieu absolument inconnu et parfaitement dédaigné, malgré la beauté du site où végétaient ses habitants. Ce fut justement sa situation heureuse qui séduisit, au dix-septième siècle, Mlle de Montpensier et la décida à faire bâtir par Mansart le premier des châteaux qui ont fait l'illustration et la fortune du pays.

Dans ce château, dont il reste quelques vestiges que nous aurons occasion de voir plus tard, la Grande Mademoiselle passa une partie de sa vie. C'est là que se déroula tout entière l'aventure tragi-comique de son mariage avec Lauzun; c'est là qu'il fut secrètement célébré. C'est là que l'impérieuse Mme de Montespan obtint, en échange de la liberté du mari, alors embastillé, la cession de la majeure partie des biens de la femme. Là, enfin, arrivés à ne se plus pouvoir

opéra publié après sa mort. Le numéro du journal *le Siècle* du 26 mai 1848 donne en plus l'analyse de quelques pièces que Rouget a laissées et qui n'ont pas été imprimées. Nous pourrions ajouter à cette nomenclature une grande quantité de fables, de nouvelles et de romans.

souffrir, les deux époux résolurent de se séparer pour toujours, non sans avoir échangé force horions et coups. L'héroïne de la Fronde mourut, à peu près oubliée, dans son château, le 5 mars 1693. A la présence de Louise d'Orléans, le pays dut un nom nouveau et s'appela Choisy-Mademoiselle.

Le Grand Dauphin posséda le domaine pendant quelque temps; mais il ne tarda pas à l'échanger avec Mme de Louvois, contre sa propriété de Meudon. Celle-ci, entourée de Mmes de Sévigné et de Coulanges, réunissait à Choisy une compagnie aimable et spirituelle. Les plaisirs étaient ceux du temps : la table, le lansquenet et la promenade; mais l'impartial historien doit reconnaître que le bon goût était toujours respecté et tout excès inconnu.

La princesse de Conti succéda à Mme de Louvois ; puis, le duc de la Vallière, dernier propriétaire du domaine, le céda à Louis XV. Ce monarque, ami des plaisirs, trouva trop solennelle l'habitation que la Grande Mademoiselle avait fait construire, et chargea Gabriel de la transformer en *petite maison royale*, en *folie*, comme l'on disait alors. Gabriel ne ménagea ni le temps ni l'argent. La grande architecture de Mansart et l'ornementation magistrale des intérieurs disparurent; ce qui était beau devint joli, ce qui était sévère devint frivole, et là on mena longtemps vie bruyante et joyeuse. A Choisy, Louis XV donna ces fameux soupers d'où toute étiquette était bannie et pendant lesquels les convives étaient autorisés à le tutoyer ; là se trouvait cette féerique salle à manger dont les portes ne s'ouvraient à nul laquais et dont le plancher machiné livrait passage aux tables toutes servies. Les chasses alternaient avec les promenades en gondole sur la Seine; les représentations de comédie ou d'opéra s'achevaient aux lueurs naissantes des illuminations et des feux d'artifice. C'était fête continuelle. « Après moi la fin du monde, » disait le roi. Choisy prit alors le nom de Choisy-le-Roi. Un moment vint où l'affluence fut si grande que le château devint insuffisant. Le roi en fit construire un second ; la marquise de Pompadour l'habita, et eut le poète Gentil-Bernard pour bibliothécaire. Les pêcheurs de Choisy s'étaient faits cabaretiers pour la plupart et vivaient bien, grâce à la clientèle assidue que leur procurait la domesticité des deux châteaux.

Le 10 mai 1774, le jour même de la mort de Louis XV, Louis XVI et Marie-Antoinette entraînèrent la cour à Choisy-le-Roi. La jeune reine aimait le plaisir, et les fêtes recommencèrent brillantes et continues jusqu'à ce que le coup de tonnerre de la Révolution vînt les interrompre. La nation trouva trop onéreuse pour elle l'entretien des domaines de Choisy. Un décret de l'Assemblée constituante l'aliéna, le 19 novembre 1789. Pourtant, il ne fut définitivement vendu qu'au mois de juillet 1797. Un sieur Lefranc l'acquit pour 701 000 francs. Choisy-le-Roi avait vécu et s'appelait Choisy-sur-Seine.

L'industrie avait, jusqu'à cette époque, été absolument nulle à Choisy. Sur les ruines des châteaux s'établirent quatre manufactures : une de savon, une de maroquin, une d'acides minéraux, et enfin, la fabrique de faïence de Paillard frères. Ce petit bataillon est devenu légion. Le bourg d'autrefois est ville active aujourd'hui et peuplée de près de 8 000 habitants. Un beau pont de cinq arches, large de 8 mètres et long de 23, met Choisy en communication avec la rive droite de la Seine.

La mairie, nous l'avons dit, est établie dans les dépendances de l'église; fâcheuse disposition, dont le double résultat est de décompléter un monument, sans donner à l'autre l'étendue dont il aurait besoin. Sur le côté gauche de la partie réservée à l'édifice municipal s'élève, au-dessus d'un petit porche, le clocher de l'église. Il offre cette particularité, d'être moins élevé que les combles; flatterie de l'architecte à l'adresse de l'aversion bien connue de Louis XV pour le son des cloches (1). Néanmoins, ce clocher est co-

(1) Quand Louis XV habitait Choisy, la messe n'était annoncée que par deux ou trois légers coups de cloche; il ne souffrait de sonnerie en aucune occasion, et les morts, même les riches, dit sérieusement Dulaure, « avaient le désagrément de s'en aller en terre sans être réjouis du moindre coup de cloche ».

INTÉRIEUR DE L'ÉGLISE DE CHOISY-LE-ROI.

DESSIN DE A. DEROY.

quet dans sa petitesse. Une terrasse le termine assez gracieusement; mais le dôme qui en occupe le centre l'alourdit un peu.

Entrons par le petit porche, sauf à ressortir par le portail, pour voir la façade. Nous nous trouvons dans un vaisseau vaste, clair et richement décoré. Les tribunes où le roi et la cour prenaient place pour entendre les offices ont été enlevées lors de l'installation de la mairie; en compensation, on a établi, aux côtés du chœur, deux chapelles, celle de la Vierge et celle du Sacré-Cœur, cette dernière décorée par M. Sirouy de peintures dont le dessin et la couleur s'harmonisent parfaitement avec le caractère de l'édifice. Le maître-autel est placé dans un chœur entouré d'une balustrade de marbre blanc et rose, et décoré de deux fort jolies statues en marbre, de Bousseau, datées de 1722 (1). Dans la coupole, M. Pautre a peint une *Ascension* d'une tonalité un peu grise, mais bien composée et d'un beau dessin. Le même artiste a orné avec goût deux chapelles latérales. Enfin, dans la chapelle des fonts baptismaux et dans celle qui lui fait pendant, vous verrez deux grisailles fort intéressantes, de Bodem. Levez les yeux, et des plaques de marbre noir se chargeront de vous raconter l'histoire de l'église. Elle est dédiée à saint Louis et saint Nicolas. Ce dernier était le patron de la paroisse où se rendaient autrefois les pêcheurs du petit bourg; saint Louis était le patron du roi, qui posa la première pierre de l'église en 1748. La consécration du monument fut faite le 21 septembre 1760 par l'archevêque de Paris, Christophe de Beaumont. Nous sortons par le portail et, levant les yeux, nous sommes tout surpris d'avoir déjà vu cette façade quelque part. Ne cherchons pas longtemps : c'est à peu de chose près celle de Saint-Thomas d'Aquin.

Nous passons auprès des auvents d'un marché s'étalant à l'ombre de marronniers taillés avec la régularité réglemen-

(1) Bousseau est le sculpteur auquel on doit le grand autel de la cathédrale de Rouen.

taire dans le pays. Nous regagnons la rue du Pont ; nous rencontrons là quelques constructions ayant grand air, une fabrique de porcelaine établie rue du Chemin-de-Fer dans ce qui subsiste des communs du château de la Grande Mademoiselle. La faïence, on le sait, est devenue une des grandes industries de Choisy-le-Roi. Outre une vaisselle d'un joli décor, ses usines produisent des carreaux, des plaques, des pièces décorées, très estimés dans la céramique moderne.

Il nous faut revenir au rond-point que nous avons quitté pour voir, en remontant un peu dans l'avenue de Paris, d'autres restes de l'ancien domaine. Ce ne sont que des murs surmontés de vases de pierre, dont les contours ont conservé leur pureté et les sculptures en rocaille leur charme sous la couche de moisissure dont le temps les a couverts. C'est encore deux petits pavillons perdus dans le parc, où l'on reconnaît le goût des architectes du dix-huitième siècle. Quant aux châteaux, on l'a vu par ce qui précède, ils n'existent plus ; mais, dans le parc, au fond d'une vaste éclaircie, s'élève une habitation moderne. Le chemin que nous avons fait nous a permis de nous rendre compte de l'étendue du domaine disparu. Nous avons vu qu'il devait s'étendre depuis la Seine jusqu'à l'avenue de Paris. Quant à ses limites dans l'autre sens, elles sont impossibles à déterminer, maintenant que le village de Louis XV est devenu, non seulement la petite ville coquette que nous venons de parcourir, mais encore une cité manufacturière. En effet, outre les faïenceries dont nous avons déjà parlé, vous y trouverez encore une verrerie, des fabriques de soude, de produits chimiques, de maroquin, de toiles cirées, etc.

C'est par le faubourg Saint-Éloi, une véritable avenue, que nous quitterons Choisy-le-Roi pour nous rendre à Thiais (1). Thiais, nous le savons, jouissait jadis d'une certaine suzeraineté sur Choisy-le-Roi. Ne rappelez pas ce

(1) L'ancienne rue des Vertus, aujourd'hui rue Rouget-de-l'Isle, commence à peu près au milieu du faubourg Saint-Éloi.

souvenir à un habitant de cette dernière ville; il vous accueillera par une de ces moues dédaigneuses qui veulent dire : « Il y a bien longtemps de ça, » et ne manquera pas de vous assurer qu'aujourd'hui Thiais est commune, on ne sait pourquoi, et ne devrait être, en réalité, considéré que comme un faubourg de Choisy. Il serait superflu d'ajouter qu'à Thiais on ne partage pas cette manière de voir. On se souvient encore que les franchises communales ne datent pas d'hier, et qu'en l'an 1248, la localité s'affranchit de tout servage vis-à-vis de l'abbaye de Saint-Germain des Prés moyennant une somme de 1200 livres, que les habitants réunirent en se cotisant. On ne manquera pas de vous dire aussi que la reconstruction de l'église Saint-Loup date de cette époque, et de vous faire remarquer que de jolies propriétés bourgeoises se sont élevées sur le territoire de la commune et rompent l'aspect un peu monotone des vieilles maisons villageoises qu'on y rencontre encore.

Il est certain que le pays tend à s'embellir et se range aux idées nouvelles. Nous n'en voulons pour preuve que le soin qu'il a pris, en 1884, d'édifier, sur un mamelon d'où l'on avait une vue superbe, une mairie et des écoles auxquelles l'architecte, M. Thomas, a eu le tort, selon nous, de donner l'aspect de constructions militaires. De loin, on les prend pour des casernes; de près, on regrette qu'elles empêchent de voir le paysage.

L'église Saint-Loup est le seul monument du pays. Elle n'a ni l'harmonieux ensemble de l'église de Vitry, ni la coquetterie un peu mondaine de celle de Choisy-le-Roi; mais, pris isolément, quelques-uns de ses morceaux sont intéressants pour les curieux d'architecture religieuse. Tel le clocher qui est de la fin du douzième siècle; tel encore le gigantesque pilier supportant la tour et enfin le bas côté gauche, qui remonte au quinzième siècle. Quant à la nef centrale, elle est d'une belle largeur, les arceaux de sa voûte ont de gracieuses courbures, mais manquent un peu d'élévation. Ne parlons du chœur à fond plat et de sa décoration blanc et or que pour en déplorer le goût fâcheux. Un legs

15

de 50000 francs, fait à la commune par un de ses anciens maires, M. Colin, sera employé à réparer l'église.

En traversant Grignon, un petit hameau où les maisons de campagne et une grande institution ecclésiastique font bon voisinage avec des fermes rustiques, nous nous dirigeons vers Orly. Nous suivons pendant quelque temps une route encaissée; puis, soudain, l'horizon s'élargit et un petit chemin montueux nous mène à l'entrée du village, et nous y pénétrons en longeant les murs du cimetière. Il est modeste, ce petit pays. N'y cherchez ni commerce ni industrie; ses habitants sont tous occupés à la culture. N'y cherchez plus les beaux châteaux du président d'Ormesson, ils sont détruits. Le pays ne possède qu'un monument : l'église Saint-Georges; mais il en est fier à juste titre. Le chœur, qui date de la Renaissance, est très curieux par son déambulatoire. La tour, mutilée, rappelle un souvenir glorieux pour la commune. En 1360, les Anglais, qui avaient leur camp à Montlhéry et dévastaient toute la contrée, mirent le siège devant Orly. Deux cents braves se renfermèrent dans la tour et, trois mois durant, tinrent les assaillants en échec. Pris par la famine et forcés de se rendre, ces héros furent impitoyablement massacrés aux lueurs de l'incendie qu'on alluma dans le village. Le tout en vertu de ce vieil et farouche axiome : « On ne doit pas se défendre quand on dispose de forces insuffisantes. »

Rungis, une des moins importantes communes du canton, en est pourtant une des plus anciennes. On croit le lieu d'origine romaine, mais ses archives ne sont pas riches en souvenirs. A peine est-il question de la localité au douzième siècle, à propos du don de sa voirie, que le roi Louis VI fit au chapitre de Sainte-Geneviève. Au dix-septième siècle, Rungis parut s'animer un peu, grâce à la présence du cardinal de Richelieu, qui y possédait deux maisons de campagne, et, dans l'une d'elles, hébergeait le poète Colletet.

Ces séjours ont été détruits pendant les guerres de la Fronde. Pourtant, à côté de ses fermes antiques aux vastes

cours, le village possède encore quelques propriétés bourgeoises d'une certaine importance, plusieurs beaux jardins
et un parc d'une grande étendue. Isolé dans une vaste
plaine, sourd à tous les bruits extérieurs, indifférent à tous
les progrès. Rungis semble avoir pour caractère principal
une immobilité somnolente. Sa population, contrairement à
celle des pays que nous avons parcourus, n'augmente pas
sensiblement; on y comptait 300 habitants en 1860, le dernier recensement en accuse 322. Ici, point de monuments
à visiter. La mairie est une maison quelconque, décorée
d'un drapeau, et placée au fond d'un joli quinconce, à
l'ombre des grands arbres du parc. L'église est des plus
modestes aussi; le garde champêtre en est le bedeau et, le
pays n'étant point paroisse, c'est le curé de Chevilly qui
vient y célébrer une messe tous les dimanches. Cette commune, si nulle en apparence, a pourtant son importance
utilitaire. C'est sur son territoire que se trouve la source où
l'aqueduc d'Arcueil puise les eaux qu'il amène à Paris.

Sous les plaines fertiles qui s'étendent entre ce village
et Fresnes, circulent les canaux par lesquels les eaux de
Rungis sont conduites à Arcueil. De distance en distance,
des regards s'ouvrent sur ces canaux. L'un d'eux, isolé dans
un champ, presque à l'entrée de Fresnes, est assez curieux
comme construction et produit un effet très pittoresque.
C'est un édicule carré, aux pierres noircies par le temps; il
est couvert d'un toit en forme de sphère écrasée, terminé
au sommet par un vase coquettement sculpté.

Fresnes n'a pas plus d'histoire que Rungis et nous retrouvons dans l'un le même aspect villageois que nous avons
constaté dans l'autre. Si nous consultons les tables de recensement, nous trouvons, ici comme là, à trente années de
distance, à peu près la même population (542 habitants en
1860, 594 aujourd'hui). Pourtant la commune de Fresnes
semble plus que sa voisine se préoccuper et s'associer au
mouvement général. Elle possède déjà une mairie et des
écoles, réunies dans un bâtiment unique, édifié il y a quelques années par Dubreuil, architecte. Cette construction se

compose d'un corps de logis central : c'est la mairie, reliée
par des galeries renfermant les classes à deux pavillons
extrêmes, où demeurent les instituteurs. Le bâtiment manque d'élévation et sa couleur est criarde; l'architecte a
construit son édifice en brique et pierre jointoyées avec du
ciment rouge et, par raison d'économie, a dû prendre ses
matériaux sur place.

Sans beaucoup l'agrandir, mais en se préoccupant de lui
donner une régularité qui lui manquait, M. Benoist reconstruit en ce moment l'église. Le clocher, assez gracieux, et
un bas côté sont les seules parties qui resteront de l'ancien
édifice.

Remarquons encore que l'industrie, nulle à Rungis, est
représentée ici par une importante briqueterie, devant laquelle nous passerons en quittant le village.

Par une route qu'un poteau indicateur dénomme route
de la Rue à Villejuif, nous nous rendrons à Chevilly. La
plaine s'étend à perte de vue autour de nous, et, à notre
grande surprise, nous apercevons au loin, et presque depuis
sa base, la tour Eiffel se découpant sur l'horizon.

Il y a vingt-cinq ans, nous eussions passé presque sans
nous arrêter dans cette petite commune de Chevilly. Aujourd'hui, c'est avec un respect ému que nous foulons son
sol et que nous parcourons ses rues tranquilles. Sur le long
mur du parc qui ombrage l'entrée du village, nos yeux
cherchent instinctivement la déchirure d'une brèche ou la
fente d'une meurtrière. Nos yeux plongent-ils dans une
paisible cour de ferme : les poussins picorent, les canards
barbotent, les oies se promènent avec la gravité majestueuse de la sottise; le fumier s'entasse dans un coin,
l'étable s'ouvre dans un autre; une génisse fixe sur nous
ses doux regards ; la fermière passe, glisse les mains dans
son tablier transformé en sac, et jette au loin du grain à la
gent volatile. Tout est ici paix et repos. Eh bien, à travers
ce tableau champêtre, et malgré nous, notre pensée se reporte à vingt ans en arrière. A la pénétrante odeur d'étable
qui se répand autour de nous, se substitue l'âcre senteur de

la poudre. Un indescriptible tumulte remplace le silence.
Dans ces rues calmes et solitaires, que le soleil embrase,
nous apercevons soudain une foule armée qui fuit en
désordre, balayée par le canon, décimée par la fusillade,
poursuivie par des milliers de baïonnettes. Cette foule est
un gros de soldats allemands ; ceux qui les chassent sont
nos braves mobiles de la Vendée et de la Côte-d'Or ; celui
qui les commande est le général Guilhem. Découvrons-
nous ; dix balles reçues dans la poitrine l'ont mortellement
blessé. Nous sommes au 30 septembre 1870 ; on a repris, ce
jour-là, Chevilly aux Allemands, pour le reperdre ensuite,
hélas ! et le nom de Chevilly, jusqu'alors obscur et ignoré,
est désormais inséparable de l'histoire de nos malheurs et
de nos gloires. Vaillante terre de France, il n'est pas, en
cette terrible année, un de tes petits coins où l'on n'ait fait
bravement son devoir !

Ce légitime hommage rendu au pays, nous reprenons
notre sérénité de voyageur et notre curiosité de touriste se
réveille. Qu'irons-nous visiter ? La mairie ? Elle est à la Rue,
un petit pays qui dépend de la commune, bien que ses
premières maisons en soient à 1 000 mètres et que ses
dernières touchent au village de l'Hay. Au reste, un conseiller municipal nous l'assure, cet état de choses chan-
gera prochainement ; une mairie sera édifiée entre les deux
pays.

Le parc dont nous avons aperçu les hauts arbres alors
que nous étions encore dans la plaine, se prolonge, ombreux et touffu, sur la droite de la Grande-Rue, presque
jusqu'à son extrémité. C'est maintenant la propriété d'une
communauté de religieux du Saint-Esprit, une maison
d'éducation pour les missionnaires. Les pères ont fait bâtir,
et nous en trouvons la porte ouverte, en face de l'église,
une petite chapelle, un peu basse malheureusement, mais
de disposition fort coquette. Quant à l'église, c'est un monument dans lequel, après avoir vu le gracieux clocher,
vous trouverez un chœur du douzième siècle, dont les piliers
d'entrée sont particulièrement intéressants.

L'Hay, tout voisin de Chevilly, est peuplé, comme lui, de cultivateurs. Comme lui, il serait rustique et paisible, si la présence de quelques maisons de campagne, appartenant à des propriétaires parisiens, n'en altérait le caractère primitif. Frère de Chevilly, il est un peu faubourg aussi de son coquet voisin Bourg-la-Reine. Frère de Chevilly, avons-nous dit! Nous aurions pu ajouter : frère d'armes, car l'un et l'autre ont lutté dans cette journée du 30 septembre, dont nous parlions tout à l'heure; tous deux se sont mêlés au désastreux combat du 29 novembre. Mais à quoi bon rappeler ces pénibles souvenirs? L'Hay, paisible aujourd'hui, a pansé ses blessures plus complètement que Chevilly, et quelques monuments que nous rencontrerons en le visitant rappellent seuls les terribles journées de la guerre et la part glorieuse que le petit pays prit à la défense du sol envahi.

Bien que cette petite commune soit ancienne, bien que son existence soit constatée dès le neuvième siècle, elle a peu fait parler d'elle. Elle posséda pourtant un manoir seigneurial, dont le dernier reste était visible encore au commencement de ce siècle. C'était une tour carrée, flanquée, aux angles, de tourelles en cul-de-lampe, et dont la masse noire dominait tout le village.

Mais nous voici devant le gracieux portail de l'église Saint-Léonard. Le monument a, vous n'en doutez pas, beaucoup souffert pendant la guerre; mais il a été restauré avec soin, ce qui est fréquent, avec goût, ce qui est plus rare. Le portail, dont la construction, due à l'architecte Billaud, ne remonte pas au delà de 1857, a été rétabli tel que l'artiste l'avait conçu. Le chœur, aux voûtes bleues piquées d'étoiles d'or, est, avec la petite chapelle qui termine le bas côté gauche, un très savoureux morceau d'architecture du quinzième siècle.

Derrière l'église est la mairie. Nous ne trouvons rien à y signaler; mais nous y apprenons que le pays possède un *monument* qu'il faut voir. Allons donc voir le monument; il est à quelques pas de nous, au commencement de la rue

Bronzac. Une colonne de bronze surmontée d'un vase émerge d'une vasque de pierre entre deux rectangles occupés par les inscriptions que nous transcrirons tout à l'heure; une fontaine, en un mot, voilà ce qu'à l'Hay on appelle le *monument*. Vous êtes tentés de sourire et l'appellation vous semble pompeuse; reconnaissez, au moins, que l'édicule a le mérite d'être d'une incontestable utilité! Il a été inauguré le 17 mars 1883, par M. Bronzac, alors maire de la commune. Prenant en pitié ses administrés, qui manquaient d'eau potable, il avait eu la pensée de faire creuser le puits qui alimente cette fontaine. Voilà ce que nous apprend l'inscription de gauche :

LES HABITANTS DE L'HAY

A M. BRONZAC.

Celle de droite nous confirme le fait en ces vers :

Ingrates envers nous, les nymphes des fontaines,
Pour la grande cité versaient toutes leurs eaux ;
Mais votre art a trouvé des sources souterraines,
    Coulant dans le creux des coteaux.
Nous avons bien souffert de leur trop longue absence,
Et nos vœux sont comblés de les voir en ces lieux !
Que ce bronze à jamais rappelle à nos neveux
Nos besoins, vos bienfaits, notre reconnaissance (1).

Nous ignorons le nom de l'auteur de ce huitain, mais certainement il n'appartient pas à la pléiade romantique qui faisait alors si grand bruit à Paris.

Dans la même rue, en descendant vers la plaine, à l'ombre d'un grand saule, nous rencontrons un autre monument, plus sérieux, celui-là. C'est un cénotaphe de granit que dé-

(1) Bronzac n'est pas le seul maire dont la commune de l'Hay garde le souvenir ; elle est fière d'avoir été administrée par M. Chevreul. L'illustre savant, mort centenaire en 1889, repose dans le cimetière du pays.

core seule une épée creusée dans le fronton, et sur le flanc
duquel vous lisez ces simples mots :

PARIS
A SES DÉFENSEURS.
BATAILLE DE L'HAY 29 NOVEMBRE 1870.

Sur un mur, au bout du pays, nous relevons encore cette
inscription gravée en lettres d'or sur une plaque de marbre
blanc :

RÉPUBLIQUE FRANÇAISE.

A LA MÉMOIRE
DES GARDES MOBILES
ET COMBATTANTS DE LA CÔTE-D'OR
MORTS SOUS L'HAY
POUR LA DÉFENSE DE LA PATRIE
LE 30 SEPTEMBRE 1870.
LEURS FRÈRES D'ARMES. 1883.

Enfin, en face de ce souvenir, à l'angle de deux chemins,
dont l'un mène à Paris et l'autre à Villejuif, un christ de
bronze se dresse sur une croix de bois au milieu d'un banc
de gazon entouré d'une grille. Sur la pierre qui sert de soubassement à ce calvaire, vous lirez :

ÉRIGÉE
LE 6 AVRIL 1873.

Puis, plus bas :

A LA MÉMOIRE
DES BRAVES SOLDATS
TOMBÉS SUR LE CHAMP DE BATAILLE EN 1870 ET 1871.

La route que nous suivons pour nous rendre à Villejuif se
déroule droite et pavée ; à notre gauche, la redoute des
Hautes-Bruyères dessine seule une aspérité sur la plaine.
Cet ouvrage, qui commande le plateau de Villejuif et les
deux vallées de la Bièvre et de la Seine, est peut-être le meilleur de ceux que nous avons exécutés pendant la guerre; sa

construction fut dirigée par Viollet-le-Duc, alors lieutenant-colonel du génie auxiliaire. Des travaux, faits de 1872 à 1878, en ont augmenté l'importance. Le rôle important que la redoute des Hautes-Bruyères joua pendant la guerre est présent à toutes les mémoires. On sait que le général Vinoy en chassa les Prussiens, le 23 septembre 1870, au moment même où le général Maudhuy s'emparait du moulin Saquet, et qu'elle resta en notre pouvoir pendant tout le siège, dominant la plaine et rendant impossibles les communications de l'ennemi avec Versailles, par la route de Choisy-le-Roi.

En entrant à Villejuif, il est impossible de ne pas s'arrêter un instant devant les bâtiments de l'asile. M. Maréchal, l'architecte qui a construit l'asile en 1885, semble avoir eu pour préoccupation unique — et c'est un réel mérite en ce cas — d'assurer aux hospitalisés une situation hygiénique exceptionnelle. Les constructions se répandent sur une superficie de 18 hectares et sont toutes séparées les unes des autres par de vastes et agréables jardins. Douze cents hommes, femmes et enfants, tous frappés d'aliénation mentale, sont recueillis et soignés dans l'établissement. MM. les docteurs Briand et Vallon dirigent, l'un le service des hommes, l'autre celui des femmes. L'asile de Villejuif appartient au département de la Seine. Ajoutons que la maison est absolument laïque ; une salle de fêtes s'élève au lieu où, partout ailleurs, on rencontre la chapelle. En longeant les murs de l'asile, nous avons sous les yeux tout le village étalant une longue suite de toits gris. L'aspect est triste, vieillot ; n'en soyons pas surpris, le bourg est ancien. Des chartes latines le désignent sous le nom de *Villa Judæi* ou *Villa Juditæ* ; de ces mots, le vieux français a fait Ville Jui ; le français plus moderne, Villejuif.

S'il faut en croire Sauval, le bourg fut, le 4 mai 1492, le théâtre d'un combat assez singulier. Quatre ou cinq cents corbeaux, rassemblés au-dessus de lui dans l'air, se livrèrent, en l'accompagnant de croassements effroyables, une bataille acharnée, qui couvrit le sol d'une grande quantité de cadavres noirs.

Lorsqu'en 1815 on apprit, à Paris, que Napoléon venait de débarquer au golfe Juan, des volontaires royaux se réunirent à Villejuif, sous les ordres du duc de Berry, et firent du pays leur quartier général. L'enthousiasme était grand ; l'indignation contre l'usurpateur, sans limites ; pourtant, la petite troupe se dispersa le 20 mars, sans avoir rien tenté contre l'empereur, qui rentrait triomphant. En ce temps-là, Villejuif était le premier relais sur la route de Paris à Lyon par le Bourbonnais, et ses nombreuses auberges prospéraient. La création des chemins de fer a changé la physionomie de la localité ; vous n'y trouverez plus, maintenant, que des maraîchers, des laitiers, des carriers et quelques ouvriers d'une briqueterie, seul établissement industriel qui soit ici. Mais ces braves gens vous raconteront encore la bataille que nos troupes livrèrent à la garde royale prussienne, le 23 septembre 1870. Barricadant les rues, crénelant les murs des fermes, faisant de chaque angle une redoute, de chaque maison un poste, transformant en observatoire le clocher que la mitraille ennemie battait sans relâche, nos braves soldats se rendirent maîtres du village (1).

Nous venons de vous parler de l'église ; nous allons la visiter. Elle est dédiée à saint Cyr et conserva longtemps des reliques de son patron ; autrefois, le jour de sa fête, le 5 juillet, il était d'usage de promener ces reliques en grande pompe et de réciter publiquement une légende rimée en l'honneur du saint par un poète du treizième siècle. En 1632, le curé de la localité trouva ces rimes barbares et les dénonça à M. de Gondi, alors archevêque de Paris. Le prélat défendit qu'on les récitât, sous peine d'excommunication.

L'église a été réparée après la guerre. C'est un édifice clair et spacieux, dont l'ensemble appartient à la Renaissance, mais qui conserve encore quelques piliers curieux portant bien le cachet du treizième siècle. Le chœur, placé dans l'abside, est éclairé par plusieurs verrières ; aux côtés

(1) Un monument commémoratif a été élevé dans le cimetière de Villejuif.

du maitre-autel sont placées deux statues : l'une représente saint André, l'autre saint Dominique ; elles sont de Jean Du Seigneur et portent la date de 1835.

L'église, la mairie, la justice de paix, les anciennes écoles, tout cela se groupe autour d'une place plantée d'arbres. Dans la mairie, vieille construction modernisée pour les besoins du service, nous retrouvons encore, avec sa rampe à balustres de bois, un curieux spécimen des escaliers du temps passé. Au numéro 89 de la Grande-Rue, se trouve le pavillon principal d'une propriété morcelée maintenant, mais qui fut luxueuse jadis ; outre l'escalier, d'une fort belle allure, on peut voir encore, dans une des hautes pièces du premier étage, des boiseries grises à fines sculptures. Quelques dessus de portes, qu'on attribuait à Boucher, décoraient un appartement de la maison voisine. Ne les cherchez pas, la guerre a passé là.

Nous avons dit que les vieilles écoles avoisinaient la mairie ; n'oublions pas de faire observer que les nouvelles sont installées très confortablement dans un groupe scolaire construit en 1889 par M. Vaucheret-Potier. Les plans de cet édifice ont valu à l'architecte une médaille à l'Exposition universelle.

Si nous allons jusqu'à l'extrémité du pays, nous longerons le fossé étroit qui borde le mur d'une propriété ; ferme aujourd'hui, elle dut être, pour le moins, manoir jadis, si nous en croyons la solide apparence d'une tour ronde qui s'élève au bout du jardin, et l'air véritablement seigneurial des grands pignons noircis par le temps et des hauts combles couverts de tuiles moussues.

Près de là, se trouve un vaste enclos funéraire : c'est le cimetière réservé à l'hospice. En face, un cabaret « chante au coin d'un carrefour » et se décore de cette enseigne, que son propriétaire n'a point inventée : *On est mieux ici qu'en face.*

Nous ne suivrons pas la route qui s'ouvre devant nous et se dirige vers Arcueil en s'encaissant entre deux talus gazonnés, mais nous nous arrêterons un moment, séduit par le panorama bien connu, mais toujours séduisant, qui s'offre à nos yeux. De là, nous découvrons Paris tout entier, nous reconnaissons ses monuments : la tour Eiffel, le Trocadéro, le dôme doré des Invalides, la masse blanche de l'arc de triomphe de l'Étoile, le toit brillant au soleil du palais de l'Industrie, et des dômes, des flèches, des aiguilles, des points lumineux, des trous noirs, un océan de toits, une forêt de cheminées, et, passant sur tout cela, le souffle puissant de la grande ville active.

Mais quittons ce spectacle, qu'on ne se lasserait jamais de contempler, et dirigeons-nous vers Gentilly. Nous passons au pied du fort de Bicêtre, édifié aux termes de la loi du 3 avril 1841. Les casernes, les logements des officiers, les murs d'enceinte de ce fort sont des chefs-d'œuvre de construction. En 1851, les casemates du fort reçurent un grand nombre de personnages dont l'opposition au coup d'État était certaine. En 1871, pendant la Commune, elles servirent encore à l'incarcération d'un grand nombre de prisonniers, parmi lesquels on peut citer les dominicains d'Arcueil.

A quelques pas du fort, nous apercevons la masse imposante encore du château de Bicêtre, aujourd'hui Hospice de la Vieillesse (hommes).

Sous Louis IX, un certain Le Queux possédait ici une grange que le peuple — on ne sait pourquoi — appelait la *grange aux Gueux;* elle devait avoir une certaine importance, sans doute, car le roi l'acquit et, sur son terrain, fit bâtir un couvent pour des chartreux. Ceux-ci ne furent pas plutôt en possession de l'immeuble que, sous le prétexte de se rapprocher de l'Université, dont ils suivaient les cours, ils intriguèrent pour que le château de Vauvert leur fût cédé. La mauvaise réputation du lieu, hanté par des fantômes et des revenants — assurait le peuple — n'effrayait point les moines, qui savaient fort bien que la vieille construction était, en réalité, habitée par des brigands. Saint Louis satisfit au désir de ses protégés et, en 1257, les bâtiments de Gentilly furent abandonnés et devinrent des ruines, avant d'être arrivés à leur complet achèvement.

C'est sur ces ruines que Jean, évêque de Winchester, fit bâtir une maison de campagne en 1290 ; le lieu prit alors le nom de Wicestre, dont la corruption a fait Bicêtre.

Pillé pendant l'invasion anglaise, le château de l'évêque s'écroulait de toutes parts, quand le roi Charles V en fit don au duc Jean de Berry, son frère. Ce prince, ami des arts, édifia sur cet emplacement un manoir magnifique qui, s'il eût pu être conservé, serait demeuré un précieux spécimen de l'architecture et du goût décoratif au quatorzième siècle. Les voûtes et les piliers de la grande salle étaient enrichis de dorures, de sculptures, de peintures allégoriques et de portraits représentant les plus illustres personnages du temps ; on y voyait le pape Clément VII, les cardinaux, la famille royale de France, les empereurs d'Orient et d'Occident, etc. Cette résidence n'eut malheureusement qu'une existence éphémère ; les Bourguignons l'incendièrent en 1411. Cinq ans plus tard, Charles VI donna le manoir, ou mieux ce qu'il en restait, au chapitre de Notre-Dame de Paris. Charles VII, en 1441, Louis XI, en 1464, confirmèrent l'acte de leur prédécesseur ; mais le chapitre, vu l'état de délabrement des constructions, ne tenta point d'en tirer parti. Moins difficiles, les voleurs et les vagabonds s'installèrent dans la demeure déserte, en firent en quelque sorte leur quartier général et, pendant près de deux siècles, le palais du duc de Berry devint ce qu'avait été le château de Vauvert, un repaire de brigands, un lieu de terreur.

En 1632, Richelieu fit raser les murs branlants de l'antique demeure, et, tenté par la salubrité du lieu, Louis XIII eut la pensée d'y installer une maison de refuge pour les anciens militaires, un hôtel des invalides. L'édification, rapidement menée au début, n'était point achevée en 1643, quand le roi mourut. En 1656, lors de la fondation de l'Hôpital général (la Salpêtrière), Bicêtre devint sa succursale. Plus tard, on en réserva plusieurs parties aux détenus correctionnels, aux condamnés à la détention perpétuelle, aux aliénés et à un hôpital spécial que le Midi a remplacé depuis. Les constructions, achevées alors, prirent ce grand caractère du siècle de Louis XIV que la vieillesse et la vétusté ne lui ont pas complètement enlevé. Vu de loin, cet hospice a encore l'air d'un château.

Le grand inconvénient du séjour était la difficulté qu'on éprouvait à s'y procurer de l'eau. En 1733, l'ingénieur Boffrand creusa un puits profond de 171 mètres et large de 13; désormais le château fut approvisionné d'excellente eau de source. Quant au puits, il devint et demeura longtemps une des curiosités du lieu. On sait que les seaux ascensionnels, après avoir fonctionné au moyen d'une machine assez compliquée que des chevaux mettaient en mouvement, étaient amenés à l'orifice par une sorte de treuil inventé par M. de Bernières et dont le maniement, travail dangereux et abrutissant, était confié aux prisonniers et aux fous. En 1858, une machine à vapeur a remplacé les hommes.

Le puits et la machine élévatoire sont renfermés maintenant dans un bâtiment; le vaste orifice à la profondeur vertigineuse est recouvert d'un filet.

En 1775, la population de Bicêtre s'élevait à six mille individus. Les prisonniers les plus dangereux étaient renfermés dans d'insalubres cachots, sortes d'oubliettes sans jour et sans air, véritables souterrains qu'on ne pouvait atteindre qu'en descendant un escalier de cinquante marches. Le pain et l'eau étaient leur seule nourriture. L'ennui et l'oisiveté semblaient, en ces conditions, devoir user promptement une existence. On cite pourtant un prisonnier, Duchatelet, dénonciateur de Cartouche, qui résista pendant quarante-quatre années à ce martyre. Un autre, nommé Isidore, avait proféré des menaces d'assassinat contre M. de Sartine; il resta quatorze ans dans un cachot de Bicêtre. La Révolution le délivra.

L'ordre, l'humanité, la propreté la plus élémentaire, étaient, en ce temps, choses absolument inconnues à Bicêtre. Les fous étaient confiés à la garde des prisonniers, entièrement à leur merci, et d'autant plus maltraités, que leurs ressources pécuniaires étaient plus mesquines. Les malheureux vivaient, si cela peut s'appeler vivre, enchaînés dans des loges de six pieds carrés garnies d'épais barreaux ; ils couchaient sur une planche scellée au mur et garnie de paille parcimonieusement répandue et rarement renouvelée.

Quant aux malades frappés de la maladie dont nous avons parlé plus haut, ils étaient deux cents entassés dans vingt-cinq lits. En punition de leur incontinence, on les flagellait, au début du traitement. Lorsqu'ils étaient guéris — quand ils guérissaient — trente fois sur cent, ils étaient soumis au même supplice. Pourtant, le croirait-on ? il y avait, chaque année, plus de deux mille demandes d'admission.

Les mauvais traitements, l'insuffisance et la médiocre qualité de la nourriture occasionnèrent souvent des révoltes à Bicêtre. Elles eurent pour résultat de faire pendre quelques mutins, mais n'amenèrent aucune modification profitable aux intéressés.

En 1790 seulement, et grâce à l'initiative d'un comité de mendicité, parmi les membres duquel figurait le docteur Guillotin, d'importantes réformes furent apportées au régime de la maison aussi bien, au reste, qu'à celui de toutes les prisons de France.

Un nom qui vient de tomber de notre plume nous rappelle encore un souvenir du vieux Bicêtre. C'est dans une des cours de l'établissement que, le mardi 15 avril 1792, furent faits, sur cinq cadavres, les premiers essais de la *machine à décapiter ;* l'instrument de supplice n'avait pas d'autre nom. Les docteurs Louis et Guillotin, l'exécuteur Sanson, assistaient à cette expérience, dont le succès fut complet. Pourtant le couperet, horizontal alors, ne faisait pas, paraît-il, une section très nette. Une légende prétend que Louis XVI, consulté, conseilla de lui donner la forme triangulaire. Nous n'avons rencontré aucun document sérieux venant à l'appui de cette assertion, et nous croyons que l'intervention du roi à ce propos doit être reléguée au rang des fables.

Ce qui est hors de doute, c'est que Bicêtre fut, pendant les journées de septembre 1792, le théâtre de massacres semblables à ceux qui eurent lieu dans les prisons de Paris.

Après avoir évoqué à regret de sombres et sanglants souvenirs, nous sommes heureux de reposer un instant nos regards sur la sympathique figure du docteur Pinel qui, à la fin de cette même année 1792, commença, à Bicêtre, dans le traitement des aliénés, une suite de réformes dictées autant par la science que par l'amour de l'humanité. Les chaînes disparurent, une liberté relative fut accordée aux aliénés, leur nourriture fut améliorée; les soins, intelligemment prodigués, commencèrent à amener quelques guérisons.

La maison demeura hospice, hôpital et prison jusqu'en 1836. C'est de Bicêtre que les chaînes des forçats partaient pour les bagnes. C'est de Bicêtre que sortait la voiture qui amenait à Paris les condamnés à mort, le jour de leur exécution. La prison n'existe plus maintenant; l'hospice reçoit les vieillards (hommes); l'hôpital accueille les fous et, dans un service spécial, les enfants atteints d'idiotie.

A Bicêtre, comme à Charenton, comme à Villejuif et, en général, dans tous les asiles du même genre, l'Assistance publique organise, pour les fous, des bals et des fêtes, et là, comme partout ailleurs, les internés se montrent très friands de ces divertissements. En ces soirées relativement calmes, les malheureux semblent, pour un instant, reprendre leur place dans la société dont ils sont bannis. Ils conservent bon souvenir de ces joies passagères et aspirent à leur renouvellement.

Bicêtre a eu ses prisonniers et ses internés illustres; l'infâme marquis de Sade en fut longtemps le pensionnaire, avant d'être transféré à la maison de santé de Saint-Maurice. Hervagault, le premier imposteur qui tenta de se faire passer pour Louis XVII, y mourut en 1812.

Il est inutile de rappeler les noms de tous les criminels qui ont passé à Bicêtre, alors que sa salle Saint-Léger était en quelque sorte l'antichambre de la place de Grève; mais nous ne pouvons oublier que ces murs, où tant d'êtres dégradés ont vécu leurs derniers jours, ont renfermé aussi, en 1822, ces quatre héroïques et malheureux jeunes gens dont la grâce s'imposait, à qui elle ne fut point accordée : Pommier, Bories, Raoulx et Goubin, les sergents de la Rochelle.

Plus d'un lecteur se dispose peut-être à nous reprocher de n'avoir point parlé de Salomon de Caus. En effet, pour la majeure partie du public, pour de certains érudits mêmes, l'internement de Salomon de Caus à Bicêtre, en 1641 et par ordre de Richelieu, ne fait aucun doute. Ici encore, une légende, qui fut jadis lancée dans la circulation par Henry Berthoud, s'est substituée à l'histoire. La peinture, en s'en emparant, a puissamment contribué à sa vulgarisation. Avant *le Pilori* de Glaize, qui n'a pas manqué de placer Salomon de Caus parmi les martyrs de la science entre Christophe Colomb et Denis Papin, Lécurieux avait déjà représenté (1) l'illustre ingénieur recevant dans son cabanon la visite de Marion Delorme. Heureusement les documents ne manquent point pour rétablir les faits; nous n'en citerons que deux : ils sont concluants. En 1624, Salomon de Caus fit imprimer à Paris le dernier de ses ouvrages. C'est un livre intitulé : *la Pratique et Démonstration des horloges solaires, avec un Discours sur les propositions.* Dans la dédicace de ce livre adressée au cardinal de Richelieu, l'auteur exprime sa reconnaissance pour les bontés du ministre. Il ne fut donc point considéré comme fou par lui, ni enfermé sur son ordre. Le second fait est celui de la mort même de Salomon arrivée en 1635, six ans avant sa prétendue incarcération.

L'hospice abrite aujourd'hui dix-sept cents vieillards. Dans les dortoirs, chaque pensionnaire a maintenant sa couchette, sa table de nuit et son armoire. Les ateliers de l'établissement occupent les cordonniers, les tailleurs, les peintres, les serruriers, les charrons; d'autres pensionnaires sont employés à la cuisine, à la buanderie ou au jardinage. Tous les travaux exécutés par les vieillards sont rétribués, faiblement il est vrai, mais assez pour leur per-

(1) Salon de 1845.

mettre d'ajouter quelques douceurs à l'ordinaire de la maison.

Ces ateliers, nous les rencontrerons dans la cour des Champs, qui communique avec la cour Saint-Jean, où s'élève l'église, en forme de croix et simple de style, construite par Le Vau. Au delà de l'église, sont les bâtiments et le jardin de la direction ; à droite de la direction, commence l'asile ; à gauche, se trouvent le lavoir, la buanderie et le fameux puits.

Une construction qu'on appelle le Petit-Mazas est, dans le quartier des fous, la sinistre curiosité de l'hospice. C'est une rotonde précédée d'un portique dont l'élégance semble déplacée en ce lieu, divisée en cellules grillées par d'épais barreaux de bois, et rayonnant autour d'une chambre centrale, observatoire réservé aux gardiens. Les malheureux enfermés dans ces sortes de cages ont plutôt l'air de fauves que d'hommes. Quelques-uns demeurent immobiles pendant des journées entières ; d'autres crient ou déclament ; le bruit des sanglots de celui-ci est étouffé par le rire éclatant et incohérent de celui-là ; à côté d'un infortuné frappé de prostration, un autre gesticule, s'agite, pousse des hurlements et, les regards furieux, l'écume aux lèvres, tente parfois de se briser le crâne sur les parois de sa cellule.

Quittons ce lieu de douleur, où nous avons trop longtemps séjourné, et gagnons Gentilly par le quartier du Kremlin ; nous y verrons, au milieu des fermes et des cabarets qui le composent, au sommet de la rue de l'Annexion, un groupe scolaire renfermant, outre l'asile et les écoles, un dispensaire où des consultations médicales sont gratuitement données le dimanche.

La commune de Gentilly, que d'ici nous embrassons tout entière du regard, s'étend jusqu'aux fortifications de Paris ; dans la plaine, la Bièvre, au courant insensible, se fraye un lit sinueux, forme des îlots, reflète le feuillage des peupliers et les troncs creux des saules qui la bordent, baigne le pied des tanneries et des blanchisseries ; jaune ici, savonneuse là, noire ailleurs, elle descend vers Paris, dont elle traverse tout le faubourg Saint-Marceau.

En voyant ce pays occupé par des fabriques, des corroiries, des mégisseries, des tanneries, habité par une population absolument ouvrière, on ne se douterait pas qu'il fut jadis, et pendant de longs siècles, un lieu de plaisance et même une résidence royale.

Au début de notre histoire, nous trouvons à Gentilly (*Gentiliacum* alors) un monastère fondé par saint Éloi. En 766, une plaque que nous verrons dans l'église rappelle le fait, le roi Pépin célébra au village les fêtes de Noël et de Pâques. Louis le Bègue donna plus tard, en 878, la terre royale à l'évêque de Paris Ingelvin. Mais tout porte à croire que les rois conservèrent longtemps encore un pied-à-terre en ce pays, car, en 1361, nous voyons Charles V céder à l'évêché son « hostel de Gentilly ». Sous Charles IX, le prince de Condé campa à Gentilly avec ses troupes et y reçut la visite de Catherine de Médicis ; l'entrevue, contrairement à l'espoir qu'on avait conçu, n'aboutit pas à la conclusion de la paix.

On prétend que Diane de Poitiers posséda un manoir sur la rive gauche de la Bièvre ; mais ce qu'on peut affirmer avec plus de certitude, c'est la grande affection dont le roi Henri IV honorait le pays. Une de ses lettres, adressée au roi d'Espagne, est signée : « Henri, par la grâce de Dieu, roi de Gentilly. » Au dix-septième siècle, Gentilly était la promenade favorite des Parisiens, et les gens de qualité ne dédaignaient pas de l'habiter. Le château, qui fut démoli sous la Révolution, appartenait alors au duc de Villeroi, et la maison de plaisance où mourut Benserade, en 1691, s'élevait dans son voisinage.

Gentilly s'honore d'avoir vu naître, au quinzième siècle, Simon Colines, un de nos plus célèbres graveurs de caractères d'imprimerie.

Il ne reste rien ou bien peu de choses à Gentilly des splendeurs passées. Une maison, dont une tourelle octogone réunit les deux corps de logis, est à peu près la seule construction dont le caractère attire les regards. Signalons-y encore la présence d'une maison du Sacré-Cœur, dirigée par les sœurs de Saint-Vincent de Paul et passons devant

la mairie, construite en 1845 par M. Naissant. Elle est édifiée sur une place où se tient la fête et d'où l'on découvre
en tout son développement la façade principale du château
de Bicêtre, ses longs toits, ses quatre pavillons, ses innombrables fenêtres et son interminable rangée de mansardes,
sur les vitres desquelles le soleil, quand il se couche, allume
des milliers de points d'or. La mairie est un petit édifice
carré, assis sur un perron et couronné par un cadran d'horloge. Des bâtiments édifiés à ses côtés renferment les écoles.

L'église Saint-Saturnin est encaissée dans des constructions antiques. On descend quelques marches avant de franchir un portail gracieusement ornementé. L'intérieur est
un vaisseau un peu large pour sa hauteur et sa profondeur,
dans lequel on trouve des traces curieuses des architec-
tures des treizième et quinzième siècles. Les voussures des
bas côtés et les ornements de quelques chapiteaux sont particulièrement remarquables.

Des plaques fixées au mur racontent, par leurs inscriptions, les principaux faits relatifs à l'histoire de l'église.
Celle-ci rappelle la présence du roi Pépin et la réunion, par
son ordre, d'un concile national au sujet du respect dû
aux saintes images ; celle-là constate qu'Ignace de Loyola,
saint François-Xavier et saint Vincent de Paul ont prié
dans l'église de Gentilly, etc. Le clocher, soutenu par de
puissants contreforts, est terminé par une flèche en ardoises,
fine, hardie, au haut de laquelle le coq gaulois fait girouette
au-dessus d'une croix.

Nous allons gagner maintenant Arcueil; ainsi que bien
des localités déjà parcourues, le village est d'ancienne origine et doit son nom (*Arculi*) à l'aqueduc, dont une arche
subsiste encore et que les Romains avaient construit. L'a-
queduc est la principale curiosité d'Arcueil; mais, avant
de le visiter, nous allons évoquer quelques souvenirs particuliers au village. La littérature et la science nous les
fourniront.

Au seizième siècle, alors que le théâtre français était encore en son enfance, Arcueil comptait au nombre de se

habitants le poète qui devait amener une réforme radicale dans la composition dramatique, l'homme sans lequel nous n'aurions eu probablement ni Rotrou ni le grand Corneille : Étienne Jodelle. En des fêtes dont le caractère un peu païen provoqua parfois du scandale, il réunissait ses amis : Remi Belleau, Baïf, Du Bartas, Joachim du Bellay, Ronsard, et donnait des représentations de ses tragédies. Voilà pour la littérature, passons à la science. Au dix-huitième siècle, la maison du chimiste Berthollet était le lieu de rendez-vous d'une pléiade d'hommes éminents : Humboldt, Biot, Gay-Lussac, Thénard, de Candolle, Malus, La Tour, tous membres de cette *Société chimique d'Arcueil*, dont les Mémoires eurent en leur temps un si grand retentissement dans le monde scientifique. Dans une autre maison et vers le même temps demeurait le marquis de Laplace, le savant auteur de la *Mécanique céleste*.

A peu près en règle avec le passé, nous allons reprendre notre marche. Notre première visite sera pour l'École Albert-le-Grand, établie dans la propriété où demeurait jadis Berthollet (1) et où l'on peut voir encore, dans un bosquet du jardin, un banc de pierre, où Bonaparte, premier consul alors, s'asseyait quand il venait passer quelques heures auprès du savant qui l'avait accompagné dans son expédition d'Égypte. L'institution a été fondée en 1863 par des dominicains, élèves et émules du père Lacordaire. A leur tête était le père Captier, dont nous aurons une triste occasion de reparler tout à l'heure. L'école accepte les jeunes garçons depuis l'âge de sept ans, les conduit jusqu'en rhétorique et en philosophie, les prépare aux baccalauréats ès sciences et ès lettres, et, dans une division spéciale, aux examens exigés pour l'admission à l'École de Saint-Cyr. De

(1) Le nom d'Albert le Grand est celui d'un dominicain, qui enseignait avec tant de succès au treizième siècle, que nulle salle n'étant assez grande pour contenir son auditoire, il prêchait sur la place publique. Cette place prit son nom, et le porte encore, mais légèrement défiguré : c'est la place Maubert.

même qu'à l'École Monge, l'institution a organisé, depuis 1878, des *caravanes*, et, pendant les vacances, promène ses élèves dans les Alpes, en Suisse, en Italie, en Autriche. La façade du bâtiment principal est ornée d'une statue en bronze du père Lacordaire, due au ciseau de M. Bonnassieux. Le même artiste a représenté, en marbre cette fois, et vous verrez son œuvre dans le jardin, le père Captier mourant.

En 1871, les fédérés s'étaient installés dans l'École Albert-le-Grand. Ils avaient emmené au fort de Bicêtre le père Captier, cinq pères et plusieurs serviteurs, en tout treize personnes. Le 25 mai, les prisonniers furent extraits de leurs cachots et fusillés. Une petite chapelle, que dans la maison on appelle *chapelle des Martyrs,* porte sur ses murs les noms des treize victimes.

Arrêtons-nous un instant au numéro 24 de la rue Émile-Raspail. Quelle est cette construction coquette où les pierres et les briques, usées par le temps, ont confondu leurs couleurs diverses dans une si douce tonalité? Remarquez-vous les deux jolies tourelles en encorbellement qui flanquent le perron? Voyez-vous comme sont belles les corniches qui ornent la grande fenêtre centrale et combien sont délicats les oves qui courent sous la frise de l'entablement? Dans le pays, on appelle cette maison la *maison des Guise.* Il est probable pourtant qu'ils ne l'ont jamais habitée, mais qu'elle a servi de logis à leur intendant ou à leur prévôt, alors que les ducs possédaient un château à Cachan.

Auprès de cette construction du temps passé, s'élève le gracieux hôtel de ville édifié en 1886 par M. Ulysse Gravigny.

L'église Saint-Denis, située en contre-bas du sol, a beaucoup souffert pendant la guerre, mais n'en reste pas moins un des plus intéressants édifices du département. Construite au commencement du treizième siècle, elle se compose de neuf travées avec bas côtés, sans abside; sept de ces travées sont éclairées par des oculus dans les collatéraux et au-dessus du triforium à fines colonnettes. Les chapiteaux sont ornés de hérauts tendant des blasons ou déployant

LA MAISON DES GUISE A ARCUEIL.

DESSIN DE P. MERWART.

des bannières, de vignerons, de joueurs de cornemuse accompagnant des danses villageoises. Près de la porte, un pèlerin a fait graver, en 1601, la circonférence de la cloche de Saint-Jacques de Compostelle.

Nous voici devant l'aqueduc, ou mieux devant les aqueducs. Nous l'avons dit, les Romains avaient déjà établi une construction de ce genre pour amener les eaux de Rungis au palais des Thermes. L'aqueduc actuel, dont Louis XIII, encore enfant, posa la première pierre, a été bâti, de 1613 à 1624, sur l'ordre de Marie de Médicis et d'après les dessins de Jacques Debrosse. Il se compose d'une épaisse muraille, soutenue de chaque côté par des contreforts qui montent jusqu'à une corniche d'ordre dorique ornée de médaillons et entre lesquels s'ouvrent vingt-quatre arcades larges de 6m,20. Huit de ces arcades sont à jour et la Bièvre passe sous deux d'entre elles. La longueur de l'édifice est de 400 mètres et sa plus grande hauteur de 24. L'entablement est surmonté d'un attique qui borde une galerie voûtée recouverte par des dalles. L'intérieur de la galerie forme le canal, et les eaux coulent entre deux banquettes permettant de parcourir toute la longueur de l'aqueduc à pied sec. Des bossages vermiculés ornent la porte de l'aqueduc et son entablement est supporté par deux cariatides. Depuis 1872, un nouvel aqueduc s'est ajouté à l'ancien, qui lui sert en quelque sorte de soubassement. Il amène à Paris les eaux de la Vanne. Les piliers de ses soixante-dix arches reposent sur les puissants contreforts de l'ancien édifice. Il a 17 mètres de hauteur. Il est construit en pierres meulières et en ciment de Portland, ce qui lui donne une couleur jaune qui jure un peu avec la teinte foncée que le temps a répandue sur l'œuvre de Debrosse.

Les aqueducs séparent la commune en deux parties. Franchissons-les et nous sommes à Cachan, vieux pays encore, où Philippe le Bel et Charles V eurent une résidence, que ce dernier donna à Duguesclin et qui disparut sous le règne de Charles VI. Une maison d'une grande somptuosité, qui fut démolie en 1818, avait longtemps appartenu à l'abbaye de Saint-Germain des Prés. Camille Desmoulins habitait à Cachan la jolie propriété de sa belle-mère, Mme Duplessis. Au milieu des préoccupations du temps, il s'était formé là une société où le badinage aimable et les sobriquets fantaisistes étaient à l'ordre du jour. Le maître de la maison s'appelait Bouli-Boula; sa femme, la charmante Lucile, était surnommée Rouleau; Mme Duplessis répondait au nom de Melpomène; Danton s'appelait Marius; Fréron, Lapin; ainsi des autres. Un jour, la société fut dispersée et presque tous ceux qui la composaient moururent sur l'échafaud. Le château de Cachan et son magnifique parc appartiennent depuis longtemps à la famille Raspail, très aimée dans le pays. Une seule industrie s'exerce à Cachan, celle du blanchissage. Dans sa rue unique, vous ne rencontrerez que des ouvrières du fer ou du battoir; mais le pays est sain et gai et la végétation superbe, comme dans toute la vallée de la Bièvre.

CANTON DE SCEAUX

ITINÉRAIRE

Montrouge : fort de Montrouge, maison de retraite Decaen, église Saint-Jacques le Majeur, mairie, hospice Verdier; **Malakoff** : le rôtisseur Chauvelot, église Notre-Dame ; **Châtillon** : faïencerie Edmond Lachenal, asile Sainte-Louise, mairie, église Saint-Philippe-Saint-Jacques, propriété Lanjuinais-Louveau : **Bagneux** : église Saint-Herbland, monument des mobiles de l'Aube ; **Fontenay-aux-Roses** : le rosier du roi, mairie, église, château Boucicaut, collège Sainte-Barbe des Champs, maison mortuaire de Ledru-Rollin, École normale d'institutrices, hospice Boucicaut ; **Bourg-la-Reine** : ancienne prison de la ville, institution de sourdes-muettes, mairie, église Saint-Leu-Saint-Gilles, serres Margottin ; **La Croix de Berny** : château de Berny ; **Antony** : église, tombeau de Molé ; **Chatenay** : le Petit-Chatenay, église Saint-Germain d'Auxerre, Joseph Bouchardy, écoles, mairie ; **Aulnay** : propriété de La Rochefoucauld-Doudeauville, maisons de Georges Farcy et Henri Delatouche ; **Sceaux** : lycée Lakanal, église Saint-Jean-Baptiste, buste de Florian, buste d'Aubanel, les Félibres, maison mortuaire de Florian, hôtel de ville, cimetière, tombeau d'Edmond Morin, Robinson, bois de Verrières, le Petit-Bicêtre ; **Plessis-Piquet** : église Sainte-Madeleine, refuge du Plessis-Piquet, mairie, bois de Clamart; **Clamart** : mairie, groupe scolaire, église Saint-Pierre-Saint-Paul, hospice de Ferrari, maison Sainte-Émilie ; **Fleury** : maison de retraite pour les frères des écoles chrétiennes, orphelinat de Saint-Philippe ; **Vanves** : maison Falret, église Saint-Rémy, château, lycée Michelet ; **Issy** : mairie, vivier, séminaire de Picpus, couvent des Oiseaux, maison des sœurs de la retraite chrétienne, institution des frères de Saint-Nicolas, pensionnat de Saint-Joseph, la Solitude, succursale du séminaire de Saint-Sulpice, hospice Devillas, maison de retraite des Ménages, église Saint-Étienne, parc d'Issy, cartoucherie, les Moulineaux, usine Lefranc.

HUITIÈME EXCURSION

C'est par Montrouge — le Grand-Montrouge, comme disent encore ses habitants — que nous commencerons l'exploration du canton de Sceaux. Le pays, à peu près désert jadis, est très peuplé maintenant et s'étend entre les fortifications de Paris, la commune de Gentilly, que nous avons visitée précédemment, et celle de Malakoff, que nous parcourrons tout à l'heure. Le lieu est fort ancien ; mais, nul n'en sera surpris, les étymologistes ne demeurent pas d'accord sur l'origine du nom qu'il porte. Les uns prétendent que ce nom est dû à la couleur du terrain ; les carrières de plâtre, de chaux et de pierre, qui abondent ici, répandent sur le sol une poussière blanche qui ne justifie nullement cette opinion. Les autres veulent qu'un certain Guy le Rouge, seigneur de Montlhéry, qui fit le premier exécuter des travaux de défrichement dans la plaine, lui ait imposé son nom. Ce qui demeure certain, c'est que Montrouge, longtemps inhabité, ne commença guère à être connu que lorsque des moines de l'ordre de Saint-Benoît y vinrent demeurer au douzième siècle. Ils y séjournèrent peu du reste, car, dès l'an 1289, le roi Philippe-Auguste leur permit de s'établir à Paris, dans le quartier du Temple, où leur couvent devint célèbre sous le nom de Blancs-Manteaux. Quatre siècles plus tard, en 1668, les Jésuites installèrent à Montrouge une maison qui fut longtemps l'une des plus importantes de l'ordre, et que, lors de leur expulsion, en 1762, ils cédèrent à Parceval, fermier général. Fréron, le fameux antagoniste de Voltaire, avait fait ses études chez les Jésuites de Montrouge, et demeurait encore dans le village quand il rédigeait *l'Année littéraire*.

C'est au dix-septième siècle qu'il devint de mode, pour les grands seigneurs, d'avoir leur maison à Montrouge. Charles de Laubespine, marquis de Châteauneuf, qui fut garde des sceaux de 1630 à 1633, s'y installa l'un des premiers ; le comte de Guerchy, ambassadeur d'Angleterre, l'imita et construisit son château auprès de l'église, dans un parc de 60 hectares. Mme de Gousseville possédait, sur la route de Bagneux, une luxueuse résidence dont les jardins, dessinés à l'anglaise, se reliaient à la route d'Orléans par une magnifique avenue. Sous Louis XV, enfin, le duc de La Vallière s'était fait construire une habitation dont quelques vestiges subsistaient encore il y a une trentaine d'années. C'était une maison composée de deux corps de logis réunis par un péristyle d'ordre ionique, que surmontait une terrasse. Aux angles supérieurs de chaque pavillon, des piédestaux supportaient de gracieux groupes d'enfants ; le cintre surbaissé des croisées était décoré, à son centre, de rocailles adorablement fouillées.

En 1815, le général Vandamme campait à Montrouge ; il avait sous ses ordres le troisième et le quatrième corps d'infanterie, les dragons du général Excelmans et les débris de la grande armée décimée à Waterloo. Le 2 juillet, il écrivit à la Chambre des députés pour attester l'excellent esprit qui animait ses troupes. Cette petite armée se serait fait hacher jusqu'au dernier homme pour la défense du drapeau impérial ; mais la capitulation signée à Saint-Cloud la força à prendre tristement le chemin d'Orléans, pour se rendre au delà de la Loire.

Rétablis à Montrouge en 1814, les Jésuites furent à peu près les maîtres du pays pendant toute la Restauration. Le parti libéral leur fit une guerre acharnée ; la localité ne fut plus considérée que comme le quartier général de la Compagnie, et l'impopularité des pères était si grande quand éclata la révolution de 1830, que le 50e régiment de ligne, envoyé alors pour garder leur maison, fraternisa avec la garde nationale qui l'attaquait. Les soldats furent ramenés en triomphe à l'Hôtel de ville de Paris, l'établissement livré au pillage et les caves scrupuleusement vidées. Selon le mot d'un plaisantin du temps, on se mettait ainsi au courant de l'esprit de la congrégation.

Les Jésuites ne sont pas revenus à Montrouge, mais vous rencontrerez encore dans la commune plusieurs institutions religieuses : les dames de l'Intérieur de Marie, les religieuses du Saint-Sacrement, plusieurs maisons de retraite pour les vieillards, etc. Un pensionnat placé sous l'invocation de saint Joseph, qui occupait l'ancienne habitation du duc de La Vallière, y florissait encore avant la guerre de 1870.

Pendant toute la durée du règne de Louis-Philippe et jusque vers 1860, le Grand-Montrouge fut à peu près abandonné ; mais son voisin, le Petit-Montrouge, touchant alors au mur d'enceinte, prit une grande extension. Il s'y créa des fabriques d'amidon, d'huile, de bougies, de vermicelle, de potasse, d'encre d'imprimerie, de caoutchouc ; l'abbé Migne y installa sa fameuse imprimerie ; des horticulteurs y cultivèrent des plantes de serre chaude, des marchands de bois y établirent de vastes chantiers et des vendeurs de denrées de vastes magasins. En 1860, lors de l'annexion, le Petit-Montrouge comptait 12 000 habitants ; le Grand-Montrouge en avait 1 500. Les temps sont changés ; il en a plus de 10 000 aujourd'hui, et son industrie a acquis une importance réelle. Vous y rencontrerez des distilleries, des fabriques de cartonnages, de chaussures, de produits chimiques, de voitures, de nombreux horticulteurs pépiniéristes, des marchands de grains, etc.

Sous Louis-Philippe, Montrouge ne voyait pas sans effroi l'espèce d'abandon auquel il semblait condamné. Il fit, pour amener vers lui la foule, une tentative assez originale qui, malheureusement, ne réussit pas. On imagina de monter, dans l'un de ses parcs abandonné, des représentations cynégétiques ; on dressa des meutes, on enrôla des piqueurs, des rabatteurs, des sonneurs de trompe ; on éleva des estrades dans les clairières et, devant un public, assez nombreux la première fois, on força un cerf et on abattit bon nombre de lièvres. Nous l'avons dit, le succès ne couronna pas cette entreprise qui, à tout prendre, en valait bien d'autres mieux accueillies par le public.

La construction du fort de Montrouge (1) amena, pendant quelque temps, dans le pays une population flottante; mais les hôteliers et les cabaretiers profitèrent seuls de cet accroissement passager. Aujourd'hui, Montrouge est assez animé; ses rues sont droites, ses maisons propres, mais sans élégance et sans caractère.

Dans la Grande-Rue, tranquille et peu commerçante, vous verrez quelques fermes, plusieurs pensionnats occupant de vastes immeubles et, au numéro 51, une maison de retraite pour les vieillards des deux sexes, fondée en 1860 par Mlle Decaen. L'église Saint-Jacques le Majeur s'élève sur l'avenue de la République, au centre du pays, dans son endroit le plus animé; son portail est décoré de quatre colonnes d'ordre ionique, et surmonté d'un campanile octogonal remplissant les fonctions de clocher; l'intérieur, à plafond plat, n'est qu'une grande salle oblongue, claire, nue, terminée par un chœur et deux petites chapelles. Plus intéressante est la mairie, construite en 1880 par M. J. Lequeux. Sa façade en pierre et brique, ornée d'une mansarde contenant un cadran d'horloge, élève son unique étage couronné d'un haut toit sur un perron de dix marches. Le vestibule, de belles proportions, est décoré de quatre statues en pierre : Lavoisier, Molière, Boileau et Papin, signées Toussaint, Ottin, Maindron et Calmels. Dans le grand escalier, on a placé une copie de *la Justice poursuivant le crime*, de Prud'hon, copie qui serre de très près l'original et dont l'auteur, M. Dien, mérite d'être nommé. Un fort beau plafond de M. Chartran : *l'Hymen*, décore la salle des fêtes, salle où se célèbrent aussi les mariages.

Quand nous aurons signalé l'hospice Verdier, de fondation récente, qui reçoit neuf vieillards nés dans la com-

(1) Ce fort, qui a beaucoup souffert pendant la guerre, est situé à 5800 mètres du palais du Louvre, à peu près sur la même ligne que les forts de Vauves et d'Issy.

mune, et le marché de la rue de Bagneux construit avec des
fers provenant des démolitions de l'Exposition, mais de belle
allure quand même, nous n'aurons plus rien à voir à Montrouge, et nous nous dirigerons vers le village de Malakoff.

Malakoff, la ville de Malakoff, ainsi que l'appellent les
affiches de sa société de tir, s'étend à droite de Montrouge,
en bordure de l'avenue de Châtillon et jusqu'aux fortifications de Paris. Les 240 hectares de terrain que le pays
occupe n'étaient encore, en 1848, qu'une plaine aride et
inculte. A cette époque, le village se créa sous le nom, populaire alors, de Californie. Son origine est à peu près semblable à celle de Levallois-Perret; mais la personnalité de
son fondateur est assez originale pour que nous lui consa-
crions quelques lignes.

Alexandre Chauvelot, tel est son nom, était issu d'une
pauvre famille. Son adolescence et sa jeunesse paraissent
avoir été assez aventureuses, un peu bohèmes même ; sous
le pseudonyme de David, il se fit une certaine réputation de musicien ambulant, et quelques-unes des chansons
qu'il composa alors, sans grand respect de la langue, sans
grand souci de la prosodie, eurent leur moment de vogue
dans les carrefours. Mais, vous le savez, la poésie a rarement nourri ceux qu'elle inspire, et Chauvelot, esprit posi-
tif, ne tarda pas à l'abandonner pour se livrer au commerce
plus lucratif de la rôtisserie. Il s'établit rue Dauphine, et sa
boutique devint bientôt fort achalandée. Entre temps, et
ceci est à son honneur, il s'appliqua à perfectionner, dans
la mesure du possible, l'instruction incomplète qu'il avait
reçue, puis il se préoccupa de questions qui, bien que de peu
d'importance peut-être, révèlent un esprit pratique et une
tendance sérieuse vers la philanthropie. C'est lui qui adressa
à la Chambre des députés une pétition demandant qu'on
plaçât à l'entrée de chaque ville, bourg ou hameau, une
plaque indiquant le nom de l'endroit. « Des voyageurs, di-
sait-il, se sont souvent égarés faute d'une semblable indi-
cation. » C'est lui encore qui, dans une autre pétition, de-
mandait qu'on installât dans les petites villes, bourgs, villages

et hameaux, des médecins chargés de donner *gratuitement* leurs soins à la classe pauvre.

« La santé, écrivait-il, étant la richesse de l'ouvrier, le législateur, qui a tant fait pour le peuple en lui assurant l'instruction primaire et les secours de la religion, ne peut, sous peine de laisser son œuvre imparfaite, se refuser à la création proposée. *Le prêtre, l'instituteur et le médecin* doivent marcher ensemble. » Certes, ces idées peuvent ne point paraître progressistes actuellement ; mais il faut songer que le rôtisseur Chauvelot les émettait en 1838.

Dix ans plus tard, devenu riche, l'ancien chanteur ambulant songea à se lancer dans la spéculation ; il acheta, dans la plaine qui dépendait alors de la commune de Vanves, des terrains sur lesquels il fit construire des maisonnettes ; il vendit quelques-unes de ces dernières, loua les autres, réalisa des bénéfices appréciables et finalement, en 1855, fonda un établissement connu sous le nom de *Tour Malakoff*, à la fois débit de vin, restaurant, bal et, dans l'ensemble, hommage à la vaillance déployée par nos soldats durant la campagne de Crimée. Il y avait là, dans un amalgame où le bon goût et le sentiment artistique n'avaient rien à voir, outre la grande bâtisse qui portait le nom de Tour et que défendaient des canons de bois, une excavation appelée *Vallée d'Inkermann*, un rocher artificiel, un puits machiné de telle sorte qu'on en pouvait tirer du vin ; quelques degrés d'une tourelle étaient faits avec des pierres provenant de la Bastille, une clef de la forteresse était accrochée au mur. On voyait un peu partout des peintures représentant les principaux faits d'armes de la campagne d'Orient et les portraits des généraux qui y avaient pris part. Si la peinture criarde laissait une place vide, on était sûr de la trouver remplie par quelque emphatique inscription.

L'établissement était grotesque, mais gai ; sa clientèle devint promptement nombreuse et demeura assidue. Il disparut en 1870, la tour, à cause de son élévation, ayant été jugée susceptible de servir de point de mire aux Prussiens.

La guerre n'amena qu'un court temps d'arrêt à la prospérité du village, et les dégâts qu'elle y causa furent promptement réparés. Au commencement de l'année 1884, Malakoff devint commune. A côté de ruelles étroites, vous y verrez des avenues plantées d'arbres et de larges rues, les unes et les autres portant des noms d'hommes diversement célèbres ; il y a naturellement la rue Chauvelot, puis les rues Gambetta, Paul-Bert, Henri-Martin, l'avenue Pierre-Larousse, etc.

Sur cette dernière, plantée de biais, couronnée d'un petit clocher mal équilibré, est l'église Notre-Dame, modeste édifice qui a bien conservé son aspect de chapelle perdue en plaine, mais dont il faut franchir le seuil pourtant, car elle renferme, on a le droit d'en demeurer surpris, une de ces œuvres d'art devant lesquelles nous avons coutume de ne point passer indifférent.

C'est une *Fuite en Égypte*, de Philippe de Champaigne, donnée à l'église par M. Roehn. Le tableau est malheureusement mal éclairé, et il faut une longue persistance au regard pour distinguer la Vierge, l'Enfant Jésus, saint Joseph et l'âne, foulant à leurs pieds des divinités païennes ; mais, après un moment d'examen, on retrouve sur cette toile le dessin pur et le fin coloris qui distinguaient le grand maître.

Auprès d'un marché édifié dans le goût moderne, M. Monnier a construit un groupe scolaire vaste et commode, mais dont le pavillon central est alourdi par une malencontreuse cage de pierre à quatre faces abritant des cadrans d'horloge.

C'est à travers champs, par un pays crevassé de carrières, que nous nous dirigerons vers Châtillon. Le village, tristement célèbre depuis 1870, occupe le point culminant d'un plateau qui domine de près de 80 mètres les crêtes de nos forts détachés. La position, on le voit, est tentante pour établir un ouvrage de défense ; aussi, dès le douzième siècle, était-elle dominée par une citadelle dont la dernière tour, transformée en moulin, existait encore il y a une trentaine d'années. Jean-sans-Peur occupa cette citadelle en 1417. Au dix-septième siècle, la terre de Châtillon appartenait au lieutenant criminel Tardieu et à sa femme, un couple dont Boi-

leau nous a décrit la sordide avarice dans sa dixième satire,
dont il a reparlé dans son dialogue : *les Héros de roman*,
et qui périt assassiné en 1664. Au dix-septième siècle,
lorsque Colbert réunit la terre de Châtillon à celle de
Sceaux, plusieurs belles maisons de plaisance s'élevaient
déjà dans le pays, et d'autres s'y construisirent encore pendant le siècle suivant (1). On a conservé le souvenir d'une
habitation bâtie par Mansart pour le marquis de Bruc, capitaine aux gardes françaises, et aussi celui de la très
luxueuse résidence de M. de Trudaine, conseiller d'État.
Charlotte-Antoinette Desmares, qui pendant vingt-quatre
années, de 1697 à 1721, fit les beaux soirs de la Comédie
française, demeura longtemps à Châtillon. Dans sa maison
très artistement ornée, on ne voyait que bustes antiques,
tableaux mythologiques, trumeaux et plafonds peints, et
sur chaque gaine, sur chaque panneau, sous la tunique de
Diane comme sur l'écume d'où sortait Amphitrite, l'œil surpris retrouvait toujours les traits de la célèbre actrice. De
toutes ces splendeurs passées, il ne reste plus rien à Châtillon ; à peine vous montrera-t-on, au coin de la rue de la
Fontaine et de la rue du Parc, une vieille maison qu'on
affirme avoir été celle des Tardieu.

Mais nous ne sommes pas encore arrivé là ; nous sommes
encore dans la rue du Ponceau, rayée par les lignes de fer
d'un tramway, et égayée par les nombreux bouquets d'arbres
qui dépassent les murs de ses maisons, Dans l'une d'elles,
est établie la faïencerie artistique de M. Edmond Lachenal,
un céramiste au goût délicat, un industriel à l'exécution
soignée, qui a su conquérir une réputation justifiée. Tout
auprès, nous rencontrons l'asile Sainte-Louise — le titre de
l'établissement dit son but — et les écoles communales des

(1) C'est peut-être à l'une de ces résidences qu'appartenait un
pavillon Louis XV, aujourd'hui enclavé dans la propriété que les
dominicains possèdent au numéro 17 de la rue de Paris ; les
peintures qui en ornaient l'intérieur étaient fort jolies, dit-on,
mais les pères les ont fait recouvrir d'une couche de colle. On
les retrouvera peut-être un jour.

17

filles; les deux maisons sont dirigées par des sœurs de Saint-Vincent de Paul. L'école des garçons, située auprès de la mairie, est tenue par un instituteur laïque.

Par une rue tortueuse et montueuse, nous arrivons à la mairie. Construite il y a une trentaine d'années, elle n'offre rien de remarquable au point de vue architectural; il n'en est pas de même au point de vue administratif. Les archives de la commune y sont conservées et classées en bon ordre depuis l'année 1523. Dans la bibliothèque, qui ne contient pas moins de quatre mille volumes, on peut voir un très curieux plan du pays levé par Deville en 1692; enfin, la salle des mariages est décorée d'un tableau de Ruysdaël et d'un autre tableau, de M. Truphême : *le Bataillon scolaire*. L'artiste a été souvent mieux inspiré; mais l'œuvre est ici parfaitement à sa place, Châtillon revendiquant l'honneur d'être la première commune de France où les bataillons d'enfants aient été organisés.

L'église Saint-Philippe-Saint-Jacques a été fort abîmée pendant la guerre; de son clocher, il ne restait plus que la charpente. M. Ch. Naissant l'a fort habilement réparée. C'est un assez joli monument, dont certaines parties sont du seizième siècle et d'autres plus récentes ; ses nefs sont voûtées sur d'élégantes ogives. Aux côtés du banc d'œuvre, on voit des chapiteaux très curieusement sculptés; l'un d'eux porte la date de 1610.

Si pénibles que soient ces souvenirs, il est impossible de quitter Châtillon sans dire quelques mots du rôle qu'il joua pendant nos derniers désastres.

Au début du siège, les ouvrages de défense n'étaient encore ni achevés, ni armés, quand, le 19 septembre, la puissante artillerie allemande occupa les hauteurs voisines. Intenable, la position qui, en 1815, avait résisté aux troupes de Blücher, dut être abandonnée à l'ennemi qui, de là, bombarda les forts de Vanves, d'Issy, de Montrouge, le château de Meudon et les quartiers sud de Paris. Le 13 octobre, le général Vinoy dirigea une reconnaissance vers le plateau; la journée fut chaude. Le village de Bagneux, où périt le commandant Picot de Dampierre, fut rapidement enlevé; mais, dans l'après-midi, la retraite sonna et la position resta au pouvoir des Allemands jusqu'à la fin de la guerre. Survint la Commune; la redoute fut occupée par les fédérés jusqu'au 4 avril 1871, et le pays eut à souffrir les horreurs de la guerre civile (1). Un fort, le fort de Châtillon, remplace maintenant la redoute; il s'élève sur le territoire de la commune de Fontenay-aux-Roses.

Ne nous arrêtons pas à ces tristes souvenirs et dirigeons-nous vers Bagneux. Nous traverserons une campagne silencieuse; de loin en loin, nous apercevrons de hauts murs entourant de grands jardins. Devant nous s'ouvrira la grille d'un parc très boisé; si nous la franchissons, nous trouverons, isolé par un large fossé, se dressant au fond d'une verte pelouse, une sorte de coquet château au portique grec, à la façade creusée de niches contenant des statues de déesses. C'est la propriété Louveau qui, jadis, appartint à la famille de Lanjuinais. La maison est bourgeoise aujourd'hui, et la discrétion nous oblige à n'y point prolonger notre séjour.

Nous entrons à Bagneux par une rue ensoleillée que suivent, à droite, les fils télégraphiques, et au bout de laquelle pointe le clocher de l'église. L'espace est libre autour de nous; nous ne percevons distinctement qu'une mer de verdure ondulant sous les caresses de la brise; nos pas résonnent sur le pavé sec et gris. Des milliers d'oiseaux pépient, chantent dans les arbres et semblent se demander entre eux d'où vient et où va ce promeneur solitaire. Chers concertants ailés, il s'achemine vers ce bourg à l'aspect pittoresque et vieillot; il gagne une voie étroite, curviligne, bordée d'antiques masures, et se dirige vers l'église Saint-Herbland, un

---

(1) Pour ce qui concerne ces derniers événements, nous ne saurions mieux faire que de renvoyer nos lecteurs au curieux *Journal du bombardement de Châtillon*, qu'un témoin oculaire, M. Amédée Latour, a publié en 1874, et que nous avons parcouru en visitant la bibliothèque de la ville.

des plus élégants monuments chrétiens des pays que nous parcourons.

La montée ne s'est pas accomplie sans fatigue ; avant de pénétrer dans l'église, et tout en admirant son joli portail treizième siècle, les délicates colonnettes aux chapiteaux historiés qui supportent les archivoltes sculptées en billettes, dents de scie et palmettes, tout en cherchant à deviner ce que représentaient jadis les peintures dont nous apercevons des traces sur le tympan, nous allons faire un retour vers le passé et rappeler en quelques mots l'histoire de ce *vieux* village.

Ne croyez pas que cette épithète soit tombée au hasard de notre plume. Non, Bagneux peut réellement revendiquer une haute antiquité : on est d'accord pour reconnaître que Dagobert y posséda une villa ; il est question de ce bourg dans des chartes remontant au règne de Charles le Chauve ; il est certain qu'une commanderie de templiers s'y établit plus tard et fut longtemps prospère. Tous ces souvenirs sont bien effacés maintenant, et le pays ne garde guère que ceux plus récents de Henri IV et du cardinal de Richelieu : l'un, galant et souriant; l'autre, sombre et entouré d'une mystérieuse légende.

Au seizième siècle, Bagneux produisait un vin qui jouissait d'un certain renom ; il n'y a donc pas lieu de s'étonner qu'en 1589, au retour de sa victoire d'Arques, Henri IV, s'étant arrêté dans le village, en trouvât le séjour agréable et ne se hâtât point de le quitter. Il ne serait pas le prince que nous connaissons si de là, en quelque moment de repos, il n'avait daté un de ces billets d'originale tournure et d'orthographe singulière, qu'il a tant prodigués. Nous en avons le texte sous les yeux; nous ne résistons pas au plaisir d'en citer quelques lignes :

Le roi parle d'un dévouement depuis longtemps prouvé, qui lui paraît s'affaiblir. « Mais despuis quelques ans, vous me l'avéz faict trouver de la taille du vidame du Mans, long et mègre. Je suis arrivé à Baigneux, ayant eu tout le plaisir qu'il se peut. Je vous supplye, ocmentés mon contentement :

vous le pouvés, vous le devés; il faut que vous le vouliés. Sur ce salutaire conseyl, je fynyré », et il finit en embrassant « un mylyon de foys » le destinataire.

Laissons le roi victorieux attendre réponse à son épître, et transportons-nous sous le règne de Louis XIII. Nous verrons alors un certain Bénicourt, entrepreneur des armées de France et grand ami du cardinal de Richelieu, faire construire à Bagneux une maison de campagne dont le jardin avait pour décoration principale quatre grottes en rocailles et en coquillages. Ceci est de l'histoire; mais la légende gravite autour, et la voici qui nous montre, enfermé dans un pavillon de cette propriété, dissimulé sous un plancher mobile, un puits profond dans lequel, à son dire, Richelieu faisait disparaître, tout en causant avec eux, les ennemis qu'il avait invités à le venir voir en cette maison. Elle assure même, c'est toujours la légende qui parle, que, dans ce puits, comblé maintenant, on a retrouvé les ossements de plus de quarante cadavres, des débris de leurs vêtements, leurs montres, leurs bijoux, etc. Dulaure et, plus récemment, M. V.-A. Malte-Brun, dans *la France illustrée*, ont assez légèrement accepté et reproduit ces racontars dont rien ne prouve la véracité, et que le témoignage de Thiéry, qui examina scrupuleusement le puits en 1787, contredit formellement. Ne cherchez donc dans la maison Dupont, rue Saint-Étienne, n° 4, où quelques vestiges de la construction de Bénicourt sont visibles encore, aucune trace de ce fameux *cabinet des oubliettes.*

Mais il est temps d'entrer dans cette jolie église Saint-Herbland, dont nous n'avons encore vu que l'extérieur. Avant d'en franchir le seuil, rappelons encore une historiette locale qui nous revient en mémoire. Autrefois, paraît-il, dans une époque que ne déterminent pas précisément les chroniqueurs, les habitants de Bagneux vendirent les eaux de leur village à leurs voisins de Montrouge, pour acheter des cloches, marché de dupe qui valut à ceux qui l'avaient conclu le surnom, aujourd'hui oublié, de *fous de Bagneux.*

L'intérieur de l'église se compose d'une triple nef qui va

du portail au chœur, divisée en quatre larges travées suivies de trois plus étroites ; les piliers qui supportent la voûte du chœur sont composés, à gauche, d'une forte colonne entourée de huit colonnettes isolées et, à droite, de quatre colonnes dégagées. Le triforium est composé de trois arcades en plein cintre, encadrées par des arcs en anse de panier, forme rare au treizième siècle. Les gros piliers qui séparent les nefs sont curieux par la diversité des sculptures qui les ornent. Une des particularités de l'église est le grand nombre de pierres tombales qu'on y rencontre. Voici, dans le chœur, dont la décoration murale rouge et verte est d'un ton fort harmonieux, la pierre tombale d'Yves Lebreton, clerc, qui trépassa en l'an de grâce 1275 ; une autre du seizième siècle, qui couvrit le tombeau d'un nommé Bleuze dont la famille existe encore dans le pays ; celle de Guillaume Letance et de sa femme Jeanne, dont les mains et les figures sont effacées, mais dont les vêtements d'un dessin très précis sont admirablement conservés. Cinq petits enfants, agenouillés aux pieds des défunts, ont des poses particulièrement gracieuses ; les visages de quelques-uns ont échappé à l'usure et leurs physionomies sont intéressantes. Une autre pierre encore attire nos regards vers le sol ; la seule figure qui la décore se voit si nettement qu'on la croirait gravée d'hier. Enfin, debout, fixée dans la muraille au côté droit de l'église, est la pierre tombale d'un évêque mort en 1556 ; la figure principale est entourée d'un dessin gothique très fouillé et dont les détails, arceaux, personnages et accessoires, sont d'une finesse d'exécution extraordinaire. Si nous levons les yeux vers les voûtes, nous verrons dans leurs clefs des têtes de saint Louis et de sa sœur Isabelle.

Sur le côté de l'église s'élève une statue représentant la Vierge portant l'Enfant Jésus dans ses bras et marchant sur la tête du serpent. Ce groupe est en bronze ; nous ne savons à quelle inspiration bizarre on a obéi en le badigeonnant d'une vilaine couleur blanche.

Nous avons rappelé, en passant à Châtillon, le combat du 13 octobre 1870 et la prise de Bagneux par nos troupes, au début de cette journée; un monument qui s'élève sur la place Dampierre, rectangle planté d'arbres, que vous trouverez dans la rue de Fontenay, reporte encore notre esprit vers ce souvenir. C'est, sur un socle circulaire coupé par quatre stèles, une pyramide surmontée d'une croix; la stèle qui décore la façade supporte le buste en marbre du commandant Picot de Dampierre, qui fut tué à la tête du 1er bataillon des mobiles de l'Aube, en dirigeant une charge violente contre les chasseurs bavarois. La blancheur du marbre se détache vigoureusement sur le ton gris de la pierre, et l'on ne sait pas trop ce que l'on doit le plus admirer, de cette physionomie fine et résolue pourtant, ou du talent de l'artiste, M. Marquet de Vasselot, qui a su, sans rien enlever de la distinction native de son modèle, lui donner la saisissante expression de l'homme déterminé à mourir en faisant son devoir. Ce monument honore à la fois la mémoire de Dampierre et celle des soldats qu'il commandait. Une plaque de marbre blanc, fixée au mur d'une maison, sur la place de la Croix, rappelle celle des mobiles de la Côte-d'Or qui, eux aussi, ont héroïquement lutté dans cette journée.

Le chemin est court entre Bagneux et Fontenay-aux-Roses, au onzième siècle Fontenay-lès-Bagneux; il sera rapidement parcouru, et le peu de minutes qu'il nous faudra pour nous transporter dans ce village, nous suffira pour rappeler son passé. C'est au moyen âge que les cultivateurs de roses vinrent s'établir à Fontenay et en firent un jardin brillant et parfumé. Sous la Restauration, des haies de rosiers bordaient toutes les promenades du petit pays; tous les murs étaient garnis de feuillage et tachés de blancheurs douces ou de rougeurs éclatantes; on se rappelait encore que le *rosier du roi* avait jadis habité la localité. Le rosier du roi n'était autre que l'horticulteur chargé de fournir les fleurs, qu'on répandait jadis à profusion lors de toutes les grandes cérémonies; on en jonchait les endroits où les rois tenaient leur cour plénière, on s'en faisait des *chapels,* et les ducs et pairs avaient coutume, à certaines époques, d'offrir au Parlement de Paris de splendides bouquets. C'était de Fontenay que venaient toutes ces fleurs. De la distillation des produits du pays, sortirent longtemps aussi ces essences parfumées, dont nos arrière-grand'mères ont fait un si prodigieux usage. Aujourd'hui, sans être complètement abandonnée, la culture de ces admirables fleurs est reléguée au second plan ; les violettes leur ont succédé dans les jardins, et les fraises, fort belles et d'excellente qualité, sont devenues pour la population l'objet d'un important commerce. Fontenay possède une autre source de richesse encore : il exploite des carrières de sable rouge, d'une finesse extrême et très apprécié pour la confection des moules employés pour les coulées de bronze. De vieux habitants rappelaient jadis, non sans fierté, que leur sable avait servi à Falconet pour couler la statue équestre de Pierre le Grand, qui décore une place de Saint-Pétersbourg.

Mais nous voici devant la mairie, un bâtiment simple et de modestes dimensions, édifié en 1860 par M. Naissant, et presque aussitôt devant l'église. Celle-ci est une construction du siècle dernier, dont la nef centrale est séparée des bas côtés par des colonnes d'ordre toscan, et le plafond plat, cloisonné et orné de rosaces. Parmi les tableaux qui l'ornent et qui ne sont pas encadrés, mais simplement — et ceci est d'un bon effet — entourés de bordures peintes sur la muraille, nous ne signalerons qu'une *Vierge revenant du Calvaire*, bonne composition, de M. A. Leloir.

On ne se souvient plus que Colbert acheta, en 1675, la seigneurie de Fontenay, mais le souvenir de Mme Boucicaut est très vivant dans la commune. Depuis la mort de la propriétaire des magasins du *Bon Marché*, on a débaptisé la grande rue de la ville, pour lui donner son nom ; elle est étroite, cette grande rue, et quand on y rencontre le château que Mme Boucicaut y a fait édifier, on est obligé de se rendre compte que la lourdeur qu'on est tenté de lui reprocher est plus apparente que réelle, et que la construction aurait véritablement grand air s'il était possible de la contempler d'un peu loin. Mais, sans nous arrêter plus qu'il ne convient devant la façade somptueuse, franchissons la grille et par-

courons l'intérieur. Il mérite d'être visité. Nous apercevrons
d'abord un vaste parc, avec pelouses, corbeilles, plantes
exotiques, pièce d'eau, statues, etc., et, le perron gravi,
nous nous trouverons au pied du grand escalier, dont la
rampe en fer forgé, agrémentée de bronzes dorés répartis
avec goût, est un chef-d'œuvre de serrurerie. Le monogramme de la propriétaire, M B, se détache sur les enrou-
lements capricieux du fer; nous l'avons vu déjà sur la grille
d'entrée, aussi cherchons-nous autre chose. Quoi? La signature de l'artiste qui a exécuté ce chef-d'œuvre. Nous la
découvrons non sans peine, car elle est modestement ca-
chée et frappée dans le fer, en menus caractères; nous la
relevons : cet artiste a nom Bernard. Ajoutons que cette
rampe a servi de modèle pour celle qui décore l'escalier
de l'hôtel que M. Grévy s'est fait construire avenue d'Iéna,
pendant les derniers temps de sa présidence. Aux murs de
l'escalier, nous voyons deux grands panneaux peints; l'un
représente un *Jeu de paume*, l'autre une *Pastorale*; tous deux
sont d'une chatoyante couleur et d'une composition bien en-
tendue. L'artiste qui les a signés, M. Henri Lévy, a complété la décoration de l'escalier par un plafond circulaire,
sur lequel voltigent gracieusement de frais amours. Toutes
les pièces de la maison sont richement décorées, mais il en
est deux qui méritent une mention particulière : la salle de
billard et la salle à manger; cette dernière est conçue dans
le style Henri II, boisée de chêne, ornée de tapisseries
d'Aubusson, de tableaux de fruits signés Georges Jeannin,
d'une cheminée et d'un dressoir qui sont des chefs-d'œuvre
d'ébénisterie. Le plafond, à compartiments, piqué d'ornements en bronze, et les grandes fenêtres à petites vitres complètent un ensemble doux à l'œil et véritablement artistique.
Quant à la salle de billard, elle est enrichie de colonnes en
marbre gris; une corniche finement sculptée court autour
de son plafond, des tapisseries d'une tonalité charmante
et des tableaux de M. Jeannin garnissent ses murs.

A quelques pas du château Boucicaut, nous nous trouvons devant l'institution bien connue sous le nom de Sainte-

Barbe des Champs. Elle est établie, depuis 1852, dans une résidence dont l'élégante construction remonte au dix-huitième siècle, qui fut la demeure du président Letellier, et que M. Théodore Labrouste, un barbiste, a très intelligemment restaurée quand le collège en fit l'acquisition. Quatre mois lui suffirent pour remettre la maison à neuf, construire les bâtiments dont l'adjonction s'imposait, dessiner à nouveau le parc magnifique, émonder les vieux arbres, sabler les allées et rendre enfin l'établissement frais, jeune et gai, comme la population enfantine qu'il est destiné à recevoir.

Si vous pénétrez dans la vaste cour d'honneur, s'il vous est permis de visiter les dortoirs, l'infirmerie, la lingerie, les réfectoires, les classes même, vous retrouverez partout, au milieu d'un luxe de bon goût, la préoccupation constante de rendre le séjour de l'internat assez agréable aux jeunes enfants, pour qu'ils ne regrettent pas trop la maison paternelle.

Toute voisine de Sainte-Barbe des Champs, est une propriété entourée d'un spacieux jardin. Simple en son architecture, mais admirablement disposée en ce qui concerne les commodités de la vie, cette maison fut jadis celle du poète Scarron. Grâce à la bonne humeur constante du pauvre disgracié, grâce aux charmes de sa femme, la maison était fréquentée par les grands seigneurs et les beaux esprits du temps. Après la mort de l'auteur du *Virgile travesti*, Mme de Maintenon, sa veuve, habita longtemps cette retraite charmante et ne la quitta que pour devenir gouvernante des enfants de Louis XIV et presque reine de France. Au commencement de ce siècle, la maison appartenait à Comus, un escamoteur qui eut son heure de célébrité et qui, modeste comme Vestris, s'intitulait le *premier physicien de France*. Le dernier habitant de la propriété fut Ledru-Rollin; une plaque fixée sur le mur du jardin se chargera de vous rappeler que le fameux tribun y finit ses jours le 31 décembre 1874 (1).

(1) La ville de Paris a le projet d'établir dans cette maison un hôpital qui contiendra deux cents lits et sera spécialement affecté à une maternité.

Presque en face de la maison dont nous venons de parler, une vaste construction, que des chaînages de briques égayent de leurs tons rouges, renferme l'École normale supérieure d'institutrices. Enfin, à l'angle de l'avenue Isabelle, est une maison très simple, sans inscription, sans enseigne ; dans son jardin, vous verrez quelques vieillards des deux sexes. C'est l'hospice Boucicaut ; il contient seize lits seulement, et reçoit des septuagénaires demeurant dans la commune depuis quinze années au moins.

Nous avons constaté la présence de Mme de Maintenon à Fontenay ; rappelons, avant de le quitter, qu'il se souvient encore d'avoir été habité par une autre femme illustre : l'impératrice Joséphine. Nous avons parlé de Scarron, n'oublions pas que l'abbé de Chaulieu, le poète qui chanta son *Aimable solitude, séjour du calme et de la paix*, était un enfant du pays, et que ses cendres y furent rapportées quand il mourut, en 1720 ; enfin, puisque les souvenirs de poètes viennent nous assaillir, sourions à celui de Gentil-Bernard, qui vécut quelque temps à Fontenay-aux-Roses.

En règle avec le passé, nous allons reprendre notre marche ; une large échancrure d'horizon nous permet ici d'embrasser du regard toute une vallée verdoyante que dominent au fond, à droite, les bâtiments du lycée Lakanal. La route s'encaisse ensuite, traverse des champs dans lesquels de grands carrés de jeunes lilas prennent des aspects de forêts naines, et nous conduit à Bourg-la-Reine.

C'est un pays gai, traversé par la route d'Orléans ; quelques maisons anciennes font ici bonne figure auprès de constructions bourgeoises qui, presque toutes, ont leur jardin égayé de parterres fleuris et ombragé de vieux arbres.

Selon quelques auteurs, la localité, qui s'appela d'abord Briquet ou Vert-Pré, doit son nom au séjour qu'y fit, au douzième siècle, une reine veuve qu'on ne nomme pas. Cela est vague, on le voit. Quelques maisons du pays nous raconteront mieux son histoire, ou du moins les faits de notre histoire auxquels il a été mêlé, que toutes les recherches dans les livres.

Au numéro 49 de la Grande-Rue, nous voyons la première de ces antiques constructions, dont nous parlions tout à l'heure ; sa lourde porte est cintrée, le regard cherche une trace de barreaux à ses fenêtres. Cette maison, basse et triste, fut, sous la Révolution, la prison de la ville, qui, se ralliant bruyamment aux idées nouvelles, avait pris le nom de Bourg-Égalité. Dans une de ses chambres, cachot alors, Condorcet, oublié pendant vingt-quatre heures, mourut de faim et de lassitude, disent les uns, de l'absorption d'un poison subtil qu'il portait sur lui, prétendent les autres. Une inscription, gravée sur une plaque de marbre blanc fixée sur le mur de la maison, rappelle l'événement et sa date : 30 mars 1794.

Deux maisons plus loin, nous poussons le battant d'une porte ronde encore, mais d'engageant aspect, celle-là ; nous suivons une longue allée de beaux tilleuls, et nous nous trouvons dans un jardin bien entretenu, et dont le parterre central est décoré d'une statue de l'abbé de l'Épée. Nous sommes ici dans une institution de sourdes-muettes, dirigée par les sœurs du Calvaire. Une centaine de jeunes filles sont là élevées, instruites et placées quand leurs aptitudes le permettent. Mais nous sommes aussi dans une habitation historique. C'est dans cette maison, bâtie, dit-on, par Gabrielle d'Estrées que Louis XV, âgé de douze ans, eut, le 2 mars 1722, une entrevue avec l'infante d'Espagne, qu'on lui destinait alors pour femme. Le souvenir de cette rencontre est constaté sur une petite plaque de marbre fixée dans l'escalier. La chapelle de la maison est située au premier étage, dans une vaste pièce encore décorée de jolies boiseries grises, et qu'on assure avoir servi de chambre à coucher à Henri IV. Quant à la statue de l'abbé de l'Épée, dont nous avons parlé plus haut, elle est l'œuvre de M. Félix Martin, un artiste sourd-muet ; c'est le modèle en plâtre et demi-grandeur de la statue qui décore, à Paris, la cour d'honneur de l'institution de la rue Saint-Jacques. Le modèle a été exécuté en 1866 ; le bronze est de l'année suivante.

La mairie, qui date de 1842, n'offre rien de particulier, si ce n'est une inscription à la mémoire de M. Galois, mort en

1829, après avoir été pendant quinze ans maire de la commune.

Au centre d'une petite place s'élève, sur un piédestal de granit affectant la forme d'une stèle, le buste de Condorcet ; le monument ne manque pas de grandeur dans sa simplicité, et le buste du philosophe est une œuvre expressive de François Truphême, le frère du peintre.

Dans l'église Saint-Leu-Saint-Gilles, un rectangle à plafond plat, partagé en trois nefs par des colonnes d'ordre ionique, nous nous arrêtons devant une *Apothéose de saint Vincent de Paul*, tableau assez curieux et rappelant, dans son ensemble, les compositions de Jouvenet, mais qui, dans sa partie inférieure, a dû subir des ajoutés d'un goût douteux. Une *Assomption de la Vierge*, qui décore le chœur, et un *Saint Benoît*, relégué dans la sacristie, méritent aussi d'être mentionnés.

La culture des fleurs et des fruits, voilà l'unique industrie du pays. Si vous voulez vous rendre compte de son importance, des soins que ces délicieux et charmants produits exigent, du travail qui s'impose avant que les uns paraissent sur votre table, ou que les autres réjouissent vos maisons de leurs couleurs et les embaument de leur parfum, visitez les jardins et les serres de la maison Margottin. Vous trouverez là, en plein air ou sous des vitres, en terre, en pots, en espaliers, en corbeilles, la plus complète et la plus charmante réunion de fleurs et de fruits qui se puisse voir, et vous vous rendrez compte de ce que l'art ingénieux de l'horticulteur peut ajouter aux combinaisons de la nature.

A l'extrémité de la Grande-Rue s'ouvre encore, devant une belle avenue, l'ancienne porte du château de Sceaux ; la grille est flanquée d'une jolie tourelle briquetée, et la balustrade, entrecoupée de piliers supportant des vases, est d'une réelle élégance. C'est, de ce côté, tout ce qui subsiste du magnifique domaine dont nous aurons à parler plus loin. M. le duc de Trévise, dont le monogramme décore la grille d'entrée, a fait bâtir, en 1845, le château dont nous apercevons la blanche façade au fond de l'avenue.

Nous allons nous rendre maintenant à Antony; mais, en route, nous nous arrêterons à Berny, ou mieux à la Croix-de-Berny, point où la route de Bourg-la-Reine se croise avec la route qui, de Choisy-le-Roi, conduit à Versailles. Ce coin n'est qu'une réunion de quelques maisonnettes et de plusieurs grands haras où l'on met les chevaux en pension; mais l'historien ne saurait oublier qu'il fut, de 1834 à 1848, le théâtre des premiers *steeple-chase*, ou courses au clocher, que la mode anglaise importa alors en France. Le but de ces courses était le clocher de l'Hay; les obstacles de tout genre étaient multipliés sur la route, et tous les élégants Parisiens du temps se faisaient une gloire de les franchir en présence de la plus aristocratique société, venue là en calèches à la Daumont. Maintenant, il n'y a plus qu'une réunion annuelle à la Croix-de-Berny; elle a lieu le mardi de Pâques, et le champ de courses est la plaine qui, de ce lieu, s'étend jusqu'à Antony.

Le château de Berny, construit par François Mansart pour le chevalier de Bellièvre, a été détruit pendant la Révolution. Il avait été la résidence des abbés de Saint-Germain des Prés, et l'un d'eux, le cardinal de Furstenberg, l'avait embelli avec « un luxe si recherché » qu'on dut, après lui, faire enlever la plus grande partie des ornements. Mais si le cardinal était un peu mondain, un autre abbé de Saint-Germain, le comte de Clermont, qui habita le château au dix-huitième siècle, paraît avoir poussé plus loin que lui encore l'oubli de l'austérité ecclésiastique. Il tenait au château de Berny une sorte de petite cour, dont le plaisir était l'occupation unique, et que présidait, sous le nom de Dame de Tourvoie, une demoiselle Leduc, danseuse de profession. Chez le prince abbé, le jeu, la danse, les soupers et le spectacle se succédaient sans interruption. L'amphitryon signait ses billets du nom de *Tourlourirette;* il faisait composer des pièces spéciales pour son théâtre. Ses poètes habituels, familiers de la maison, s'appelaient Laujon et Collé; les nommer suffit pour indiquer le genre d'ouvrages que prisait cette société.

La route d'Orléans traverse le gros bourg d'Antony, et,
bien que transformées, les maisons qui la bordent ont encore un peu l'allure des auberges qu'elles furent jadis. La
population, 1 800 habitants environ, s'occupe en partie de
culture, en partie de travaux industriels. A Antony, on fabrique des bougies, du ciment, de la cire, et le commerce du
plâtre, fourni par les carrières voisines, a pris dans ces dernières années une grande importance.

Nous parlions tout à l'heure de l'abbaye de Saint-Germain
des Prés, nous entrons dans un village qui lui appartenait
dès le neuvième siècle. Bien qu'il soit ancien, et qu'une
charte de 829 parle déjà de lui, le lieu ne semble avoir joué
aucun rôle dans notre histoire.

A l'entrée du pays, un de ses habitants, M. Paulet, avait,
en 1818, au retour d'un voyage en terre sainte, fait placer
une fontaine ; l'édicule avait la forme d'une demi-lune, et
une colonne placée au centre supportait une croix. La fontaine a été démolie, mais, sur le mur où elle s'appuyait,
vous pourrez lire encore une longue inscription, sorte de
prière emphatique qui la surmontait.

L'église est le seul monument intéressant d'Antony ; le
chœur est du treizième siècle, la nef du quinzième ; les murailles, à l'intérieur, ont été, nous ne savons dans quel
but, couvertes d'un badigeon grisâtre du plus désagréable
effet ; le portail est décoré de *choux* gothiques très finement
sculptés.

Quel est, dans la plaine, ce bouquet d'arbres isolé au
bord d'un ruisseau presque invisible ? Approchons-nous.
Nous nous trouverons dans une sorte de petit cirque ombragé par des bouleaux et des platanes ; au centre, entre
deux cyprès, nous apercevrons... un tombeau. Ce tombeau,
fort simple, mais chargé d'inscriptions louangeuses, est celui de Molé, « homme célèbre, membre de l'Institut, un des
plus grands talents qui aient illustré le théâtre français, enlevé aux arts le 19 frimaire an XI » (10 décembre 1802).
Certes, la rencontre est faite pour surprendre, mais le lieu
est charmant et porte un joli nom : *le Paradis*. On comprend

que Molé, qui possédait une maison à Antony, ait désiré y reposer, et que « la tendresse de sa fille », comme dit une inscription, lui ait élevé cette « simple tombe ».

Si nous nous dirigeons maintenant vers Châtenay, nous ne tarderons pas à rencontrer un groupe de riantes habitations entourées de jardins feuillus, et gaiement répandues sur les côtés de larges avenues ombreuses. Ce hameau vert, souriant, ensoleillé, s'appelle le Petit-Châtenay ; il dépend du pays que nous allons visiter, et, comme lui, doit son nom aux bois de châtaigniers qui l'entouraient autrefois. Les châtaigniers ont disparu, pour la plupart, mais de nombreux arbres fruitiers couronnent le coteau sur le penchant duquel le pays s'étage.

Châtenay, dont il est déjà fait mention au temps de Charlemagne, appartint plus tard aux Templiers, qui le cédèrent au chapitre de Notre-Dame. Il eut ses seigneurs, qui ne firent guère parler d'eux, et Sceaux, jusqu'au dix-huitième siècle, dépendit de sa paroisse. Quand le duc du Maine eut fait l'acquisition de la terre de Sceaux, il acheta la seigneurie de Châtenay et la donna à Nicolas de Malézieu, son ancien précepteur, et, comme nous le verrons plus loin, ordonnateur habituel des brillantes fêtes que présidait la duchesse du Maine. La maison de cet homme instruit, aimable et spirituel, devint, en quelque sorte, une annexe du château princier, et la société choisie qui se réunissait dans l'un, émigra plus d'une fois dans l'autre, et cela à la grande satisfaction des gens du pays, pour qui ces luxueuses assemblées étaient une source de joie et de prospérité.

Il ne reste rien de la maison de Malézieu, rien de l'observatoire où, plus d'une fois, en compagnie de la duchesse du Maine, il appliqua à l'étude des astres les méthodes de Cassini. Châtenay, depuis quelques années, est très en faveur auprès des grands propriétaires, et les maisons du temps passé disparaissent pour faire place à des constructions nouvelles et simplement, parfois, pour agrandir des jardins ou des parcs, qui sont nombreux et fort beaux ici.

Sur une petite place au centre du village, se présente,

placé sur le flanc de l'édifice, le portail de l'église Saint-Germain d'Auxerre ; il vient d'être récemment réparé par les soins de M. Nitot, et aux frais d'une habitante de Châtenay, dont nous avons eu l'occasion de parler déjà, Mlle Rollin-Gosselin. L'édifice est curieux et date des onzième et douzième siècles. De gros piliers, malheureusement encaissés en terre, le sol de l'église ayant été surélevé, séparent la large nef de deux étroits bas côtés ; les voûtes, élégantes, rappellent le style de Notre-Dame de Paris ; de jolies copies de Lesueur (*Épisodes de la vie de saint Bruno*) et la *Vierge et l'Enfant Jésus*, tableau de l'école espagnole du seizième siècle, décorent les murs.

Tout auprès de l'église, sur le toit d'une maison basse, dans une niche de pierre, derrière une grille, vous verrez un buste de Voltaire ; cette maison est celle que possédait le notaire Arouet, et où l'on prétend — ce qui n'est pas absolument prouvé — que naquit Voltaire. Toute voisine, est une rue qui porte le nom du grand écrivain ; là se trouve la belle propriété de Mlle Rollin-Gosselin. Par là aussi on arrive à la rue des Vallées.

Elle est curieuse, cette rue des Vallées, voie sinueuse, courant entre des murs de parcs. Parmi les maisons, cachées dans des jardins, qu'on y rencontre, il en est une où mourut, le 27 mai 1870, l'auteur de *Lazare le Pâtre*, de *Gaspardo le Pêcheur*, du *Sonneur de Saint-Paul*, et de tant d'autres drames qui ont passionné toute une génération : Joseph Bouchardy. La commune n'a rien fait encore pour perpétuer la mémoire du dramaturge ; une plaque sur ce pignon qui se délabre ne serait pas de trop pourtant.

De cette même rue des Vallées, après avoir passé devant l'école communale des filles, dirigée par des sœurs de Saint-Vincent de Paul, vous pourrez, par le passage du Lavoir, regagner la place de l'Église ; sur votre chemin, vous rencontrerez un vaste abreuvoir et un lavoir couvert, deux installations dont les habitants sont fort reconnaissants envers leur municipalité.

La mairie, qui s'élève sur un perron de quelques marches,

au fond d'une cour sablée, n'est qu'une maison particulière
aménagée pour les besoins du service; un jardin s'étend sur
sa partie postérieure et la sépare de l'école communale des
garçons.

On était naturellement un peu voltairien, à Châtenay; aussi
l'abbé Châtel y trouva-t-il une population bien préparée
pour accueillir les réformes qu'il voulait introduire dans les
exercices du culte catholique, et l'*Église française* eut son
temple dans le pays; mais, là comme ailleurs, le succès du
schisme fut assez éphémère. Sans sortir de la commune, la
rue d'Aulnay nous conduit au hameau de ce nom. Le petit
pays doit sa dénomination aux aunes dont il était autrefois
entouré; aujourd'hui on n'y voit guère que des chênes et des
châtaigniers, mais ils sont superbes.

Aulnay, dont le territoire appartenait, au treizième siècle,
à l'abbaye de Saint-Germain des Prés, forme, entre Châtenay et Sceaux, une sorte de trait d'union de verdure. Le
hameau n'est, en réalité, qu'un bois dans les éclaircies duquel se sont construites quelques luxueuses résidences et
quelques gaies maisonnettes, invisibles pour la plupart.
Parmi les premières, il en est une qui mérite d'être visitée.
autant pour sa beauté et son étendue que pour les souvenirs
qu'elle rappelle. Cette propriété, dont le parc accidenté de
collines, creusé de vallées, sillonné de routes carrossables,
n'a pas moins de vingt hectares et paraît sans limites, grâce
aux bois voisins avec lesquels il se confond, appartient
maintenant au duc de Doudeauville; mais le domaine fut
créé par Chateaubriand qui, lorsqu'il boudait Napoléon en
cette retraite, l'appelait son « désert d'Aulnay ». Convenons-
en, le désert est charmant, et l'exil — volontaire — y pouvait paraître doux. Bien que l'auteur des *Martyrs* se soit
vanté d'avoir planté les arbres de sa Thébaïde et de les avoir
considérés comme ses propres enfants, il est probable qu'il
les trouva, pour la plupart, vivants et vieux déjà. La tradition veut qu'il ait fait construire sur ses dessins cette
partie bizarre du château, dont le portique est grec, la
porte ogivale, et l'attique couronné par des créneaux. Ce

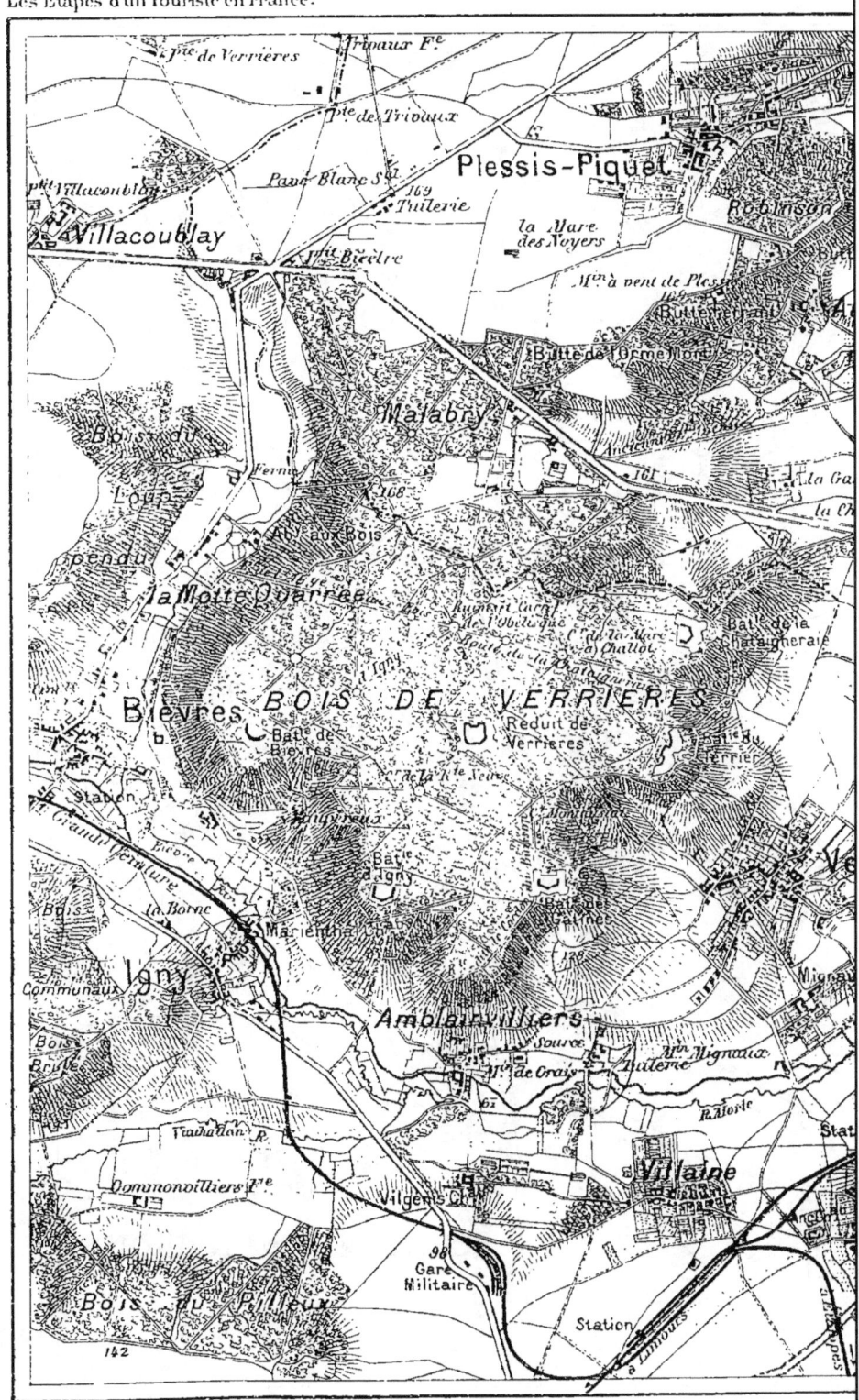

A. HENNU

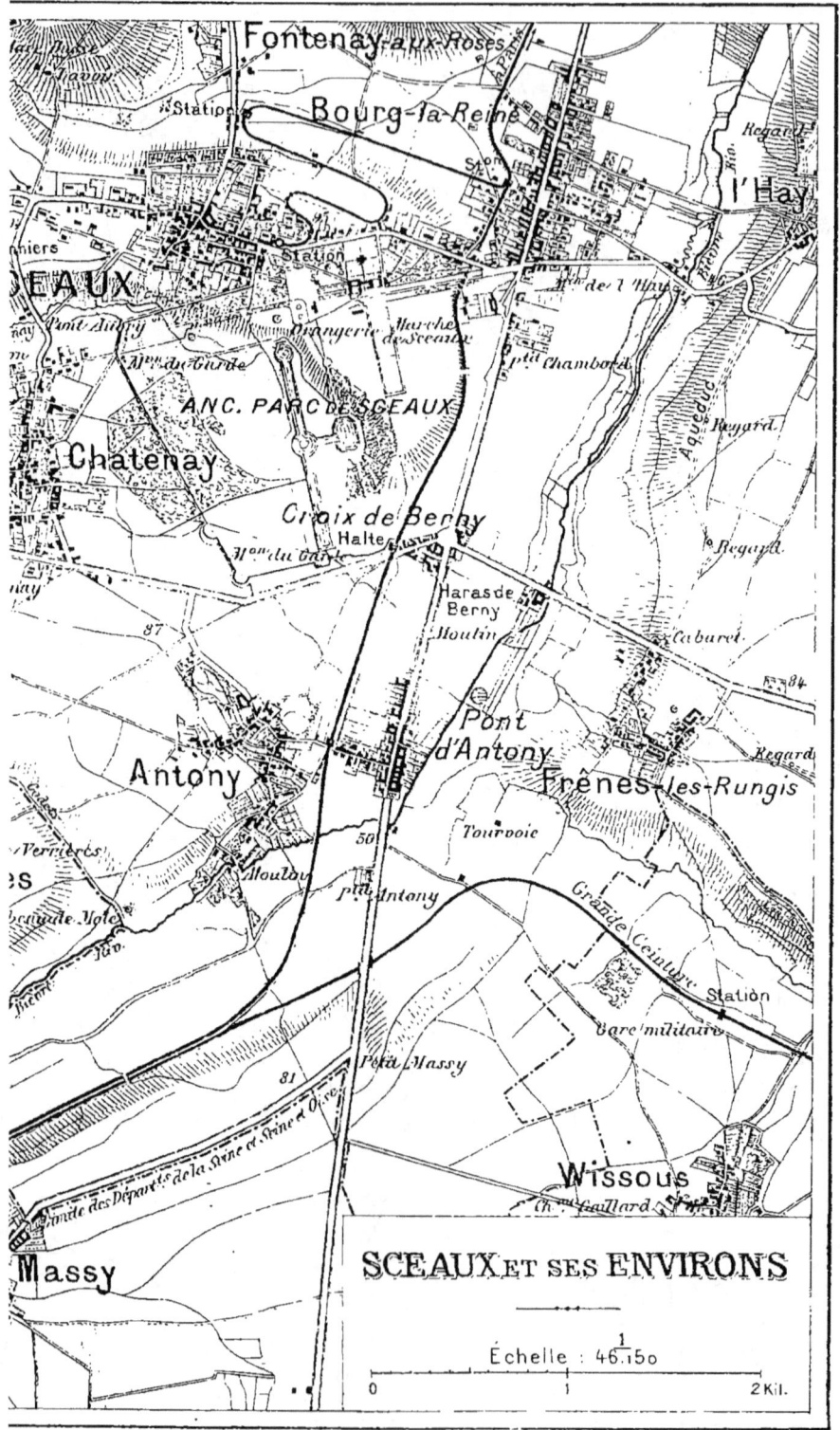

Fontenay-aux-Roses

Station

Bourg-la-Reine

l'Hay

SCEAUX

Station

Rte de l'Hay

Orangerie Marché de Sceaux

Pont Aubry

Mon de Garde

Pt Chambord

Regard

ANC. PARC DE SCEAUX

Chatenay

Aqueduc

Croix de Berny

Halte

Regard

Mon du Garde

87

Haras de Berny

Moulin

Cabaret

84

Antony

Pont d'Antony

Frênes-les-Rungis

Regard

Verrières

50

Tourvoie

Moulin

Pt d'Antony

Grande Ceinture

Station

Gare militaire

81

Petit Massy

Wissous

Ch. Gaillard

Massy

SCEAUX ET SES ENVIRONS

Échelle : $\frac{1}{46.150}$

0   1   2 Kil.

TEUR.

Dressé par E.Moricu.

bâtiment, complété par des sortes de chalets couverts de lierre, n'est pas ce que, dans la propriété, on appelle le *pavillon de Chateaubriand*; celui-ci est de modeste allure et de meilleur goût, mais de dimensions trop petites pour servir d'habitation. Perdu dans le parc, sur la droite du château, le pavillon est de forme octogonale, bâti en brique, et se compose de deux pièces, l'une au rez-de-chaussée, l'autre à l'unique étage; un balcon très simple, une balustrade, entoure ce dernier. C'est là que le grand écrivain aimait à se retirer; c'est là qu'il a composé *les Martyrs, les Abencérages, l'Itinéraire de Paris à Jérusalem, et Moïse.* C'est à Aulnay que Chateaubriand, il l'a déclaré, espérait mourir. Un des caprices de cet esprit mobile en décida autrement, et l'on apprit, un jour, que le domaine était mis en loterie. Sur les quatre-vingt-dix billets à 1000 francs que le propriétaire avait créés, il en plaça quatre : trois à la duchesse d'Orléans, un autre à un ami. Mise en vente alors, la propriété fut adjugée, pour 50100 francs, au vicomte Mathieu de Montmorency; elle passa ensuite à Sosthène de La Rochefoucauld, et, depuis, est toujours restée dans la famille.

Tout auprès, à l'entrée de cette gorge ombreuse qu'on nomme la *Vallée aux loups*, est une petite maison habitée maintenant par un artiste. Là, demeura jadis Georges Farcy, littérateur et poète, tué à l'assaut des Tuileries, le 29 juillet 1830, et dont on vit longtemps la tombe sur le flanc de cet hôtel de Nantes, qui faisait un si bizarre effet auprès du petit arc de triomphe de la place du Carrousel. Un autre oublié, qui fut célèbre au temps de la jeunesse de Balzac et de George Sand, Henri Delatouche, éditeur des œuvres posthumes d'André Chénier, un instant directeur de l'ancien *Figaro*, habita plus tard cette même propriété et y mourut le 9 mars 1851.

D'ici, bien peu d'instants nous suffiront pour gagner Sceaux; nous traverserons quelques ruelles étroites, bordées de constructions à l'aspect antique, et nous atteindrons la rue Houdan; c'est la principale voie du village et la seule animée; elle unit Sceaux à Bourg-la-Reine et se prolonge, en changeant de nom, jusqu'au Plessis-Piquet. Le pays entier est à peu près là ou dans les environs : le lycée Lakanal, le chemin de fer, le parc, l'ancienne mairie aujourd'hui siège de la justice de paix, l'église, et enfin, un peu plus haut, l'hôtel de ville, établi dans les bâtiments qui, jusqu'en 1880, furent ceux de la sous-préfecture.

Avant de visiter le pays, nous allons raconter son histoire.

L'origine de Sceaux paraît remonter au douzième siècle ; c'était alors un hameau dépendant de Châtenay, et qu'on appelait *Cellæ* (les Maisonnettes). L'orthographe du nom de Sceaux a plus varié encore que le nom lui-même ; Sceaux-Colbert, Sceaux-du-Maine, Sceaux-Penthièvre, Sceaux-l'Unité, se sont écrits successivement : Scaulx, Céaux, Sceau, etc. Pays de vignes et de vignerons, il appartint longtemps à l'abbaye de Saint-Germain des Prés, et se divisait encore en Grand et Petit-Sceaux, quand Jehan Baillet, ami du roi Louis XI, en devint le seigneur, vers l'an 1470. A la fin du seizième siècle, la seigneurie passa à Louis Potier, marquis de Gesvres, comte de Tresmes, qui fit bâtir le premier château, et dont les héritiers obtinrent du roi Louis XIII l'autorisation de fonder le marché aux bestiaux, source de prospérité pour le pays.

Le 11 avril 1670, Sceaux devint la propriété de Colbert, le château de Gesvres disparut pour faire place à une vaste et magnifique résidence. Perrault avait fourni les plans de l'habitation ; Le Nôtre dessina le parc ; Lebrun décora de peintures les murs et les plafonds ; Puget, Girardon, Coysevox, Tuby, etc., ornèrent les bosquets de splendides œuvres sculpturales. Colbert affectionnait particulièrement cette résidence. Il y passait tous les moments de repos que lui laissaient ses multiples occupations ; il y donnait des fêtes magnifiques, et plusieurs fois il y reçut Louis XIV (1). Néanmoins, le grand ministre savait compter, et la réputation qu'il

----

(1) Le *Mercure galant* nous a conservé le récit d'une de ces fêtes données à Louis XIV au mois de juillet 1677.

L'ANCIEN CHÂTEAU DE SCEAUX.

DESSIN DE F. HOFFBAUER.

acquit à Sceaux, ne fut pas celle d'un prodigue ; on lui garda
même assez longtemps rancune, parce qu'en renouvelant les
privilèges du marché aux bestiaux, il avait pris soin d'augmenter les droits qu'il avait à percevoir. Colbert laissa à
son fils, le marquis de Seignelay, une fortune évaluée à
50 millions de livres ; celui-ci se montra aussi prodigue que
son père avait été économe ; le domaine lui dut des accrois-
sements appréciables et de nombreux embellissements, et
reçut encore la visite du roi, en 1683.

Nous avons vu, en passant à Bourg-la-Reine, un des derniers vestiges de la propriété ; nous en retrouverons d'autres
ici, les signaler suffit pour donner une idée de sa superficie. Le parc où se tient le bal, la justice de paix, la gare du
chemin de fer, occupent l'emplacement de la Ménagerie ;
un peu plus bas, les constructions du lycée Lakanal ont
absorbé ce qui restait du parc qui, d'un côté, s'étendait jusqu'à Fontenay-aux-Roses, et de l'autre touchait à Chatenay.

C'est cette immense propriété que le duc du Maine acheta,
le 20 décembre 1699, aux héritiers du marquis de Seignelay ;
c'est là qu'Anne-Louise-Bénédicte de Bourbon-Condé installa
cette petite cour spirituelle et joyeuse, folle de plaisirs sans
cesse ingénieusement renouvelés, qui fit un si brillant contraste avec la cour froide et gourmée, au milieu de laquelle
Louis XIV vieillissait à Versailles. Le roi avait fait une dernière visite à Sceaux le 4 décembre 1700. Ce jour-là, le duc
d'Anjou, proclamé roi d'Espagne sous le nom de Philippe V,
s'y rencontrait avec son grand-père pour recevoir ses adieux.

Le palais se composait de sept pavillons reliés par d'élégantes galeries ; une Minerve, de Girardon, en décorait le
fronton principal ; la chapelle, chef-d'œuvre de Perrault,
était placée dans un pavillon carré au dehors et circulaire
au dedans ; des pilastres corinthiens soutenaient un plafond
cintré en forme de coupe, que décorait une fresque de Lebrun.

Dans le parc, on admirait la grande cascade et surtout le
pavillon de l'Aurore, édifice de forme ronde, dans lequel
on pénétrait par douze portiques à frontons triangulaires ;

deux cabinets qui s'y trouvaient avaient été décorés, par Lobel, de peintures représentant ici *Zéphire et Flore*, là *Vertumne et Pomone ;* sous la coupole qui le dominait, Lebrun avait peint l'*Aurore abandonnant Céphale pour commencer à éclairer l'univers.*

Quant à la société qui se groupait autour de la duchesse du Maine, elle se composait non seulement de tout ce que la noblesse du temps comptait de noms illustres, mais encore de tous les hommes qui s'étaient acquis une réputation méritée d'esprit ou de savoir. Aussi, bien que frivole et ne s'occupant que de plaisirs, cette société conserva-t-elle toujours un excellent ton. Si le froid cérémonial en fut banni, si les plus grandes dames ne dédaignèrent pas de jouer la comédie, si elles furent ardentes au bal, âpres au jeu, gourmandes à table; gaies partout, si elles aimèrent les vers et les propos galants, elles ne souffrirent jamais que la licence vînt altérer le charme de ces réunions aristocratiques.

Parmi les hôtes les plus assidus à Sceaux, et pour donner une idée de la composition de cette société, nous citerons le prince et la princesse de Condé, le duc et Mlle d'Enghien, le duc de Villars, le président de Mesme, le cardinal de Polignac, les d'Harcourt, les Choiseul, les Mirepoix, etc. Quant à ce qu'en ce temps on appelait les beaux esprits, la liste en serait longue. Malézieu, nous l'avons dit, était l'organisateur de toutes les fêtes; autour de lui gravitaient l'abbé de Chaulieu, le marquis de la Fare, Fontenelle, Destouches, le président Hénault, La Motte-Houdard, le marquis de Lassay, Claude Genest, collaborateur habituel de Malézieu pour les petites pièces qu'on représentait sur le théâtre du château ; M. de Villeras, colonel retraité, spécialement chargé de la préparation des feux d'artifice ; Mlle de Launay, depuis Mme de Staal, confidente de la duchesse, à qui incombait le soin de régler l'emploi du temps pendant les *grandes nuits*, fille d'esprit et de cœur, dévouée à sa maîtresse et capable, quand il le fallait, de prendre la plume et d'écrire un *divertissement ;* enfin, le marquis de Saint-Aulaire, toujours prêt à improviser un madrigal.

Nous avons incidemment parlé des grandes nuits; il n'est pas inutile d'expliquer en quoi elles consistaient. C'était une suite de divertissements variés, festins, jeux, spectacles, loteries, feux d'artifice, bals, le tout commençant au coucher du soleil et ne se terminant qu'à l'aurore. C'est dans une de ces nuits, le 11 juin 1703, que fut fondé l'ordre de la *Mouche à miel*, dont les dignitaires portaient une médaille d'or ornée, sur la face, d'un portrait de la duchesse, entouré de cette inscription : L. BAR. D. SC. D. P. D. L. O. D. L. M. A. M., qu'il faut traduire par : Louise, baronne de Sceaux, directrice perpétuelle de l'ordre de la Mouche à miel; sur le revers, voletait une abeille se dirigeant vers une ruche, avec cette légende : *Piccola si, ma fa pur gravi le ferite* (petite, mais elle fait de profondes blessures). Petite était une allusion à l'exiguïté de la taille de la duchesse.

Les intrigues du temps de la régence interrompirent les divertissements de la petite cour ; presque tous ceux qui la composaient furent impliqués dans un complot ourdi contre la sûreté de l'État ; le duc, la duchesse et leurs plus familiers amis, arrachés un soir au séjour enchanteur de Sceaux, se réveillèrent le lendemain à la Bastille. Les courtisans s'étaient enfuis comme une nuée d'oiseaux effarouchés. La tourmente passée, les fêtes reprirent, mais avec moins de suite. Malézieu mourait en 1729 ; le duc du Maine, spirituel aussi, mais poltron, timide, dissimulé, entièrement soumis aux volontés de sa femme qui le ruinait, dit Saint-Simon généralement peu tendre pour la petite cour, succombait, en 1739, aux suites d'une affection cancéreuse. On dut prendre le deuil, et la veuve partagea ses loisirs entre Paris, Anet et Sceaux. La comédie, dont la duchesse était passionnée pourtant, n'est plus représentée qu'à de longs intervalles ; la société s'est modifiée. Mmes du Deffant et du Châtelet entourent maintenant la châtelaine, et Voltaire est devenu le poëte de la maison ; on s'occupe alors de querelles philosophiques et littéraires, le pédantisme envahit les salons, et quand la duchesse meurt, en 1753, la société de Sceaux touche à sa décadence.

Le comte d'Eu, fils du duc du Maine, mourut sans postérité, en 1775, et Sceaux devint alors la propriété du duc de Penthièvre. Quelques fêtes, qui n'eurent pas l'éclat de celles dont nous venons de parler, mais auxquelles assistait une société choisie, furent encore données au château; leur organisateur était alors Florian, gentilhomme ordinaire du duc, qui, pour le théâtre de Sceaux, écrivit ses charmantes arlequinades. Le duc de Penthièvre, pieux, mais tolérant, assez disposé à se ranger aux idées nouvelles; bienveillant pour tous, inépuisablement charitable, sut se concilier les sympathies de la population. Le pays, tout en quittant, en 1791, le nom de Penthièvre, qu'il avait pris, pour s'appeler Sceaux-l'Unité, continua de respecter et d'honorer le châtelain; celui-ci demeura dans sa résidence jusqu'après la journée du 10 août; pris d'effroi alors, il s'enfuit à Verdun, où il mourut le 4 mars 1793.

Les habitants de Sceaux avaient pris de leurs seigneurs le goût des fêtes et des représentations pompeuses; ils ne manquèrent pas de s'y abandonner pendant la Révolution : la Raison, l'Innocence, l'Être suprême, la Vertu, la Nature, la Liberté, furent tour à tour le prétexte de réjouissances publiques où se mêlaient l'élément militaire et l'élément champêtre, où les hommes revêtaient des tuniques grecques, où les femmes se couronnaient de fleurs, où les chants et le bruit des instruments se mêlaient en l'air, effarouchant les tourterelles auxquelles on donnait la volée. La plus célèbre de ces solennités — elle attira tout Paris — est celle que la commune organisa, le 10 prairial an II (29 mai 1794). Ce jour-là, la famille de Barra quittait Palaiseau pour se fixer au chef-lieu du district.

Florian, le doux et inoffensif poëte, fut un jour arraché du petit pavillon qu'il habitait dans les dépendances du château et jeté en prison; Boissy d'Anglas, vieil ami de sa famille, usa de son influence et lui fit rendre la liberté. Son retour à Sceaux fut l'occasion d'une fête encore; le pays fit une ovation à l'homme qui, bien souvent, avait été le distributeur des libéralités du duc de Penthièvre. Le poëte fut sensible au témoignage d'affection de ses concitoyens ; mais son séjour en prison avait ébranlé sa santé, une fièvre typhoïde l'emporta, le 15 septembre 1794. Il fut enterré dans le cimetière de la commune qui, alors, entourait l'église.

Le château, confisqué par la Convention, fut déclaré propriété nationale et destiné à former « quelque établissement utile à l'agriculture ou aux arts » ; l'idée était bonne, mais ne fut pas appliquée, et le Directoire trouvant les choses en l'état fit morceler le domaine et le mit en vente. On essaya vainement de sauver la chapelle et le pavillon de l'Aurore ; Alexandre Lenoir, vous n'êtes pas surpris de le voir intervenir ici, réussit à faire transporter les livres de la bibliothèque à son musée des Petits-Augustins, et aussi quelques marbres, parmi lesquels l'*Hercule gaulois*, de Puget, et *le Baptême du Jourdain*, de Tuby.

En 1799, on allait abattre la partie du domaine connue sous le nom de la Ménagerie, quand une société de propriétaires en fit l'acquisition. Alors s'y installa ce bal, célèbre sous le premier Empire et sous la Restauration. Le tout-Paris, jeune, élégant et riche, s'y transportait en ce temps et ne dédaignait pas de danser avec les jolies campagnardes ; aujourd'hui encore, bien que le voyage soit considérablement abrégé et à la portée de tous, le bal de Sceaux a conservé un cachet de bonne compagnie, rare à constater dans un endroit public. Il semble que le souvenir des grandes dames du dix-septième siècle plane encore sur la localité ; aussi la gaieté franche et communicative est-elle exempte, ici, de tout excès de mauvais goût.

Le lycée Lakanal, commencé en 1880 sous la direction de M. de Baudot, architecte, et inauguré en 1885, est un de nos plus beaux établissements universitaires ; ses divers bâtiments, séparés les uns des autres par des cours et des jardins magnifiques, sont construits en pierres mêlées de capricieux chaînages de briques ; les entablements sont égayés par de jolis médaillons de faïence peinte. L'ensemble serait irréprochable, s'il n'était gâté par une monumentale cheminée dont la présence force l'esprit à se reporter vers les grandes usines. Elle a son utilité pourtant, car la maison tout entière est chauffée par le calorifère qu'elle dessert. Visitez les classes, les réfectoires, les dortoirs, les lavabos, vous reconnaîtrez partout la même tendance vers les aménagements à la fois sains, agréables et commodes.

L'église Saint-Jean-Baptiste existait dès le treizième siècle, mais nous croyons que ses parties les plus anciennes ne remontent pas au delà de l'année 1476. A cette époque, de Gesvres en entreprit une réédification, qui dut être complète. Colbert fit consolider et agrandir le chœur, tandis que Gui-Louis Baudoin, curé, faisait restaurer les bas côtés de la nef; le clocher, qui menaçait ruine, a été réédifié aux frais du duc de Trévise. Quant au portail, nous ne savons à quelle fâcheuse inspiration a obéi l'architecte qui l'a reconstruit, en 1838. A l'intérieur, la nef et les bas côtés sont réunis par des arcs-boutants de style ogival et, dans les clefs de voûte, nous retrouvons le chiffre de Colbert. Le fond du chœur est décoré de ce *Baptême du Jourdain*, de Tuby, dont nous vous parlions tout à l'heure ; les personnages, en marbre blanc, se détachent sur un fond noir, et l'effet général est d'une véritable grandeur. Aux deux côtés du maître-autel, encastrés dans la boiserie, sont deux petits bas-reliefs en marbre qui doivent dater du même temps et, comme le *Baptême*, provenir de la chapelle du château. L'œuvre est de 1681.

L'église a contenu les cendres du duc du Maine, de sa femme et du comte d'Eu ; ces restes ont été dispersés lors de la Révolution, mais on voit encore la pierre tombale des châtelains de Sceaux. Elle est en marbre noir, incomplète malheureusement et fixée sur un des piliers de la nef; de plus, deux obélisques en bleu turquin, dressés dans le chœur, montrent l'empreinte des médaillons du duc et de la duchesse, également détruits en 1793.

Dans le jardinet qui s'étend sur le flanc gauche de l'église, un cippe, surmonté du buste de Florian, exécuté en 1839 d'après un dessin de Devéria, indique la place où repose le poète ; ses ossements ont été retrouvés, paraît-il, et sont enfermés sous le monument dans un petit cercueil de bronze. Sur un autre piédestal, dans le même jardinet, vous verrez le buste, signé E. Leroux, du poète provençal Aubanel, mort en 1886. Aubanel fut l'un des fondateurs de ces *fêtes des félibres* qui se célèbrent à Sceaux, chaque année, au mois de juin, et que Mistral vient présider parfois. Sceaux est toujours le pays des fêtes !

. Les félibres, au reste, sont reconnaissants à la commune du bon accueil qu'elle leur réserve, et ils le prouvent. Ils ont fait placer, sur le pignon d'une maison de la rue de la Petite-Croix, une plaque de marbre qui rappelle que cette demeure fut la dernière de Florian (1). Le dimanche de juin que les félibres choisissent pour se rendre à Sceaux, les maisons de la ville sont pavoisées le jour et illuminées le soir ; la municipalité de la commune et sa musique vont recevoir leurs visiteurs au chemin de fer. On s'achemine vers la maison mortuaire de Florian ; la fanfare municipale joue une *Marche languedocienne ;* les orateurs de la société prononcent des discours, puis on se rend au jardinet qui s'étend sur le flanc gauche de l'église, pour couronner le buste d'Aubanel. La fête se continue ensuite par la distribution des prix, qui a lieu dans la grande salle de l'hôtel de ville, et se termine par une cour d'amour, un banquet et un bal qui se prolonge bien avant dans la nuit.

L'hôtel de ville, anciennement la sous-préfecture, n'est qu'une maison d'aspect bourgeois entourant, de ses trois corps de logis, une cour sablée, mais ouvrant aux lecteurs une bibliothèque bien composée, qui compte déjà dix-huit cents volumes et s'augmente de jour en jour.

Il faut faire un léger détour pour visiter le cimetière de la commune, champ de repos souriant et fleuri comme elle, où nous trouverons la tombe d'Edmond Morin, le charmant

---

(1) Cette maison, très simple, a deux étages surmontés de mansardes ; sa façade est rue des Écoles, n° 19. C'est sur le mur absolument nu, percé d'une seule fenêtre à sa partie supérieure, que la plaque dont nous parlons a été fixée.

dessinateur mort en 1882 ; elle est décorée de son buste en marbre, signé Doublemard, œuvre saisissante de vie et de ressemblance.

Si nous rejoignons la rue Houdan, nous ne tarderons pas à en atteindre l'extrémité, et nous nous trouverons aux Quatre-Chemins, à l'endroit où s'est formé, depuis 1848, ce groupement de restaurants, de loueurs de voitures, de chevaux et d'ânes, de marchands de jouets et de pain d'épices, de cafés, de tirs à la carabine et de bals champêtres, connu sous le nom de Robinson. Ce n'est là ni un village, ni un hameau, mais une immense guinguette, paisible en semaine, extraordinairement animée le dimanche. A Robinson, on festine dans tous les arbres, on boit sur toutes les terrasses et sous toutes les tonnelles, on danse sur toutes les pelouses. De Sceaux, de Fontenay, de tous les pays environnants, on arrive en chars à bancs, en voiture, à cheval, à dos d'âne, à pied, en longue file, en rangs pressés, l'appétit ouvert, la chanson aux lèvres ; on se pend à tous les trapèzes, on grimpe sur toutes les escarpolettes, on fait mouche à tous les tirs, on se promène en bateau sur un lac grand comme une piscine. A ce rez-de-chaussée, les billes d'ivoire se choquent ; à ce premier étage, on entend résonner un piano. Il y a encore des Parisiens qui vont à la campagne pour faire de la musique et jouer au billard ! Qu'importe ? le soleil rit sur les toilettes estivales à travers les nuages de poussière soulevés par les cavalcades ; les plats fument, les bouchons sautent, les garçons ahuris ne savent à qui répondre, les comptoirs sont pris d'assaut, les cuisines envahies. Le soir vient ; mille points lumineux éclatent de toutes parts ; le feuillage des vieux châtaigniers s'embrase de couleurs multiples ; un bruit semblable au grondement lointain de la mer emplit la rue : c'est la foule qui fuit vers les gares voisines.

Nous l'avons dit, avant 1848 ce coin n'était qu'un bois de châtaigniers. Un industriel nommé Guesquin, le Chauvelot du lieu, imagina de placer un plancher sur les maîtresses branches d'un de ces arbres ; il coiffa de chaume quelques

A ROBINSON, PRÈS DE SCEAUX.

DESSIN DE F. LIX.

bosquets, installa des tables autour de son jardin, des jeux de toute sorte au centre, et baptisa l'endroit Robinson. Le lieu est charmant; la vogue vint vite et, avec elle, la concurrence et aussi la fortune. Aujourd'hui, les Robinsons ne se comptent plus ; tous ont leurs arbres hospitaliers, leurs huttes encapuchonnées de parasols, leurs bosquets ombreux, et ne désemplissent pas les jours fériés.

Il est vrai qu'on est là dans le voisinage de ces bois de Verrières dont quelques coins sont bien jolis encore, malgré les changements que l'ensemble a subis depuis quelques années ; la route qui nous conduit vers eux, en quittant Robinson, surplombe la vallée immense, verte, piquée de points blancs qui sont des maisons, sillonnée de courbes onduleuses qui sont des routes, et bordée par une de ces lignes bleues qui se confondent avec le ciel et donnent une vague idée de l'infini. Un rideau d'arbres nous cache soudain le spectacle, et nous apercevons, sur notre droite, une sorte de petit château en brique, flanqué d'une tour carrée surmontée d'un maigre lanternon ; tout auprès, dans la même propriété, s'élève une autre tour, gothique et crénelée, celle-ci. Ne vous croyez pas en présence d'une citadelle ; c'est sa maison de plaisance, que le propriétaire d'un café célèbre à Paris, M. Bignon, a fait bâtir ainsi. Ne le chicanons pas sur son goût.

La route continue à onduler devant nous ; elle a pris le nom de Chemin des Bœufs, quand nous rencontrons, bien assis sur sa base de brique, le vaste cylindre gris d'un réservoir installé, en 1879, par la Compagnie des Eaux, et qui alimente Jouy-en-Josas, le fort de Villeras, Bièvres, Châtenay, Massy, le fort de Palaiseau et, plus près du lieu où nous sommes, le réduit de Verrières, fortification utile, mais qui pour nous, promeneur, gâte un peu ce beau bois au seuil duquel rit le rendez-vous de chasse connu sous le nom de Malabry. De ce point, nous pourrions suivre la route de Versailles ou nous égarer dans le bois ; nous égarer serait difficile, car les routes sont régulièrement percées, les sentiers étiquetés, les éclaircies nombreuses. Il

n'importe! l'endroit est agréable encore, malgré le réduit
de Verrières qui occupe le centre du bois et les cinq redoutes qui l'entourent, et le regard découvre à tout instant
de ravissants points de vue. L'un des plus charmants est
celui qu'offre la vallée de la Bièvre, quand elle apparaît
soudain aux regards du voyageur arrivé au Petit-Bicêtre.
Qu'est-ce que le Petit-Bicêtre? Un village ou une maison
d'aliénés? Rien de cela; mais simplement, autour d'un rond-
point, une mare, un lavoir, une gendarmerie et quatre ou
cinq maisons où les chasseurs, nombreux dans les bois de
Verrières, sont certains, après une journée de marche, de
trouver la table et le couvert.

En passant par les bois de Verrières, nous sommes un
instant entré dans le département de Seine-et-Oise; que le
touriste qui n'imitera pas notre exemple nous jette la première pierre.

Au reste, notre fugue a été de courte durée, Petit-Bicêtre
que nous avons promptement rejoint appartient au département de la Seine.

En suivant une route pavée, droite d'abord et qui se brise
vers son milieu, nous ne tardons pas à arriver au Plessis-
Piquet. C'est un hameau ancien déjà; une charte du treizième siècle en fait mention. Presque tout son territoire est
couvert par des propriétés entourées de grands parcs; aussi
sa population reste-t-elle à peu près stationnaire. Son étang,
que diverses sources alimentent, fournissait autrefois l'eau
aux cascades du château de Sceaux. Après avoir longé de
grands murs, nous arrivons à l'église Sainte-Madeleine, dont
le clocher roman est assez curieux; à l'intérieur, ce n'est
qu'une salle oblongue, terminée par un chœur accosté de
deux chapelles. On y voit la pierre tombale de Pierre de
Montesquieu d'Artagnan, maréchal de France, qui se dis-
tingua aux batailles de Malplaquet et de Ramillies, et fut enterré dans l'église en 1725; une *Apparition de Notre-Seigneur
Jésus-Christ à ses disciples*, de Philippe Mercier, un artiste du
dix-huitième siècle, célèbre en son temps, et qui ne méri-
tait pas l'oubli dans lequel il est tombé; quelques autres

toiles de moindre valeur, signées Odier (1); enfin, une chapelle des fonts baptismaux dont le plafond est très coquettement décoré.

Colbert acheta la seigneurie du Plessis-Piquet en 1682;
le château qu'il habita existe encore, mais il a passé par
bien des mains et, comme vous le pensez, a subi de nombreuses modifications. En 1817, il appartenait au duc de
Massa. C'est aujourd'hui la propriété du Refuge du Plessis-
Piquet, une institution philanthropique dont nous allons
dire quelques mots.

En 1888, de riches israélites, qui tiennent à garder l'ano-
nyme, s'émurent de la situation, douloureuse dans le présent, singulièrement compromise pour l'avenir, que, parmi
leurs coreligionnaires, certaines familles pauvres font à leurs
enfants.

Arracher ces jeunes gens à la misère d'abord, aux con-
tacts pernicieux ensuite, les préparer à une existence honorable en les instruisant et en leur inspirant le goût du
travail : tel est le programme simple et grand que s'imposa le comité qui se forma alors. Un budget fut établi, des
fonds réunis, la propriété du Plessis-Piquet acquise et, le
25 mars 1889, le Refuge put ouvrir ses portes à onze enfants,
ceux-ci orphelins, ceux-là arrachés à des milieux mauvais,
d'autres enfin recueillis à leur sortie de la Petite-Roquette.

Le début était modeste ; mais l'institution est de celles
qui devaient prospérer rapidement. Elle compte aujourd'hui
quarante élèves; dans quelques mois, elle en aura cent, et
davantage plus tard.

Il est permis de se demander, et nous nous le sommes
demandé, si le danger qu'on veut conjurer ne se représente
pas, grâce à l'accueil fait également à des enfants malheureux et à d'autres vicieux déjà. Nous avons manifesté cette
crainte à l'honorable directeur du Refuge. « Une brebis galeuse, lui dîmes-nous, ne suffit-elle pas pour gâter tout un
troupeau ? »

(1) Odier était le beau-père du général Cavaignac.

« Non, nous répondit-il ; la brebis galeuse n'entre dans le troupeau que lorsqu'elle est guérie. Un enfant que son passé rendrait dangereux pour ses compagnons en demeure isolé jusqu'au jour où notre œuvre moralisatrice est assez avancée pour que son contact ne soit plus à redouter, et, ajouta-t-il, le résultat désiré s'obtient vite ; l'enfant aspire naturellement à la vie commune et, très surveillé, paternellement dirigé, le plus rebelle devient souple et soumis en peu de temps, et peut rejoindre ses camarades dans les classes et dans les ateliers. »

Classes et ateliers, instruction et travail, c'est là tout le Refuge. Dans les premières, on prépare les jeunes gens au certificat d'études ; dans les seconds, on leur apprend la menuiserie, le charronnage, la bourrellerie et, enfin, toutes choses utiles au jardinage et à l'agriculture. A dix-huit ans, ainsi préparés, les élèves sont placés par les soins du comité, dont ils retrouveront toujours la protection aux heures difficiles de la vie.

Ajoutons que les élèves sont absolument pensionnaires et que les sorties accordées pour visiter les familles sont sagement proportionnées au degré de confiance que leur moralité inspire.

Nous l'avons dit, le Refuge fut une aristocratique demeure jadis ; quelques-uns de ses bâtiments ont encore un grand caractère, et le cabinet du directeur est une belle pièce conservant, sur ses portes et sur ses murs, une de ces charmantes décorations, toutes faites de fleurs légères et d'ornements gracieux, que peignaient si bien les délicats artistes du dix-huitième siècle.

Nous n'aurions rien à signaler à la mairie du Plessis-Piquet, si elle ne contenait une bibliothèque publique à laquelle la population s'intéresse vivement, et qui renferme déjà quatorze cents volumes.

C'est dans une sorte de petit vallon planté de vignes et d'arbres fruitiers, qui s'étend au-dessous de collines boisées, que nous rencontrons Clamart, gros village de cultivateurs, de carriers, de blanchisseurs et de cabaretiers, dont la population s'est à peu près triplée depuis 1860. Le bois qui l'avoisine, et qui porte son nom, est l'un des plus aimés des Parisiens. On y déjeune sur l'herbe, on danse dans ses clairières au son d'un orgue de Barbarie qui passe, on s'égare dans ses taillis, on se retrouve le soir autour des tables des guinguettes du village, devant un plat de ces savoureux petits pois qui sont la gloire du pays, et l'on revient l'esprit gai, les poumons pleins d'air sain, les bras chargés de fleurs.

Bien que, sous le nom de Claumard, le pays fût déjà connu au septième siècle, l'historien ne saurait rien trouver d'intéressant à relever dans ses archives; le village laborieux toujours a peu fait parler de lui. Pourtant, sous Louis XVI, Filassier, agronome distingué, fut directeur de cette fameuse *pépinière de Clamart,* qui jouissait, à juste titre, d'une réputation européenne. Sous son impulsion, la commune s'associa au mouvement révolutionnaire, et les riches ornements qui décoraient l'église furent portés à la Convention et déposés « aux pieds de la Sagesse nationale, comme hochets de la superstition et arsenal du fanatisme ». Filassier est mort à Clamart en 1806.

Nous visiterons d'abord la mairie fort bien installée dans un hôtel du dix-septième siècle, flanqué d'une tour vieille d'au moins quatre cents ans, mais dont le beau caractère est un peu altéré par les nombreuses fenêtres dont elle est maintenant percée. Dans cette mairie que nul objet d'art ne décore, nous trouvons une bibliothèque de trois mille cinq cents volumes, collection que les habitants apprécient beaucoup, s'il faut en croire le chiffre des prêts, qui s'est élevé à dix mille en 1889.

Dans le jardin, qui s'étend sur la partie postérieure de la mairie, est un groupe scolaire dont le plan primitif a été conçu, en 1878, par M. J. Lequeux, de telle sorte que l'édifice a pu, en 1878 et 1882, supporter des additions qui n'ont point altéré l'harmonie de son ordonnance. Ajoutons que l'artiste a su conduire si économiquement ses travaux, que la commune n'a pas dépensé plus de 150 000 francs pour

19

la construction de ces écoles, qui maintenant peuvent recevoir sept cents enfants.

L'église Saint-Pierre-Saint-Paul, monument du quinzième siècle, a été reconstruite sur son ancien plan pendant le dernier Empire, et restaurée encore après l'invasion allemande ; son portail latéral de gauche n'a pas été retouché. C'est, avec la jolie statuette de la Vierge qui le décore, un curieux morceau de l'architecture du temps.

Dans les nefs, nous ne trouvons à signaler qu'une bonne copie du *Saint François d'Assises mourant*, de Benouville, et une *Sainte Geneviève*, de M. Édouard Cabane ; mais, dans la sacristie, nous rencontrons deux fort curieuses statues en bois peint, œuvres du seizième siècle, représentant les patrons de l'église.

En quittant Saint-Pierre-Saint-Paul, nous nous trouvons tout aussitôt devant une large et blanche façade, au fronton de laquelle nous lisons cette inscription :

HOSPICE DE FERRARI.
FONDATION
BRIGNOLE-GALLIERA.

Cette vaste maison, inaugurée le 28 août 1888, a été construite par l'architecte Ginain, dans des conditions absolument exceptionnelles de luxe et de confort ; elle est destinée à recevoir cent huit vieillards : cinquante hommes, cinquante femmes et quatre ménages. L'achat du terrain, la construction de l'immeuble, la dotation nécessaire à l'entretien de l'œuvre, ont coûté 11 millions ; ce n'est pas là du reste, ainsi que nous le constaterons tout à l'heure, la seule fondation due à cette initiative généreuse.

Mais il nous faudra pour cela sortir du pays et, avant de le quitter, nous voulons parler encore de l'hôpital communal, ou maison Sainte-Émilie, inauguré le 23 juin 1890 ; il est établi dans une maison de campagne qui appartenait à M. Adolphe Schneider, ancien notaire. C'est par testament que M. Schneider et sa femme ont légué cette propriété à la commune, pour en faire un hôpital ; ajoutons que les donateurs ont aussi laissé une rente suffisante pour assurer le bon fonctionnement de la maison. Quant à l'achat du matériel, il a été effectué avec les arrérages de cette rente accumulés pendant les deux années écoulées depuis la mort des fondateurs.

L'hôpital, qui contient vingt-cinq lits, est divisé en plusieurs salles qui sont l'ancien salon de la propriété, sa salle à manger, sa salle de billard, etc. ; chaque pièce renferme quatre lits au plus. Les fenêtres du premier étage ouvrent sur un balcon qui fait le tour de la propriété, et d'où l'on découvre une vue magnifique. En exécution des volontés exprimées par M. et Mme Schneider, l'établissement est dirigé par des sœurs. Nous rencontrerons cette maison sur le gai chemin qui conduit à Fleury, un petit pays appartenant pour une partie à la commune de Clamart, pour une autre à celle de Meudon, et où se trouvent deux autres fondations Brignole-Galliera. L'une est une maison de retraite destinée à recevoir cent frères des écoles chrétiennes, parvenus à l'âge où le travail n'est plus possible ; l'autre est l'Orphelinat de Saint-Philippe, inauguré le 3 novembre 1888. Les vastes bâtiments, la chapelle et le pavillon de l'agent général, séparés par de beaux jardins, ornés de serres remarquablement organisées, de parterres fleuris et de pièces d'eau, ont été construits sur les dessins et sous la direction de M. Conchon. L'orphelinat, qui peut recevoir trois cent cinquante enfants, fait, ainsi que le Refuge du Plessis-Piquet, une large part aux études qui peuvent préparer des agriculteurs ; mais paternelle aussi et soucieuse de ne point contrarier les vocations, l'administration place dans des ateliers de son choix, vers quatorze ou quinze ans, ceux de ses élèves qui désirent apprendre un état manuel.

Un chemin qui passe presque au pied des glacis du fort d'Issy nous conduira à Vanves, petite commune populeuse, où les blanchisseries et les fabriques entretiennent une grande animation.

Comme tous les villages de la contrée, celui-ci est très ancien ; l'abbaye de Sainte-Geneviève, qui le posséda longtemps, en affranchit les serfs en 1247. Mais l'abbé Thibaut, promoteur de la mesure, conserva quelques privilèges au puissant monastère, entre autres celui de donner le signal à ceux qui concouraient pour le *prix de l'épée*. Ces trois mots ne nous disent rien aujourd'hui ; mais le prix de l'épée était chose fort enviée et chaudement disputée au treizième siècle. En ce temps-là, chaque année, le jour de la Trinité, les domestiques des bourgeois de Vanves se réunissaient à la barrière d'Enfer et, au signal donné par l'abbé de Sainte-Geneviève, partaient pour leur village au pas de course. Le premier arrivé recevait une épée en récompense de son agilité. La lutte, on le comprend, n'était pas toujours absolument courtoise, et force querelles éclataient entre l'heureux vainqueur et ses concurrents distancés. Quant au bon peuple du temps, il s'intéressait fort aux luttes et prenait grand plaisir aux batailles dont elles étaient souvent suivies. En 1342, l'abbé Jean de Barret et les chanoines firent encore reconnaître, par les habitants de Vanves, la prérogative qui leur était réservée à ce propos, mais abolirent la fête.

Les moines de Sainte-Geneviève avaient un prieuré à Vanves ; en 1422, il était dirigé par un nommé Martin, qui, d'accord avec un autre abbé, Raoul Maréchal, influa assez sur l'esprit des habitants de Vanves pour qu'ils protestassent hautement contre l'usurpation du roi d'Angleterre Henri VI, qui, après la mort de son père, s'était fait reconnaître roi de France; les prêtres furent jetés en prison, et le pays paya cher sa fidélité à Charles VII. Peut-être François Ier rendait-il un indirect hommage à l'attachement du village à la royauté, quand, répondant à Charles-Quint dont la signature était accompagnée d'une kyrielle de titres pompeux, il signait modestement son nom, suivi de ces simples mots : seigneur de Vanves et de Gonesse. En 1792, la commune organisa sa compagnie de volontaires et l'envoya défiler devant la Convention, au milieu des applaudissements de ses membres et de ceux des tribunes. Lors de la dernière guerre, enfin, Vanves, fidèle à ses traditions patriotiques, se comporta vaillamment; sous les batteries allemandes de Meudon et de Châtillon, il affronta la ruine sans plaintes et sans peur.

Nous avons eu plusieurs fois déjà l'occasion de nous arrêter devant des institutions consacrées au traitement des maladies mentales; nous ne ferons qu'un court séjour dans la belle maison de santé du docteur Falret. La fondation de cette maison, où seuls les privilégiés de la fortune peuvent trouver un asile — car on y paye pension — remonte à l'année 1822, et son premier directeur fut le docteur Voisin. Tout est disposé, sur les 40 hectares qu'occupe l'établissement, pour faire, autant que possible, oublier à ceux qu'il renferme la situation pénible que la maladie leur impose. Chaque malade peut avoir pour habitation un pavillon isolé, sain, gai, commode et confortablement meublé; les mêmes serviteurs demeurent attachés à son service. De plus, l'immense propriété, semée de bosquets, égayée de corbeilles de fleurs, rafraîchie par des cours d'eau, bois ici, prairie là, rend possibles les promenades longues et variées, produisant à la fois l'utile exercice du corps et le repos salutaire de l'esprit.

Nous allons maintenant gagner la place de la République; c'est le centre du pays, c'en est aussi l'endroit le plus vivant. Autour d'elle rayonnent quelques vieilles rues étroites, montueuses et bordées de constructions noires et lézardées : c'est la rue des Charrons, la rue Vieille-Forge, la rue Normande, etc. Devant nous se dresse l'église Saint-Rémy construite au quinzième siècle par les Génovéfains, et restaurée de nos jours, une première fois par M. Naissant, une seconde fois par M. Meunier, qui a reconstruit et rehaussé le clocher incendié pendant la guerre. L'intérieur se compose d'une nef centrale, de deux bas côtés et d'un chœur, le tout de belles dimensions et d'un bon style; les murs de la nef, au-dessus des arcades qui la séparent des bas côtés, sont ornés de dix grandes compositions de M. Putois; celles de gauche rappellent divers épisodes de la vie du patron de l'église, celles de droite sont consacrées à la glorification de sainte Geneviève. Le maître-autel en pierre, orné de bas-reliefs en marbre, renferme des reliques de saint Denis, de saint Rustique, de saint Éleuthère et de sainte Aurélie; il a été érigé d'après les plans de M. Eug. Minard, de Vanves, et consacré le 24 octobre 1880. Quant à l'église, une inscription gravée sur une table de marbre, près de la grande porte, vous rappellera qu'elle a été bénite, en 1449, par Guillaume, évêque de Paris.

La mairie, édifiée en 1857, est un petit bâtiment fort simple, mais bien situé, sur les côtés duquel s'étendent les écoles communales et qui renferme une bibliothèque de deux mille cinq cents volumes.

Si nous reprenons l'avenue du Lycée, large et belle voie qui réunit Vanves à Issy, nous ne tarderons pas à longer le mur d'un vaste parc. Ce parc appartenait jadis au domaine seigneurial, et le château de grande et simple architecture, qu'il renferme encore, a été construit par Mansart pour M. de Montargis, en 1698. A la Révolution, la propriété appartenait aux Condé; confisquée, elle fut, ainsi que plusieurs autres, réservée pour servir à des réjouissances publiques ou à la création d'un établissement d'utilité générale. Ces diverses destinations ne paraissent pas lui avoir été données, et la propriété resta inoccupée jusqu'au moment où elle devint en quelque sorte une annexe du lycée Louis-le-Grand. Un décret du mois d'août 1864 a transformé l'institution en lycée du Prince-Impérial; en 1888, elle a pris le nom de lycée Michelet.

Ainsi qu'on le pense, la nécessité de loger et d'instruire près d'un millier d'élèves a forcé d'agrandir le château primitif et aussi d'édifier des bâtiments nouveaux; ces additions ont été intelligemment faites, et l'institution, avec son beau jardin, le magnifique point de vue qu'on a de sa terrasse, ses classes spacieuses, ses galeries vitrées destinées à recevoir les élèves pendant les récréations quand le temps est mauvais, est aujourd'hui une des plus belles des environs de Paris.

En quittant le lycée Michelet, nous entrons à Issy et nous

n'avons que quelques pas à faire pour nous trouver au centre
du village, sur une petite place où, depuis 1865, s'élève la
mairie, à peu près semblable à celle de Vanves; les écoles
communales sont sur les côtés de cette place, et la grande
rue fuit à droite vers Paris, à gauche vers les Moulineaux.

Issy est le dernier village où nous nous arrêterons; ainsi
qu'un grand nombre de ceux que nous avons visités déjà,
l'époque de sa fondation est assez difficile à déterminer.
Quelques auteurs prétendent que la déesse Isis a été adorée
en ce lieu et qu'elle pourrait être considérée comme la mar-
raine du pays. D'autres, et nous sommes disposé à nous
ranger à leur avis, font dériver Issy d'*Iscum*, mot celtique
qui signifie « chêne »; on peut admettre que les versants de
la montagne d'Issy, arrosés par de nombreuses sources et
reliés au bois de Meudon, aient été le théâtre de cérémonies
druidiques.

Ce qui demeure hors de doute, c'est la présence à Issy
d'une résidence affectionnée par les rois de la première race,
et dont la dernière tour était debout encore vers 1860. Dès
l'an 980, le pays devint un fief de l'abbaye de Saint-Magloire
de Paris et eut plusieurs seigneurs, parmi lesquels les Vaudétard qui, pendant quatre siècles, furent propriétaires de
la plus grande partie du pays; des biens de moindre importance appartenaient à l'abbaye de Saint-Germain des Prés,
et de ce partage naquirent force rixes et procès qu'il serait
sans intérêt de conter par le menu.

Ce qu'il faut retenir, car cela se rattache intimement à
notre histoire artistique, c'est qu'Issy fut le berceau de
notre opéra français. C'est dans la propriété du seigneur du
lieu, dans la « belle maison » de M. René de La Haye (1),
sur un théâtre de verdure, que l'abbé Perrin fit représenter
pour la première fois, en 1659, cette *Pastorale* dont Cambert
avait fait la musique, que la ville admira, qu'il fallut aller

---

(1) Les de La Haye avaient acheté la seigneurie en 1589 à Henri
de Gondi, évêque de Paris et abbé de Saint-Magloire; ils ajou-
taient le nom de Vaudétard à leur nom patronymique.

jouer devant la cour à Vincennes, et qui fit accorder à ses auteurs le privilège grâce auquel ils purent fonder notre première scène lyrique.

De bonne heure, il fut de mode dans la grande société d'avoir sa maison de campagne à Issy; le maréchal d'Estrées en posséda une que le czar Pierre le Grand honora de sa visite. Mais la plus célèbre fut celle qu'avait fait construire la princesse de Conti et dans laquelle elle donna, en l'honneur du Dauphin, plusieurs fêtes splendides, dont la présence des plus brillants jeunes gens de la cour et des beautés les plus réputées du temps relevait encore l'éclat. De cette magnifique demeure, qui abrita Mlle Clairon au temps de ses brillants succès, il ne reste plus, rue d'Issy, qu'un parc et une grille surmontée de cette inscription : *le Vivier*. Dans quelque temps, la grille et le parc auront disparu. Le vivier sera exproprié et ses terrains absorbés par le champ de manœuvres militaires qui va être créé à Issy, pour remplacer le Champ-de-Mars.

En même temps que les demeures aristocratiques, les établissements religieux se créèrent en grand nombre dans la commune. Il serait difficile de rappeler tous ceux qui y furent longtemps prospères; il est possible d'en oublier parmi ceux qui existent encore. Au nombre des disparus d'une réelle importance, nous citerons le séminaire de Picpus et le couvent des Oiseaux; ce dernier occupait l'ancien hôtel du duc d'Infantados, originairement propriété du financier Beaujon, et type accompli des habitations princières du dix-huitième siècle. Ceux qu'on peut voir encore sont nombreux; nous signalerons la maison des sœurs de la Retraite chrétienne, pensionnat de jeunes filles; l'institution bien connue des frères de Saint-Nicolas, dont la maison principale est à Paris, rue de Vaugirard; un pensionnat de Saint-Joseph, dirigé par les sœurs des écoles chrétiennes; la Solitude, maison de retraite, qui sert de noviciat aux prêtres de la Société de Saint-Sulpice, et enfin la succursale du séminaire de Saint-Sulpice.

Ici, nous sommes en présence d'une maison historique

et nous allons nous départir de la discrétion que nous avons observée jusqu'alors. Heurtons donc à la porte, et, dans la première cour, entre deux pavillons extrêmes récemment construits, nous verrons, bien dégradé, portant sur ses pignons de nombreuses traces des balles de 1871, mais d'aspect vraiment seigneurial encore, le château que Marguerite de Valois s'était fait bâtir dans le gracieux style de la Renaissance, où elle passa presque constamment les dernières années de sa vie et où Louis XIII, enfant, venait souvent pour faire son apprentissage de chasseur. Après la mort de Marguerite (1615), le domaine resta vacant jusqu'en 1642. A cette époque, Jean-Jacques Ollier fonda le séminaire de Saint-Sulpice et établit à Issy la succursale de l'institution. Dans la maison austère et silencieuse, vous chercheriez vainement un souvenir de la reine Margot, de Brantôme, du président Jeannin l'ami de Henri IV, de Malherbe, du savant Pasquier, de toute cette société enfin qui fit, au seizième siècle, les beaux jours de la demeure (1).

Traversez un froid parloir et pénétrez dans les cours; après avoir vu la chapelle, vous vous trouverez dans un jardin immense conservant encore l'aspect que Le Nôtre lui a donné en 1664; faites-en le tour, passez devant toutes les petites chapelles qui y sont éparpillées, devant quelques statues qui le décorent, et vous arriverez bientôt auprès d'un petit pavillon, débris du château de Marguerite, dont le pavage en cailloux de diverses couleurs imite grossièrement une mosaïque et dont le plafond est orné de dessins produits par la réunion d'un grand nombre de coquillages. Ce pavillon est celui où Bossuet, Fénelon, Mgr de Noailles et Tronson, supérieur du séminaire de Saint-Sulpice, conférèrent sur la grande affaire du quiétisme. On sait qu'à ce

(1) Cette partie de la maison est destinée à disparaître; dans un temps fort prochain, il ne restera rien sans doute de l'habitation de Marguerite de Valois. Les deux pavillons modernes seront réunis par un bâtiment central et l'établissement n'aura plus qu'une cour unique fermée sur la rue par une grille.

propos le désaccord fut complet entre Bossuet et Fénelon.

Par une voûte qui passe sous une rue voisine, on arrive dans une autre partie du jardin ; c'est là que se trouve cette chapelle, objet, au dix-huitième siècle, d'une vénération toute particulière, et dont l'intérieur reproduit exactement celui de la *Sancta Casa*, ou maison de la Sainte Vierge, qu'au temps de la conquête de la terre sainte par les Sarrazins les anges transportèrent à Lorette.

Cette chapelle n'est, il faut le dire, qu'une reproduction de celle qui existait au siècle dernier et dans laquelle il était interdit aux prêtres de célébrer la messe en perruque. Le petit édifice a été incendié complètement en 1871, et réédifié depuis.

Derrière la chapelle est un petit cimetière entouré d'une colonnade couverte, qu'il est impossible de visiter sans émotion ; le rectangle qu'il occupe renferme peut-être une quarantaine de tombes ; toutes sont exactement semblables : la terre un peu bossuée a la forme affaiblie d'un cercueil, et chaque sépulture est surmontée d'une croix de bois noir portant un écusson, sur lequel les noms et les dates sont peints en lettres blanches. Ce petit coin est, dans sa simplicité, une des plus puissantes évocations de ce grand principe chrétien : l'égalité dans la mort.

Longtemps on a conservé dans la maison, et telle qu'il l'avait laissée, la chambre où le cardinal de Fleury mourut, le 20 janvier 1743. La dépouille mortelle du ministre de Louis XV resta aussi chez les sulpiciens jusqu'au jour où elle fut transférée dans le mausolée qu'on lui avait érigé à Saint-Louis du Louvre.

Les élèves du séminaire sont à peu près au nombre de deux cents ; ils poussent à Issy leurs études jusqu'en philosophie, et rentrent à la maison de Paris pour faire leur théologie.

A côté de ces établissements religieux, Issy nous permet d'en voir un autre d'inspiration philanthropique et dû à l'initiative personnelle d'un homme bienfaisant. Celui-là, c'est l'hospice Devillas dont vous verrez les façades blanches et gaies et un coin du jardin verdoyant, dans la Grande-Rue d'Issy.

Devillas, dont les jeunes années s'étaient écoulées dans la misère, était parvenu, à force d'intelligence et de travail, à réaliser une fortune considérable; commerçant en vins, il avait puissamment contribué à la création de l'entrepôt de Bercy. Nonagénaire en 1835, il établit, dans sa demeure de la rue du Regard, à Paris, un hospice de trente lits destiné à recevoir des vieillards des deux sexes âgés de soixante-dix ans au moins et atteints de maladies incurables. A sa mort, l'administration des hospices hérita de 1 124 000 francs; de nouveaux bâtiments furent ajoutés au premier, et le nombre des hospitalisés fut augmenté. En 1858, lors du percement de la rue de Rennes, l'immeuble fut exproprié et l'hospice transporté où nous le voyons. Dans sa construction simple, mais établie dans d'excellentes conditions hygiéniques, il peut recevoir aujourd'hui quatre-vingts vieillards.

Contiguë à l'hospice Devillas, mais ayant son entrée principale rue d'Issy, vis-à-vis du Vivier, est la Maison de retraite des Ménages, dont le langage courant a abrégé le titre et qu'il désigne sous le nom de *Petits Ménages*. En nous rendant à l'établissement par la rue Gambetta, nous rencontrerons un marché bien disposé autour d'une cour triangulaire, et une grande maison moitié cloître, moitié usine, qui n'est autre que la buanderie de l'école des frères de Saint-Nicolas.

La maison de retraite, construite ici en 1864 sur les terrains des hôtels de Conflans et de Sénectère, n'est qu'une réunion de bâtiments blancs, réguliers, froids, sans ornements, sans saillies; si des jardins assez beaux ne les séparaient, si des galeries vitrées ne les réunissaient, si l'on ne voyait une chapelle au fond de la cour d'honneur, on se croirait volontiers en présence d'une immense caserne.

L'institution des Petits Ménages remonte plus haut qu'on ne le croit généralement; par un édit du 11 novembre 1554, Henri II autorisa le bureau des pauvres à faire construire deux hôpitaux pour loger et nourrir les pauvres en *petites loges*. Peu après, le bureau acquit l'ancienne maladrerie de Saint-Germain des Prés, et l'hôpital prit le nom de *Petites Maisons*, parce qu'il était composé d'une réunion de bâtiments exigus. En ce temps, et jusqu'en 1801, on admettait aux Petites Maisons des pauvres, des malades et même des aliénés ; c'est à cette dernière époque qu'elles furent absolument destinées à recevoir des ménages, des veufs et des veuves.

Le square de la rue de Sèvres occupe maintenant l'emplacement des tristes constructions où les Petits Ménages se sont abrités jusqu'en 1864. Dans le nouvel établissement, douze à quinze cents vieillards vivent plus à l'aise, et certainement en meilleur air, que les sept cent cinquante reçus jadis dans la maison de la rue de Sèvres.

Il ne faut pas être absolument indigent pour être admis en cette maison ; outre le mobilier qu'on doit apporter avec soi, on doit pouvoir verser dans les caisses de l'Assistance publique une somme de 1 000 à 1 600 francs par tête. Les pensionnaires qui habitent des chambres reçoivent le pain, le charbon et une certaine somme chaque jour ; ceux qui habitent les dortoirs sont nourris par la maison.

L'église Saint-Étienne est un monument ancien, à coup sûr, mais dont de nombreuses restaurations ont altéré le caractère primitif ; quelques fenêtres sont décorées d'assez belles verrières, signées Lévêque, de Beauvais.

En remontant le pays, nous passons devant un parc abandonné, qui se vend par morceaux, et sur les terrains duquel commencent à s'élever des maisons de campagne ; au milieu des soixante hectares qu'il couvrait, on pouvait voir encore, avant la guerre, la coquette habitation que Bullet avait construite au dix-septième siècle, pour Bazin de la Bazinière, et qu'avaient possédée le président de Thou, le prince de Conti, la princesse de Chimay. Les obus de 1870 ont fait une ruine de ce joli château ; pendant quelques années, les quatre murs sont restés debout, crevés, branlants, effondrés.

Faisons quelques pas encore, et nous entrerons dans la partie industrielle du pays. Déjà nous rencontrons une car-

toucherie, qui n'occupe pas moins de huit cents ouvriers ;
puis, voici des magasins et des ateliers, où l'on met en pains
et où l'on vend le blanc de Meudon. Aux Moulineaux, partie
de la commune très agréablement située au pied des bois,
dominée par les arcades du viaduc de Fleury, nous ne trouverons que des carrières, des usines et quelques maisons
tenant le milieu entre l'immeuble de rapport et le cottage
du commerçant retiré des affaires. Un beau pont en fonte,
sur lequel passe le chemin de fer, se dresse perpendiculai-
rement au pont de Billancourt, qui traverse la Seine, charmante ici, et reflétant dans ses eaux calmes, le feuillage
des îles de Billancourt et Séguin.

Nous sommes ici dans un pays de carrières de craie, et
ces carrières sont curieuses ; excavations blanches, galeries
profondes, piliers de formes singulières, voûtes diamantées
de pointes de silex, parois de roches découpées en gradins
par le pic des ouvriers, tout cela forme, vu par un jour de
beau soleil, un ensemble éclatant et fantastique, et prend,
la nuit venue, le sombre et mystérieux aspect que l'imagi-
nation prête volontiers aux cavernes hantées par les génies
des contes orientaux. Mais une gare blanche et gaie apparaît sur notre droite : c'est celle du chemin de fer qui, depuis le 1er mai 1889, relie le pays au Champ-de-Mars, et par
lequel aussi on peut rejoindre la gare Saint-Lazare, en passant par le Bas-Meudon, Sèvres, Saint-Cloud, Suresnes, Puteaux, etc.

Nous ne quitterons pas Issy ni son quai, sans rendre visite à l'une des plus importantes usines que la commune
s'honore de posséder. C'est la fabrique de couleurs fines,
de pastels et d'encre d'imprimerie de la maison Lefranc.
A cet énoncé, derrière lequel il pressent des mélanges
d'huiles et de produits chimiques, plus d'un lecteur au nerf
olfactif sensible sera peut-être tenté de reculer. Qu'il se
rassure, rien n'est moins odoriférant, dans le mauvais sens
du mot, que les grands ateliers où se font ces triturations
et ces mélanges, rien n'est plus délicat aussi que le choix
des matières employées, rien de plus précis que les dosages.

De tout cela, vous pourrez demeurer convaincu, si vous assistez pendant quelques instants aux manipulations qui se pratiquent dans l'un des laboratoires de l'usine. Mais ceci est spécial un peu, et vous avez hâte, sans doute, de voir quelque chose qui intéresse plus vivement votre regard. Entrez avec nous dans l'atelier où se fabriquent les couleurs qui se font par *précipitation ;* tels le jaune de chrome, le carmin, la laque de garance. Tout cela se travaille dans des cuves installées dans une vaste pièce, et ces tons divers, caressés par les rayons du jour, se mêlent en d'éclatantes rutilances. Passez dans l'atelier de séchage du jaune, couleur qui demande à être traitée isolément, et les ouvriers en bourgeron bleu qui s'y meuvent vous feront l'effet d'êtres fantastiques s'agitant dans un bain d'or.

Dans l'usine, tout le travail matériel est fait par des machines, mises en mouvement par la vapeur; l'ouvrier n'est qu'un surveillant et un guide intelligent. Voici des broyeuses qui ressemblent, à s'y méprendre, à celles qu'emploient les chocolatiers ; voici des espèces de laminoirs entre les cylindres desquels la pâte passe et repasse jusqu'à ce qu'elle ait atteint la fluidité voulue. Dans cet atelier, nulle odeur ne le révèle, on cuit les huiles ; dans cet autre, aussi propre qu'une salle à manger de bonne maison, on fabrique les vernis ; ailleurs, d'ingénieuses petites mécaniques, grandes comme des machines à coudre, et maniées par des femmes, emplissent de couleur ces brillants tubes d'étain, qui ont si avantageusement remplacé la gâcheuse vessie d'autrefois. Ici, on fabrique les couleurs pour l'aquarelle ; là, de petites machines encore les transforment en tablettes ou en pastilles ; ailleurs, on fait le pastel, et les fragiles crayons, symétriquement rangés dans des boîtes de sapin, étalent à vos yeux toute une gamme de tons chauds et doux.

Montez dans les greniers, clairs et spacieux comme un atelier de peintre en décor de théâtre, et vous verrez tendre sur des châssis et *imprimer* des toiles de toutes grandeurs et de toutes qualités. Redescendez et parcourez les dépendances de l'établissement, on vous montrera une scierie et une menuiserie ; là, se confectionnent les châssis et les boîtes de couleurs. Enfin, quand vous aurez passé devant l'usine à gaz, que la maison a fait établir pour son usage, devant les montagnes de charbon entassés dans ses cours, devant les pyramides de tonnes d'huile abritées sous ses hangars, vous vous retrouverez sur le quai d'Issy, au bord de la Seine, à quelques centaines de mètres du viaduc d'Auteuil, vis-à-vis de ce quai de Billancourt, par lequel nous avons commencé ce tour du département de la Seine, maintenant accompli.

TABLE DES NOMS CITÉS

(Les noms marqués d'un astérisque ont été cités dans notre volume : Paris, promenades dans les vingt arrondissements.)

INDEX ALPHABÉTIQUE

Les chiffres romains désignent les excursions et les chiffres arabes les pages.)

N

PARIS. — TYPOGRAPHIE A. HENNUYER, RUE DARCET, 7.